KB076866

Edgar A. Poe

4

Satire

에드거 앨런 포 소설 전집 4
풍자 편 _ 사기술 외

1판 1쇄 펴냄 2015년 6월 20일
1판 2쇄 펴냄 2017년 9월 20일

지은이   에드거 앨런 포
옮긴이   바른번역
감수   김성곤
펴낸이   하진석
펴낸곳   코너스톤
주소   서울시 마포구 독막로3길 51
전화   02-518-3919
ISBN   979-11-85546-60-5 04840

에드거 앨런 포
소설 전집

4

E d g a r   A . P o e

풍자 편
사기술 외

에드거 앨런 포 지음
바른번역 옮김 김성곤 감수

코너스톤
Cornerstone

차례

사기술
정밀과학의 한 분야로 인정받다

Edgar
A. Poe

사기술
정밀과학의 한 분야로 인정받다

에이, 거짓말 거짓말

고양이가 바이올린을 켜고

— 동요

  태초에 제러미가 둘 있었다. 한 사람은 고리대금을 옹호하는 글을 썼고, 제러미 벤담(영국 공리주의를 대표하는 사회사상가 - 옮긴이)이라 불렸다. 제러미 벤담은 어떤 면에서는 대단했던 존 닐 씨로부터 상당한 존경을 받았다. 또 다른 제러미는 가장 중요한 정밀과학 분야에 사기술이라는 이름을 붙였고, 여러모로 훌륭한 사람이었다. 사실 엄청나게 대단한 사람이라고 해야겠다.

  '속이다'라는 동사에서 파생된 사기술Diddling이라는 추상적 개념은 이해하기 어려운 단어는 아니다. 그 실제이며, 행동인 사기는 정의하기가 조금 어렵다. 우리는 사기 그 자체를 정의하지 않고, 인간이라는 동물이 사기를 친다는 사실을 정의해서 이 문제를 어느 정도 분명하게 만들 수 있다. 플라톤이 이런 생각만 했어도 '털 뽑힌 닭의 모욕(플라톤이 인간을 '털 없는 두 발 달린 동물'로 정의하자 어떤 이가 닭의 털을 뽑아 던져놓고 '플라톤의 인간'이라고 했다는 일화 - 옮긴이)'을 당하지는 않았을 것이다. 플라톤은 인간을 '털 없는 두 발 달린 동물'이라고 정의 내린 데서, 털 뽑힌 닭이 인간이 아닌 타당한 이유를 설명해야 했다. 하지만 나는 이와 비슷한 어떤 질문으로도 곤욕을 겪지 않을 것이다. 인간은 사기 치는 동물이고, 인간 외에 사기 치는 동물은 없다. 이 차이를 극복하려면 털 뽑힌 닭이 꽤 필요할 것이다.

사실 사기의 원리와 본질을 구성하는 것은 상의와 하의를 착용하는 생물 종의 특권이다. 까마귀는 훔치고, 여우는 속이고, 족제비는 선수 치고, 인간은 사기를 친다. 사기는 인간의 숙명이다. 어떤 시인은 '인간은 슬퍼하게 되어 있다'라고 했지만, 그렇지 않다. 인간은 사기 치게 되어 있다. 사기가 인간의 목표이자 대상이고 결론이다. 이런 이유로 인간이 사기를 쳤을 때 우리는 '해냈다'고 한다.

잘 생각해보면 사기는 섬세함과 흥미, 끈기, 정교함, 대담함, 태연함, 독창성, 건방짐, 소리 없는 웃음이라는 재료가 만들어낸 복합체다.

섬세함 우리의 사기꾼은 섬세하다. 사기꾼의 작업은 작은 규모로 이루어진다. 그 사업은 현금이나 공인된 화폐로 만들 수 있는 소매업이다. 사기꾼이 거대한 투기의 유혹에 넘어간다면, 사기꾼은 그 즉시 고유의 특색을 잃고 우리가 '금융업자 financier'라고 부르는 사람이 되고 말 것이다. '금융업자'라는 단어에서 '거대함'을 제외하면 '속이다'와 완전히 똑같은 단어가 나온다. 은행원이 비밀리에 '금융 조작'을 하듯이, 사기꾼은 거인국에서 사기를 치는 것이다. 은행원과 사기꾼의 관계는 호메로스와 호라티우스(풍자시, 서정시로 명성을 얻은 고대 로마의 시인 – 옮긴이), 코끼리와 쥐, 혜성 꼬리와 돼지 꼬리의 관계나 다름없다.

흥미 우리의 사기꾼은 흥미에 이끌려 움직인다. 사기꾼은 사기 그 자체를 위한 사기 행각을 경멸한다. 사기꾼은 주변의 주머니와 당신의 주머니를 노린다. 그것도 항상 제대로 된 기회를 노린다. 사기꾼은 1번을 노린다. 우리는 2번이다. 우리는 우리 자신을 잘 살펴야 한다.

끈기 사기꾼은 굴복하지 않는다. 쉽사리 낙담하지도 않는다. 은행이 파산한다 해도 전혀 동요하지 않는다. 사기꾼은 마지막을 향해 착실하게 밀고 나가고 개가 윤택한 가죽에서 절대 내몰리지 않듯이 자기 경기를 포기하지 않는다.

정교함 우리의 사기꾼은 정교하다. 짜임새가 아주 좋다. 사기꾼은 줄거리를 이해한다. 일을 계획하고 빠져나갈 구멍을 만든다. 우리의 사기꾼이 알렉산더가 아니라면 디오게네스(고대 그리스 키니코스 학파의 대표적인 철학자 – 옮긴이)일 것이다. 디오게네스가 사기꾼이 아니었다면, 쥐덫이나 송어 낚시 특허권을 내는 사람이었을 것이다.

대담함 우리의 사기꾼은 대담하다. 대범한 사람이기도 하다. 사기꾼은 아프리카에서 전쟁을 치르기도 한다. 백병전으로 모든 걸 정복한다. 사기꾼은 프레이르의 검(북유럽 신화에 등장하는 불을 마음대로 다루는 검 – 옮긴이)도 두려워하지 않을 것이다. 딕 터핀(영국의 노상강도 – 옮긴이)이 조금만 더 침착했다면, 다니엘 오코넬(노예제도 폐지에 적극적이었던 아일랜드의 정치인 – 옮긴이)이 아첨을 조금만 덜 떨었더라면, 샤를 12세의 머리가 조금 더 똑똑했다면, 다들 쓸 만한 사기꾼이 되었을 것이다.

태연함 우리의 사기꾼은 태연하다. 사기꾼은 불안해하는 법이 없다. 사기꾼에게는 신경이라는 게 아예 없다. 사기꾼은 혼란의 꾐에 절대 넘어가지 않는다. 사기꾼은 절대 화를 내지 않는다. 사기꾼은 침착하다. 마치 오이처럼 침착하다(as cool as cucumber. 원래는 오이처럼 시원하다는 뜻이 세월이 흐르면서 'cool'이라는 단어가 은유적으로 '침착한' '냉정한'이 되었다 – 옮긴이). 사기꾼은 차분하다. 버리 여사(영국 조지 왕조 시대 궁중 스캔들을 담은 소설을 쓴 스코틀랜드의 작가 – 옮긴이)의 미소처럼 차분하다. 사기꾼은 편안하다. 그 옛날 바이아(이탈리아의 옛 도시 – 옮긴이)의 계집아이처럼, 오래된 장갑처럼 편안하다.

독창성 우리의 사기꾼은 독창적이다. 독창성에 공을 들인다. 사기꾼의 생각은 모두 그 머리에서 나온 것이다. 사기꾼은 다른 이의 생각을 사용하는 걸 경멸한다. 사기꾼은 진부한 기술을 심히 혐오한다. 확신하건대, 독창적이지 않는 사기로 지갑을 손에 넣었다는 사실을 알게 된다면, 사기꾼은 기어코 그 지갑을 돌려주고 말 것이다.

건방짐 우리의 사기꾼은 건방지다. 사기꾼은 허풍쟁이다. 사기꾼은 손을 허리에 대고 팔꿈치를 양옆으로 편다. 그러고는 바지 주머니에 손을 찔러 넣는다. 사기꾼은 우리 얼굴에 대고 비웃음을 날린다. 사기꾼은 우리의 주식을 짓밟는다. 우리가 먹을 저녁을 해치우고, 포도주를 마시고, 돈을 빌리고, 놀려먹고, 우리 강아지를 걷어차고, 우리의 아내에게 입을 맞춘다.

소리 없는 웃음 우리의 진정한 사기꾼은 씩 웃는 것으로 모든 일을 마무리한다. 하지만 이 행동은 자신밖에는 아무도 보지 못한다. 사기꾼은 하루의 작업이 끝나면 씩 웃는다. 하루치 일을 끝내고, 밤이 되면 자기 방에서, 온전히 자기만의 즐거움을 위해, 씩 웃는다. 사기꾼은 집으로 간다. 문을 잠근다. 옷을 벗는다. 촛불을 끈다. 침대에 눕는다. 베개에 머리를 누인다. 모든 과정이 끝나면 우리의 사기꾼은 씩 웃는다. 추측이 아니다. 당연한 사실이다. 선험적으로 결론을 내려보건대, 씩 웃지 않는 사기꾼은 사기꾼이 아니다.

사기의 시작은 초창기 인류 탓일 수도 있다. 최초의 사기꾼은 아마 아담이었을 것이다. 아무튼 우리는 사기술의 흔적을 쫓아 머나먼 고대까지 거슬러 올라간다. 하지만 현대인은 우리의 아둔한 선조들은 꿈도 꾸지 못한 완벽함을 사기술에 부여했다. '옛날 속담'을 인용하느라 말을 끊느니 조금 더 '현대적인 실례'를 들어 간략하게 설명해보겠다.

이건 아주 뛰어난 사기술이다. 이를테면, 소파가 필요한 어느 가정주부가 큰 가구점을 들락날락하는 것으로 보인다. 주부는 다양한 상품을 갖춘 대형 가구점에 도착한다. 입구에 서 있던 공손하고 말솜씨 좋은 점원이 주부에게 말을 건네며 안으로 안내한다. 주부는 마음에 쏙 드는 소파를 찾더니 가격을 묻고는, 자기가 예상한 것보다 최소 20퍼센트 낮은 가격을 부르는 걸 듣자 놀라며 기뻐한다. 주부는 서둘러 소파를 사려고, 계산서와 영수증을 챙기면서, 주소 남기는 걸 잊지 않는다. 최대한 빨리 소파를 집으로 보내달라고 부탁을 하고, 점원들의 인사 세례를 받으며 가구점을 빠져나온다. 밤은 오지만 소파는 오지 않는다. 점원에게 지연 문의를 한다. 모든 거래를 부인한다. 팔린 소파는 없다. 돈을 받은 사람도 없다. 잠시 점원 행세를 한 사기꾼을 제외하고는 말이다.

주인 없이 오롯이 남겨진 가구점은, 이런 식의 속임수를 하기 쉽게 해준다. 손님들은 들어가서 가구를 둘러보고, 눈길을 끌지도 시선을 받지도 못하고 나온다. 물건을 사거나 가격을 알아보고 싶다면 근처에 있는 벨을 누르면 되고, 벨만 있으면 충분하다고 생각한다.

대단한 사기술이 여기 또 있다. 잘 차려입은 한 사람이 가게로 들어가서 1달러짜리 물건을 사려다가, 지갑을 다른 외투 주머니에 두고 왔다는 사실을 깨닫고 무척 난처해한다. 그러더니 점원에게 이렇게 말한다.

"저, 죄송하지만 이 짐 좀 집으로 보내주시겠습니까? 가만! 집에도 5달러짜리밖에 없는데…. 그러면 짐하고 거스름돈 4달러도 같이 보내주시오."

"알겠습니다, 손님."

점원이 고상하게 생각하는 손님이라고 생각하며 답한다. 그러고는 혼자 중얼거린다.

"오후에 다시 들러서 내겠다고 하고 그냥 가지고 나가 버리는 사람도 있는데 말이지…."

한 소년이 짐과 잔돈을 가지고 간다. 가는 길에 굉장히 우연히도, 그 손님을 만난다. 손님이 말을 건다.

"아! 이게 내 짐이군. 어디, 훨씬 전에 가져다 놓았을 줄 알았는데. 뭐, 계속 가거라! 우리 집사람이 5달러를 줄게다. 트로터 부인이 말이야. 그렇게 하라고 일러두었거든. 거스름돈은 내게 주는 게 좋겠어. 우체국에 가는 길이라 동전이 필요할지도 모르니 말이지. 아주 잘됐어! 하나, 둘, 이 동전 괜찮은 거지? 셋, 넷, 맞네! 트로터 부인께 나를 만났다고 하고, 이번에는 가는 길에 늑장 부리지 말아라."

소년은 전혀 꾸물대지 않는다. 정확히 트로터라는 이름을 가진 부인을 찾지 못해 심부름을 마치고 돌아오는데 아주 오랜 시간이 걸릴 뿐이다. 소년은 멍청이같이 돈도 안 받고 물건만 주고 오지는 않았다는 생각에 자신을 위로하고, 만족하며 가게로 돌아갔다가, 주인이 잔돈은 어떻게 된 거냐고 묻자 몹시 기분 상해하며 분노한다.

이 사기술은 간단하기까지 하다. 출항을 앞둔 선장에게 공무원처럼 생긴 사람이 다가와, 평소와 달리 적당하게 나온 세금 청구서를 보여준다. 출항이 쉬워져 기쁘기도 하고, 자신을 짓누르던 수많은 업무에 혼란스럽기도 한 선장은 그 청구서를 곧장 받아들인다. 15분 뒤에 한 사람이 제대로 된 고지서를 건네며 먼저 온 사람은 사기꾼이었고, 먼저 낸 세금은 사기였다는 증거를 만든다.

비슷한 예가 또 있다. 증기선이 부두에서 밧줄을 푸는 중이다. 여행 가방을 손에 든 채 부두를 향해 전력 질주하는 한 여행객이 보인다. 여행객은 갑자기 우뚝 멈추더니 몸을 굽혀 땅바닥에서 무언가를 주워 들고는 굉장히 동요한다. 지갑이다. 남자가 소리친다.

"지갑 잃어버린 분 계십니까?"

엄밀히 말해서 지갑을 잃어버렸다고 말할 수 있는 이는 아무도 없다. 값비싸 보이는 귀중품이 많이 보인다고 하자 사람들은 크게 동요한다. 그렇다고 배는 지체할 수 없다.

선장이 외친다.

"시간과 바다는 사람을 기다려주지 않습니다."

지갑을 주운 이가 말한다.

"이런, 잠시만 기다려주시오. 진짜 주인이 곧 나타날 거요."

"시간이 없소! 한쪽에 던져두시오! 알겠소?"

"어떻게 하지? 이번에 나가면 몇 년은 돌아오지 않을 테고, 그러면 이렇게 많은 돈을 양심적으로 간직할 수는 없는데…. 부탁하오, 선장."

지갑을 주운 이가 무척 고민하며 말한다. 그러고는 해안가에 있는 한 신사에게 말한다.

"당신은 정직해 보이시는군요. 이 지갑을 맡아두었다가 주인을 찾아달라고 부탁해도 되겠습니까? 당신께 믿음이 가는군요. 보시다시피, 현금이 상당히 많아서 말입니다. 틀림없이 주인이 당신께 보답을…."

"제가요! 아닙니다! 지갑을 주운 사람은 당신이지요!"

"음, 그렇다면 당신이 망설이지 않을 수 있도록 조금이나마 보답을 하지요. 어디, 죄다 100달러짜리뿐이군. 이런! 100달러는 너무 많은데, 50달러 정도면 괜찮으시겠…."

선장이 소리친다.

"던져놓으라고요!"

"저는 100달러를 거슬러 줄 돈도 없고, 무엇보다 당신이 맡아두시는 게 더…."

"던져놓으라고요!"

배가 떠날 시간이 다 되자 해안가에 있던 남자가 자기 지갑을 살피며 소리친다.

"그러시지요! 제가 알아서 하겠습니다. 여기 북미은행에서 발행한 50달러짜리가 있습니다. 지갑을 던지세요."

그러자 지갑을 발견한 양심이 너무 좋은 남자가 썩 내키지 않는다는 듯 50달러를 받아 들고 신사에게 지갑을 던지자, 바라던 대로 동시에 배가 연기를 내뿜으며 길을 떠난다. 배가 출발하고 30분쯤 지나자 '상당한 금액'은 '위조지폐'가 되고, 모든 일은 거대한 사기극이 되어버린다.

이번에는 대담한 사기다. 통행료가 없는 다리를 통해서만 갈 수 있는 어떤 곳에서 야외 집회 같은 것이 열린다. 사기꾼은 이 다리 위에 서서 지나가는 사람들에게 나라 법이 새로 바뀌어서, 걸어서 건너는 사람은 1센트, 말이나 당나귀는 2센트 등등의 요금을 내야 한다고 정중하게 알린다. 불평하는 사람도 있지만 모두 받아들이고, 사기꾼은 50~60달러쯤 더 벌어서 집으로 간다. 사실 수많은 사람에게 일일이 통행료를 받는 일이 상당히 번거롭기는 하다.

이번에는 깔끔한 사기다. 한 친구가 돈을 갚겠다는 사기꾼의 약속을 받고, 붉은색으로 인쇄된 평범한 계약서를 정식으로 작성하고 서명한다. 사기꾼은 이런 계약서를 수십 장 더 샀다. 그러더니 날마다 한 장씩 수프에 적셔서 개가 달려들게 두었다가 나중에는 입가심용으로 줘버린다. 지금 기일이 다가오자, 사기꾼은 개를 데리고 친구를 방문해서 빚을 갚는 이야기를 대화 주제로 꺼낸다. 친구는 계약서를 책상에서 꺼내 사기꾼에게 건네주려는 찰나, 사기꾼의 개가 곧장 달려들어 게걸스레 먹어치운다. 사기꾼은 개의 터무니없는 행동에 놀라기도 하고, 화를 내기도 하고, 분개하기도 하면서, 계약 증거가 있다면 언제라도 흔쾌히 계산을 청산하겠다는 뜻을 밝힌다.

이번에는 아주 소소한 사기다. 한 숙녀가 거리에서 사기꾼과 짠 공범에게 모욕을 당하였다. 사기꾼은 자진해서 숙녀를 도우러 다가가 동료에게 기분 좋은 패배를 선사한 다음, 한사코 여자의 집까지 배웅하겠다고 한다. 사기꾼은 가슴 위에 손을 얹으며, 굉장히 정중한 작별 인사를 하고 몸을 숙인다. 여자는 자기를 구해준 남자에게 집으로 들어와서 오빠와 아빠를 만나주기를 청한다. 사기꾼은 한숨을 쉬며 청을 마다한다. 여자가 묻는다.

"그럼, 제가 감사의 뜻을 표할 수 있는 다른 방법이 있을까요?"

"음, 예. 아가씨, 있습니다. 혹시 2실링만 빌려주실 수 있으십니까?"

그 순간, 여자는 흥분해서 살짝 기절해버리기로 한다. 다시 생각해보더니 여자는 돈주머니를 열어 동전을 건넨다. 말했지만, 이건 소소한 사기다. 여자에게 빌린 동전 중 절반은 힘들게 모욕 주는 연기를 하고, 나중에는 가만히 서 있다가 매까지 맞은 남자에게 주어야 하기 때문이다.

이번에는 상당히 사소하지만 과학적인 사기다. 사기꾼은 선술집에 접근해 시가 두 개비를 주문한다. 담배를 건네받자, 살짝 들여다본 뒤 말한다.

"이 담배는 별로 좋아하지 않는다오. 다시 가져가고, 물을 탄 브랜디를 한 잔 주시오."

물과 브랜디가 나오고 죽 들이켠 다음, 사기꾼은 문으로 당당하게 향한다. 이내 술집 주인의 목소리가 사기꾼을 붙든다.

"저, 브랜디하고 물값 주시는 걸 잊으셨어요."

"브랜디하고 물값이라니! 내가 술값 대신 담배를 주지 않았나? 뭘 더 달라는 게요?"

"하지만 손님, 담뱃값도 주지 않으신 걸로 기억합니다만."

"그건 또 무슨 말이오, 이런 악당 같으니라고! 내가 담배를 돌려주지 않았소? 저기 있는 게 내가 돌려준 담배 아니오? 피우지도 않았는데 돈을 내란 말이오?"

"하지만 그게…."

주인은 이제 당황해서 말문이 막힌다.

"나한테 그 '하지만'이라는 말 좀 그만하고, 여행객에게 그런 수작도 좀 그만 부리시오."

사기꾼은 말을 끊고 굉장히 화가 난 체하며 술집 문을 쾅 닫아버린다.

이번에는 특히 그 단순함을 권장하고 싶은 아주 영리한 사기다. 실제로 지갑이나 가방을 잃어버리면, 사람들은 그 도시에서 가장 큰 일간지에 광고를 실어 자세하게 설명한다.

여기서 우리의 사기꾼은 이 광고를 베끼고, 말투와 주소, 제목을 바꾼다. 예를 들어, 원래 광고가 으레 장황하고 제목은 '가방 분실!'이며, 가방을 찾으면 톰가 1번지에 놓아달라는 내용이라고 하자. 이 광고를 베낄 때는 간결하게 쓰고, 제목은 그냥 '분실'이라고 달며, 주인을 만날 수 있는 장소로 딕가 2번지나, 해리가 3번지를 쓴다. 당일 적어도 대여섯 개 일간지에 광고를 싣고, 적절한 시간은 원래 광고가 실린 뒤 몇 시간 지나지 않았을 때다. 가방을 잃어버린 사람이 읽더라도, 자기 불행을 참고했다고 의심하기는 쉽지 않을 것이다. 물론, 가방을 찾은 사람이 진짜 주인이 알려준 주소가 아닌 사기꾼이 쓴 주소로 올 확률은 5분의 1에서 6분의 1쯤 된다. 사기꾼은 보상하고, 귀중품을 챙긴 다음 내뺀다.

이번에는 꽤 비슷한 사기다. 돈 많은 여인이 길거리 어디에선가 상당한 값비싼 다이아몬드 반지를 떨어뜨렸다. 여인은 광고에 반지를 찾은 대가로 50~60달러를 보상하겠다고 하고, 반지의 생김새를 보석이 박힌 모양까지 세세하게 설명한 다음, 어디어디 거리 어디어디 번지로 반지를 가져다주면 그 자리에서 보상하고, 어떤 질문도 하지 않겠다고 다짐한다. 하루나 이틀 뒤, 여인이 집을 비운 사이 누군가 어디어디 거리 어디어디 번지 집 문을 두드린다. 하인이 나타나고, 그 여인을 찾지만 외출했다고 하자, 이 놀라운 소식에 손님은 안타까움을 드러낸다. 손님의 용무는 엄청 중대하고 주인과 직접 관련 있는 일이다. 사실 손님은 운이 좋게 주인의 다이아몬드 반지를 찾았다. 아쉽게도 다음에 다시 들르는 게 좋을 것 같다.

"아닙니다!"

하인이 손사래 친다.

"아니에요!"

두 사람이 나눈 이야기를 듣고 부리나케 달려나온 주인의 여동생과 시누이가 말한다. 요란스럽게 반지를 확인하더니, 보상금을 지불하고, 반지를 찾은 사람은 거의 떠밀리다시피 밖으로 나온다. 주인이 돌아오고 동생과 시누이에게 약간의 불만을 표시한다. 두 사람이 모조품 다이아몬드 반지에 4달러 50센트를 주었기 때문이다. 누가 보아도 가짜 다이아몬드에 금을 입혀 만든 모조품에 말이다.

이런 사기에는 한도 끝도 없다. 내가 이 기술을 적용할 수 있는 다양한 사례 변형을 반만 이야기해도 이 글은 끝이 없을 것이다. 불과 얼마 전, 우리 도시에서 벌어졌고, 그 이후에도 다른 순박한 동네에서 성공을 거듭한, 굉장히 품위 있고 정교하기까지 한 사기극을 간략하게 다루며 이 글을 맺는 것이 가장 좋을 것 같다.

한 중년의 신사가 미지의 세계에서 도심으로 온다. 신사는 대단히 정확하고, 신중하며, 침착하고, 사려 깊게 행동한다. 차림새는 신사답게 깔끔하지만 허세 부리는 일 없이 평범하다. 하얀 넥타이에, 오직 편안함만을 목적으로 만든 넉넉한 조끼를 입는다. 바닥이 두껍고 편해 보이는 신발을 신고 바지에는 허리띠를 매지 않는다. 사실 신사는 전체적으로 부유하고, 근엄하며, 꼼꼼하고, 점잖고, 빼어난 사업가 분위기를 풍긴다. 근엄한 표정에 겉으로는 무뚝뚝하지만, 내면은 부드러운, 수준 높은 희극에서 볼 수 있는 그런 사람. 말에 두터운 믿음이 있고, 타인을 가엾게 여겨 한 손으로는 기부를 하지만, 거래할 때만큼은 다른 한 손으로 최대의 이익을 추구하는 그런 사람.

신사는 적당한 하숙집을 고르느라 한바탕 소동을 일으킨다. 신사는 아이들을 싫어한다. 신사는 평소 조용히 지낸다. 꼼꼼한 성향이 있다. 드나드는 사람이 드물고, 점잖고 신앙심이 깊은 소박한 가정에서 지내고 싶다. 기간은 문제 되지 않는다. 그저 매달 첫날에 하숙비를 계산하겠다고(오늘은 2일이다) 우기면서, 마음에 드는 집이 나타나자 여주인에게 어떤 이유가 생기더라도 이 점을 잊지 말라고 단단히 부탁한다. 매달 첫날 정확히 10시에 계산서와 영수증을 보내주고, 무슨 일이 있어도 2일로 미루지 말아달라고 당부한다.

이런 합의를 거쳐 우리의 사업가 양반은 상류 인사들이 드나드는 지역보다는 평판이 좋은 곳에 사무실을 빌린다. 신사는 무엇보다 겉치레를 가장 경멸하기 때문이다. 신사는 이렇게 말한다.

"보이는 것이 많은 곳은, 속까지 꽉 찬 곳을 좀처럼 찾을 수가 없지."

이 의견은 집주인 여자의 마음에 깊은 인상을 주어, 커다란 《성경》을 펼쳐 솔로몬이 지은 〈잠언〉에 있는 널찍한 여백에 메모를 남기게 된다.

다음 단계는, 이런 식으로 도시의 주요 상업지 몇 군데에 광고를 낸다. 일반 신문은 고상하지 못하니 삼간다. 신사 양반은 광고비를 내기 전에 광고부터 내달라고 요구한다. 우리의 사업가 양반은 일이 끝날 때까지는 절대 임금을 지급하지 않는다는 신념이 있다.

구인 – 광고주는 이 도시에서 큰 사업을 시작하려 합니다. 총명하고 역량 있는 사원 서넛의 도움이 필요하며, 급여는 후하게 지급할 것입니다. 능력보다는 성실함이 가장 좋은 추천장이 될 것입니다. 직무상 책임감이 높은 업무를 수행해야 하고, 어쩔 수 없이 상당한 액수의 돈이 고용인의 손을 통하므로, 고용인 한 명당 보증금 50달러를 요구하는 것이 현명하다 생각합니다. 따라서 이 금액을 광고주에게 맡길 준비가 되지 않은 분이나, 도덕성을 충분히 증명할 수 없는 분은 지원을 삼가주시기 바랍니다. 신앙심이 깊은 젊은 신사분을 우대합니다. 오전 10시에서 11시 사이, 오후 4시에서 5시 사이에 지원 가능합니다.

보그스, 호그스 로그스, 프로그스사
도그가 110번지

그달 31일이 되자, 이 광고가 '보그스, 호그스 로그스, 프로그스사'에 열다섯에서 스무 살쯤 되는 독실한 젊은이들을 불러 모은다. 그렇다고 우리의 사업가 양반은 결코 서둘러 계약하지 않는다. 사업가는 절대 조급해하지 않는 법이다. 젊은이들의 신앙심이 얼마나 깊은지 엄격한 교리 문답을 하고 나서야, 견고한 '보ㄱ스, 호ㄱ스 로ㄱ스, 프로ㄱ스사'의 일원으로 고용 계약을 하고, 만일의 경우를 대비해 50달러를 받는다. 이달 1일 아침, 집주인은 약속했던 대로 청구서를 주지 않는다. 단어마다 'ㄱ스'로 끝나는 회사의 수장은 기분 좋게 주인의 소홀함을 엄하게 나무랐을 테고, 하루나 이틀 정도 도시에 더 머물렀다면 이 문제를 잘 해결할 수 있었을 것이다.

실은, 경찰관이 이리저리 뛰어다니며 이 문제로 고군분투하는 중이지만, 경찰관들이 확실하게 말할 수 있는 것이라고는 그 사업가 양반이 '행방불명자', 그러니까 자취를 찾을 수 없는 사람의 아주 고전적인 표현이라는 뜻의 행방불명 된 사람이라는 사실이고 이를 받아들일 수밖에 없다. 그러는 와중에 젊은이들은 하나같이 예전보다는 다소 덜 독실해진다. 집주인은 1실링짜리 인도산 지우개를 사서는 어떤 바보가 〈잠언〉에 끄적인, 널찍한 여백에 남긴 메모를 조심조심 지운다.

비즈니스맨

Edgar
A. Poe

비즈니스맨

방법은 비즈니스의 영혼이다.

— 속담

나는 비즈니스맨이다. 나는 방법을 따르는 사람이다. 어쨌든 방법은 중요하다. 나는 그 의미를 제대로 이해하지도 못하면서 방법이란 말을 지껄이는 이상한 작자들을 누구보다 경멸한다. 글자에만 집착하여 의미 따위는 무시해버리는 자들 말이다. 이러한 작자들은 늘 자신들이 질서 정연한 방식이라 부르는 것에 따라 이상한 짓거리를 한다. 난 이 부분이 역설적이라고 생각한다. 진정한 방법이란 보편적이고 알기 쉬운 것이며, 터무니없는 것에는 적용할 수 없다. '체계적인 멋쟁이 잭'이나 '조직적인 도깨비불' 같은 표현에 그 어떤 명확한 의미를 부여할 수 있겠는가?

이 주제에 대해 내 가치관이 확립되지 못할 수도 있었지만, 아주 어린 시절 일어난 행운의 사건 덕분에 명확해졌다. 어느 날 내가 지나치게 떼를 쓰자, 마음씨 따뜻한 늙은 아일랜드인 유모가(내 평생 잊지 못할 것이다) 나를 거꾸로 잡고 집어던지는 바람에 침대 기둥에 머리를 부딪친 일이 있다. 이 작은 사건은 내 운명에 큰 영향을 미쳐, 성공을 가져다주었다. 그 즉시 내 앞머리에는 혹이 솟았는데, 여름날이면 누구나 볼 수 있는 것처럼 자연스러워 보였다. 이런 연유로 난 체계와 규칙을 긍정적으로 생각하게 됐고, 덕분에 뛰어난 비즈니스맨이 될 수 있었다.

이 세상에서 내가 혐오하는 것이 있다면, 바로 천재다. 당신네 천재들은 순 얼간이들이다. 즉, 위대한 천재일수록 엄청난 바보며, 이러한 규칙에는 예외가 없다. 유대인에게서 돈을 뜯어내거나 소나무에서 육두구를 얻을 수 없듯, 천재를 비즈니스맨으로 만들 수 없다. 언제나 이런 부류들은 훌륭한 직장이나 터무니없는 투기 쪽으로 빗나가버린다. 비즈니스라고 하기에는 부적합한 것들 말이다. 따라서 이런 인물들은 직업 특징에 따라 즉시 구분할 수 있다. 만일 상인이나 제조업자, 면화나 담배 무역업 종사자, 건어물 중개인, 비누 제조자처럼 특이한 직업 혹은 법률가, 대장장이인 척하는 사람을 본다면, 바로 천재로 규정하고 삼단논법에 따라 얼간이라고 여기면 된다.

나는 천재의 면모라고는 찾아볼 수 없는 평범한 비즈니스맨이다. 내가 쓴 영업일지와 거래 장부를 보면 쉬 알 수 있다. 내입으로 말하긴 뭐하지만, 정확하고 꼼꼼한 점에서는 시계에도 뒤지지 않을 만큼 빈틈없이 기록해놓는다. 게다가 언제나 동료들의 보편적인 습관과 조화를 이루도록 계획을 세운다. 이런 점은 심약한 부모님을 닮지 않았는데, 만일 내 수호천사가 적당한 때에 구해주지 않았더라면 교만한 천재가 되었을 것이다.

전기에서는 진실이 생명이며 특히나 자서전에서는 더 그러하지만, 아무리 진지하게 말해도 믿기 어려운 사실도 있다. 내가 열다섯 살쯤 되었을 때 가난한 우리 아버지가 '중요한 비즈니스를 하는 훌륭한 철물 위탁 판매인'의 회계 부서에 나를 집어넣었다는 사실 같은 것들 말이다. 중요한 비즈니스라니, 천만의 말씀! 이 어리석은 발상은 사나흘도 지나지 않아 앞머리에 달린 혹에서 높은 열이 나고 극심한 통증이 찾아와, 나를 집으로 돌려보내는 것으로 마무리되었다.

그 당시 6주 동안 사경을 헤맸고 의사들도 회복 불가능하다며 포기하다시피 한 상태였다. 적잖이 고생하기는 했지만 난 감사할 줄 아는 소년이었다. '중요한 비즈니스를 하는 훌륭한 철물 위탁 판매인'이 될 위기에서 구원받았다는 점에서, 구원의 매개가 된 혹을 비롯해 혹을 생기게 해준 마음씨 따뜻한 유모에게 고마움을 느꼈다.

남자아이는 대개 열 살이나 열두 살쯤에 집을 나가지만, 난 열여섯 살까지 기다렸다. 만일 우리 어머니가 내게 식료품상이 되어보는 게 어떻겠냐고 말을 꺼내지만 않았더라면 과연 그때라도 집을 나갔을지는 모르겠다. 식료품상이라니! 생각만 해도 끔찍하다! 이 괴팍한 노인네들이 부리는 변덕에 휘둘려 식료품상이 될지도 모르는 위험을 피해, 당장 집을 나와 그럴듯한 업종에 자리 잡기로 마음먹었다. 계획은 처음부터 성공을 거두어, 내가 열여덟 살이 되었을 무렵에는 '양복 도보 광고'라는 규모 있고 이윤이 높은 비즈니스를 할 수 있었다.

나는 체계에 집착하여 이 일의 부담스러운 의무에서 벗어날 수 있었다. 꼼꼼한 방식은 거래 장부뿐 아니라 내 행동 특징이 기도 했다. 내 경우에 사람을 만든 것은 돈이 아닌 방식이었다. 적어도 내가 광고하는 재단사 덕분은 아니라고 해야겠다.

매일 아침 9시면 그날의 옷을 지으려고 재단사를 방문한 뒤, 10시면 번화가나 유흥가로 갔다. 차려입은 양복의 모든 부분을 낱낱이 보여줄 수 있도록 등을 꼿꼿이 편 채 규칙적으로 방향을 바꾸는 나의 적확한 행동은, 그 업계에서 나를 아는 모든 이들로부터 감탄을 자아냈다. 적어도 정오 무렵까지는 내 고용주인 '컷 앤 컴어게인' 양복점에 손님을 데려왔다. 이 일에 대해 당당하지만 눈물을 머금고 말하겠는데, 이 회사는 배은망덕하고 야비한 짓을 했다. 우리가 서로 다툰 끝에 갈라서게 된 이유는 어처구니없게도 한 장의 청구서 때문이었다. 비즈니스에 정통한 사람이라면 과잉 청구되었다고 할 수 있는 항목은 하나도 없을 것이다. 어쨌든 이 일에 대해 독자들에게 판단할 기회를 마련하였으니 좋다. 내가 작성한 청구서를 보라!

	수신인 : 컷 앤 컴어게인 양복점 신청인 : 피터 프로핏, 도보 광고업자	금액
7월 10일	도보 광고, 고객 유치	$00.25
7월 11일	위와 같음	$00.25
7월 12일	손상된 2등급 검은색 옷감을 짙은 녹색이라고 속여 판매	$00.25
7월 13일	규모나 수준이 남다른 1등급 호객 행위 (혼방 공단을 브로드 천이라고 속여 판매)	$00.75

7월 20일	새로운 셔츠 옷깃 또는 가슴판 구입 (회색 명주 리본을 돋보이게 하기 위한 것임)	$00.02
8월 15일	짧은 두 겹 프록코트 입음 (그늘 밑 기온 41도)	$00.25
8월 16일	새로운 줄무늬 바지를 보여주기 위해 3시간 동안 짝다리로 서 있음 (한쪽 다리에 시간당 12.5센트)	$00.37 $\frac{1}{2}$
8월 17일	평소와 마찬가지로 도보 광고 라지 사이즈 고객 유치 (뚱뚱한 남자)	$00.50
8월 18일	위와 같음 (미들 사이즈)	$00.25
8월 19일	위와 같음 (작은 남자, 큰 수입은 올리지 못함)	$00.06
총계		$2.95 $\frac{1}{2}$

　이 청구서에서 논쟁거리가 된 항목은 새로운 셔츠 옷깃 비용으로 2센트를 청구한 부분이었다. 명예를 걸고 말하건대, 그 셔츠 옷깃 비용은 부당한 금액은 아니다. 내가 여태까지 본 것 중에 가장 깔끔하고 예쁜 셔츠 옷깃이었고, 덕분에 회색 명주 리본을 세 개나 팔 수 있었다고 생각한다. 하지만 그 회사의 나이깨나 있는 임원은 청구액 중 달랑 1센트만 지불해주면서, 자신에게 맡기면 이절 대판지(가로 203mm, 세로 330mm 크기의 용지 − 옮긴이) 한 장으로도 같은 크기의 셔츠 옷깃 4개는 만들 수 있다고 우겨댔다. 아무튼 내가 원칙에 따랐다는 걸 다시 한 번 밝힌다.

　비즈니스는 비즈니스므로, 비즈니스적인 방법으로 해결해야 한다. 내게서 1센트를 떼어먹은 행동은 어떠한 체계나 방식도 없는 절반의 사기죄가 분명하다. 나는 당장 '컷 앤 컴어게인'

을 떠나, 가장 수익성이 높고 그럴듯하며 일반적인 업종과는 무관한 '눈엣가시' 사업을 홀로 시작했다.

진정성, 효율성, 정확성이라는 비즈니스 특징이 여기서 다시 한 번 발휘되었다. 나는 거래를 왕성하게 하면서 이내 업계에서 두각을 나타냈다. 겉만 그럴듯한 일에는 손대지 않았으며, 오랜 관례에 따라 안정적으로 일을 해나갔다. 만일 고소를 당하지 않았더라면 그 일을 지금까지도 하고 있을 것이다. 비즈니스를 하다 보면 흔히 당할 수 있는 일이기는 하지만 말이다.

심술 맞은 부자 늙은이, 방탕한 상속자 또는 악덕 기업이 저택을 세워야겠다고 일단 마음을 먹으면, 절대로 이런 사람들의 결심을 꺾을 수 없다는 사실은 지적 능력이 있는 사람이라면 누구나 알 수 있다. 문제의 그 사실이 바로 '눈엣가시' 사업의 기본이다. 따라서 이런 부류의 사람들이 건축 계획을 세우자마자, 우리는 공사 계획 중인 부지 모퉁이 또는 바로 코앞이나 인접한 땅을 확보해놓는다. 그런 다음, 느긋하게 저택이 절반쯤 올라갈 때까지 기다린다. 이때쯤 점잖은 건축가에게 적당한 돈을 지불하여 바로 맞은편에 알박기용 진흙 오두막을 짓는다. 동부 연안 지방식이든, 네덜란드식 탑이든, 돼지우리든 상관없다. 그 모습이 에스키모, 키카푸 인디언, 호텐토트족이 쓰는 전통 가옥이면 어떠랴.

물론 부지와 건물의 초기 비용을 기준으로 500배도 못 되는 할증금만 받고 이 건물들을 갈아 치울 수는 없다. 그럴 수 있다고? 비즈니스맨들에게 한번 물어보자. 말도 안 되는 생각이라고 할 것이다. 나에게 바로 그렇게 해달라고 요청하는 악랄한 기업도 있었다! 물론 그 사람들이 제시하는 터무니없는 배분율에 응하지는 않았지만, 바로 그날 밤 그 악당들의 불 꺼진 저택에 가야만 했었다. 이를 이유로 비이성적인 악당들은 나를 감옥에 처넣었고, 내가 출소했을 때는 '눈엣가시' 사업 종사자들이 이미 나와 맺은 관계를 청산한 뒤였다.

생계를 위해 어쩔 수 없이 뛰어들어야 했던 '공갈 폭행' 비즈니스는 나의 섬세한 기질에 잘 맞는 편은 아니었다. 그래도 좋은 마음으로 일하러 나가 거래처를 뚫었으며, 과거 늙은 유모가 나를 집어던졌던 것과 같은 정확한 방식을 고수했다. 유모를 기억하지 못한다면 정말 비열한 인간일 것이다. 나는 거래할 때 체계적인 방법을 엄격히 준수하며 장부 정리를 잘했고, 덕분에 상당한 어려움을 극복하고 결국 그 분야에서 상당한 입지를 다질 수 있었다. 사실 나보다 이 비즈니스에 적격인 사람은 없을 것이다. 영업일지 한 쪽을 옮겨 적어보겠다. 이걸 보면 인격이 고매한 사람이라면 저지르지 않을 경멸스러운 행동, 즉 자화자찬을 하지 않아도 알 수 있을 것이다. 영업일지는 거짓말을 하지 않으니 말이다.

1월 1일. 새해 첫날. 거리에서 스냅을 마주침. 몸도 제대로 가누지 못하는 상태였음. 기억할 것 – 스냅을 만날 것. 그 후에 고주망태가 된 그러프를 만남. 기억할 것 – 그러프도 만날 것. 장부에 두 사람을 올리고, 각각 거래 관계를 개시함.

1월 2일. 증권거래소에서 스냅을 보자, 그 친구 발을 밟음. 스냅이 주먹 두 대를 날려 나를 쓰러뜨림. 좋았어! 다시 일어났음. 내 대리인, 백과 사소한 다툼이 있었음. 10달러는 받고 싶었지만, 백은 단순 구타로는 5달러 이상을 요구할 수 없다고 함. 기억할 것– 백을 잘라버릴 것. 전혀 체계적이지 못함.

1월 3일. 그러프를 찾으러 극장에 감. 돌출 좌석 둘째 줄, 뚱뚱한 여인과 날씬한 여인 사이에 앉아 있는 그러프를 발견함. 오페라글라스로 극장을 훑어봄. 뚱뚱한 여인이 얼굴을 붉히며 그러프에게 속삭임. 돌출 좌석을 한 바퀴 돌고는 그러프에게 가까이 다가가 참견함. 그러프를 도발했지만 실패. 재시도했으나 실패. 자리에 앉아 마른 여인에게 윙크함. 대단히 만족스럽게도 그러프가 내 멱살을 잡는 아래층으로 던져버림. 목을 삔데다 오른쪽 다리는 부러짐. 신바람 나서 집에 돌아와 샴페인 한 병을 마시고는 그 젊은이에게 5달러를 청구함. 백은 그 정도면 될 거라고 말함.

2월 15일. 스냅과 합의함. 장부상 기입된 총액은 50센트.

2월 16일. 무뢰배 그러프가 던져준 덕분에 5달러를 벎. 양복값 4달러 25센트 지출. 순익 75센트.

  아주 짧은 기간 동안, 순익 1달러 25센트를 벌었다. 스냅과 그러프 사건으로만 말이다. 발췌한 부분은 내 영업일지에서 무작위로 뽑은 것임을 진심으로 장담하는 바다.

돈은 건강에 견줄 수 없다는 옛말이 있다. 연약한 내 몸 상태로 그 일을 감당하기는 좀 버거웠다. 그러다 묵사발이 되도록 얻어맞아, 거리에서 만난 친구들이 내가 피터 프로핏인지 알아볼 수 없을 정도인 적도 있었다. 내가 할 수 있는 가장 나은 방법은 업종을 전환하는 것이었다. 그리하여 '진흙 튀기기' 사업으로 주의를 돌려, 몇 년 동안 전력투구했다.

이 일의 가장 큰 단점은 대다수의 사람이 선호하는지라 경쟁이 치열하다는 점이다. 도보 광고나 '눈엣가시' 사업, '공갈 폭행' 사업을 할 만한 능력이 없는 무식한 작자들도 '진흙 튀기기' 비즈니스는 해볼 만하다고 생각해서 더 그렇다. '진흙 튀기기'에 두뇌가 필요 없다는 생각은 잘못된 것이다. 무엇보다 방법이 없으면 아무것도 할 수 없다. 나는 혼자 일했지만, 몸에 배어 있는 체계성 덕분에 순조롭게 일할 수 있었다. 먼저, 심사숙고하여 어느 거리를 택할지 결정한 다음 그곳을 제외한 시내 어디에서도 빗자루를 내려놓지 않았다. 호주머니엔 언제든지 빚을 수 있는 작은 진흙 반죽을 들고 다녔다. 이 덕분에 믿을 만한 사람으로 알려졌다.

신용은 곧 비즈니스라는 전투의 절반을 차지한다. 깨끗한 바지로 내 구역을 지나려면 내게 동전을 던져줘야 했다. 이러한 비즈니스 습관이 널리 알려지자, 나를 속이려는 사람을 한번도 만나지 않을 수 있었다. 만약 그런 일이 있었다면 참아내지 못했을 것이다. 나를 속여 넘기려 하지 않는 이상, 누구에게나 신용을 지킨다. 물론 은행 사기는 내가 어쩔 수 없는 부분이다. 은행으로부터 날아온 지불 정지는 정말이지 끔찍하도록 불편했다. 이는 개인이 아닌 기업의 문제며, 기업은 걷어찰 수 있는 몸 뚱이나 욕을 퍼부어댈 영혼이 없다.

이 비즈니스로 돈을 좀 만졌을 때, 재수 없게도 '잡종 개 물 튀기기'라는 약간 비슷하지만 점잖지 못한 비즈니스와 합치자 는 제안에 넘어가고 말았다. 나는 검정 구두약과 구둣솔을 챙 겨들고 시내 중앙에서 목 좋은 곳에 자리를 잡았다. 내 개는 토 실토실 살이 올랐고 제법 똘똘했다. 그 녀석은 오랫동안 이 일 을 해와서 뭘 해야 하는지 눈치가 뻔했다. 우리가 일하는 순서 는 대략 이렇다. 진흙탕에서 잘 구른 폼페이 녀석이 가게 문 앞 에 앉아 있다가, 반짝이는 구두를 신은 멋쟁이 신사가 가까이 오면 다가가 진흙 한두 방울을 구두에 묻힌다. 그러면 신사는 욕을 퍼부어대며 구두닦이를 찾아 주변을 두리번거린다. 그때 검정 구두약과 구둣솔을 든 내가 신사 앞에 떡하니 나타난다. 1분이면 되는 일이었고, 이로써 6센트를 벌었다. 이 사업은 한 동안 꽤 잘나갔다. 사실 욕심이 많지 않았지만 그 개는 나와 달 랐다. 그 녀석에게 이익의 3분의 1을 주었음에도 폼페이 녀석 이 절반을 주장하자, 도저히 참을 수 없었다. 그리하여 우리는 대판 싸우고 갈라섰다.

그다음에는 한동안 '아코디언 연주' 비즈니스를 했는데, 꽤 호응이 좋은 편이었다. 간단하고 쉬운 비즈니스였으며 별다른 능력도 필요 없었다. 간단한 노래가 흘러나올 수 있는 기계를 구한 뒤 그 기계를 열고 망치로 몇 대 치기만 하면 된다. 그러면 당신이 상상하는 이상으로 음조가 이상해지고, 이로써 비즈니 스의 목적에 부합하게 된다. 이렇게 한 뒤에는 기계를 등에 메고 거리를 오가며, 거리에 무두질한 가죽이나 현관의 문 두드리는 고리쇠에 사슴 가죽을 감아놓은 집(조용히 안정을 취해야 하는 병자가 있는 집. 사람들이 오가는 소리가 들리지 않도록 집 앞에 무두질한 가죽을 펼쳐놓거나 문 두드리는 소리가 들리지 않도록 고리쇠에 사슴 가죽을 감아놓음 – 옮긴이)을 찾는다. 그러고는 세상이 끝날 때까지 멈추지 않을 듯 줄기차게 핸들을 돌려댄다. 종당에 창문이 열리고 "조용히 하고 가라"며 누군가 6센트를 던진다. 이 금액을 받고 가버리는 사람들도 있지만, 난 꼭 12센트를 받고서야 물러난다.

이 비즈니스도 상당히 잘됐지만, 만족스럽지 못한 부분이 있어서 이내 그만두었다. 사실은, 원숭이가 없다는 점이 불리했을 뿐 아니라, 거리는 진흙투성인데다 보기 싫은 민주당원 무리와 짓궂은 꼬마 녀석들로 가득 차 있었기 때문이다.

그 후로 몇 달 동안 실직 상태로 지냈지만, 끈질긴 관심을 보인 끝에 '사기 우편' 비즈니스에서 한자리 차지할 수 있었다. 이곳에서 진행한 임무는 단순했지만 수익은 꽤 짭짤했다. 매일 아침 일찍, 사기 편지 다발을 만든다. 편지 안에 순간적으로 떠오르는 불가사의한 주제에 대해 끄적인 뒤, 편지마다 톰 돕슨, 바비 톰킨스 뭐 대충 이런 이름으로 서명한다. 그다음에는 편지를 접어서 봉한 뒤, 뉴올리언스, 벵골, 보터니 만 또는 멀리 떨어진 곳의 위조 소인을 찍고서는 나의 담당 구역으로 서둘러 출발한다.

난 편지를 배달하고 우편 요금을 받기 위해 늘 대저택 쪽을 방문한다. 그 누구도 주저하지 않고 요금을 지불했으며, 두 통일 경우에는 더욱 그랬다. 정말 어리석지 않은가. 이 사람들이 편지를 미처 열어보기도 전에 골목 어귀를 벗어났다. 이 직업의 가장 큰 단점은 너무 많이 그리고 빨리 걸어야 하고, 자주 담당 구역을 바꿔야 한다는 것이다. 게다가 심각한 양심의 가책을 느꼈다. 죄 없는 사람들이 곤욕을 겪는 상황과 온 마을이 톰 돕슨과 바비 톰킨스에게 욕을 퍼부어대는 소리를 견디기 어려웠다. 난 역겨운 이 일에서 손을 씻었다.

마지막 비지니스는 '고양이 기르기'였다. 이 일은 가장 즐거우면서도 이윤이 높은 일이었고 아무런 문제도 없었다. 잘 알려졌다시피 이 나라에 고양이가 들끓었는데, 최근 들어 수많은 사람들이 고양이 수를 줄여달라는 탄원서에 서명한 뒤 입법부의 그 해 마지막 회기에 접수하였다. 이 시기의 국회는 평소와 달리 나라 안팎 사정을 잘 알아서 판단하여 현명하고 유익한 법안들을 통과시켰고, '고양이 법'으로 대단원을 장식했다. 이 법의 원안은 고양이 머리 하나당 보상금 4센트를 주는 것이었는데, 상원에서 '머리'에서 '꼬리'로 수정하였다. 이 수정안은 상당히 적절하다고 판단되었는지 의회에서는 만장일치로 수정안을 통과시켰다.

주지사가 이 법안에 서명하자마자, 나는 암고양이와 수고양이를 사는 데 모든 재산을 투자했다. 처음에는 먹이로 생쥐를 (값이 싸지 않은가?) 줄 만한 여력밖에 없었지만, 그 녀석들이 놀라울 정도로 성경 말씀(《창세기》 1장 22절. 하나님이 그들에게 복을 주시며 이르시되 생육하고 번성하여 여러 바닷물에 충만하라. 새들도 땅에 번성하라 하시니라. 옮긴이)을 잘 따라서인지 나는 결국 자유방임을 최선의 정책으로 여겼고, 그 녀석들에게 굴과 거북이를 마음껏 먹일 수 있게 되었다. 법으로 가격이 정해진 그 녀석들의 꼬리는 훌륭한 수입원이 되었다. 마카사르 기름을 바르면 1년에 꼬리를 세 번 얻을 수 있다는 사실을 알아낸 덕분이었다. 게다가 그 녀석들이 곧 이 상황에 익숙해져 꼬리를 자르는 데 다른 고양이들보다 거부감이 덜하다는 사실도 나를 기쁘게 했다. 그 결과, 나는 성공한 사람이 되었고 이제 허드슨 강가에 대저택을 사들이려 한다.

타르 박사와 페더 교수의 치료법

Edgar
A. Poe

타르 박사와 페더 교수의 치료법

　18XX년 가을, 프랑스 프로방스의 가장 아래 지방을 여행하던 중이었다. 내가 파리에서 의과대학을 다닐 때 친구들이 수도 없이 이야기했던 한 사립 정신병원에서 얼마 멀지 않은 곳에 다다랐다. 그런 곳에 한 번도 가본 적이 없는 터라, 놓치기 아까운 기회라는 생각이 들었다. 결국, 며칠 전 우연히 알게 되어 같이 여행 중이던 한 신사에게 행선지를 바꾸어 한 시간 정도 둘러보기를 청했다. 신사는 나의 부탁을 정중히 거절했다. 첫째는 일정이 촉박하며, 둘째로는 미치광이들의 집이라는 단어가 주는 흔하디흔한 공포심을 핑계로 들었다. 그러면서 자기에게 예의를 차리느라 호기심을 채우는 데 지장 받지 말아달라고도 했다. 자신은 느긋하게 말을 몰고 갈 테니, 그날이나 적어도 이튿날에는 내가 따라잡지 않겠느냐고 말했다. 신사가 작별 인사를 고하는데 문득 쉽게 정신병원 출입 허가를 내주지 않을 수도 있겠다는 생각이 들어, 그런 애로 사항을 털어놓았다. 신사는 이런 사설 정신병원은 공립 병원보다 규정이 엄격해서 관리인 마이야르 씨와 개인적인 친분이 없거나 추천장이 없으면

들어가기 어려울 거라고 답해주었다. 그러면서 정신병이라는 단어가 주는 느낌 탓에 그곳에 들어가지는 못하지만, 마이야르 씨와는 알고 지낸 지 몇 년 됐으니 문 앞까지 데려다주고 소개해주는 데까지는 도와주겠다고 덧붙였다.

나는 신사에게 심심한 감사를 표했다. 우리는 큰길에서 벗어나 잡초로 뒤덮인 샛길로 들어서 30분쯤 더 갔으나, 산기슭마저 가려버린 밀림 속에서 샛길은 거의 자취를 감추었다. 축축하고 음침한 숲을 가로질러 3킬로미터가량 달리자 정신병원이 시야에 들어왔다. 병원으로 쓰이는 저택은 우아했지만, 워낙 낡은데다 오랜 세월과 방치 속에서 아무것도 살 수 없게 되어버린 모습이었다. 저택의 황폐한 모습을 보자 아찔한 두려움이 밀려왔고, 말을 재정비하면서 돌아가자는 쪽으로 마음이 절반쯤 기울었다. 이내 내 나약한 마음이 부끄러워졌고 돌아가지 않기로 마음을 다잡았다.

정문으로 향하는 길에 보니 문이 슬쩍 열려 있었고, 그 틈으로 우리를 내다보는 한 남자의 얼굴이 보였다. 잠시 후, 밖으로 나온 그 남자는 나와 같이 온 사람의 이름을 부르며 말을 건네더니 살갑게 악수를 하며 말에서 내리기를 청했다. 바로 관리인 마이야르 씨였다. 훤칠한 외모에 예의 바른 몸가짐, 풍채가 넉넉한 전통적인 신사의 모습에서 풍기는 위엄과 품위, 근엄한 분위기가 인상적인 사내였다. 동행한 신사는 마이야르 씨에게 병원을 둘러보고 싶다는 내 바람을 전해주며 나를 성의껏 배려해주겠다는 다짐을 받고 자리를 떴고, 그 후 우리는 다시 만나지 않았다.

신사가 떠나자 마이야르 씨는 아담하면서도 정갈한 응접실로 나를 안내했는데, 제법 많은 책과 그림, 화분, 악기가 자리한 응접실에서는 관리인의 세련된 취향이 돋보였다. 벽난로 바닥 위로 불길이 활활 타오르는 모습도 보였다. 한 여인이 피아노 앞에서 벨리니의 아리아를 부르는 중이었는데, 내가 들어서자 노래를 멈추고 정중하고 품위 있게 맞아주었다. 목소리는 나직하고 몸가짐은 차분했다. 여인의 표정에서 슬픔의 흔적이 비쳤고, 얼굴빛이 어쩐지 마음에 걸릴 만큼 지나치게 파리했다. 격식을 갖추어 상복을 차려입은 여인의 모습에 내 마음 깊은 곳에서 존경과 흥미, 감탄이 뒤엉킨 감정이 일었다.

파리에서 들었던 바로, 마이야르 씨의 시설은 흔히 말하는 '진정 치료법'으로 운영하는 곳이라고 했다. '진정 치료법'은 어떤 상황에서도 체벌은 하지 않으며 감금도 거의 하지 않은 채, 은연중에 환자를 감시하지만 환자에게 자유를 주고, 대부분의 환자가 보통 사람들이 입는 평범한 옷을 걸친 채 시설 근처나 정원을 산책할 수도 있는 체계다.

진정 체계가 주는 인상을 마음에 새기며, 나는 젊은 여인 앞에서 내가 뱉는 말 한마디에도 주의를 기울였다. 여인이 정상인지 확신할 수 없어서인데, 사실 여인의 눈에서 번득이는 광채를 보고 나니 절반쯤 정상이 아닐 거라는 확신이 들었다. 나는 애써 평범한 얘깃거리나 정신병자를 자극하거나 화나게 하지 않을 만한 주제만 가려내어 대화를 나누었다. 여인은 내가 하는 모든 말에 나무랄 데 없이 이성적인 태도로 답했다. 여인은 처음부터 뛰어난 분별력을 보여주었지만, 광기라는 형이상학을 오래 알고 지낸 내 머리는 그런 제정신의 증거를 믿지 말라고 말했고 이야기를 나누는 내내 처음과 같이 주의를 게을리하지 않았다. 이윽고 말끔하게 제복을 차려입은 하인이 쟁반에 과일과 포도주, 요깃거리를 들여왔고, 내가 먹기 시작하자 여인은 얼마 지나지 않아 응접실을 나갔다. 여인이 나가자 나는 마이야르 씨에게 의아한 눈길을 보냈다.

"아니요, 아닙니다. 제 일가입니다. 조카인데 교양이 넘치는 숙녀죠."

"능히 용서해주시겠지만 정말 마음 깊이 사과드립니다. 이곳을 관리하는 마이야르 씨의 탁월한 능력은 파리에서부터 익히 들어 아는지라 가능할 수도 있겠다는 생각이 들었습니다. 그러니까 제 말은…."

"예, 알겠습니다. 그만하시지요. 오히려 탁월한 신중함을 보여주신 데에 감사해야 할 사람은 저 아니겠습니까. 그만한 신중함을 갖춘 젊은이는 찾아보기가 어렵습니다. 일부 방문객이 저지른 경솔함으로 사소한 말다툼이 벌어지는 일도 심심치 않게 있답니다. 이전 체계로 운영할 때는 환자들이 원하는 대로 이리저리 배회할 수 있는 권리를 주었는데, 시설을 점검하러 온 일부 몰지각한 사람들로 인해 위험한 발작을 일으키는 환자가 왕왕 있었습니다. 향후 어쩔 수 없이 철저한 격리 체계를 시행하는 중입니다. 판단력을 신뢰할 수 없는 사람은 이 시설에 접근을 허용하지 않지요."

"이전 체계로 운영할 때라니요!"

나는 마이야르 씨가 한 말을 다시 읊었다.

"제가 제대로 이해했다면, 그러니까, 제가 수도 없이 들었던 '진정 치료법'은 지금은 시행하지 않는다는 말씀이십니까?"

"현재는 그렇습니다. 완전히 포기하기로 한 지 몇 주 되었습니다."

"에구머니나! 정말 놀랍습니다!"

마이야르 씨가 한숨을 쉬며 말을 이었다.

"오랜 전통으로 돌아가는 게 더는 불가피함을 알게 되었습니다. 진정 치료법은 항상 끔찍한 위험이 뒤따르고, 장점도 과대평가되었습니다. 저는 적어도 이 시설에서는 진정 치료법을 언제 어떤 상황에서도 정통으로 시행했다고 생각합니다. 합리적인 인간이 생각할 수 있는 모든 일을 했습니다. 조금만 일찍 찾아주셨으면 선생께서 직접 판단할 수 있었을 텐데 참으로 안타깝군요. 진정 치료법을 구체적인 내용까지 잘 아시는 것 같습니다만…."

"잘 알지는 못합니다. 그저 귀동냥으로 들었을 뿐이지요."

"진정 치료법은 쉽게 말해 환자들이 집에 있는 듯한 분위기를 만들어주는 치료법이라고 말씀드릴 수 있습니다. 우리는 환자의 머릿속에 입력된 그 어떤 공상도 부정하지 않습니다. 되레 마음껏 망상에 빠져들 수 있도록 독려하지요. 현재도 시행하는 치료법 상당수도 진정 치료법에서 영향을 받았습니다. 간접증명법(어떤 명제가 성립함을 증명하는 데 있어, 가정에서 차례로 추론하여 결론을 이끌어내는 것이 아니라, 다른 방법에 의하여 결론이 옳다고 증명하는 방법 - 옮긴이)과 같은 방법으로 정신병자의 연약한 이성을 자극한다고 할까요. 이를테면, 자신을 닭이라고 생각하는 환자들이 있었습니다. 치료법은 이런 식이지요. 일단 그 망상을 사실이라고 인정하고, 사실을 제대로 받아들이지 못하는 환자의 어리석음을 추궁합니다. 그런 다음 한 주 동안 닭에 상응하는 식사 외에는 아무것도 주지 않는 겁니다. 이 사례에서는 옥수수 약간과 자갈이 놀라운 결과를 내주었습니다."

"그런 타협법이 전부였습니까?"

"그럴 리가요. 저희는 음악이나 춤, 전신 체조, 카드, 특정 종류의 책 같은 단순한 오락도 신뢰합니다. 환자 개개인을 평범한 신체장애를 치료하는 것처럼 가장하고 '정신병' 같은 단어는 사용하지 않았습니다. 환자끼리 서로 행동을 감시하게 한 것이 강점이었습니다. 환자의 분별력과 사고력 신뢰가 곧 환자의 영혼과 신체 회복으로 이어지는 것이죠. 이런 방법으로 감시원 여럿의 고용 비용을 줄일 수 있었습니다."

"체벌 같은 건 없었습니까?"

"당연합니다."

"환자를 감금시키지도 않고요?"

"아주 드물지요. 간혹 환자의 증상이 심각해지거나 갑자기 격분해 폭력적으로 변할 때는 다른 사람들에게 영향을 주지 않도록 밀실로 이송해서 보호자가 퇴원시킬 때까지 감금합니다. 사나운 환자들은 우리도 손을 쓸 수 없거든요. 그런 환자는 보통 공공 의료 기관으로 보냅니다."

"지금은 그런 체계를 다 바꾸셨는데, 더 좋아졌다고 생각하십니까?"

"확실히 그렇습니다. 진정 치료법은 문제가 있었고 심지어 위험했지요. 다행히 현재는 프랑스에 있는 모든 정신병원에 설파했습니다."

"참 놀라운 말씀이시군요. 그러니까 현재는 프랑스 어디에도 다른 정신병 치료법은 존재하지 않는다는 말씀이시군요."

"손님은 아직 젊으시지요. 이제 다른 사람의 이야기를 듣지 않아도 세상이 어떻게 돌아가는지 스스로 판단해야 할 때가 올 겁니다. 들리는 것은 아무것도 믿지 말고, 보이는 것도 반만 믿으세요. 우리 정신병원도 말입니다, 분명 어떤 무식한 사람들 때문에 손님께서 오해하신 듯합니다. 저녁을 드시고 여독이 풀리고 나면 저와 함께 시설을 둘러보면서, 체계가 운영되는 모습을 본 모든 사람은 물론 개인적으로도 지금까지 고안된 체계와는 비교가 안 될 만큼 가장 효과적이라고 생각하는 체계를 소개해드리지요."

"직접 고안하신 체계입니까?"

"부정하지 않아도 되니 한없이 자랑스럽습니다만, 어느 정도는 그렇다고 할 수 있습니다."

나와 마이야르 씨는 한두 시간 정도 이런 식으로 대화를 나누며 시설에 있는 정원과 온실을 둘러보았다.

"지금 당장은 환자들을 보여드릴 수 없습니다. 민감한 사람들은 항상 그런 상황에 상당히 충격을 받거든요. 게다가 저녁 식사 하실 텐데 식욕이 떨어지면 곤란하지요. 블루테 소스(송아지 고기, 닭고기, 생선 등의 국물을 섞어 만든 화이트 소스 – 옮긴이)를 곁들인 꽃양배추와 생트 므누식 송아지 요리를 대접하겠습니다. 클로 드 부조(부르고뉴산 포도주 – 옮긴이)를 한 잔 곁들이고 나면 긴장이 확 풀어지실 겁니다."

6시, 저녁 식사가 나왔다. 마이야르 씨는 커다란 식당으로 나를 이끌었는데 그곳에는 25~30명쯤 되는 사람들이 한데 모여 있었다. 좋은 환경에서 자란 상류사회 사람들이 분명해 보였지만, 그 차림새가 뽐내려 화려하게 차려입은 사치스러운 세력가처럼 보였다. 알고 보니 앉아 있는 이들의 3분의 2는 여자였고 그중 몇몇은 현재 파리 사람이라면 결코 세련된 취향이라고 할 수 없을 만한 옷을 입었다. 이를테면 적어도 칠순은 된 여인들이 반지와 팔찌, 귀걸이 같은 장신구를 주렁주렁 달고 가슴과 팔은 부끄러운 줄 모르고 드러내 놓은 차림새였다. 정교한 솜씨로 한 땀 한 땀 만든 옷도 거의 없었고, 잘 어울리게 옷을 입은 이도 찾아보기 힘들었다.

주변을 휘 둘러보다가 마이야르 씨가 응접실에서 소개해주어 관심을 두었던 여인을 발견했다. 당혹스럽게도 파딩게일(스커트를 부풀게 하려는 목적으로 만들어진 속치마의 일종 - 옮긴이)을 넣은 풍성한 치마에 굽 높은 구두를 신은데다, 브뤼셀산 레이스가 달린 지저분한 모자를 썼으나 모자가 너무 커서 얼굴이 거의 보이지도 않는 그 모습에 적잖이 놀랐다. 처음 보았을 때는 분명 잘 어울리는 상복 차림이었다. 간단히 말하면, 그 자리에 있는 사람들의 차림새에는 이상한 분위기가 감돌았고, 이로 인해 처음에는 내 생각이 진정 치료법에 대한 초반 견해로 되돌아갔다. 또 내가 정신병자와 저녁을 먹는다는 사실을 눈치채고 불편해할 수도 있으니 저녁 식사가 끝날 때까지 마이야르 씨가 나를 속이려고 한다는 근거 없는 의문도 들었다. 하지만 파리에 있을 때 남쪽 지방 사람들은 약간은 구식이고 유별난 생각을 하는 괴짜가 많다는 이야기를 들은 것이 생각났고, 사람들과 어울려 이야기를 나누면서 이내 내 걱정은 말끔히 사라졌다.

식당은 꽤 널찍하고 아늑한데도 불구하고 어쩐지 기품이 떨어졌다. 이를테면 양탄자를 깔지 않았는데, 프랑스에서는 흔히 양탄자를 생략하기도 한다. 창문에 커튼도 없었는데 대신 보통 가게에 다는 덧문을 모방해 철로 만든 빗장을 비스듬히 달아 단단히 잠가두었다. 식당은 방 하나가 저택의 곁채처럼 생겼고 평행사변형의 세 면에는 창문이, 다른 한 면에는 문이 있는 모양새였다. 창문은 자그마치 열 개나 되었다.

상차림은 최고 수준이었다. 음식이 가득했고 산해진미는 넘쳐났다. 그 사치스러움이 미개하다 느껴질 정도였다. 거인의 배를 채우고도 남을 만큼 육류가 많았다. 지금까지 살면서 목격한 적 없는 사치품의 사치스러운 소비였다. 실내 장식은 취향을 파악하기 어려웠는데, 차분한 조명에 익숙한 내 눈에는 은으로 된 촛대 위에서 유달리 번쩍이며 빛을 발하는 수많은 양초가 눈이 부셨고, 식당 안 어느 곳이든 놓을 자리가 있다면 으레 촛불이 있었다. 하인 여럿이 분주하게 돌아다니며 시중을 들었고, 식당 한구석에는 바이올린, 피페, 트롬본, 북을 든 사람 예닐곱이 앉아 있었다. 이 사람들은 저녁 식사를 하는 동안 음악이고자 하는 다양한 소음으로 틈틈이 나를 괴롭혔지만, 나를 제외한 다른 모든 이들은 여흥을 즐기는 듯 보였다.

전체적으로 내가 본 모든 것들이 기이하다는 생각이 머릿속을 떠나지 않았다. 세상에는 다양한 관습이 있으며, 다양한 방식으로 사고하는 다양한 사람들이 있다. 게다가 난 여행 경험이 풍부한지라 어떤 상황에서든 능숙한 태연함을 보여줄 수 있었기 때문에 마이야르 씨 오른쪽 자리에 차분히 앉아 최상의 식욕을 보여주며 내 앞에 차려진 성찬에 공정한 대우를 해주었다.

식사하는 내내 일상적인 대화가 활발히 오갔다. 여인들은 늘 그렇듯 수다 삼매경에 빠졌다. 그 자리에 앉은 거의 모든 사람이 교육 수준이 꽤 높다는 사실은 금세 알 수 있었고 마이야르 씨의 세계는 재미있는 일화로 가득 차 있었다. 마이야르 씨는 정신병원의 관리자로서 신분을 드러내는 데 거리낌이 없는 듯했고, 아주 놀랍게도 모든 이들이 가장 좋아하는 이야깃거리도 정신병이었다. 환자들의 변덕에 대해 이야기하며 상당히 즐거운 이야기를 주거니 받거니 했다.

내 오른쪽에 앉은 땅딸막한 남자가 입을 열었다.

"한번은 이런 사람이 있었어요. 자기가 주전자라고 생각하는 친구였는데, 이 기발한 생각이 유독 정신병자의 머릿속에 자주 들어가는 게 꽤 드문 일도 아니지요? 프랑스에 있는 정신병원 중에서 인간 주전자를 내놓지 못하는 시설은 거의 없을 지경이니까요. 이 친구는 영국산 주전자였는데 아침마다 부드러운 가죽과 분으로 자기 몸에 꼼꼼히 광을 내는 친구였죠."

건너편에 있던 키가 큰 사내가 말을 이어갔다.

"그리고 왜, 얼마 전에는 자기가 당나귀라고 생각하는 사람도 있었는데, 돌려 말하자면 딱히 틀린 말은 아니었지만요(당나귀에 해당하는 단어 Donkey에 얼간이라는 뜻도 있음 - 옮긴이). 하여튼 시설을 나가려고 하는 통에 소동이 여러 번 있었지요.

한동안 엉겅퀴 외에는 아무것도 먹으려고 하지 않았지요, 아마. 엉겅퀴 외에 아무것도 먹지 못하게 하는 방법으로 그 사람의 망상도 치료했지요. 그런 뒤에는 끊임없이 뒷발질하기 시작했어요. 이렇게, 이렇게….”

그러자 사내 옆에 앉아 있던 나이 지긋한 여인이 불쑥 끼어들었다.

“드 콕 씨! 예의 좀 갖춰주시면 고맙겠어요! 발 좀 치워주시지요. 제 비단 치마가 망가졌잖아요. 이야기를 꼭 그렇게 사실적으로 묘사해야 하나요? 그러지 않아도 여기 계신 분들은 충분히 이해하실 텐데요. 맹세코 그 가여운 사람이 그랬던 것처럼 드 콕 씨도 정말 커다란 당나귀 같았거든요. 연기가 무지 자연스럽더라구요.”

“죄송합니다, 부인! 대단히 죄송합니다! 언짢게 할 생각은 아니었습니다. 라플라스 부인, 드 콕이 부인과 건배할 영광을 얻고 싶습니다만.”

드 콕 씨가 깊이 허리를 숙이고 잔뜩 격식을 차린 뒤에야 살며시 손을 갖다 대면서 라플라스 부인과 건배했다.

이번에는 마이야르 씨가 나를 가리키며 말했다.

“이제 드시지요. 송아지 요리를 조금 나누어 드리겠습니다. 입에 맞으실 겁니다.”

그 순간 건장한 하인 셋이 거대한 접시인지 쟁반인지를 식탁 위에 무사히 안착시키는 데 성공했는데 내가 보기에는 그 안에 ‘지독하게 끔찍한 덩치 큰 눈먼 괴물’이 들어 있는 듯했다. 가만히 들여다보니 입에 사과를 물고 무릎을 꿇은 채 통째로 구운 작은 송아지였는데 영국에서는 산토끼를 손질하는 방식이었다.

"감사하지만 사양하겠습니다. 사실, 생트 뭐라고 하셨죠? 하여튼 그 송아지 요리를 특별히 좋아하지 않아서요. 알레르기가 있을지도 모르겠습니다. 접시를 바꿔서 토끼 고기에 도전해보겠습니다."

식탁에는 프랑스식 토끼 요리로 보이는 음식을 포함해 온갖 먹을거리가 있었고, 토끼 요리는 나도 다른 사람에게 추천할 수 있을 만큼 대단히 맛있는 부위였다.

"피에르, 이분의 접시를 바꿔드리고 이 고양이를 곁들인 토끼 요리 좀 더 내어드리게."

마이야르 씨가 큰 소리로 하인을 불렀다.

"예? 무슨 요리요?"

"고양이를 곁들인 토끼라고 했습니다."

"이런, 감사합니다만, 다시 생각해보니 괜찮을 것 같습니다. 그냥 돼지고기 요리를 조금 더 먹겠습니다."

나는 속으로 이곳 프로방스 지역 사람들의 식탁에는 무엇이 올라올지 알 수가 없다고 생각했다. 토끼를 곁들인 고양이 요리든 그 비슷한 고양이를 곁들인 토끼 요리든 아무것도 먹지 않으리라.

이번에는 창백한 안색을 하고 식탁 끄트머리에 앉아 있던 어떤 이가 맥이 끊겼던 대화를 다시 이어간다.

"한번은, 여기 있던 환자 중에 다른 괴짜 중에서도 끈질기게 자기가 코도바 치즈라고 우겨대던 사람이 있었습니다. 그이는 손에 칼을 들고 친구들한테 자기 종아리를 조금 떼어내 먹어보라고 권하고 다녔었죠."

그때 누군가가 끼어들었다.

"그 사람은 진짜 바보였죠. 그래도 이 처음 뵌 신사분을 제외하고 우리는 모두 아는 그 사람하고는 비교할 수 없습니다. 왜 매일 펑, 쏴 하는 소리를 내고 다니면서 자기가 샴페인병이라고 생각했던 남자 말입니다. 이렇게요."

나는 굉장히 무례하다고 생각했지만, 그 말을 하던 남자는 왼쪽 볼 안쪽에 오른 엄지손가락을 넣었다 빼면서 코르크 마개가 펑하고 터지는 소리를 흉내 내고는, 이빨 위로 혀를 능숙하게 굴려 쉬익 하고 샴페인 거품이 빠지는 소리 흉내를 몇 분 동안이나 계속 해댔다. 내 보기에 마이야르 씨는 분명 이 행동이 달가워 보이지 않았지만 신사답게 아무 말도 하지 않았다. 이번에는 큰 가발을 쓰고, 작은 키에 비쩍 야윈 남자가 대화에 참여하였다.

"무식한 사람도 있었지요, 자기가 개구리인 줄 알던 바로 그 사람. 전혀 닮지 않았는데도 말이죠. 손님이 한번 보셨으면 좋았을 텐데요. 그 사람이 자연스럽게 연기하는 모습을 직접 보셨으면 재미있다고 하셨을 거예요. 그 사람이 개구리가 아니라면 개구리가 아니라 가엾다고 말할 수밖에 없을 정도였습니다. 그 사람이 세상에서 가장 가느다란 B 플랫 음으로 개굴개굴하는 소리를 냈지요. 포도주를 한두 잔 마시고 나면 식탁 위에 이렇게 팔꿈치를 대고 입을 쩍 벌리고는 눈동자를 막 굴리는데, 또 어찌나 엄청나게 빠르게 깜빡이는지요. 제가 책임지고 말씀드리지만, 정말이지 손님도 그 사람의 재주에 반해버리셨을 겁니다."

"당연히 그렇겠지요."

어떤 이가 말을 꺼냈다.

"프티 가야르드라고, 자기가 한 줌의 코담배라고 생각하는 사람도 있었는데, 엄지와 나머지 손가락 사이에 자기 몸을 끼워 넣지 못해서 안달복달했지요."

"쥘 드 슐리에르라고, 정말 보기 드문 천재도 있었는데, 자기가 호박이라는 생각에 사로잡혀 미쳐버렸지요. 자기를 파이로 만들어달라고 요리사를 들들 볶았는데 요리사가 엄청 화를 내면서 거절했답니다. 드 슐리에르 호박 파이가 결코 대단한 일류 요리는 못 됐을 겁니다."

"정말 놀랍군요!"

나는 그렇게 말하며 의문에 찬 표정으로 마이야르 씨를 쳐다보았다.

"하하하! 헤헤헤! 히히히! 호호호! 후! 후! 후! 정말 즐겁군요. 놀라실 것 없습니다. 여기 있는 분들은 재치 있고 기지가 넘치는 분들이랍니다. 곧이곧대로 이해하시면 곤란합니다."

그러자, 다른 이가 입을 열었다.

"부퐁 르 그랑이라고 나름 특별했던 사람도 생각납니다. 사랑 때문에 미쳐버렸는데, 자기 머리는 두 개라는 망상에 사로잡혀 있었지요. 머리 하나는 키케로의 머리라고 주장하며 다녔고, 다른 머리는 이마 꼭대기부터 입까지는 데모스테네스고 입부터 턱까지는 브로엄 경인 복합체라고 생각했지요. 그 사람이

틀렸을 가능성이 없지는 않지만 얼마나 달변가인지 손님도 그 사람에게 설득당하셨을 겁니다. 웅변에 열정적인데다 직접 보여주지 않고는 못 배기는 사람이었습니다. 이를테면, 식탁 위로 이렇게 올라와서는, 이렇게…"

말을 하던 남자의 옆에 앉아 있던 사람이 그 남자의 어깨에 손을 얹더니 귀에 대고 몇 마디 속닥이자마자, 남자는 돌연 하던 말을 멈추고 자기 자리로 돌아갔다.

이번에는 귀에 속닥이던 사람이다.

"인간 팽이 불라드라는 사람도 있었습니다. 항상 비이성적으로 변덕을 부리지는 않았지만, 자기가 팽이로 개조됐다는 허황한 생각에 사로잡힌 사람이라 제가 인간 팽이라고 불렀지요. 그 사람이 빙빙 도는 모습을 보셨다면 폭소를 금치 못하셨을 겁니다. 한 발로 서서 한 시간씩 맴맴 돌고는 했답니다. 이렇게요. 이렇게…"

그때 귓엣말을 듣고 말을 그만두었던 남자가 스르륵 일어나 불라드 씨의 행동을 그대로 따라 했다.

그러자 나이 지긋한 여인이 목소리를 높인다.

"지금 말씀하시는 불라드 씨는 미치광이인데다, 잘해야 어리석은 미치광이였지요. 이런 질문을 하고 싶네요. 인간 팽이를 들어보신 분 있나요? 어처구니없는 얘기였지요. 반면에 조외스 부인은 현명한 분이셨습니다. 조금 특이한 생각을 꿈꾸기는 했지만, 타고난 본능이었고 상식적인 수준이었고 부인을 아는 영광을 누린 사람은 모두 재미있어 했지요. 심사숙고한 끝에 어떤 사고로 인해 당신이 수탉으로 변해버렸다는 걸 알아냈지만 점잖게 행동하셨어요. 날개를 퍼덕이는 모습이 인상적이었는데, 이렇게, 이렇게…. 또 울음소리는 얼마나 유쾌하던지! 꼬꼬댁! 콕 콕 콕 콕! *꼬꼬댁! 꼬꼬꼬꼬꼬.*"

여기서 마이야르 씨가 분연히 끼어들었다.

"조외스 부인, 예의를 갖춰주시기 바랍니다! 예의를! 숙녀다운 행동거지를 보여주시든지, 당장 식탁을 떠나주시든지 선택하시지요."

지금까지 조외스 부인을 묘사하는 이야기를 듣던 나는 이야기를 하는 사람을 향한 조외스 부인이라는 호칭에 적잖이 놀랐다. 여인은 눈썹까지 빨개지면서, 마이야르 씨가 해대는 질책에 어찌할 바를 몰라 했다. 여인은 고개를 떨구고 한 음절도 대꾸하지 않았다. 그러자 젊은 여인이 분위기를 전환시켰다. 응접실에서 보았던 아름다운 여인이었다.

"조외스 부인은 어리석은 사람이었지요. 그래도 정신 상태는 건강하셨다고, 외제니 살사펫은 그렇게 이야기하더군요. 외제니 양은 아름답고 정숙한 아가씨인데 평소 사람들이 입는 옷차림이 점잖지 못하다고 생각해서 본인은 항상 옷을 뒤집어 입었지요. 간단해요. 이렇게 하고, 이렇게 한 다음, 이렇게…."

이 대목에서 여러 사람이 목청껏 외쳤다.

"맙소사! 살사펫 양! 뭐하시는 겁니까? 그만두세요, 그만하면 됐습니다! 어떻게 하는지 확실하게 알겠습니다! 제발! 그만."

몇몇은 벌써 살사펫 양이 메디치의 비너스(메디치가가 소장했던 대리석 아프로디테 조각상으로, 옷이나 천으로 몸을 가리지 않은 알몸의 조각상임 – 옮긴이)와 동등해지는 걸 제지하려고 자리를 박차고 일어섰다. 그 순간은 저택의 몸채 어딘가에서 연속적으로 들린 커다란 비명 내지 고함으로 완성되었다.

사실, 나도 비명에 신경이 온통 곤두섰지만 같이 있던 다른 이들은 정말이지 가여웠다. 살면서 멀쩡한 사람들이 이토록 처절하게 겁에 질린 모습을 본 적이 없었다. 하나같이 창백해진 얼굴은 송장 같았고, 의자 밑에 쪼그려 앉아 두려움에 덜덜 떨며 알아들을 수 없는 말을 뱉어내며 반복되는 소리에 귀를 기울였다. 비명은 점점 커졌고, 점점 가까워지는 듯했고, 아니 고막이 따가울 정도로 크게 들렸지만, 이내 외마디 소리는 잦아들었다. 비명이 잠잠해지자 식당에 있던 사람들은 바로 정신을 추스르고, 식당은 이전처럼 세상살이와 재미있는 이야기로 가득 찼다. 나는 감히 이 소동이 일어난 원인을 물었다.

"그저 사소한 일입니다. 흔히 있는 일이고, 저희는 거의 신경 쓰지 않는답니다. 정신병자들은 예나 지금이나 소리를 맞춰서 고함을 질러대지요. 종종 개들이 한밤중에 그러듯, 하나가 시작하면 모두 따라 하지요. 이따금 비명 협주곡이 떼 지어 도주하려는 시도로 이어지기도 하지만, 물론 그때는 감금의 위험이 도사리고 있습니다."

"몇 명이나 감금하셨지요?"

"현재까지는 모두 열 명 이하입니다."

"대체로 여성이겠군요?"

"아닙니다. 전부 남자랍니다. 게다가 건장한 친구들이고."

"그렇습니까! 저는 정신병 환자는 대다수가 여성이라고 생각했습니다."

"일반적으로는 그렇습니다만, 항상 그렇지는 않습니다. 얼마 전까지는 이 시설에 환자가 스물일곱 명 있었는데 그중에 여성은 열여덟 명이었지요. 요즘은 보시다시피 상황이 달라졌습니다."

"예, 보시다시피 달라졌지요."

식당 안에 있는 모든 사람이 입을 모았다.

"모두 혀 관리들 하시지요!"

마이야르 씨가 화가 머리끝까지 나서 외쳤다. 그로 인해 모두가 1분여 동안 쥐 죽은 듯이 침묵을 지켰다. 마이야르 씨가 한 말에 어떤 여인은 말 그대로 기나긴 혀를 쭉 내밀어 양손으로 붙들고 저녁 식사가 끝날 때까지 잠자코 있었다.

나는 몸을 숙여 마이야르 씨에게 작은 소리로 물었다.

"이 숙녀분 말입니다. 방금 말씀하시던 여자분이요, 그 *꼬끼 댁 꼬꼬꼬* 하시던 분. 위험하지는 않을 것 같습니다만…."

"위험하지 않다니요? 도대체 무슨 말씀이십니까?"

마이야르 씨는 진심으로 놀란 듯 말을 툭 내뱉었다.

나는 내 머리를 매만졌다.

"그냥 약간 이상한 정도? 저는 당연히 숙녀분께서 특별히 위험한 환자는 아니라고 생각했습니다만…."

"이런! 무슨 생각을 하신 겁니까? 이 숙녀분은 오랜 벗이자 특별한 친구 조와스 부인으로서 저만큼이나 정신이 온전하십니다. 분명 기행을 일삼기는 하지만, 그래도 나이깨나 든 여인들이 그렇듯 그 정도의 기행일 뿐입니다!"

"틀림없이, 그러니까 여기 계신 다른 분들께서도…."

"제 친구들이고 관리인입니다. 소중한 친구들이고 훌륭한 협력자지요."

마이야르 씨가 거만하게 몸을 곤추세우며 말했다.

"예? 모든 분이요? 숙녀분들까지 포함해서 말씀이십니까?"

"그렇습니다. 여성분들이 없으면 우리는 아무것도 할 수 없습니다. 이 세상에서 가장 훌륭한 정신병원 간호사지요. 뭐랄까, 그네들만의 기술이 있지요. 여성들의 번득이는 눈이 경이로운 효과를 낸답니다. 뱀이 먹이를 노리듯이 말입니다."

"분명, 그렇겠지요! 행동이 엉뚱하잖아요? 약간 기묘하기도 하고요. 그렇게 생각지 않으십니까?"

"엉뚱하다! 기묘하다! 어째서 그렇게 생각하십니까? 우리는 그저 너무 점잔 빼지 않으려는 것뿐입니다. 여기 남쪽 지방에서는 인생을 즐긴다든가, 뭐 그런 것처럼 꽤 많은 일을 우리가 내키는 대로 한답니다. 아시겠지만."

"물론입니다. 물론이지요."

"그건 그렇고, 클로 드 부조를 마셔서 취기가 조금 올라오실 텐데…. 그, 약간 셀 거라는 말입니다. 무슨 말인지 아시지요?"

"그렇군요. 그렇습니다. 선생님, 아까 말씀하신 유명한 진정 치료법을 대신해서 도입하셨다는 그 치료법은 엄격하고 혹독한가요?"

"전혀요. 어쩔 수 없이 감금 제도를 시행하기는 하지만, 치료법, 그러니까 의학적인 치료법은 다른 것보다 환자에게 우호적인 편입니다."

"그럼 새로운 치료법 역시 선생님께서 고안하신 겁니까?"

"꼭 그렇지는 않습니다. 그중 일부는 손님도 분명 들어보셨 겠지만, 타르 박사라는 분의 공이 큽니다. 기획안 또한 유명한 페더 교수가 쓴 논문을 참고해 수정했다는 사실을 기꺼이 인정 해야겠군요. 제 실수가 아니라면 영광스럽게도 그분과 개인적 으로 친분이 있으시겠지요."

"이런 말씀드리기 참 부끄럽지만, 지금 언급하신 두 분의 이 름을 한 번도 들어본 적이 없습니다."

"이런 제길! 제가 분명 잘못 들었겠지요! 박식한 타르 박사와 평판 높은 페더 교수를 한 번도 들어본 적이 없다, 그런 뜻이 아 니셨지요?"

마이야르 씨가 의자를 홱 밀어내더니 손을 들며 소리를 내 질렀다.

"제 무지를 인정하지 않을 수 없습니다만, 진실은 그 무엇보 다도 신성시해야겠지요. 어쨌거나 고명한 두 분의 업적을 몰랐 다니 제가 티끌만 한 미물에 지나지 않는 듯합니다. 당장 두 분 이 쓴 저서를 구해서 꼼꼼히 읽어보겠습니다. 정말이지 선생님 말씀에 저 자신이 한없이 부끄러워집니다."

사실이었다.

"이제 그만하시고, 소테른(프랑스 서부 지역 보르도 동남쪽에서 생산되는 고급 와인 – 옮긴이)이나 한잔 하시지요. 젊은 친구."

마이야르 씨가 내 손을 꼭 쥐며 다정하게 말했다.

함께 마셨다. 모여 있던 사람들도 우리를 따라 한없이 술을 들이켰다. 사람들은 잡담을 하고, 농담을 하고, 큰 소리로 웃어 대고, 바보 같은 짓을 수도 없이 일삼았고, 바이올린은 날카롭게 악을 썼고, 북은 야단법석을 떨었고, 트롬본은 팔라리스의 청동 황소(속이 비어 있는 놋쇠 황소 모형 안에 사람을 집어넣고 불로 달구는 고문 기구. 내부에 나팔 같은 파이프가 있어 안에서 고통스러워 하는 소리가 밖으로 들림 – 옮긴이)처럼 울부짖었으며, 포도주가 주도권을 잡을수록 모든 광경은 차츰 농도가 짙어졌고, 종당에는 일종의 대혼란이 일었다. 그 와중에도 우리 둘은 소테른과 클로 드 부조를 섞어 마시며 소리 높여 대화를 이어갔다. 평상시 쓰는 음조로 뱉어낸 단어는 나이아가라 폭포 바닥에 사는 물고기의 목소리보다도 들릴 가능성이 적었다.

급기야 마이야르 씨 귀에 대고 큰 소리로 말했다.

"저, 선생님. 저녁 식사 전에 말씀하신 진정 치료법에 내포되어 있다는 위험 말입니다. 이를테면 어떤 식입니까?"

"예, 가끔 위험천만한 상황이 발생하지요. 정신병 환자가 부리는 변덕은 이유를 설명하기 힘듭니다. 제 생각은, 타르 박사와 페더 교수의 의견처럼 환자들을 광범위한 무감독 아래 관리하도록 허용하는 게 안전하지 않다는 생각입니다. 광기가 말그대로 잠시 '진정'될 수는 있어도 결국에는 감당하기 어려워지기 마련입니다. 그 솜씨는 또 얼마나 정교한지요! 마음속에 정해둔 목표가 있으면 그 계획을 무슨 일이 있어도 들키지 않습니다. 놀라운 능력이지요. 게다가 제정신인 척 능숙하게 연기하는 행동 또한 형이상학자들에게는 정신 의학 분야에서 가장 독특한 문제로 남아 있지요. 환자가 완벽하게 정상인 것처럼 보일 때가 바로 구속복을 입혀야 할 때라는 말입니다."

"하지만 선생님, 말씀하시는 그 위험하다는 상황 말입니다,

정신병자에게는 자유가 위험하다고 생각하게 된 실질적인 이유가 이 시설을 운영하신 경험에서 우러나온 건가요?"

"여기에서요? 제 경험이냐고요? 음…. 글쎄, 그렇다고 해야겠군요. 얼마 전에도 다른 곳이 아닌 바로 이곳에서 사건이 일어났습니다. 그 '진정 치료법'으로 운영할 때였는데, 환자들이 자유롭게 돌아다녔지요. 정말 이상하리만치 평범하게 행동했습니다. 환자들이 완벽하게 잘 처신하는 그 모습에서 악마가 무언가 꾸미고 있다는 사실을 정신이 온전한 사람 누구 하나라도 알아야 했지요. 아니나 다를까, 어느 날 아침 감시원 사무실에 침입한 정신병자들이 감시원들의 손발을 다 묶어버린 다음 감시원이 맡았던 병실에 마치 정신병자인 양 내던져 놓은 걸 발견했습니다."

"설마요! 그렇게 터무니없는 이야기는 처음 듣습니다!"

"사실입니다. 어느 멍청한 친구의 머리에서 나온 아이디어였습니다. 어떻게든 지금까지 있었던 그 어떤 정부보다 좋은 시스템을 개발하겠다는 생각에 몰입한 정신병자였지요, 미치광이 정부라나요. 아마 자기가 개발한 시스템을 시험해보고 싶어서 다른 환자들을 설득한 다음 군림하는 권력을 전복시키는 공모에 가담시켰답니다."

"결국은 성공했습니까?"

"당연합니다. 감시하는 사람과 감시당하는 사람이 자리를 맞바꾸었지요. 환자들은 자유의 몸이 된 것에 비해 감시원들은 곧바로 병실에 갇혀서, 이렇게 말씀드리기 참 유감스럽지만, 무자비한 대우를 받았으니 정확하게 맞바꾸었다고 말씀드릴 수는 없습니다."

"이내 맞개혁이 일어났겠지요? 그런 상황으로는 오래가지 못했을 테니까요. 주변에 사는 사람들이나, 이 시설을 보러 오는 방문객들이 위험 상황을 알렸겠지요."

"그 부분은 틀렸습니다. 그러기에는 반역 무리의 우두머리가 너무 영악했달까요. 우두머리는 방문객을 전혀 받지 않았습니다. 예외가 있었다면 하루는 멍청하게 생긴 젊은 청년이 하나 왔었는데 전혀 두려워할 이유가 없는 사람이었지요. 그냥 재미로 시설도 둘러보게 해주었지요. 실컷 속여먹고 나서 뒤도 안 보고 쫓아내 버렸답니다."

"그 정신병자의 통치 기간은 얼마나 지속했습니까?"

"꽤 오래갔지요, 한 달쯤인가…. 얼마나 더 오래갔는지 자세히 말씀드리기는 어렵군요. 그러는 동안 미치광이들은 손님께서 분노하실 만큼 행복한 한때를 보냈습니다. 낡은 옷을 벗어 버리고 이 가문에서 쓰던 의상과 보석을 마음대로 착용했습니다. 저택 지하에 비축해두었던 포도주도 상당했는데, 미치광이들은 포도주를 마실 줄 아는 마귀 그 자체였지요. 정말이지 태평세월을 누렸답니다."

"그렇다면 치료법은, 그 반역 무리의 수장이 적용했다는 특별한 치료법은 무엇이었습니까?"

"음…. 그건, 제가 지금까지 관찰한 바로는 정신병자라고 모두 바보는 아니더군요. 그 사람이 적용한 치료법이 이전의 치료법보다 훨씬 적절했다는 것이 제 솔직한 의견입니다. 정말 우수한 치료법이었습니다. 간단하고 명료하며 부작용도 전혀 없고, 유쾌하고…."

이 시점에서 이미 한 번 우리를 불안하게 했던 소리와 같은 인물의 비명이 연속적으로 들려오면서 마이야르 씨가 들려주는 관찰 이야기가 중단되었다. 아까와 달리 이번에는 사람들이 다급하게 다가오면서 나는 소리 같았다.

"세상에, 환자들이 탈출했나 봅니다."

내가 외쳤다.

"그런 것 같아 걱정되는군요."

마이야르 씨가 새하얗게 질린 얼굴로 답했다. 마이야르 씨가 말을 끝내자마자 창문 아래쪽에서 온갖 욕설과 고함이 들려왔고, 머지않아 식당으로 들어오는 입구를 확보하려는 사람들이 있다는 사실이 분명해졌다. 대형 망치로 짐작되는 물건으로 문을 두들겨대고, 맹렬한 기세로 덧문을 비집고 흔들어댔다.

몹시 곤란하고 난처한 광경이 이어졌다. 그 상황에서 너무도 놀랍게도 마이야르 씨는 작은 탁자 밑으로 몸을 던졌다. 나는 마이야르 씨가 직접 해결하리라 믿어 의심치 않았다. 지난 15분 동안 의무에 심취한 듯했던 연주자들은 이제 모두 벌떡 일어나 악기를 들고 식탁으로 기어 올라가더니 양키 두들(미국이 영국 식민지로 있던 시절 잘 알려진 노래로 종종 애국의 노래로 불린다. 미국 독립 전쟁 때는 군가로도 많이 불림 – 옮긴이)을 연주했다. 그 음은 정확지 않았지만 적어도 소동이 일어나는 내내 인간이 발휘할 수 있는 힘을 넘어선 에너지로 연주에 박차를 가했다.

그러는 동안, 만찬이 열리던 식탁 위에는 이전에 식탁에 오르려다 저지당한 남자가 술병과 유리잔 사이를 비집고 간신히 올라와 있다. 남자는 식탁에 자리를 잡자마자 연설을 시작했는데 들을 수만 있었다면 대단히 훌륭한 연설이었을 것이다. 한쪽에서는 팽이 편애자가 두 팔을 몸에서 직각이 되도록 쫙 벌리고 무지막지한 힘으로 빙글빙글 돌았다. 덕분에 남자는 진짜 팽이처럼 보였고, 남자가 가는 길에 있는 사람들은 픽픽 쓰러져 나갔다.

한쪽에서는 펑, 쏴 하는 샴페인 터지는 소리가 들렸는데, 한참 있다 보니 저녁 식사 때 술 마시는 연기를 섬세하게 보여주었던 그 남자가 내는 소리였다. 다른 한쪽에서는, 인간 개구리가 자기가 노래하는 한 음 한 음에 영혼의 구원이라도 달린 듯 개굴개굴거렸다. 이 모든 난리 한복판에는 온갖 소리를 뒤덮으려는 당나귀의 힘찬 울음소리가 울려 퍼졌다. 내 나이 많은 친구 조외스 부인으로 말할 것 같으면, 정말 부인 때문에 눈물이라도 쏟을 정도로 심각하게 어찌할 바를 몰라 하는 모습이었다. 그럼에도 조외스 부인은 벽난로 옆 한구석에 서서 처연히 높은 목소리로 쉬지 않고 소리를 질러댔다.

"꼬꼬댁, 콕 콕 콕 콕!"

이제 소동은 절정에 이르렀다. 비극적인 결말이었다. 고함과 비명, 꼬꼬댁 소리 너머로 창문 열 개가 굉장한 속도로, 거의 동시에 산산이 조각난 것 이외에는 모임에 끼어든 무리에 대한 저항은 없었다. 그 창문 사이로 넘어와 싸우고, 짓밟고, 할퀴고, 고함치며 무질서한 우리를 제압했을 때, 내가 본 그 광경의 기이함과 두려움을 나는 영원히 잊지 못할 것이다.

무리 지어 달려들 때의 빈틈없는 모습이 침팬지 같기도 했고, 오랑우탄이나 아프리카 희망봉에 사는 큰 검정 개코원숭이 같기도 했다. 나는 실컷 두들겨 맞고 소파 아래로 굴러떨어져 꼼짝 못한 채 누워 있었다. 한순간 멍해졌다. 그대로 15분쯤 누워 있으면서, 도대체 이곳에서 무슨 일이 벌어는지 귀를 기울인 끝에, 이 비극의 만족할 만한 결말에 도달했다. 친구들을 동요시켜 폭동을 일으킨 정신병자의 이야기를 들려준 마이야르 씨는 자신의 위업을 이야기한 것으로 드러났다.

사실, 마이야르 씨는 한 2~3년쯤 전 이 시설의 관리인이었지만, 점점 정신이 이상해지면서 환자가 되었다. 나를 마이야르 씨에게 소개해준 신사는 이 사실을 몰랐던 것이다. 폭도들은 열 명의 감시원들을 순식간에 제압해서 타르 칠을 곱게 하고, 꼼꼼히 깃털 장식을 한 다음 지하 감방에 가둬버렸다. 감시원들은 한 달 이상을 갇혀 있었고, 그동안 인심 좋은 마이야르 씨는 치료법에 해당하는 타르와 깃털은 물론, 소량의 빵과 다량의 물도 허락해주었다. 빵과 물은 날마다 공급했다. 마침내 감시원 하나가 하수구를 통해 탈출했고 다른 사람들도 차례로 풀어주었다.

대폭 수정한 진정 치료법이 저택에 다시 적용되었다. 마이야르 씨의 치료법이 우수한 시스템이었다는 그 의견에 동조할 수밖에 없다. 마이야르 씨가 객관적으로 평했듯이, '단순하고 명료하며, 부작용도 전혀 없는' 치료법이었다.

하나만 덧붙이자면, 타르 박사와 페더 교수가 한 연구를 찾아 유럽에 있는 온 도서관을 뒤졌지만 단 한 권이라도 손에 넣으려는 내 시도는 오늘까지도 완벽하게 실패했다.

안경

Edgar
A. Poe

안경

    수년 전에 사람들은 '첫눈에 반한다'라는 생각을 비웃곤 했다. 하지만 첫눈에 반한다는 말을 비웃던 사람들도 그 말을 통감하던 사람들만큼이나 실제로 일어나는 일임을 꾸준히 옹호해왔다. '정신적 자력' 혹은 '자성적 미학'이라 부를 수 있을 현대적 발견 덕분에, 가장 자연스럽고 가장 진실하며 가장 강렬한 인간의 애정은 전기가 번쩍이는 듯한 교감을 통해 마음속에서 유발된다는 것이 있음 직한 일이 되었다. 다시 말해, 가장 빛나고 그 무엇보다 오랫동안 지속되는 정신적 속박은 한눈에 사로잡히는 감정이라고 할 수 있다. 내가 이제부터 고백하고자 하는 이야기는 이미 셀 수 없이 많은 사례를 통해 증명된 이 같은 입장의 진실성을 보여주는 또 하나의 사례가 될 것이다.

    이야기를 시작하기 전에 상세한 설명을 덧붙인다. 나는 아직 젊은 청년이다. 채 스물두 살이 되지 않았다. 현재 쓰는 성姓은 아주 평범하고 서민적인 심프슨이다. '현재'라고 말한 이유는 내가 심프슨이라는 성으로 불리기 시작한 것이 최근 일이기 때문이다. 먼 친척이었던 아돌푸스 심프슨 씨가 내게 물려준 막대한 유산을 상속받기 위해 작년에 법적으로 이 성을 물려받았다. 유산을 받기 위해서는 피상속인의 성을 물려받아야 한다는 조건이 있었다. 세례명이 아닌 성을 물려받아야 했다. 내 원래 이름은 나폴레옹 보나파르트였다. 좀 더 정확히 말하자면 이 이름은 내 성을 제외한 이름과 가운데 이름이다.

나는 마지못해 심프슨이라는 성을 물려받았다. 아버지에게 물려받은 원래 성인 프루아사르에 어느 정도 자부심이 있었고, 《연대기》를 저술한 불후의 작가 후손일지도 모른다고 믿었기 때문이다. 여담이지만 이름이라는 주제에 대해 말하자면, 내 바로 윗대 조상 이름 중에는 특이하게도 발음이 비슷하게 일치하는 부분이 있었다. 내 아버지는 파리 출신으로 성은 프루아사르였다. 아버지의 부인, 즉 아버지와 열다섯 살 나이에 결혼한 내 어머니의 성은 크루아사르였다. 어머니는 은행가였던 할아버지 크루아사르의 장녀였으며, 고작 열여섯 살에 시집온 외할머니는 빅토르 브와사르의 장녀였다. 외증조부가 되시는 브와사르 씨는 특이하게도 비슷한 이름을 가진 여성, 므와사르 양과 결혼했으며, 므와사르 양 역시 결혼 당시 거의 어린아이였다. 므와사르라는 이름의 그 어머니 또한 결혼 제단을 걸을 당시 고작 열네 살이었다. 이처럼 어린 나이에 결혼하는 것은 프랑스에서 흔한 일이다. 이 므와사르, 브와사르, 크루아사르, 프루아사르는 모두 직계로 이어져 내려왔다. 하지만 법적 효력으로 내 성은 심프슨이 되었고, 한때는 심프슨이라는 성을 물려받는 것이 너무나 싫었기에 쓸모없고 성가신 조건이 붙어 있는 유산 상속을 망설일 지경이었다.

개인적으로 타고난 자질에 대해 말하자면 내게는 결코 부족한 점이 없다. 오히려 스스로 적당히 균형 잡힌 몸매와 세상 사람 열에 아홉은 잘생겼다고 말할 얼굴이라고 믿었다. 키는 180센티미터. 머리카락은 검고 구불거린다. 코도 충분히 잘생겼다. 큰 눈에 눈동자는 회색빛이 감돌았다. 비록 아주 불편할 정도로 시력이 나빴지만 겉보기에는 어떠한 문제도 없었다. 나쁜 시력은 늘 골칫거리였으며, 안경을 쓰는 것만은 제외하고 모든 치료법에 매달렸다. 젊고 잘생긴 나로서는 선천적으로 안경이 싫었으며 단호하게 안경 착용을 거부해왔다. 안경은 청년의 얼굴을 흉하게 만들어놓을 뿐이다. 혹은 모든 면에서 점잖은 척하거나, 성인인 척하거나, 나이를 먹은 듯한 인상을 풍기게 할 뿐이다. 안경에는 순전히 겉치레나 허세를 부리는 듯한 느낌이 있다. 나는 겉치레나 허세 없이도 지금까지 그럭저럭 잘 살아왔다. 너무나도 개인적인 면들에 불과한 이런 것들은 어찌 됐던 중요하지 않다. 내 성격이 낙천적이고 성급하며 열렬하고 열정적이라는 것과 지금껏 살면서 여성들을 헌신적으로 사랑해왔다는 것을 덧붙이는 걸로 만족하겠다.

　지난겨울 어느 날 밤, 친구 탤벗과 함께 P극장 특별석에 입장했다. 그날 밤은 오페라 공연이 있었으며 공연 포스터가 보기 드문 관심을 끌었기에 극장 안은 매우 붐볐다. 우리는 예약해두었던 앞자리에 앉기 위해 제시간에 도착했고 다른 사람들을 팔꿈치로 밀어젖히며 다소 힘들게 앞으로 나아갔다.

　뮤지컬을 너무나도 사랑하는 내 친구는 두 시간 내내 무대에 집중했다. 공연하는 동안 나는 주로 도시의 상류층으로 꽉 찬

객석을 관찰하며 즐겁게 시간을 보냈다. 관찰에 만족한 채로 프리마 돈나를 보려던 참이었다. 그때 지금까지 주의가 미치지 않았던 개인 특별석 한 곳에 앉은 어떤 인물에게 시선을 빼앗겼다.

내가 천년을 살았다고 한들 이 인물을 바라보며 느꼈던 그 강렬한 감정을 결코 잊지 못할 것이다. 이 여인은 내가 지금껏 보아왔던 그 어떤 여성들보다 아름다웠다. 그녀는 그때까지 무대에 집중했으므로 몇 분 동안 나는 그 여인의 얼굴을 자세히 볼 수 없었다. 얼굴형은 성스러웠다. 다른 말로는 그 훌륭한 균형미를 충분히 표현할 수 없을 것이다. 심지어 '성스럽다'는 말조차 터무니없이 부족한 것 같았다.

여성의 사랑스러운 외관이라는 마법, 여성의 우아함이라는 마술은 언제나 나를 저항할 수 없게 만드는 힘과 같았다. 하지만 바로 여기 내가 가장 열광해왔던 아름다움의 극치가 우아함의 화신이 되어 세상에 내려온 것이다. 특별석의 구조상 그 여인의 모습을 거의 모두 볼 수 있었는데, 평균 키를 조금 넘는 정도였고 절대적인 위엄을 갖추었다고 할 수는 없었지만 대체로 위엄 있는 모습이었다. 그 여인의 완벽한 풍만함과 곡선미는 우월하였다. 뒤쪽만 볼 수 있었던 머리 윤곽은 프시케에 비견할 만했고, 얇은 천으로 만든 우아한 모자는 그 여인의 머리를 가린다기보다는 오히려 돋보이게 해주었다. 이 천은 로마의 철학자 아풀레이우스가 말한 '바람을 엮은 듯한 직물'이라는 말을 떠올리게 했다.

오른팔은 특별석 난간에 올려놓았는데, 그 정교한 균형으로 내 몸에 존재하는 모든 신경에 전율이 일었다. 팔의 윗부분은 당시 유행하는 늘어진 어깨 트임 소매에 가려져 보이지 않았다. 소맷자락은 팔꿈치 아래께까지 내려와 있었다. 그 아래로 하늘거리는 소재로 만든 꼭 달라붙는 옷을 입었고, 소매 끝에는 풍성한 레이스가 달려 있었는데 손등 위로 우아하게 떨어져서 가느다란 손가락만을 드러내고 있었다. 한 손가락에는 다이아몬드 반지가 반짝였는데, 보는 즉시 엄청난 값어치가 있는 반지임을 알 수 있었다. 감탄을 자아내는 동그란 손목은 손목에 두른 화려한 보석 장식이 박힌 팔찌 덕분에 더욱 돋보였다. 이 팔찌는 착용자의 부유함과 까다로운 취향을 확실하게 말해주었다.

마치 갑자기 돌로 변해버린 듯 적어도 30분 동안 여왕 같은 그 여인의 자태를 바라보았다. 그 30분 동안 '첫눈에 반한다'는 말과 관련하여 전해지고 노래로 불리어왔던 그 모든 것의 강렬한 힘과 진실을 느꼈다. 지금 내가 느끼는 감정은 지금껏 살면서 사랑스럽다고 여겼던 여인들 앞에서 경험했던 그 어떤 감정과도 달랐다. 설명할 수 없는, 자석에 이끌렸다고밖에 생각할 수 없는 영혼과 영혼 간의 교감이, 눈앞에 존재하는 저 경탄을 자아내는 존재를 향해 내 시선뿐 아니라 모든 사고력과 감정을 고정시킨 것만 같았다. 내가 깊이, 미친 듯이, 돌이킬 수 없는 사랑에 빠졌다는 사실을 보았고, 느꼈고, 인지했다. 심지어 사랑하는 이 인물의 얼굴을 직접 보기도 전에 사랑에 빠져버렸다. 나를 사로잡은 열정은 너무나도 강렬했기에 아직 보지 못한 내 사랑의 얼굴이 그저 평범하다고 밝혀질지언정 이 마음은 약해지지 않을 거라 믿었다. 진실한 사랑, 첫눈에 빠지는 사랑은 너무나도 이례적이었으며, 이 사랑을 만들고 조종하는 것 같기만 한 외면적 조건들은 정말이지 아무런 상관도 없었다.

내가 이 사랑스러운 모습에 몰두한 동안, 관객 사이에서 갑작스러운 소란이 일었다. 그 덕분에 그 여인은 내 쪽을 향해 부분적으로 얼굴을 돌렸고 나는 옆얼굴의 전체적인 윤곽을 볼 수 있었다. 그 아름다움은 내 기대를 한층 뛰어넘었다. 그런데 정확히 무엇이었는지는 말할 수 없지만 그 모습에는 무언가 실망스러운 부분이 있었다. '실망스럽다'고 말했지만 이 말이 아주 적절한 것은 아니다. 내 감정은 단숨에 잠잠해졌다가 고조되었다. 넋을 잃었다기보다는 차분한 열정, 열정적인 침착함에 가까웠다. 아마 내 감정 상태는 그 여인의 얼굴에서 풍기는 성모마리아 같으면서도 기혼 여성 같은 분위기에서 비롯된 것이리라. 곧 이 감정이 완전히 그 때문만은 아니라는 것을 깨달았다.

다른 무언가가 있었다. 자세히 설명할 수는 없는 불가사의 같은 것이, 크게 흥미를 돋우면서도 약간 혼란스럽게 만드는 어떤 인상이 존재했다. 나는 젊고 감수성이 풍부한 청년이 어떠한 터무니없는 행동을 하게 만드는 감정 상태에 있었다. 만약 여인이 혼자 있었다면 틀림없이 그 특별석으로 들어가 어떤 위험을 무릅쓰고서라도 말을 걸었을 것이다. 다행스럽게도 그 여인에게는 동행이 둘 있었다. 신사 한 명과 그녀보다 몇 살 어려 보이는 눈에 띄게 아름다운 여성이 함께였다.

머릿속에서 앞으로 어떻게 그 여인에게 인사를 할 수 있을지 혹은 지금으로서는 어떻게 여인의 아름다운 모습을 좀 더 분명히 볼 수 있을지에 대한 수천 가지 생각이 맴돌았다. 그 여인과 가까운 곳으로 자리를 옮길 수도 있었지만 극장에 사람이 너무 많아 힘든 일이었다. 운 좋게도 오페라 안경을 가지고 있었다 한들 최근 상류사회의 엄격한 규칙은 이 같은 경우에 오페라 안경을 사용하는 것을 단호하게 금지하는 분위기였다. 하지만 내게는 오페라 안경이 없었고, 절망에 빠졌다.

마침내 친구에게 부탁하기로 마음먹었다.

"탤벗, 자네 오페라 안경 가지고 있나? 좀 빌려주게."

"오페라 안경? 안 돼! 내가 오페라 안경으로 지금 뭘 하는 중이라고 생각하는 건가?"

이렇게 말하며 탤벗은 한 장면이라도 놓칠세라 성급히 무대를 바라보았다.

"여보게 탤벗, 내 말 좀 들어보게. 저기 무대 보이나? 아니, 특별석? 저기 말이야! 아니, 그 옆! 저렇게 아름다운 여인을 본 적 있는가?"

나는 친구의 어깨를 잡아당기며 말을 이었다.

"대단히 아름답군."

"저 여인이 누군지 궁금한데⋯."

"맙소사, 자네는 저 여인이 누군지 모르는 건가? 저 여인을 모른다는 건 자네가 유명하지 않음을 입증하는 거야. 그 유명한 랄랑드 부인이라네. 화려했던 그 시절의 미인이자 온 동네 화제인 여성이라네. 굉장히 부자이기도 하지. 미망인인데, 나무랄 데 없는 결혼 상대이기도 해. 파리에서 막 도착했다네."

"자네 저 여인을 아는가?"

"응, 알지."

"소개해줄 수 있나?"

"물론, 그렇게 하지. 언제가 좋겠나?"

"내일 1시. 집으로 자네를 찾아가겠네."

"좋네. 그럼 이제 좀 조용히 해주겠나, 가능하다면."

마지막 사항에 관해서는 탤벗의 충고를 따를 수밖에 없었다. 이후로 던지는 질문이나 제안에 귀머거리가 된 채로 무대에서 일어나는 일에만 몰두했기 때문이다.

그동안 나는 랄랑드 부인에게 시선을 고정시켰으며, 마침내 운 좋게도 랄랑드 부인의 얼굴 정면을 볼 수 있게 되었다. 너무나도 아름답고 사랑스러웠다. 이 점에 대해 탤벗은 충분히 답해주지 않았지만 내 심장이 이미 말해주었다. 여전히 이해할 수 없는 무언가가 내 마음을 어지럽게 했다. 내 감각은 어떤 엄숙하고 슬픈, 더 적절하게는 권태로운 분위기에 감명받았으며, 이 분위기는 젊음과 생기로부터 무언가를 빼앗는 대신 천상의 부드러움과 위엄을 부여하여 열정적이고 로맨틱한 내게 훨씬 더 큰 관심을 두게 하는 것이라고 결론지었다.

즐거이 랄랑드 부인을 바라보는 동안, 너무나 떨리게도 부인은 감지할 수 없을 만큼 미세하게 움찔했고, 종당에는 부인이 내 강렬한 시선을 알아챘다는 것을 깨달았다. 그럼에도 나는 전적으로 랄랑드 부인에게 매료되어 단 한 순간도 시선을 거둘 수 없었다. 부인은 고개를 한쪽으로 돌렸고 나는 다시금 머리 뒤쪽의 조각 같은 윤곽만을 볼 수 있었다. 몇 분이 지나자, 호기심을 이기지 못하고 내가 아직도 랄랑드 부인을 바라보는지 확인하려는 것처럼 부인은 슬며시 얼굴을 돌렸고, 내 불타는 듯한 시선과 마주쳤다. 랄랑드 부인의 크고 짙은 눈은 즉시 아래로 향했고 볼은 깊은 홍조로 물들었다. 놀랍게도 이번에는 고개를 돌리지 않았을 뿐 아니라 허리띠에서 안경을 꺼내 조정하고는 몇 분 동안 여념 없이 신중하게 나를 바라보는 것이었다.

천둥이 내 발치에 떨어졌다고 한들 그토록 놀라지 않았을 것이다. 비록 그 행동은 다른 여성이 했다면 불쾌하거나 혐오스러웠을 정도로 대담했지만, 나는 그저 크게 놀랐을 뿐 조금도 불쾌하거나 혐오스럽지 않았다. 랄랑드 부인의 그 모든 행동은 너무나도 평온하고 태연하고 침착했으며 고상한 교양이 감돌았다. 요컨대 뻔뻔함은 전혀 느껴지지 않았고, 나는 감탄하고 놀랄 뿐이었다.

랄랑드 부인이 처음 안경을 들어 올렸을 때, 부인이 나를 순간적으로 관찰하고 만족한 것을 알 수 있었다. 그러고는 안경을 내리다가 다시 한 번 생각한 듯 안경을 들어 올리고는 몇 분 동안, 분명 최소한 5분쯤은 주의를 집중한 채 나를 바라보았다. 이 행동은 미국의 극장에서는 매우 눈에 띄는 일인지라 사람들의 주목을 받았고 관객들 사이에서 막연한 움직임 내지는 웅성거림이 일었다. 잠시 나는 혼란으로 가득 찼으나, 랄랑드 부인의 얼굴에는 눈에 띄는 동요가 없었다.

호기심을 충족한 부인은 안경을 내리고 조용히 무대로 관심을 돌렸다. 이전처럼 부인의 옆모습만 내 쪽을 향해 있었다. 이런 행동이 무례한 것임을 잘 알지만 나는 뚫어져라 랄랑드 부인을 바라보았다. 이내 부인의 머리가 천천히 그리고 살짝 움직인 것을 알아차렸다. 곧 부인이 무대를 바라보는 척했지만 사실은 조심스럽게 나를 바라본다는 것을 확신했다. 너무나도 매력적인 부인의 이런 행동이 격앙된 내 마음에 어떤 영향을 주었는지는 말할 필요도 없을 것이다.

거의 15분 동안 나를 세심히 관찰하더니, 내 열정의 대상은 동행한 신사에게 말을 걸었다. 부인이 이야기하는 동안 두 사람의 시선을 보니 나를 주제로 대화한다는 걸 분명히 알 수 있었다. 대화를 마친 뒤 랄랑드 부인은 다시금 무대로 몸을 돌렸으며, 몇 분 동안은 공연에 빠져든 것 같았다. 하지만 그 시간이 끝나자 부인이 두 번째로 옆에 놓아두었던 안경을 다시 펼쳐 들어 이전과 같이 나를 관찰했다. 다시 한 번 웅성거리는 관객들을 무시하고 내 영혼을 너무나도 기쁘고 당황하게 했던 기적적으로 평온한 태도로 나를 머리끝부터 발끝까지 관찰했다. 이 모습을 지켜보는 나는 극도로 동요했다.

이 놀라운 행동으로 나는 매우 흥분했고 절대적인 사랑의 무아지경에 빠져들어 당혹스럽다기보다는 오히려 대담해졌다. 이 마음은 터무니없을 만큼 강렬해져 내 시선 앞에 놓인 존재와 랄랑드 부인의 위엄 있는 사랑스러움, 그것 외에는 모든 것을 망각할 정도였다. 관객들이 완전히 공연에 빠져들었다고 생각했을 때 기회를 엿봐 마침내 랄랑드 부인의 눈길을 끌 수 있었고, 그 순간 가볍지만 확실하게 고개를 숙여 인사했다. 랄랑드 부인은 얼굴을 짙게 붉히고 시선을 돌렸다. 그러고는 내 성급한 행동을 주변에서 알아차리지 않았는지 살피는 듯 서서히 조심스럽게 주위를 둘러보고는 옆에 앉아 있던 신사에게 몸을 기울였다.

　그때 내가 저지른 부적절한 행동에 얼굴이 화끈거려서 그야 말로 곧 들킬 것으로 생각했다. 그 직후 권총의 환영이 급격하고 초조하게 머릿속을 맴돌았다. 부인이 단지 신사에게 아무 말 없이 공연 프로그램을 건네는 걸 보고 크게 안도했다. 그 직후 부인은 슬그머니 주변을 돌아본 후 반짝거리는 눈으로 내 눈을 계속해서 똑바로 바라보고는 어렴풋한 미소를 띤 채 진주 같은 치아를 살포시 내보이며 긍정적이며 분명하게 고개를 두 번 끄덕였다. 이 글을 읽는 여러분은 내가 느낀 경탄스러움과 상당한 놀라움과 미칠 듯한 당황스러움을 미약하게 이해할 수 있을 것이다.

　물론 내가 느낀 기쁨과 도취감과 무한한 황홀함에 대해 일일이 말하지는 않겠다. 사람이 넘칠 듯한 행복함에 미칠 수 있다면 그 순간의 내가 바로 그랬을 것이다. 나는 사랑에 빠졌다. 첫사랑이었다. 그렇다고 느꼈다. 형용할 수 없는 최고의 사랑이었고 '첫눈에 반해버린' 사랑이었다. 부인 역시 첫눈에 내 사랑을 알아차리고 그 마음을 돌려주었다.

　그렇다, 사랑을 돌려받았다. 왜 어떻게 일순간이라도 그 사실을 의심할 수 있겠는가. 그토록 아름답고 부유하며, 분명 너무나도 교양 있고 가정교육을 잘 받은, 사회 고위층이자 모든 면에서 존경받을 만한 랄랑드 부인이 그런 행동을 한 것에 어떤 다른 의미를 부여할 수 있겠는가. 그렇다, 부인은 나를 사랑했다. 내 마음과 같이 눈이 먼 것 같은, 타협하지 않는, 계산하지 않는, 거리낌 없는, 억누를 수 없는 열정으로, 열정적인 내 사랑에 마음을 돌려주었다! 하지만 이 같은 즐거운 공상과 생각은 무대 장막이 내려지면서 중단되었다. 관객들은 자리에서 일어났고 즉시 평상시와 같은 소란이 일었다. 탤벗과 급히 헤어지고 나서 랄랑드 부인에게 가까이 다가가기 위한 모든 노력을 기울였다. 인파에 파묻혀 노력은 실패로 돌아갔고, 부인을 뒤쫓는 걸 포기한 채 집으로 터덜터덜 발길을 돌렸다. 랄랑드 부인의 옷자락조차 잡지 못했다는 것에 실망했지만 내일 정식으로 탤벗을 통해 소개받을 수 있다는 생각으로 자신을 위로했다.

이윽고 다음 날이 되었다. 길고 지겹고 초조했던 밤이 지나가고 날이 밝아왔다. 1시까지 시간은 달팽이가 기어가는 것처럼 지루하고 수없이 길었다. 하지만 세상에서 말하는 것처럼 스탐불(이스탄불의 옛 시가지 - 옮긴이)에도 끝은 있으며, 이 오랜 기다림도 끝이 났다. 시계가 울렸다. 시간을 알리는 종소리의 마지막 울림이 잦아들자 나는 친구의 집을 찾았다.

"주인님은 외출하셨습니다."

탤벗의 하인이 정중하게 말했다.

"외출했다고!"

나는 비틀거리며 몇 걸음 물러서서 되물었다.

"내 말 좀 들어보게, 자네. 그런 일은 결코 불가능하고 있을 수 없어. 그 친구는 외출하지 않았네. 도대체 무슨 의미인가?"

"아무 의미도 아닙니다. 그저 안에 안 계십니다. 그게 전부입니다. 주인님께서는 아침 식사를 드신 직후 S로 가셨습니다. 일주일 동안 시내에 계시지 않을 거라는 말씀을 남기셨습니다."

나는 공포와 분노로 돌처럼 굳어졌다. 무슨 대답이라도 해보려고 노력했지만 혀가 말을 듣지 않았다. 마침내 분노에 휩싸인 채 마음속으로 탤벗 가문 전체가 지옥 한가운데로 떨어져버리기를 빌며 휙 돌아섰다. 내 사려 깊은 친구인 뮤지컬 광신도가 나와 한 약속을 그 즉시 잊어버렸음이 분명했다. 탤벗은 결코 자신이 한 말을 세심히 신경 쓰는 사람이 아니었다. 어쩔 수 없는 일이다. 짜증스러운 마음을 가능한 한 억누르고는 침울하게 거리를 산책하면서 내가 만난 모든 남성 지인들에게 랄랑드 부인에 대해 헛된 질문을 던졌다. 내가 알아낸 바로는, 모든 사람이 부인을 알고 있었고 많은 이들이 안면은 있었지만, 랄랑드 부인이 이곳에 도착한 지 몇 주밖에 되지 않았기에 개인적으로 안다고 하는 사람은 거의 없었다. 이 몇몇 사람들은 내가 비교적 잘 알지 못하는 이들이었기에 실례를 무릅쓰고 랄랑드 부인과 정식으로 인사를 나누게 부탁할 수도 없었고, 그렇게 해줄 리도 만무했다. 친구 셋과 내 마음을 온전히 빼앗은 그 주제에 관해 이야기를 나누며 절망에 휩싸여 있을 때, 우연히 그 주제 자체가 옆을 지나갔다.

"이거 놀랍군, 랄랑드 부인이잖아!"

첫 번째 친구가 외쳤다.

"놀라울 정도로 아름답군!"

두 번째 친구가 소리쳤다.

"지상에 강림한 천사로군!"

세 번째 친구가 큰 소리로 말했다.

거리를 천천히 지나며 우리를 향해 다가오는 지붕 없는 마차 안에 오페라 극장의 고혹적인 여인이 특별석 한쪽에 있던 젊은 여인과 함께 앉아 있는 것을 보았다.

"함께 있는 저 부인도 대단히 잘 갖춰 입었는걸."

랄랑드 부인을 처음 보았던 친구가 말했다.

"놀라울 정도로. 여전히 눈부신 자태야. 기술이 기적을 행하는 법이지. 맹세코 5년 전에 파리에서 보았을 때보다 훨씬 좋아 보이는걸. 여전히 아름다운 여인이야. 그렇게 생각하지 않나, 프루아사르? 아니, 심프슨."

두 번째 친구가 말했다.

"여전히! 그러면 안 되는 법이라도 있나? 친구와 비교해보면 금성 옆의 양초 같고, 안타레스(전갈자리의 주성으로 붉은 일등성 – 옮긴이) 옆의 반딧불이 같군."

내가 대답했다.

"하하하! 심프슨. 자네는 발견해내는 데 놀라운 재능이 있네. 내 말은 독창적인 발견 말일세."

여기서 우리는 헤어졌는데, 세 친구 중 하나가 즐거운 풍자극의 한 부분을 흥얼거렸다. 그중 내가 들은 가사는 이렇다.

니농, 니농, 니농, 아래로
아래로 니농 드 랑클로!(17세기 프랑스 사교계를 풍미했던 부인 – 옮긴이)

그 짧은 상황에서도 한 가지 사실이 나를 크게 위로하면서도, 나를 사로잡은 열정을 부추겼다. 랄랑드 부인이 탄 마차가 친구들과 나를 향해 달려올 때 부인이 나를 알아본 사실을 내가 눈치챘다는 것이다. 그보다 더한 것은 부인이 세상에서 가장 천사 같은 미소를 지으며 나를 알아보았다는 분명한 표시를 보내준 것이다.

탤벗이 교외에서 돌아올 때가 되었다고 생각할 때까지 나는 랄랑드 부인과 만날 수 있다는 희망을 포기할 수밖에 없었다. 그동안 참을성 있게 대중 오락장으로 유명한 곳이라면 어디든 찾아다녔다. 마침내 내가 사랑하는 여인을 처음 보았던 그 극장에서 다시 한 번 부인을 만나 시선을 교환하는 최고의 행복을 맛볼 수 있었다. 그 후 보름이 지날 때까지 그런 일은 다시 일어나지 않았다. 그동안 매일 문턱이 닳도록 탤벗의 집으로 가 친구를 찾았지만, '아직 돌아오지 않았다'는 하인의 말만 들은 채 분노에 북받쳤다.

문제의 어느 날 저녁, 나는 거의 미치기 직전이었다. 내가 듣기로 랄랑드 부인은 파리지앵이었고 최근 파리에서 도착했다고 했다. 부인이 갑자기 파리로 돌아갈 수도 있지 않을까? 탤벗이 오기 전에 돌아가는 건 아닐까? 그래서 영영 나란 사람에게 관심을 잃게 되는 건 아닐까? 감당하기에는 너무 끔찍한 생각들이었다. 미래의 내 행복이 걸려 있는 문제였기에 나는 남자다운 결정을 내리고는 행동을 감행하기로 마음먹었다. 한마디로 말하자면, 공연이 끝나자마자 부인의 집까지 따라가 주소를 적어 왔고, 다음 날 온 마음을 가득 담아 정성 들여 편지를 써서 보냈다.

나는 대담하고도 자유롭게 편지를 썼다. 그야말로 열정적으로 썼다. 그 어떤 것도 숨기지 않았다. 내 약점조차도 말이다.

우리가 처음 만났던 순간 빛났던 로맨틱한 상황에 대해, 심지어 우리 사이에 오갔던 시선에 대해 넌지시 말을 꺼냈다. 게다가 부인이 내게 사랑을 느끼고 있음을 확신한다고 말하기까지 했다. 이와 함께 강렬한 내 사랑에 대해 어필하며 달리 변명의 여지가 없는 행동에 대해 용서를 구했다. 또한 내가 부인과 정식으로 인사를 나눌 기회를 잡기 전에 부인이 이곳을 떠나지 않을까 하는 두려움에 대해서도 이야기했다. 마지막으로 내 세속적인 환경, 내 부유함에 대해 솔직히 언급하고 내 마음과 약속을 바치며 평생에 걸쳐 가장 열정적이었던 편지를 끝맺었다.

고통스러운 기대 속에 답장을 기다렸다. 목이 빠질 것 같았던 시간이 흐르고 답장이 도착했다.

그렇다. 실제로 답장이 온 것이다. 로맨틱해 보이지만, 아름답고 부유하고 숭배할 수밖에 없는 랄랑드 부인에게서 정말로 편지를 받았다. 부인의 아름다운 눈은 자신의 고결한 마음을 그대로 담아냈다. 진정한 프랑스 여성답게 세속적인 고상한 척하는 태도를 경멸하며, 솔직한 이성의 명령과 자비로운 본성을 따랐다. 부인은 자기 자신을 침묵 속에 숨기지 않았다. 내 편지를 열어보지도 않은 채 되돌려 보내지 않았다. 놀랍게도 그 아름다운 손가락으로 직접 쓴 답장을 보내주었다.

심프슨 씨, 마음만큼 글을 잘 쓰지 못하는 걸 이해해주세요. 내가 이곳에 도착한 건 고작 최근의 일이라 아직 공부할 기회가 없었답니다.

제 태도에 대한 사과를 받아주시길. 말씀드리건대, 아아, 제가 편지를 쓴 목적은 심프슨 씨가 생각하신 것이 맞습니다. 더 말씀드릴 필요가 있을까요? 아아! 아직 너무 많은 이야기를 할 준비는 되어 있지 않은 걸까요?

외제니 랄랑드

　나는 이 고귀한 편지에 수백만 번 입을 맞췄고, 지금은 이제 기억에서 사라져버린 수천 가지 다른 터무니없는 행동들을 저질렀다. 여전히 탤벗은 돌아오지 않았다. 아아! 자신의 부재가 내게 고통을 일으켰다는 생각을 조금이라도 하지 않았을까? 내가 안도할 수 있도록 동정 어린 마음으로 즉시 날아와 주지는 않을까? 여전히 친구는 오지 않았다. 나는 친구에게 편지를 썼다. 탤벗은 즉시 답장을 주었다. 급한 용무로 지체하고 있지만 곧 돌아오겠다고 했다. 탤벗은 내게 조바심 내지 말고, 도취감을 가라앉히고, 마음을 달래주는 책을 읽고, 백포도주보다 강한 술은 마시지 말고, 나를 도와줄 수 있는 철학의 위안을 구하도록 간청했다. 바보 같으니라고! 만약 직접 올 수 없다면 이성적으로 왜 소개장이라도 하나 동봉해주지 않은 것인가? 탤벗에게 다시 편지를 쓰며 당장 소개장을 보내달라고 간청했다. 탤벗의 하인이 편지를 돌려보냈는데, 봉투 겉면에 이런 글이 연필로 쓰여 있었다. 이 악당은 교외에서 주인을 만났다.

　주인님은 어제 S를 떠나셨습니다. 어디로 가셨는지는 모릅니다. 어디로 가시고 언제 돌아오시는지 말씀하지 않으셨습니다. 심프슨 씨의 필체를 알고 언제나 대체로 서두르시는 편인 걸 알기에 편지를 되돌려 보내는 것이 최선이라 생각했습니다.

스터브스 올림

이 편지를 돌려받은 후 나는 말할 나위 없이 주인과 하인 모두를 지옥의 신에게 바쳐버리고 싶었다. 화를 내도 소용이 없었고 불평한들 어떠한 위로도 되지 못했다.

내 타고난 대담성에는 아직 남은 수단이 있었다. 지금까지는 일이 술술 풀렸고 이제 끝까지 나 자신을 도울 수 있도록 해야 했다. 게다가 우리 사이에 이미 편지가 오갔으니 한도를 넘지 않는다면, 어떠한 격식 없는 행동이라도 부인이 무례하다고 생각하지 않을 것이다. 편지 사건 이후로 나는 부인의 집을 바라보는 습관이 생겼다. 따라서 황혼이 질 무렵 제복을 갖춰 입은 흑인을 동행한 채 저택 창문에서 내려다보이는 공원으로 산책하러 나가는 습관이 있는 걸 알게 되었다. 어스름하게 날이 저문 달콤한 한여름 저녁, 그늘진 무성한 숲 속에서 나는 기회를 엿봐 부인에게 말을 걸었다.

동행한 하인을 속이는 것이 나았으므로 부인의 오래된 친한 지인인 양 말을 걸었다. 진정한 파리지앵의 마음을 가졌기에 부인은 단번에 신호를 알아채고 내게 인사를 하기 위해 매혹적인 작은 손을 내밀었다. 하인은 곧 뒤로 물러섰고, 흘러넘치는 마음으로 우리의 사랑에 대해 허심탄회한 이야기를 오랫동안 나누었다.

랄랑드 부인은 편지를 쓸 때보다 실제로 말할 때 영어가 더 서툴러서, 부득이하게 프랑스어로 이야기를 나누어야 했다. 열정을 나누기에 아주 적합한 이 달콤한 언어로 나는 충동적인 열정이 이끄는 대로 따라갔고, 화술을 최대한 발휘하여 즉시 결혼에 동의해달라고 간청했다.

이 조급함에 부인은 엷은 미소를 지었다. 랄랑드 부인은 예의범절과 관련된 오래된 이야기를 역설했다. 근심거리가 너무나도 많은 행복을 쫓아버린 나머지 행복의 기회가 영영 사라져버렸다는 이야기였다. 부인이 보기에 경망스럽게도 내가 친구들에게 랄랑드 부인을 알고 싶어 한다는 것을 알렸기에, 친구들은 내가 부인과 친분이 없다는 것을 알며, 우리가 서로 언제 처음 알게 되었는지를 숨길 수 없다는 것이다. 그러면서 부인은 얼굴을 붉히며 이 만남이 너무나도 최근에 일어난 일임을 언급했다. 그러니 즉시 결혼하는 것은 적절하지 않고 보기 흉하며 기이하다는 것이다. 부인은 이 모든 말을 매력적이면서도 순진하게 내뱉었다. 이 자태에 황홀해져 나는 슬퍼하면서도 설득당할 수밖에 없었다. 부인는 웃으며 내 성급함과 무분별함을 나무라기까지 했다. 내가 정말, 부인이 누구인지, 부인의 앞날이 어떠한지, 부인의 인맥이나 사회적 위치는 어떤지에 대해 모른다는 걸 기억하라고 했다.

한숨을 내쉬며 청혼을 다시 생각해보라고 부탁했고, 내 사랑은 열병이고, 환상이며, 순간의 공상이고, 진심이기보다는 상상에서 만들어진 근거 없고 불안정한 마음이라고도 했다. 아름다운 황혼의 그림자가 주변을 어둡게 물들여갈 때쯤 이런 말을 했다. 그런 다음 요정 같은 손으로 부드럽게 내 손을 잡으면서 지금까지 했던 모든 달콤한 이야기를 한순간에 뒤집었다.

나는 가능한 최선을 다해 진정한 사랑에 빠진 사람만이 할 수 있는 대답을 했다. 덧붙여 내 사랑과 열정과 부인의 굉장한 아름다움과 내 정열적인 존경심에 대해 끈질기게 이야기했다. 끝으로 설득력 있게 사랑의 앞길에 존재하는 위험들에 대해 말하고, 진정한 사랑은 결코 부드럽게 흘러가지 않기에, 사랑의 앞길을 불필요하게 길게 만드는 위험 요소가 존재함을 설명했다.

이 마지막 말이 부인의 완고한 마음을 누그러뜨린 것 같았다. 부인의 마음이 풀어졌다. 랄랑드 부인은 아직 내가 충분히 고려하지 않은 장애물이 존재한다고도 말했다. 특히 여성으로서 강력히 주장하기가 미묘한 점이었다. 이를 언급하면서 랄랑드 부인은 자신의 감정을 희생해야만 한다고 말했다. 난 어떠한 희생이라도 감내할 자신이 있었다. 부인은 나이에 대해 어렵게 말을 꺼냈다. 내가 우리 사이에 존재하는 나이 차이에 대해 잘 알고 있었던가? 남편의 나이가 몇 살 정도, 심지어 열다섯 살이나 스무 살 정도 아내보다 많아야 하는 것이 세상에서 용인되는 법칙이었다. 부인은 아내의 나이가 남편의 나이보다 절대로 많지 않아야 한다는 믿음을 가지고 있었다. 부인과 나처럼 부자연스러운 나이 차이는, 아아, 너무나도 많은 경우에 불행한 삶으로 이어졌다. 이제 부인은 내 나이가 스물두 살을 넘지 않는다는 걸 알게 되었다. 반면 나는 나의 외제니가 그보다 나이가 훨씬 많음을 알지 못했다.

이 모든 것에는 고귀함과 품위가 있었다. 이는 나를 기쁘게 하고 황홀하게 만들고 영원히 외제니에게 속박되게 만들었다. 나를 사로잡은 격한 도취감에 저항할 수 없었다.

"내 사랑 외제니. 당신이 막으려 하는 그게 다 뭐란 말입니까? 당신의 나이는 내 나이보다 좀 많습니다. 그게 어때서요? 세상의 관습은 그저 너무나도 진부한 어리석음입니다. 우리처럼 사랑하는 사람들에게 있어 1년이 한 시간과 다를 게 무엇이지요? 나는 분명 스물두 살입니다. 곧 스물셋이라고 하는 게 나을 겁니다. 사랑하는 외제니, 당신의 나이는, 당신의 나이는 고작, 고작⋯."

여기서 잠시 말을 멈추며, 랄랑드 부인이 내 말을 가로막고 자신의 진짜 나이를 말해주기를 기대했다. 허나 프랑스 여성은 거의 직설적으로 이야기하지 않으며, 곤란한 질문에 대해 언제나 자신만의 타당한 대답을 갖고 있었다. 이때 외제니는 몇 분 동안 품에서 무언가를 찾는 것 같았는데 잔디 위로 세밀화 하나를 떨어뜨렸다. 나는 즉시 그 세밀화를 집어 들어 부인에게 건네주었다.

부인이 황홀한 미소를 지으며 말했다.

"가지고 있으세요. 저를 위해, 너무나 아첨하듯 그려진 그 여인을 위해 가지고 있어주세요. 게다가 그 그림 뒤를 보면 아마 알고 싶어 하는 정보를 찾을 수 있을 거예요. 이제 어둠이 짙어졌네요. 아침에 한가할 때 봐주세요. 헌데 오늘 밤엔 저를 집에 데려다 주시겠어요? 친구들과 어울려 작은 음악 공연을 할 거랍니다. 약속드리건대 다들 노래를 잘한답니다. 우리 프랑스 사람들은 미국 사람들처럼 형식을 차리지 않으니 오래된 친구라고 하며 당신을 슬며시 들어오게 할 수 있을 거예요."

이렇게 말하며 부인은 내 팔을 잡았고 나는 부인을 집까지 바래다주었다. 상당히 좋은 저택에 훌륭한 취향의 가구들로 채워져 있을 거라 예상했다. 아쉽게도 우리가 도착하자 날이 막 어두어져서 내부는 정확히 감정할 수 없었다. 무더운 여름 동안 고상한 미국 저택에서는 지금같이 하루 중 가장 쾌적한 시기에는 거의 불을 켜지 않는다. 내가 도착하고 나서 한 시간가량 지났을 때 거실에서 전등갓을 씌운 태양등이 켜졌다. 그 순간 이 방이 비범하게 훌륭한 취향으로 꾸며졌음을 알 수 있었다. 심지어 화려하기까지 했다. 하지만 사람들이 주로 모여 있던 거실에 붙은 다른 두 개의 방에는 저녁 내내 기분 좋은 그림자가 드리워져 있었다. 이는 잘 짜인 관습으로, 사람들에게 빛과 그림자 사이에 선택권을 주었다. 바다 건너온 친구들은 이 관습을 즉시 받아들이는 게 좋을 것이다.

이렇게 보낸 그날 저녁은 의심할 나위 없이 내 인생에서 가장 즐거운 시간이었다. 랄랑드 부인은 친구들의 음악적 재능을 과대평가하지 않았다. 내가 여기서 들은 노래는 오스트리아 빈에서 열리는 사교 모임에서 들었던 어떠한 노래보다 뛰어났다. 악기를 연주하는 사람들은 많았고 재능이 뛰어났다. 노래를 부르는 사람들은 주로 여성들이었는데, 모든 이들이 보통 이상의 노래 실력을 갖추었다. 마침내 '랄랑드 부인'을 부르는 소리에 내 사랑은 잘난 척도 망설임도 없이 내 옆에 앉아 있던 긴 의자에서 즉시 일어났고, 몇몇 신사들과 오페라 극장에 함께 앉아 있던 숙녀와 함께 거실에 놓인 피아노 앞에 모였다. 내가 부인을 호위하고 싶었지만 그 집에 내가 소개된 상황을 보았을 때 눈에 띄지 않도록 그저 앉아 있던 곳에 남는 것이 좋겠다고 생각했다. 따라서 랄랑드 부인이 노래하는 목소리를 들을 수는 있었지만 그 모습을 바라보는 기쁨은 빼앗기고 말았다.

부인이 사람들에게 준 인상은 전기처럼 짜릿한 것 같았으나, 내가 받은 느낌은 그 이상이었다. 어떻게 적절히 설명할 수 있을지 모르겠다. 분명 어느 정도는 내가 흠뻑 빠진 부인에 대한 사랑의 감정 때문이겠지만, 대부분은 감수성 넘치는 가수에 대한 내 확신에서 연유한 감상이다. 특히 낭독하듯 노래하는 부분에서 부인의 표현력보다 훨씬 더 열정적인 표현력을 부여하는 것은 예술의 경지를 넘어서는 일이었다. 〈오텔로〉 속 로맨스를 부르는 랄랑드 부인의 표현력, 〈카풀레티가와 몬테키가〉 속의 '조약돌 위에서'라는 단어를 말할 때의 음색이 아직도 또렷이 기억 속에 가득 울려 퍼진다. 부인이 부르는 저음은 전적으로 기적과 같았다. 부인의 목소리는 낮은 콘트랄토 D부터 높은 소프라노 D까지 3옥타브를 완벽히 넘나들었으며, 나폴리의 산 카를로 극장을 가득 채울 만큼 강력했지만, 상승 음계와 하강 음계, 카텐차, 꾸밈음 등 어려운 성악 기교 모두를 너무도 적확하게 불러냈다. 〈몽유병의 여인〉 마지막 부분에서는 가사에 놀랄 만한 인상을 만들어냈다.

아아, 상상할 수도 없는 인간의 생각
나는 만족감의 물결로 가득 찼다네.

여기서 랄랑드 부인은 스페인 메조소프라노 가수 말리브랑의 흉내를 내며 벨리니의 원곡을 수정하여 테너 G까지 음정을 낮추었다가 갑자기 바꾸어 두 옥타브를 뛰어넘으며 오선지 위 가장 높은 음인 솔을 노래했다.

이 기적적인 노래 솜씨를 모두 선보인 뒤에야 피아노에서 일어나 내 옆자리로 돌아와 앉았다. 부인에게 내가 느낀 깊은 열정과 공연에 대한 기쁨에 관해 이야기했다. 놀라움에 대해서는 언급하지 않았다. 하지만 진정 놀라웠다. 평소에 대화를 나눌 때 들었던 부인의 목소리는 약하거나 떨리는 듯한 망설임이 느껴졌기 때문에 노래할 때 뛰어난 실력을 발휘하리라고는 예상하지 못했다.

이제 우리의 대화는 길고도 진지하게 계속되었고 거칠 것이 없었다. 부인은 내가 좀 더 어렸던 시기에 관한 이야기를 들려주길 원했고, 내가 이야기하는 모든 단어를 숨도 쉬지 않고 집중하여 들었다. 난 아무것도 숨기지 않았다. 부인의 신뢰할 수 있는 애정으로부터 아무것도 숨기지 않을 권리가 있다고 느꼈다. 미묘한 부분인 나이에서 부인이 솔직한 태도를 보인 것에 용기를 얻어, 그야말로 솔직하게 사소한 단점들뿐만 아니라, 정신적 질환과 심지어 신체적 질환에 대한 것까지 고백해버렸다. 이런 점들을 밝히는 데는 더 큰 용기가 필요하다는 점에서 이 같은 고백은 확실한 사랑의 증거라고 할 수 있었다. 나는 대학 시절에 저지른 무분별한 행동들과 터무니없는 행동들, 술잔치, 빚과 바람기에 대해 말했다. 심지어 한때 소모성 기침을 앓았음을 이야기하기까지 이르렀고, 만성 류머티즘, 유전적 통풍으로 비롯한 통증으로 고생하고 있음을 고백했다. 마지막으로 불쾌하고 불편한, 지금껏 조심스럽게 감춰왔던 약한 시력까지 말해버렸다.

"마지막 이야기, 그것을 고백하다니 현명하지 못하시군요."

랄랑드 부인이 웃으며 말했다.

"말하지 않았다면 아무도 당신이 눈이 나쁘다고 생각하지 않았을 테니까요. 여하튼, 기억나시나요?"

그 순간 나는 어둑한 방 안에서도 부인의 뺨이 홍조로 물든 걸 보았다.

"친애하는 친구분, 지금 제 목에 걸려 있는 작은 시력 보조기를 본 기억이 나시나요?"

이렇게 말하며 랄랑드 부인은 오페라 극장에서 나를 혼란에 휩싸이게 했던 그 안경을 손가락으로 돌렸다.

"그럼요. 아아! 기억하지요."

내가 자세히 살펴볼 수 있도록 안경을 건네준 우아한 손을 열정적으로 잡으며 소리쳤다. 안경은 복잡하고 화려했다. 값비싼 보석으로 장식한 후 금과 은으로 정교하게 세공한 것이었다. 보석은 반짝반짝 빛났는데, 실내에 빛이 충분하지 않았음에도 그 안경이 매우 값나가는 물건임을 알 수 있었다.

"좋아요! 친구분, 당신은 진심으로 제게 호의를 구했지요. 당신은 이 호의가 값을 매길 수 없다며 기뻐했어요. 그러면서 제게 청혼했죠. 당신의 간청에 굴복해야 할까요? 덧붙여 제 마음속 애원에 굴복해야 할까요? 그 보답으로 당신에게 아주 작은 부탁을 청해도 될까요?"

"당장 말해주시오!"

사람들의 시선을 끌 정도로 힘차게 외쳤다. 사람들이 있었기에 충동적으로 부인의 발치에 몸을 던지고 싶은 마음을 겨우 억눌렀다.

"말해주시오, 내 사랑 외제니. 말해주시오! 아아, 말하기도 전에 이미 당신에게 나 자신을 내주었소."

"그렇다면 극복하세요. 당신이 사랑하는 외제니를 위해 당신이 고백한 이 작은 약점을 극복하세요. 이 약점은 신체적이기보단 정신적인 거랍니다. 분명 말하건대 당신의 고결한 본성과 어울리지 않게 될 것이며, 평상시 당신의 솔직한 성격과도 모순되게 될 거예요. 조만간 불쾌스런 곤경에 빠지게 할 거랍니다. 안경이라는 이 허세는 당신 스스로 인정하듯 약한 시력을 암시적으로 부정하게 하죠. 저를 위해 이 허세를 극복해주세요. 시력을 보조하는 일반적인 도구를 사용하지 않음으로써 실제로 시력이 약하다는 걸 부정하잖아요. 이제 내가 당신이 안경을 쓰길 바란다는 걸 이해할 수 있을 거예요. 쉿! 이미 저를 위해 안경을 쓴다고 동의했어요. 지금 제 손에 들려 있는 이 작은 물건을 받아주세요. 시력 보조기로서는 훌륭하지만 보석으로는 아주 큰 가치는 없답니다. 조금만 고치면 안경으로 만들어 눈에 쓸 수 있고, 단안경처럼 조끼 주머니에 넣어둘 수도 있어요. 절 위해 늘 안경을 써준다고 이미 동의해주었지요?"

굳이 인정할 필요 있으랴? 부인이 해온 요청은 나를 상당히 혼란스럽게 했다. 이 요청에 따라붙은 조건 때문에 망설일 수는 없었다. 그 순간 발휘할 수 있는 최대한의 열정을 담아 외쳤다.

"좋아요! 기쁘게 동의합니다. 당신을 위해 모든 감정을 희생하겠습니다. 오늘 밤에는 이 안경을 단안경으로 쓰겠어요. 허나 당신을 아내라고 부를 수 있는 기쁨을 얻게 되는 바로 그날, 아침에 동이 트자마자 이 안경을 코 위에 올려놓겠습니다. 그 이후 비록 덜 낭만적이고 덜 멋있겠지만 당신이 원하는 대로 실용적인 형태로 만들어 쓰겠습니다."

우리의 대화는 그 이후에 해야 할 준비에 대한 구체적인 사항을 이야기했다. 내 약혼녀가 탤벗이 방금 시내에 도착했다는 소식을 전해주었다. 당장 친구를 만나려고 마차를 구했다. 음악 공연은 2시가 되기 전에 끝나는 일이 없었고, 이 시간이면 마차가 으레 문 앞에 기다리고 있었다. 사람들이 떠나며 혼란스러운 틈을 타 나와 랄랑드 부인은 누구의 눈에도 띄지 않고 마차에 올라탈 수 있었다. 그러고 나서 우리를 기다리는 목사의 집을 방문할 것이다. 결혼식을 올리고 탤벗을 잠깐 방문한 후 동양으로 짧은 여행을 떠날 것이다. 상류 세계를 떠나 최선이라고 생각되는 문제에 관해 이야기를 나눌 것이다.

이 모든 계획을 짜고 나서 즉시 탤벗을 찾으러 갔다. 하지만 도중에 그림을 관찰하기 위해 호텔로 들어가지 않을 수가 없었다. 부인이 준 세밀화를 보려고 안경의 힘을 빌렸다. 그림 속 부인의 얼굴은 빼어나게 아름다웠다. 크고 빛나는 눈! 자랑스러운 그리스형 코! 풍성한 검은 머리!

"아아! 진정 사랑하는 내 여인을 그린 생생한 그림이로군!"

나는 크게 기뻐하며 혼잣말했다. 세밀화를 반대편으로 뒤집자 이런 문구를 발견했다.

'외제니 랄랑드, 27살 7개월.'

때마침 탤벗은 집에 있었다. 나는 즉시 내게 일어난 행운에 관해 이야기했다. 물론 친구는 무척 놀란 눈치였지만 진심으로 축하해주었고 탤벗은 할 수 있는 한 모든 도움을 주었다. 한마디로 말하자면 우리는 계획을 글자 그대로 실행했다. 결혼식을 올리고 정확히 10분 뒤인 새벽 2시에 랄랜드 부인과 함께, 아니 심프슨 부인과 함께 마차를 타고 엄청난 속도로 시내를 빠져나가 북동쪽을 향해 달렸다. 탤벗이 우리를 위해 계획을 짜주었는데, 밤새 마차를 타고 달려서 시내에서 약 30킬로미터 떨어진 C마을에 정차한 후, 이른 아침을 먹고 잠시 쉬었다가 여정을 계속하기로 되어 있었다. 정각 4시에 마차는 마을 여관 앞에 멈춰 섰다. 나는 사랑하는 아내의 손을 잡고 마차에서 내려주었고, 즉시 아침 식사를 주문했다. 그동안 우리는 작은 응접실로 안내를 받아 자리에 앉았다.

거의 동틀 무렵이었다. 황홀하게 내 옆에 앉아 있는 천사를 바라볼 때 돌연 이상한 생각이 머리에 스쳤다. 내가 사랑스러운 랄랜드 부인을 알게 된 이후 햇빛이 비치는 동안 그녀의 사랑스러운 모습을 이렇게 가까이에서 바라보는 것은 정말이지 처음 아닌가!

"자, 이제 말이죠."

사랑스러운 아내가 내 손을 잡고 말을 꺼내자 일련의 생각들이 멈추어버렸다.

"이제 우리가 떨어질 수 없는 하나가 되었고 나는 당신의 열정적인 간청에 굴복하여 결혼식을 올렸어요. 당신이 들어주기로 했던 내 작은 부탁을, 당신이 지키기로 했던 작은 약속을 잊지 않았겠죠. 아아, 그러니까. 기억해볼게요! 그래요. 지난밤 당신이 외제니에게 했던 소중한 약속을 정확히 기억할 수 있답니다. 들어봐요! 당신은 이렇게 말했어요. '좋아요! 기쁘게 동의합니다. 당신을 위해 모든 감정을 희생하겠습니다. 오늘 밤에는 이 안경을 단안경으로 쓰겠어요. 허나 당신을 아내라고 부를 수 있는 기쁨을 얻게 되는 바로 그날, 아침에 동이 트자마자 이 안경을 코 위에 올려놓겠습니다. 그 이후 비록 덜 낭만적이고 덜 멋있겠지만 당신이 원하는 대로 실용적인 형태로 만들어 쓰겠습니다.' 정확히 이렇게 말했죠, 내 사랑하는 남편. 그렇지 않나요?"

"맞아요. 정말 기억력이 좋군요. 분명히, 내 아름다운 외제니, 그 사소한 약속을 지키지 않을 생각은 없어요. 봐요! 보라구요! 잘 어울리죠, 그렇지 않아요?"

여기서 안경을 평범한 안경의 모양으로 만들어 조심스럽게 올바른 위치에 썼다. 심프슨 부인은 모자를 고쳐 쓰고 팔짱을 낀 채로 허리를 펴고 다소 뻣뻣하고 고지식하게, 그러면서도 다소 품위 없는 자세로 의자에 앉아 있었다.

나는 안경테가 코에 닿자마자 소리쳤다.

"세상에 맙소사! 이 안경에 무슨 문제가 있는 거지?"

나는 안경을 재빨리 벗고는 실크 손수건으로 조심스럽게 닦고 다시 한 번 안경을 조정했다.

먼저 무언가가 나를 놀라게 했고 이어서 이 놀라움은 경악으로 바뀌었다. 이 경악은 심각하고 과도했기에 끔찍했다고까지 말할 수 있었다. 도대체 이게 무슨 의미인가? 내 눈을 믿을 수 있는 것인가? 정말로? 그것이 문제였다. 저것은, 저것이, 저것은 립스틱인가? 외제니 랄랑드의 얼굴에 있는 저것들이, 저것들은, 저것들은 주름인가? 아아! 제우스와 크고 작은 모든 신과 여신들이여! 대체, 대체, 대체 외제니의 치아가 어떻게 된 것인가? 나는 난폭하게 안경을 바닥에 내동댕이쳤다. 그러고는 벌떡 일어서 응접실 한가운데 똑바로 섰다. 양손으로 허리를 짚고 심프슨 부인을 정면으로 노려보며 이를 드러낸 채 격하게 화를 냈다. 동시에 공포와 분노로 말을 잃어버렸다.

이미 랄랑드 부인, 즉 심프슨 부인이 영어로 말은 하지만 쓰는 것보다 별반 나을 것이 없다고 말한 바 있다. 그 이유로 당연히 평소에 영어로 말하려 하지 않았다. 분노는 숙녀를 어떠한 극단적인 상황으로 몰고 갔다. 이때 분노는 심프슨 부인을 매우 기이한 극단 상태로 몰고 가서 그녀 자신이 거의 이해하지 못하는 언어로 대화를 시도하게 했다.

"이런, 이봐요."

부인이 몇 분 동안 매우 놀라 나를 관찰하더니 입을 열었다.

"뭐죠? 지금 문제가 뭐죠? 뭐가 문제예요? 내가 싫다면 왜 제대로 알아보지도 않고 청혼한 거죠?"

"당신은 치사한 인간이야! 당신은, 당신, 당신은 극악무도한 늙은 노파야!"

내가 숨죽이며 읊조렸다.

"노파? 늙었다고? 늙지 않았어! 난 여든두 살 이후로 하루도 늙지 않았어!"

"여든두 살! 여든두 살이라고! 그 그림에는 27살 7개월이라 쓰여 있었다고!"

나는 벽을 향해 휘청거리며 소리쳤다.

"분명 그렇지요! 정말인걸요! 그 초상화는 55년 전에 그려진 거라고요. 두 번째 남편인 랄랑드 씨와 결혼할 때, 첫 남편 므와사르 씨와 낳은 딸을 위해 그 초상화를 그렸어요!"

"므와사르!"

"그래요, 므와사르."

늙은 노파가 내 발음을 흉내 내며 말했다. 솔직히 말하자면 결코 훌륭한 발음은 아니었다.

"뭐죠? 므와사르에 대해 뭘 알아요?"

"아무것도 모르오, 이 늙은 노파! 그 사람에 대해 전혀 모른다고. 다만 먼 옛날에 그런 이름을 쓴 조상이 있었던 것뿐이오."

"그 이름! 그 이름에 대해 뭐가 있어요? 그 이름은 좋은 이름이에요. 브와사르도. 그 이름도 좋은 이름이에요. 내 딸 므와사르는 브와사르 씨와 결혼했어요. 모두 훌륭한 이름이에요."

"므와사르? 그리고 브와사르! 대체, 대체 무슨 뜻이요?"

"무슨 뜻? 므와사르와 브와사르라고요. 이름이라고 하면 크루아사르와 프루아사르도 그렇지요. 내 딸의 딸인 브와사르는 크루아사르 씨와 결혼했고, 내 딸의 손녀인 크루아사르는 프루아사르 씨와 결혼했어요. 당신은 아마 그 이름이 훌륭한 이름이 아니라고 말하겠지요."

"프루아사르!"

나는 기절할 것 같았다.

"설마 지금 므와사르, 브와사르, 크루아사르, 프루아사르라고 말한 거요?"

랄랑드 부인이, 아니 심프슨 부인이 의자에 푹 기대 앉아 다리를 쭉 펴며 대답했다.

"그래요. 므와사르, 브와사르, 크루아사르, 프루아사르. 프루아사르는 뻔뻔한 바보였어요. 당신같이 아주 멍청이였지. 아름다운 프랑스를 떠나서 이 멍청한 미국으로 건너왔으니 말이죠. 여기 와서 멍청한 아들을 하나 낳았다고 들었는데, 아직 만나보지 못했어요. 나도 내 동행인 스테파니 랄랑드도 그 아이를 만나보지 못했네요. 그 아이 이름은 나폴레옹 보나파르트 프루아사르라고 하는데, 당신은 이 이름도 훌륭한 이름이 아니라고 말하겠죠."

이야기의 길이나 내용 때문인지 심프슨 부인에게 기이한 격노가 치밀어 오른 듯했다. 심프슨 부인은 애써 이야기를 끝마치면서 마법에 걸린 사람처럼 의자에서 벌떡 일어나 허리 받침 전체를 바닥에 떨어뜨렸다. 자리에서 일어서자 이를 갈며 팔을 휘두르고 옷소매를 걷어 올리더니 내 얼굴에 주먹을 한 방 날렸다. 마지막으로 머리에서 모자와 함께 아름다운 흑발을 자랑하는 풍성한 가발을 잡아 뜯었다. 고래고래 고함을 치며 모자와 가발을 바닥으로 내동댕이쳐서 짓밟고는 정신이 혼미해진 듯 고통스러운 분노에 휩싸여 그 위에서 팔딱고 춤을 췄다.

그동안 난 심프슨 부인이 일어난 의자에 앉아 아연실색했다.

"므와사르, 브와사르!"

내가 생각에 잠겨 반복해 말하는 동안 심프슨 부인은 가발 한쪽을 부욱 찢었다.

"크루아사르, 프루아사르!"

심프슨 부인이 다른 한쪽을 마저 찢었다.

"므와사르, 브와사르, 크루아사르, 나폴레옹 보나파르트 프루아사르! 이 뭐라 말할 수 없는 늙은 독사! 그건 나야, 나라고! 듣고 있어? 바로 나라고!"

나는 목청껏 소리 질렀다.

"바로 나야! 내가 바로 나폴레옹 보나파르트 프루아사르라고! 내가 내 고조할머니와 결혼하지 않았더라면 영원히 혼란스럽게 살아도 좋을 텐데!"

외제니 랄랑드 부인, 혹은 심프슨 부인, 한때 므와사르 부인은 말 그대로 내 고조할머니였다. 젊은 시절 고조할머니는 아름다웠고, 여든두 살의 나이에도 젊은 시절의 위엄 있는 키, 조각 같은 얼굴의 윤곽, 고운 눈, 그리스형 코를 가지고 있었다. 이와 더불어 진주 분, 립스틱, 가발, 틀니, 가짜 허리 받침과 파리에서 가장 실력 있는 의상 디자이너의 힘을 빌려, 프랑스 도심의 다소 빛바랜 아름다운 아가씨들 사이에서 존경받는 지위를 유지하려고 노력한 것이다. 이런 면에서는 니농 드 랑클로와 거의 비슷하다고 볼 수 있겠다.

고조할머니는 대단히 부유했고, 두 번째 결혼에서는 남겨놓은 아이도 없이 미망인이 되었기에 미국에 있는 내 존재를 생각해냈다. 나를 상속자로 만들려고 두 번째 남편의 먼 친척뻘 되는 매우 아름다운 스테파니 랄랑드 부인과 함께 미국을 찾았던 것이다.

오페라 극장에서 고조할머니는 내 관심을 알아차렸다. 고조할머니는 안경 너머로 나를 찬찬히 관찰하면서 내가 자기 가족과 닮은 부분이 있음을 감지했다. 그러면서 내게 흥미를 두었고, 자신이 찾던 상속자가 실제로 시내에 있음을 알고 있었기에, 동행에게 나에 대해 물었던 것이다. 고조할머니와 동행했던 신사는 나를 아는 사람이었으며, 내가 누군지 말해주었다. 새롭게 들은 정보로 고조할머니는 다시 한 번 나를 관찰했다. 나를 너무나도 대담하게 해 앞서 말했던 어리석은 행동을 하게 만들었던 것이 이 두 번째 관찰이었다. 고조할머니는 이상한 우연으로 내가 자신을 알고 있다는 인상을 받고 내 인사를 받아주었다. 나의 나쁜 시력과 고조할머니의 화장 기술로, 기묘한 이 여인의 나이와 매력에 대해 착각을 하던 나는 열정적으로 탤벗에게 부인이 누구인지 물었고, 탤벗은 당연히 내가 젊은 미인에 대해 말하는 줄 알고 그야말로 진실되게 '그 유명한 랄랑드 부인'이라고 말해준 것이었다.

　다음 날 거리에서 고조할머니는 파리에서부터 오랫동안 알고 지냈던 탤벗을 만났다. 둘은 자연스럽게 나에 관한 이야기를 나누었다. 그때 탤벗은 내 시력이 매우 나쁘다는 걸 이야기했다. 비록 난 그런 사실을 전혀 몰랐지만 내 나쁜 시력은 악명이 자자했다. 내 다정한 늙은 친척은 유감스럽게도 내가 부인이 누구인지 안다고 착각했다는 건 물론 내가 극장에서 알지도 못하는 늙은 여성에게 공공연하게 사랑을 표현하며 바보 같은 짓을 했다는 것을 알게 되었다. 이 경솔한 행동에 벌을 주려고 고조할머니는 탤벗과 함께 책략을 꾸몄다. 탤벗은 내게 부인을 소개하지 않으려는 척 일부러 나를 피한 것이었다. 내가 '아름다운 미망인 랄랑드 부인'에 대해 길거리에서 질문했을 때 사람들은 당연히 젊은 부인을 말한 것으로 생각했고, 탤벗이 호텔을 떠난 직후 만난 세 명의 신사들과 나눈 대화도 쉽게 설명되었다. 니농 드 랑클로에 대한 암시도 마찬가지였다.

나는 해가 떠 있는 동안 아주 가까이에서 랄랑드 부인을 관찰할 기회가 없었다. 음악 공연에서도 안경의 도움을 받는 걸 거절한 어리석음 때문에 고조할머니의 나이를 어림짐작하지 못했던 것이다. 노래를 부르기 위해 '랄랑드 부인'을 호명하였을 때도 고조할머니가 아닌 젊은 부인을 의미하는 것이었다. 이름이 불려 일어난 것도 젊은 랄랑드 부인이었다. 고조할머니는 나를 더 속이려고 동시에 자리에서 일어나 응접실 피아노로 함께 간 것이었다. 내가 피아노까지 고조할머니를 호위하기로 마음먹었더라면, 내가 앉아 있던 곳에 그대로 있는 것이 좋겠다고 말할 계획이었다. 허나 내가 신중한 태도로 앉아 있었기에 그럴 필요가 없었다.

나를 감탄하게 하고 내 여인의 젊음을 확신하게 했던 노래는 스테파니 랄랑드 부인이 부른 것이었다. 짓궂은 장난을 꾸짖고 속임수를 담은 경구에 쐐기를 박기 위해 안경을 건넸다. 안경을 건넴으로써 내가 너무나도 고양되어 있었던 허세에 대해 설교할 기회를 잡을 수 있었다. 늙은 부인이 쓰던 안경을 내 나이에 더 잘 어울리는 것으로 바꿔놓았던 것은 덧붙여 말할 필요도 없을 것이다. 사실 안경은 자로 잰 것처럼 내게 꼭 맞았다.

운명의 매듭을 묶는 척할 뿐이었던 목사는 탤벗의 좋은 친구였고 사제가 아니었다. 그 친구는 훌륭한 '마부'로 변신했다. 목사의 옷을 벗고 외투를 입은 후 마차를 몰아 '행복한 한 쌍'을 도시 밖으로 실어 날랐다. 탤벗은 바로 옆에 태연스럽게 앉아 있었다. 따라서 두 악당은 일이 어떻게 끝나는지 확인할 수 있었으며, 여관 응접실 뒤편에 달린 반쯤 열린 창문을 통해 히죽거리면서 연극의 대단원을 즐겁게 감상하였다. 나는 두 악당에게 결투를 신청할 수밖에 없을 것이다.

그렇지만 난 내 고조할머니의 남편이 아니다. 이 생각만으로도 크게 안도할 수 있다. 난 랄랑드 부인의 남편이다. 다만 내 아내는 스테파니 랄랑드 부인이다. 내 다정하고 늙은 친척은 나를 자신이 죽은 후의 유일한 상속자로 삼았을 뿐 아니라 수고를 무릅쓰고 짝을 찾아주기까지 했다. 결론적으로 난 앞으로 영영 연애편지는 쓰지 않을 것이며 안경 없이는 누구도 만나지 않을 것이다!

작은 프랑스인은 왜 팔에 붕대를 감았나

Edgar
A. Poe

작은 프랑스인은 왜 팔에 붕대를 감았나

분홍색 광택지로 만든 내 명함에는 이런 흥미로운 문구가 적혀 있다. '블룸즈버리 교구, 러셀 스퀘어, 사우샘프턴가 99번지, 준남작 패스릭 오그랜디슨 경'

런던 전체를 통틀어 가장 정중하고 세련된 사람이 누구냐 묻는다면, 그건 바로 이 몸이라 할 수 있다. 아일랜드 시골뜨기 생활을 청산하고 준남작 직위를 받아 귀족이 된 지난 6주 동안, 나는 그야말로 황제처럼 살았고 교양과 품위를 갖추었다. 아아! 준남작 패스릭 오그랜디슨 경이 오페라를 보러 가기 위해 옷을 차려입었을 때나 하이드 파크를 방문하러 마차에 올라탈 때 준남작을 바라볼 수 있다는 건 축복받을 일이 아니겠는가. 무엇보다 여성들이 내게 빠져드는 건 내가 우아하고 건장한 체격을 갖췄기 때문이다. 키 183센티미터에 전신은 상당히 균형 잡혀 있다.

반면 길 건너편에 사는 늙은 난쟁이 프랑스인은 채 100센티미터도 되지 않는다. 벼락 맞을 놈! 그놈은 내 옆집에 사는 가장 특별한 친구인 아름다운 미망인 트라클 부인을 온종일 쳐다보며 추파를 보낸다. 트라클 부인에게 축복이 있기를! 여러분은 그 난쟁이 녀석이 어쩐지 풀 죽어 있고 왼손에 팔걸이 붕대를 하고 있다는 것을 알아챘을 것이다. 허락을 구하고 무슨 일이 있었는지 여러분께 설명해드리고자 한다.

사건의 경위는 간단하다. 아일랜드 코노트 주에서 이곳으로 이사 온 첫날 내가 거리에 모습을 보였을 때, 누군가 창문 너머로 날 바라보았다. 그 사람은 다름 아닌 아름다운 트라클 부인이었다. 트라클 부인은 내게 빠져 헤어나지 못하는 것이 분명했다. 나는 돌연, 틀림없이, 그것이 절대적인 진리라고 생각했다. 트라클 부인은 창문을 열어젖히고 눈을 동그랗게 뜨며 날 응시했다. 작은 황금색 망원경을 들어 한쪽 눈에 갖다 댔는데, 망원경 너머로 이렇게 속삭이는 듯했다.

"아아! 좋은 아침이에요. 준남작 패스릭 오그랜디슨 경, 내 사랑. 정말 멋진 신사분이네요. 그렇고말고요. 저는 당신을 위해서라면 언제라도 뭐든지 할 수 있답니다."

정중함이라 하면 나를 능가할 자는 없지 않겠는가. 나를 지켜보는 여러분의 마음이 아플 정도로 정중하게 트라클 부인에게 인사를 올리고, 과장스럽게 모자를 벗어 양쪽 눈을 끔뻑이며 있는 힘껏 윙크했다.

"그렇고말고요. 귀여운 그대, 트라클 부인, 내 사랑. 눈 깜짝할 사이에 준남작 패스릭 오그랜디슨 경이 온 마음을 다해 그대를 사랑하게 되지 않는다면 런던데리의 미녀께서 늪에 빠져 죽어버려야 하는 것 아니겠소."

다음 날 아침, 나는 그 미망인에게 연애편지를 보내는 것이 정중하지 못한 일은 아닌지 생각하였다. 그때 배달원이 우아한 명함을 한 장 들고 올라왔다. 나는 초서체에 익숙지 않아 명함에 쓰여 있는 글자를 읽지 못해서 배달원이 내게 그 글자를 알려주었다. 명함에는 '오귀스트 르 케이시 메트르드당스 백작'이라는 글자가 쓰여 있었다. 이 악마 같은 글자는 길 건너편에 사는 늙어빠진 프랑스 놈의 이름이었다.

바로 그때 그 악당이 몸소 방 안으로 들어와 내게 인사했다. 실례를 무릅쓰고 나를 찾아왔다고 하면서 속사포로 헛소리를 해댔다. '어쩌고저쩌고'라는 말 외에는 무슨 말을 지껄이는지 도통 알아들을 수 없었다. 늙은 난쟁이는 그렇게 실없는 소리만 늘어놓다가 자기가 내 사랑 트라클 부인에게 푹 빠져 있으며, 그녀도 자신에게 애정을 가지고 있다고 말하는 것이 아닌가. 빌어먹을 놈!

이 말을 듣고 내가 잔뜩 화가 났으리라 생각했겠지만, 천만의 말씀, 난 준남작 패스릭 오그랜디슨 경이 아닌가. 예의 없이 화를 내며 길길이 날뛰는 것은 신사의 자세가 아니다. 따라서 늙은 난쟁이가 던진 말을 가볍게 넘겨버리고 잠자코 그 녀석과 어울려주었다. 잠시 후 그놈은 미망인에 집으로 함께 가자고 요청하며, 트라클 부인에게 나를 격조 있게 소개해주겠다고 말했다. 그 말을 듣자 이런 생각을 했다.

'패스릭 경, 이 세상에서 가장 운 좋은 사내 아닌가. 과연 트라클 부인이 홀딱 빠져 있는 사람이 이 몸인지 아니면 이 작은 메트르드당스 녀석일지 알게 될 거야.'

우리는 미망인이 사는 옆집으로 향했다. 여러분이 보았다면 우아하게 꾸며진 집이라고 이야기했을 것이다. 바닥 전체에 양탄자가 깔렸고, 집의 한쪽 구석에는 피아노와 하프가 놓여 있었다. 다른 한쪽 구석에는 세상에서 가장 아름다운 소파가 있었는데, 그 소파에 아름다운 작은 천사 트라클 부인이 앉아 있었다.

"좋은 아침입니다, 트라클 부인."

나는 이렇게 말하며 우아하게 복종했는데, 이 정중함을 여러분이 목격했다면 모두 깜짝 놀랄 정도였을 것이다.

"아아, 세상에서 가장 우아하신 트라클 부인. 여기 계신 이 신사분은 준남작 패스릭 오그랜디슨 경입니다. 가장 특별한 친구이지요."

작은 프랑스인이 말했다.

미망인은 소파에서 일어나 상냥하게 예의를 표했다. 그토록 다정한 모습은 그 누구도 본 적 없었을 것이다. 그러고는 다시 천사처럼 사뿐히 자리에 앉았다. 그러자 작은 메트르드당스 녀석은 트라클 부인의 오른쪽 자리에 풀썩 앉아버렸다. 아아, 이런! 두 눈이 튀어 나갈 것만 같았다. 정말이지 화가 치밀었다!

'감히 누구 앞에서! 메트르드당스 놈!'

잠시 후 이렇게 생각하며 그 악당에게 되갚아주려 트라클 부인의 왼쪽 자리에 풀썩 앉았다. 거슬리는 녀석! 내가 양쪽 눈을 두 번 끔뻑이며 작은 천사에게 우아하게 윙크하는 모습을 여러분이 보았다면 꽤나 즐거웠을 것이다.

작은 프랑스인은 내 행동을 전혀 눈치채지 못하고 절실하게 트라클 부인에게 구애했다.

"아아, 세상에서 가장 아름다운 트라클 부인."

'그런 건 아무 소용없지, 프랑스 놈아.'

나는 줄곧 쉴 새 없이 입담을 뽐냈고, 트라클 부인의 관심을 완전히 사로잡은 사람은 바로 이 몸이었다. 계속해서 트라클 부인과 코노트 주에 있는 늪지에 대해 품격 있는 대화를 나눈 덕분이었다. 머지않아 작은 천사는 나를 향해 만면에 사랑스러운 미소를 지어 보였다. 그 미소를 보자 몹시 대담해졌고, 강렬한 눈빛으로 트라클 부인을 바라보며 세상에서 가장 섬세한 손길로 부인의 새끼손가락 끝을 살짝 쥐었다.

사랑스러운 천사는 내가 손가락을 쥐는 걸 눈치채자 순식간에 손을 빼서 등 뒤로 숨겼다. 그 행동은 이렇게 말하는 듯했다.

"패스릭 오그랜디슨 경. 더 좋은 기회가 있을 거예요, 내 사랑. 작은 프랑스인 메트르드당스 씨가 보는 곳에서 제 손을 잡는 건 신사답지 못합니다."

나는 작은 천사에게 윙크를 던지며 눈빛을 전했다.

"패스릭 경에게는 묘수가 있소."

나는 솜씨 있게 소파 등받이와 트라클 부인이 기댄 등 사이로 오른팔을 슬며시 뻗어 부인의 작고 아름다운 손을 잡았다. 그 손은 이렇게 말하는 듯했다.

"좋은 아침이에요, 준남작 패스릭 오그랜디슨 경."

너무 거칠지 않게 먼저 손을 내밀어 쥔 것은 나였다. 아아, 그런데 트라클 부인도 세상에서 가장 부드럽고 섬세한 손길로 내 손을 꼭 잡아주는 것이 아니겠는가!

'맙소사, 패스릭 경, 코노트 주에서 올라온 사람 중 가장 잘생기고 운이 좋은 남자가 바로 이 몸이구나!'

내가 트라클 부인의 손을 힘껏 쥐었더니 미망인도 다시 한 번 내 손을 힘껏 잡아주었다. 그때 메트르드당스가 얼마나 으스대었는지 보았다면 여러분은 박장대소했을 것이다. 그토록 능글맞게 프랑스어를 지껄여대는 꼴은 세상에서 본 적이 없을 정도였다. 그놈이 한쪽 눈을 찡긋하며 트라클 부인에게 윙크하는 모습을 내 두 눈으로 똑똑히 보았다. 아아, 맙소사! 킬케니 고양이(아일랜드 속담에 나오는 고양이 두 마리로 싸움이 붙으면 한쪽이 죽을 때까지 싸운다고 함 – 옮긴이)라도 될 것처럼 부아가 치밀어 올랐다.

"제가 한 말씀 드리죠, 메트르드당스 씨. 그런 식으로 트라클 부인을 쳐다보며 추파를 보내는 건 신사답지 못합니다."

내가 최대한 정중한 말투로 말했다. 그러면서 트라클 부인의 손을 다시 한 번 꼭 잡았다.

"자, 그대를 지켜주는 사람이 바로 패스릭 경 아니겠습니까, 내 사랑?"

그러자 그에 대한 대답으로 트라클 부인 쪽에서 내 손을 다시 한 번 꼭 잡았다.

"그렇고말고요. 패스릭 경."

그저 손을 잡았을 뿐이었지만 트라클 부인의 마음이 온전히 전해지는 것 같았다.

"그렇고말고요, 패스릭 경. 내 사랑. 정말 훌륭한 신사분이에요. 틀림없고말고요."

그러면서 트라클 부인은 아름다운 두 눈을 떴는데, 두 눈은 마치 튀어나올 듯했다. 트라클 부인은 고양이처럼 앙칼진 눈빛으로 프랑스 놈을 쏘아보더니 고개를 돌려 내게는 아름다운 미소를 지어주었다.

"어허, 무슨 말씀을!"

프랑스인은 이렇게 말하면서 고개를 홱 돌리더니 어깨를 으쓱이며 입을 샐쭉거렸다. 더 이상은 내 말에 대답하지 않았다.

단언컨대 패스릭 경은 잔뜩 화가 났다. 프랑스인은 미망인에게 한층 더 열렬히 윙크해댔다. 미망인은 계속해서 내 손을 주물렀는데, 마치 이렇게 말하려는 듯했다.

"저분 좀 어떻게 해주세요. 패스릭 오그랜디슨 경, 내 사랑."

그래서 나는 악담을 퍼부으며 말했다.

"이 빌어먹을 시골뜨기 같은 프랑스 놈아!"

그러자 트라클 부인이 어떻게 했을 것 같은가? 트라클 부인은 앉아 있던 소파에서 벌떡 일어나 급히 문을 향해 달려 나갔다. 나는 너무 당황하고 애가 탄 나머지 트라클 부인이 가는 쪽을 향해 고개를 돌리며 두 눈으로 쫓았다. 나에게는 트라클 부인이 계단을 전부 내려가지는 못하리라 생각한 이유가 있었다. 내가 여전히 트라클 부인의 손을 붙잡은 채로 한 번도 놓지 않았기 때문이다.

"뭔가 깜빡한 게 없나요, 부인? 돌아와요, 내 사랑. 여기 그대의 손을 돌려주겠소."

그러거나 말거나 트라클 부인은 쏜살같이 계단을 내려갔다. 그제서야 나는 작은 프랑스인을 향해 고개를 돌렸다. 맙소사! 지금까지 내가 잡았던 건 그 녀석의 작은 손이 아니었던가!

그때까지 줄곧 그 녀석이 손을 잡았던 사람이 미망인이 아닌 패스릭 오그랜디슨 경인 걸 알아차렸을 때의 그놈의 우스운 모습이란! 그 프랑스인은 살면서 그렇게 우울한 표정을 지어본 적이 없었으리라. 준남작 패스릭 오그랜디슨 경에 대해 말하자면, 나 같은 사람은 그런 사소한 실수는 개의치 않는다. 다만 트라클 부인의 하인이 우리를 계단 아래로 내쫓아 버린 뒤 그 녀석과 잡은 손을 놓기 전에, 나는 있는 힘껏 그놈의 손을 쥐어짜서 라즈베리 잼으로 만들어버렸다.

"이런, 제기랄!"

이런 연유로 작은 프랑스인은 왼손에 팔걸이 붕대를 하게 된 것이다.

일주일에 세 번 있는 일요일

*Edgar
A. Poe*

일주일에 세 번 있는 일요일

"고집스럽고 멍청하고 완고하고 고약하고 신경질적이고 케케묵고 고루한 늙은 야만인 같으니!"

어느 날 오후 나는 상상 속에서 럼거전 큰할아버지에게 주먹을 휘두르며 말했다. 단지 상상 속에서만 그럴 수 있었다. 사실 바로 그때 내가 말한 것과 감히 말할 용기가 나지 않은 것 사이에, 내가 실제로 행동한 것과 행동할까 말까 생각만 하던 것 사이에는 어떤 사소한 차이가 존재했다.

내가 거실문을 열었을 때 그 늙은 돌고래는 벽난로 위 선반에 떡하니 다리를 올려놓고 앉아 포트와인 한 잔을 손에 든 채로 노래 가사를 완성하기 위해 부단히 노력하는 중이었다.

너의 빈 잔을 채워라!
너의 가득 찬 잔을 비워라!

"존경하는 큰할아버지."

나는 부드럽게 문을 닫고는 세상에서 가장 온화한 미소를 지은 채 큰할아버지에게 다가갔다.

"큰할아버지께서는 항상 친절하고 이해심이 깊으시죠. 정말 너무나도 많은 부분에서 자비로움을 보여주셨기에 이 한 가지 작은 부분에 대해서만 다시 한 번 말씀드릴 수 있다면, 큰할아버지의 전적인 동의를 확신할 수 있을 것 같습니다."

"에헴! 착한 녀석! 계속 말해보거라!"

"존경하는 큰할아버지(지독한 늙은 악당 같으니!). 제가 케이트와 결혼하는 걸 정말 진지하게 반대할 의도는 아니신 거죠? 단순히 농담이시죠? 알아요, 하하하! 가끔 큰할아버지께서는 무지 유쾌하시다니까요."

"하하하! 빌어먹을 놈! 아무렴!"

"틀림없이요, 물론이죠! 농담이신 거 알아요. 큰할아버지, 지금 케이트와 제가 원하는 건 큰할아버지께서 오직 시간에 대해서 조언을 해주십사 하는 겁니다. 아시잖아요, 큰할아버지. 그러니까, 결혼식을 언제 올리면 큰할아버지께서 가장 편하실까요?"

"결혼식을 올린다고, 이 건달 같은 놈! 대체 무슨 말이냐? 때가 될 때까지 기다리는 게 좋겠다."

"하하하! 헤헤헤! 히히히! 호호호! 후후후! 그거 재미있네요! 아, 그것참 훌륭한 것 같아요. 그런 재치 있는 말씀이라니! 아시다시피, 큰할아버지, 저희가 지금 원하는 건 그저 큰할아버지께서 정확한 시간을 말씀해주셨으면 하는 겁니다."

"아아! 정확한 시간을?"

"예, 큰할아버지. 괜찮으시다면 말이죠."

"그건 안 될 일이다, 보비. 내가 1년 이내에 임의로 날짜를 정한다고 하면 정확히 그게 언젠지 말해야 한다는 거냐?"

"부디 정확히 말씀해주시면 좋겠어요, 큰할아버지."

"글쎄, 그렇다면, 보비, 너는 착한 녀석이지 않겠니? 네가 정확한 시간을 말해주길 원하니 이번만은 그렇게 해주도록 하마."

"존경하는 큰할아버지!"

"쉿, 조용히 해라!"

이 말을 듣고 나서 나는 목소리를 죽였다.

"이번만은 그렇게 해주마. 내가 동의해줄 거고, 너는 돈을 가지게 될 거야. 케이트가 들고 오는 돈을 잊지 않도록 해라. 어디보자! 언제가 좋을까? 오늘이 일요일이지? 그래, 그러면, 네가 결혼할 때는 정확히, 정확히, 이제 잘 들어라! 일주일에 일요일이 세 번 있을 때 결혼하도록 해라. 내 말을 잘 들은 게냐! 뭘 그렇게 입을 떡 벌리고 쳐다보는 게야? 너는 일주일에 일요일이 세 번 있을 때 케이트와 결혼하는 거다. 그전까지는 안 돼. 이밥버러지 같은 놈. 내 눈에 흙이 들어간다고 해도 그전까지는 안 된다. 내가 어떤 사람인지 알지. 내가 한 말은 반드시 지키는 사람이다. 이제 썩 꺼져라!"

그렇게 말하며 큰할아버지는 포트와인을 들이켰고, 난 절망에 휩싸인 채 서둘러 방에서 나갔다.

〈훌륭한 영국 노신사〉라는 노래에 나오는 신사는 꼭 럼거전 큰할아버지 같았지만, 노래의 주인공과는 달리 큰할아버지에게는 약점이 있었다. 큰할아버지는 뚱뚱한 체구에 거만하고 성미가 급했다. 배가 불룩 나왔고 게다가 딸기코였다. 또 재산가

이면서 우둔하고 자존심이 강한 사람이었다. 세상에서 가장 마음씨가 고운 사람이었는데, 변덕맞은 기질 탓에 큰할아버지를 표면적으로만 아는 이들에게 괴팍한 사람이라는 평을 듣곤 했다. 수많은 훌륭한 사람들이 그런 것처럼 사람을 애타게 하는 기질을 갖추었는데, 얼핏 보았을 때는 악의가 있다고 착각하기 쉬웠다. 주변 사람들이 부탁하면 언제나 단호하게 "싫다!"고 즉시 대답하지만, 아주 한참 나중에 보면 할아버지가 실제로 부탁을 거절한 적은 거의 없었다. 자기 재산을 향한 공격에는 그 어느 때보다 견고하게 방어했다. 하지만 큰할아버지가 갈취당한 돈의 액수는 일반적으로 포위 작전이 길어질수록, 큰할아버지가 완강하게 저항할수록 정비례해서 커졌다. 기부라면 그 누구도 큰할아버지만큼 마지못해 하면서 후하게 지갑을 열지 못했을 것이다.

큰할아버지는 예술을, 특히 순수문학을 지나칠 정도로 경멸했다. 이는 프랑스의 정치인 카지미르 페리에의 건방지고도 짧은 의문에서 비롯되었다.

"시인은 대체 무슨 쓸모가 있나?"

큰할아버지는 이 말이 논리적 재치를 보여주는 완벽한 예시라며 우스꽝스러운 발음으로 이 질문을 인용하는 버릇이 있었다. 따라서 내가 뮤즈에 대해 어렴풋이 안다손 치면 큰할아버지는 대단히 불쾌해했다. 어느 날 큰할아버지에게 호라티우스의 신간이 있냐고 물었을 때, 큰할아버지는 '시인은 만들어지는 것이지 타고나는 게 아니다'라는 말은 곧 '시인이란 아무런 쓸모없는 형편없는 인간'이라는 뜻이라고 단언했다. 이 말을 듣는 순간 나는 분노하고 말았다.

최근에 우연히 자연과학에 대한 우호적인 편견을 가지게 된 이후로 인문학에 대한 큰할아버지의 반감은 훨씬 커졌다. 누군가 거리에서 큰할아버지를 보고 엉터리 물리학자 더블 L. 디 박사로 착각하고 말을 건 적이 있었다. 이 일로 큰아버지의 사고방식은 완전히 바뀌었다. 이 이야기가 일어난 시기에 우리 큰할아버지는 자기가 좋아하는 화제에 부합하는 의견만 받아들이고 거기에 대해서만 온화한 태도를 보였으며, 그 밖의 다른 것들에 대해서는 그저 웃어넘겼다. 또 큰할아버지의 사상은 완강했고 이해하기 쉬웠다. 호슬리처럼 '사람들은 법을 지켜야 할 뿐 그 외에는 아무 상관도 없다'고 생각했다.

나는 그 노인과 평생을 함께 살아왔다. 부모님께서는 돌아가시면서 마치 귀중한 유산처럼 나를 큰할아버지에게 남겨놓고 떠나셨다. 이 늙은 악당이 케이트를 사랑한 만큼은 아니라 하더라도 거의 친자식처럼 나를 사랑했다고 믿는다. 결국 따지고 보면 큰할아버지는 마치 개를 키우듯 날 키웠다. 한 살부터 다섯 살까지는 규칙적으로 내게 매질을 베풀었다. 다섯 살부터 열다섯 살까지는 매시간 교정 시설에 보내버리겠다고 협박했다. 열다섯 살부터 스무 살이 될 때까지는 내게 재산을 단 한 푼도 물려주지 않겠다는 장담을 하지 않고 지나간 날이 없을 정도였다. 나는 정말이지 슬픈 개였다. 하지만 이는 당시 내 성격의 일부였고 신념의 한 부분이었다.

내게 있어 케이트는 변치 않는 친구였다. 케이트는 착한 소녀였다. 큰할아버지에게 졸라서 결혼 동의를 얻어낸다면 내가 케이트를 비롯하여 모든 걸 움켜쥘 수 있을 거라고 아주 달콤하게 속삭였다. 불쌍한 케이트! 케이트는 겨우 열다섯 살이다. 큰할아버지 동의가 없다면 기나긴 다섯 번의 여름이 느릿느릿 지나갈 때까지 손톱만큼의 재산도 얻을 수 없다. 그렇다면 무엇을 해야 할까? 열다섯 살의 케이트는 물론 스무 살을 지나 스물한 살을 맞이한 내게 앞으로의 5년은 마치 500년과 같았다.

우리는 집요하게 큰할아버지를 몰아붙였으나 모두 헛일이었다. 이런 성격은 큰할아버지의 비뚤어진 변덕에 꼭 어울리는 가장 중요한 부분이었다. 프랑스 유명 요리사인 유드와 카렘은 이를 두고 코스 요리의 메인 같다고 말했을 것이다. 큰할아버지가 마치 늙은 고양이같이 비참하고 불쌍한 작은 생쥐 두 마리에게 어떻게 행동했는지를 보면 인내심 많은 욥조차 분개심을 억누를 수 없었으리라. 마음속으로는 큰할아버지가 우리의 결혼보다 열렬히 바라는 것은 없어 보였다. 처음부터 결정을 내려놓은 상태였다. 사실 우리의 당연한 소망을 이루어주기 위해 어떠한 이유를 만들어낼 수 있었다면 자기 주머니에서 만 파운드라도 꺼내 주었을 것이다. 허나 우리는 그 이야기를 스스로 입 밖에 꺼낼 만큼 경솔했다. 내가 진심으로 믿건대 그런 상황에서 반대하지 않는 것은 큰할아버지로서도 어려운 일이었을 것이다.

나는 앞서 큰할아버지에게 약점이 있다고 말했다. 그 고집이 약점이 아님을 분명히 해야겠다. 오히려 큰할아버지의 고집은 약점이라기보다 강점이라 할 수 있다. 분명 그건 약점이 아니다. 내가 말하는 약점이란 큰할아버지를 사로잡은 기괴한 노파 같은 미신을 두고 하는 말이다. 큰할아버지는 꿈, 징후, 길고 장황한 이야기 같은 것들에 뛰어났다. 사소한 명예에 지나치게 꼼꼼하게 굴었고, 의심의 여지없이 자기만의 방식으로 자기가 내뱉은 말을 지키는 사람이었다. 사실 이는 큰할아버지 취미 중 하나였다. 큰할아버지는 자기가 한 맹세의 진의는 주저 없이 무시하곤 했지만, 글자 그대로의 맹세 자체는 어길 수 없는 계약이라고 생각했다. 큰할아버지의 바로 이 마지막 특성 덕분에 어느 멋진 날 케이트는 창의력을 발휘하여 식당에서 대화한 지 얼마 되지 않아 예상치 못한 소득을 얻었다. 그리하여 현대의 모든 시인과 연설가들이 말하는 방식처럼 서론만으로 상대의 진이 빠지게 하여 내가 상황을 장악할 수 있도록 했다. 할아버지와 내가 나눴던 대화의 요점을 짧게 요약하겠다.

운명이 그렇게 명령했던 것이다. 내 약혼자가 알고 지내던 해군 중 두 신사가 1년 동안 각자 해외를 돌아다니다가 영국 해안에 발을 디뎠을 때였다. 우리는 이 신사들과 함께 미리 상의하여 10월 10일 일요일 오후에 럼거전 큰할아버지를 찾아뵀었다. 이 방문은 우리의 희망을 무참히 짓밟았던 잊지 못할 결정이 내려진 지 3주가 지났을 무렵이었다. 30분 동안은 일상적인 주제를 화제 삼아 이야기를 나누었는데, 자연스럽게 이런 대화가 오갔다.

처음엔 프랫 선장이 운을 띄웠다.

"꼭 1년 동안 이 나라를 비웠네요. 틀림없이 오늘로 꼭 1년이지요. 어디 보자! 맞아요! 오늘이 10월 10일이죠. 럼거전 씨, 기억하시겠지만 작년 오늘, 제가 작별 인사를 드리러 찾아뵀었었죠. 그나저나 정말 우연이 아닐 수가 없네요. 그렇지 않나요? 여기 이 친구도 꼭 1년 동안 이 나라에 없었답니다. 오늘로 딱 1년이네요!"

스미서턴 선장이 말을 이어받았다.

"맞아요! 정확히 1년이네요. 럼거전 씨, 기억하시겠지만 프 랫 선장과 함께 작년 바로 이날 작별 인사를 드리려고 찾아뵀 는데요."

그러자 큰할아버지가 맞장구쳤다.

"맞아, 그랬지, 그럼. 기억하고말고. 정말 기묘한 일이구먼! 두 사람 다 꼬박 1년 동안 여기에 없었지. 정말 이상한 우연이 아닐 수 없네! 더블 L. 디 박사가 기이한 사건의 동시 발생이라 고 명명할 만한 일이로군. 더블 디 박사는…."

케이트가 끼어들었다.

"진짜 이상한 일이네요, 아버지. 그때 프랫 선장님과 스미서 턴 선장님은 같은 항로로 함께 가지 않았는데, 그럼 차이가 나 야 하잖아요."

"난 그런 건 모른다. 말괄량이 같은 녀석! 내가 어떻게 그런 걸 알겠니? 다만 그 때문에 이 일이 좀 놀라울 뿐이야. 더블 디 박사가…."

"아니, 아버지, 프랫 선장님은 혼곳(남아메리카 가장 남쪽에 있 는 곳 - 옮긴이)을 돌았고 스미서턴 선장님은 희망봉(남아프리카 공화국 서남쪽 끝에 있는 곳 - 옮긴이)에서 회항했잖아요."

"바로 그렇지! 한 사람은 동쪽으로 갔고 다른 사람은 서쪽으 로 갔지, 이 녀석아. 두 사람 모두 지구를 거의 한 바퀴 돈 거야.

그건 그렇고 더블 디 박사는….”

그쯤에 내가 서둘러 끼어들었다.

“프랫 선장님, 반드시 내일 저희 집에 오셔서 저녁을 보내셔야 합니다. 스미서턴 선장님도 함께요. 항해에 대해서도 말씀해주시고, 카드 게임도 하시고요.”

프랫 선장이 주뼛거렸다.

“여보게, 잊은 게 있는 것 같구먼. 내일은 일요일이네. 다른 날 저녁에….”

케이트가 프랫 선장을 바라보며 외쳤다.

“오, 아니에요, 저런! 로버트는 그렇게 버릇없는 사람이 아니랍니다. 오늘이 일요일이에요.”

프랫 선장이 적이 당황했다.

“아니, 실례지만 뭐라고 했는가? 내가 착각했을 리가 없네만. 내가 알기론 내일이 일요일이야, 왜냐하면….”

스미서턴 선장이 무척 놀라면서 말참견하였다.

“대체 다들 무슨 말들입니까? 어제가 일요일 아니었습니까?”

이구동성으로 외쳤다.

“어제라니! 당신은 빠져 있어요!”

큰할아버지가 나직이 말했다.

“오늘이 일요일이야, 세상에, 그렇고말고.”

프랫 선장이 단호한 어조로 말을 끊었다.

“아닙니다! 내일이 일요일이에요.”

스미서턴 선장은 확신에 찬 목소리로 이야기했다.

“모두 미쳤군요. 전부 다요. 내가 이 의자에 앉아 있다는 것만큼이나 어제가 일요일이었다는 게 확실합니다."

케이트가 의자에서 벌떡 일어났다.

"네네, 알겠어요. 아무래도 아버지, 아버지가 결정을 내리셔야 할 문제네요. 잠시만 제가 먼저 말할게요. 당장 설명해드릴수 있습니다. 정말 간단한 문제예요. 스미서턴 선장님은 어제가 일요일이라고 말씀하시죠. 그렇고말고요. 맞는 말씀입니다. 우리 셋은 오늘이 일요일이라고 해요. 그렇고말고요. 맞는 말이에요. 프랫 선장께서는 내일이 일요일이라고 하시네요. 그렇고말고요. 그것도 맞는 말이랍니다. 사실, 우리 모두 맞아요. 그러니까 일주일에 일요일이 세 번 있는 셈입니다."

스미서턴 선장이 잠시 말을 멈추었다 다시 말을 이어나갔다.

"그건 그렇고, 프랫, 우리가 케이트한테 완전히 당했군. 우리둘 다 정말 멍청한걸! 럼거전 씨, 어떻게 된 일이냐 하면, 아시다시피 지구 둘레는 4만 킬로미터입니다. 지구는 회전축을 기준으로 자전합니다. 회전하고 빙글빙글 돌죠. 이 4만 킬로미터를 서쪽에서 동쪽으로 정확히 24시간 동안 회전합니다. 아시겠습니까, 럼거전 씨?"

"물론이지. 그럼. 더블 디…."

스미서턴 선장이 목소리를 한껏 높였다.

"그러니까 시속 1600킬로미터가 되는 거죠. 그럼 제가 이 위치에서 동쪽으로 1600킬로미터를 항해한다고 가정해보세요. 물론 전 여기 런던에서 1시간 후에 해가 뜬다고 예상할 수 있습니다. 그렇다면 런던에서 해가 뜨기 1시간 전에 일출을 보게되는 겁니다. 같은 방향으로 1600킬로미터를 더 나아가면 런던에서는 제가 보는 것보다 2시간 후에, 1600킬로미터를 더 가면 3시간 뒤에 해가 뜬다고 예측할 수 있겠네요. 이렇게 제가 지구를 한 바퀴 돌아 제자리로 돌아오면 동쪽으로 4만 킬로미터를 항해하게 되니 런던에서는 24시간 후에 해가 뜬다고 생각할 수 있겠죠. 다시 말해, 저는 여러분보다 하루가 앞서 있게 되는 겁니다. 이해하시겠습니까?"

큰할아버지가 다급하게 끼어들었다.

"하지만, 더블 디 박사는….”

스미서턴 선장이 매우 큰 목소리로 말했다.

"프랫 선장, 반면에, 이 위치에서 서쪽으로 1600킬로미터를 항해하면 런던보다 1시간, 4만 킬로미터를 가면 하루가 뒤처지게 되는 거잖나. 따라서 내 경우는 어제가 일요일이었네. 그러니까 여러분은 오늘이 일요일이 되는 거지요. 자네에게는 내일이 일요일이 되는 거고. 럼거전 씨, 우리 모두 옳았다는 게 분명하네요. 다른 사람의 생각보다 어떤 한 사람의 생각이 우선해야 한다는 철학적 이유는 없으니까요.”

큰할아버지가 놀란 듯 외쳤다.

"맙소사! 케이트, 보비! 너희가 말한 대로 이것이 나에 대한 심판이구나. 나는 내가 한 말은 지키는 사람이다. 잘 들어라! 네가 좋은 날에 케이트와 결혼하도록 해라. 이제 됐군. 어이쿠! 사흘 연속 일요일이라니! 나는 여기에 대한 더블 L. 디 박사의 의견을 알아봐야겠다."

소모된 남자

부가부, 키카푸 인디언 토벌 작전의 후일담

Edgar
A. Poe

소모된 남자

부가부, 키카푸 인디언 토벌 작전의 후일담

눈물 흘려라, 눈물 흘려라, 나의 눈이여, 눈물로 슬픔을 닦아내어라!

남은 나의 인생은 무덤으로 보내버렸으니….

— 코르네유

완벽하게 잘생긴 명예 준장 존 A.B.C. 스미스 장군을 언제 어디서 처음 만났는지 이제는 기억조차 흐릿하다. 누군가 어떤 공식 모임에서 그 신사를 소개해주었는데, 중요한 안건을 다루는 모임이었던 것은 확실하나 어찌 된 일인지 그 명칭은 잊어버리고 말았다. 사실, 시간이나 장소를 명확히 기억할 수 없을 만큼 당황한 상태에서 소개받았기 때문이기도 하다. 나에게는 가계 내력인 신경과민 증세가 있었는데, 안타깝게도 도저히 파악하기 어려운 신비한 외모를 보자마자 불안증이 도지고 말았다.

장군에게는 빼어난 뭔가가 있었다. 이러한 말로 그 인물의 특징에 대한 나의 인상을 온전히 표현하기에는 부족하지만, 그렇다, 빼어나다고밖에 할 수 없다. 존 스미스 장군은 182센티미터가량의 키에 사람을 끄는 외모의 소유자였다. 교양 있는 상류층 출신임을 드러내는 고상한 분위기가 감돌았다. 이러한 주제, 즉 스미스의 외모에 대한 주제라면 나는 사소한 부분에서도 감성적인 만족감을 느낀다. 장군의 머리칼은 브루투스(고대 로마의 장군. 풍성한 머리칼로 유명했음 – 옮긴이)에게 경의를 표하는 듯 아름답게 윤이 나며 풍성하게 흘러내렸고, 멋진 구레나룻은 칠흑처럼 검다는 말보다 그 색깔을 적절히 표현할 말은 없는 것 같다. 이렇게 열정적으로 말하는 이유는 이 세상에서 가장 멋진 구레나룻이라 해도 과언이 아니기 때문이다. 아무튼, 구레나룻은 턱을 둘러싸고 간혹 부분적으로 그림자를 드리우기도 했다. 입은 완벽하다 싶을 정도였고, 치아는 세상 누구보다 고르고 하얗게 반짝였다. 입술 사이로는 맑고 힘 있고 듣기 좋은 목소리가 흘러나왔다. 존 스미스 장군의 눈 또한 특별했다. 두 눈 중 한쪽만으로도 보통 사람의 두 눈만큼의 가치가 있었다. 짙은 갈색빛이 도는 눈은 대단히 크고 찬란하였으며, 때때로 시선을 옮기며 의미심장한 감정을 드러내곤 했다.

　장군의 상반신은 두말할 나위도 없이 내가 여태 본 사람 중 으뜸이었다. 당신이 평생을 바친다 해도 오류를 찾을 수 없을 정도로 완벽한 비율을 자랑했다. 이처럼 멋진 상반신은 아폴론상像마저 열등감으로 얼굴을 붉힐 만한 완벽한 어깨를 더 돋보이게 했다. 나는 멋진 어깨를 갖고 싶다는 열망을 가진 사람으로서, 이처럼 완벽한 어깨는 입때껏 본 적이 없다고 말할 수 있다. 팔 또한 훌륭하게 빚어졌고 다리 역시 이보다 뛰어날 수는 없었다. 정말이지 백만 불짜리 다리였다. 이 분야의 전문가들이라면 모두 장군의 다리가 멋지다는 사실을 인정했다. 지나치게 살이 많거나 적지 않았고, 투박하거나 말라빠지지도 않았다. 장군의 허벅지는 우아하게 굴곡을 이루면서, 정강이 뒤쪽은 적당히 돌출되어 균형미가 뛰어났다. 젊고 재능 있는 조각가인 내 친구 치폰치피노에게 명예 준장 존 스미스 장군의 다리를 직접 보여주고 싶을 정도였다.

이처럼 절대적으로 잘생긴 남자들이 건포도나 블랙베리만큼 흔하지는 않지만, 나는 새로 사귄 친구의 빼어난 점, 다시 말해 존 스미스 장군을 감싸고 있는 무엇인지 모를 독특한 분위기가 전적으로 신체적 우월함에서 비롯되었다고만은 생각되지 않았다. 어쩌면 태도에서 우러난다고 할 수도 있겠지만 이 역시 정답은 아닌 것 같다. 딱히 꼬집어 말하기는 어려우나 그 친구의 모든 행동에는 약간 부자연스러운 구석이 있었다. 굳이 표현하자면 세상의 어떤 자극에도 반응하지 않을 듯 인형처럼 뻣뻣하게 움직였다. 뻐기거나 거드름 피우는 행동도 쉽게 볼 수 있었지만, 그 친구의 거만한 태도에는 상당한 위엄이 묻어났다.

나에게 스미스 장군을 소개해준 친구는 친절하게도 귓속말로 그에 대한 평을 간단히 알려주었다. 장군은 빼어난, 정말 빼어난 사람이며, 이 시대에서 가장 빼어난 사람 중 하나고, 여성들 사이에서 특히 인기가 높은데 주로 용기 있다는 높은 평판에서 비롯된 것이라고 말이다. 내 친구는 이렇게 말했다.

"이런 점에서 존 스미스 장군을 대적할 사람은 아무도 없네. 정말로 완벽한 무법자인 셈이지. 굉장히 용기 있는 사람이야."

이 부분에서 내 친구가 목소리를 확 낮추어 말하는 바람에 오싹한 기분이 들었다.

"굉장히 용기 있는 사람이야. 최근, 남부 습지대에서 벌어진 부가부 키카푸 원주민들과 치른 격전에서도 용기를 보여주었지(이 부분에서 내 친구는 눈을 크게 떴다). 오오! 유혈과 폭력, 그런 것들이지! 발군의 용사였어! 물론, 존 스미스 장군에 대해서는 들어봤겠지? 그는 말일세…."

"이보게, 안녕하신가? 잘 지냈소? 정말 반갑군!"

장군이 가까이 다가와 내 친구의 손을 잡으며 끼어들었다. 그러고 나서 나를 소개받자 뻣뻣하지만 깊숙이 고개 숙여 인사했다. 그때 나는 이처럼 맑으면서도 힘찬 목소리는 들어본 적 없고, 이처럼 고른 치열은 본 적 없다고 생각했다(아직도 그렇게 생각한다). 하지만 앞서 뭔가를 암시하는 듯한 귀엣말을 듣고 부가부 키카푸 전투의 영웅에 대한 흥미가 극대화된 바로 그 순간을 방해했다는 점에서는 유감스러웠다고 해야겠다.

명예 준장 존 A.B.C. 스미스 장군과 나눈 유쾌한 대화는 이러한 아쉬움을 한 방에 날려버렸다. 친구가 곧 우리 곁을 떠나는 바람에 오랫동안 단둘이서만 대화를 나누게 되었는데, 즐거웠을 뿐 아니라 교훈적이기도 했다. 이처럼 언변이 뛰어나며 지식이 방대한 사람은 본 적 없었다. 게다가 겸손하게도 그때 내가 마음속으로 생각하던 주제, 수수께끼 같은 부가부 키카푸 전투의 정황에 대해서는 다루지 않으려 애썼다. 나도 그 주제를 꺼내지 않으려고 배려했지만 실은 정말 그렇게 하고 싶었다. 그러면서 저 용맹한 군인은 철학적인 주제를 선호하며 특히 기계 발명의 진보에 대해 논평하기를 좋아한다는 사실을 알게 되었다. 아무리 다른 이야기로 이어져도 언제나 대화는 이 주제로 돌아온 것이다.

"지금 같은 세상은 없었소. 멋진 사람들이 멋진 세상에 사는 거요. 낙하산과 기차, 덫과 용수철 총이 있지 않소! 바다에는 증기선이 떠다니고 나소 열기구가 런던과 팀북투(현재 아프리카 말리 공화국 중부의 도시 – 옮긴이) 간 정기 운행을 시작할 참 아니오(요금은 편도 20파운드다). 전자기의 원리가 이렇게 빠르게 사회 전반과 예술, 무역, 문학에 엄청난 영향을 미치리라고 누가 생각이나 했겠소! 당신에게 알려줄 것은 이뿐만이 아니오! 발명의 진보는 끝이 없소. 가장 훌륭하고, 가장 독창적인, 음, 톰슨 씨, 당신 이름 맞지요, 가장 유용한, 정말 가장 유용한 기계장치들이 매일 버섯처럼 튀어나온다오. 요즘 세상에 대한 내 느낌은 말이오, 음, 비유적으로 표현하자면, 음, 메뚜기, 그래, 톰슨 씨, 마치 메뚜기 같소!"

물론 내 이름은 톰슨이 아니지만, 인류에 관한 관심이 고조된 스미스 장군이 뛰어난 언변으로 과장된 의견을 펼치도록 내버려 두었다. 기계가 발명되는 이 시대를 살아가며 누리는 소중한 특혜를 깊이 인식하면서 말이다. 하지만 호기심이 발동한 나는, 장군을 잘 알며 부가부 키카푸 전투에서 올린 엄청난 전과에 대해 존경하는 지인들을 대상으로 즉시 조사에 나섰다.

첫 기회가 생기자 주저하지 않고 붙잡았다. 닥터 드러멉 목사가 이끄는 교회에서였다. 어느 일요일, 설교 시간에 소중한 수다쟁이 친구 타비타 T. 서스 양이 옆에 앉자, 일이 잘 풀릴 것 같은 생각에 무척 기뻤다. 명예 준장 존 A.B.C. 스미스 장군에 대해 뭔가를 아는 사람이 있다면, 분명 타비타 T. 양일 것이다.

우리는 수신호를 주고받고는 목소리를 낮춰 잠깐 둘만의 대화를 나누었다.

내가 던진 솔직한 물음에 타비타 T. 양이 대답했다.

"스미스! 어째서 존 A.B.C. 장군이라고 하지 않은 거죠? 이런, 당신이 장군에 대해 모든 것을 안다고 생각했어요. 요즘은 발명의 시대니까요! 끔찍한 일이죠! 지독한 키카푸족들! 장군은 불멸의 영웅, 불굴의 용사처럼 싸웠어요. 스미스! 명예 준장 존 A.B.C. 장군! 오, 있잖아요, 우리의 장군은 말이죠….."

닥터 드러멉이 설교단을 쿵 내리치더니 목소리를 한껏 높여 외쳤다.

"사람이란 여인에게서 난 몸, 수명은 짧고 혼란만 가득합니다. 또한, 꽃처럼 솟아났다 시듭니다!"

나는 예배석 끝에서 살아 있는 듯한 신의 모습을 인식하고는 움찔했다. 목사의 분노는 나와 내 친구의 속삭임에서 촉발된 것이었다. 어쩔 도리가 없었다. 나는 군말 없이 굴복하고, 모든 순교자의 고귀한 침묵 속에서 그 훌륭한 설교에 귀를 기울였다.

다음 날 저녁, 상냥하면서도 모르는 것이 없는 아름다운 아라벨라와 미란다 코뇨센티 양을 만나기만 하면 나의 호기심이 충족되리라는 확신을 가지고 느지막이 랜티폴 극장을 찾았다. 훌륭한 비극 배우 클라이맥스가 이아고 역을 맡아 극장은 만원이었지만, 그리 어렵지 않게 두 여인을 만날 수 있었다. 그중에서도 우리의 박스석은 무대 출입구 옆에 있어서 무대가 훤히 내려다보였다.

마침내, 내 질문의 요지를 파악한 듯 아라벨라 양이 말했다.

"스미스? 어째서 존 A.B.C. 장군이라고 하지 않는 거죠?"

미란다 양은 되묻더니, 다른 이야기를 꺼냈다.

"스미스? 세상에, 이보다 멋진 인물을 본 적 있나요?"

"한 번도 없습니다, 제발 말씀해주십시오."

"아니면 스미스처럼 비길 데 없이 우아한 사람은요?"

"맹세컨대 없습니다! 제발 알려주세요."

"무대 효과에 대해서는 어떻게 생각하세요?"

"아가씨!"

"셰익스피어 작품의 진정한 아름다움을 이보다 섬세하게 표현한 이를 보셨나요? 저 다리 좀 보세요!"

"못됐군요!"

나는 그 자매들에게 다시 고개를 돌렸다.

미란다 양이 말했다.

"스미스? 어째서 존 A.B.C. 장군이라고 하지 않나요? 끔찍한 일이었죠, 그렇지 않나요? 비열한 부가부족, 흉포하고 뭐 그런 놈들이죠. 하지만 우리는 경이로운 발명의 시대에 살고 있잖아요. 스미스! 오, 그래요! 위대한 사람이죠! 완벽한 무법자, 불멸의 명성을 얻은 불굴의 용사(이 부분은 비명처럼 들렸다)! 이런! 스미스는 말이죠….".

"맨드레이크(본래 악마의 과일로 여겨졌으며, 최음제로도 정평이 나 있다 - 옮긴이)건, 세상의 어떤 수면제를 먹어도, 어제까지처럼 편안히 잠들지 못하리!"

이 부분에서 클라이맥스는 내 귓전에서 고함치며 얼굴을 향해 주먹을 흔들었다. 나로서는 이해할 수도 이해하고 싶지도 않았다. 나는 즉시 코뇨센티 자매의 자리를 떠나, 즉시 무대 뒤쪽으로 가서는 그 형편없는 악당이 죽을 때까지 잊지 못할 만큼 두들겨 패주었다.

아름다운 미망인 캐슬린 오트럼프 부인이 주최한 파티에서는 이러한 실망감을 느끼지 않을 것이라고 확신했다. 그래서 트럼프 카드 테이블에 앉자마자 아름다운 여주인과 얼굴을 맞대고는, 내 마음의 평화를 얻는 데 꼭 필요한 해답이기도 한 질문을 던졌다.

"스미스? 어째서, 존 A.B.C. 장군이라고 하지 않는 거죠? 끔찍한 일이었죠, 그렇지 않나요? 지금 다이아몬드 냈 거죠? 끔찍한 키카푸 놈들! 우리, 휘스트 게임(보통 네 명이 편을 짜고 하는 카드놀이 – 옮긴이)을 하는 거예요, 태틀 씨. 하지만 발명의 시대잖아요, 확실히, 이 시대는 말이죠, 누군가 말한 것처럼 굉장한 시대예요. 진정한 영웅, 완벽한 무법자죠! 하트 없나요, 태틀 씨? 믿을 수 없는걸요! 불멸의 명성 그런 것들! 불굴의 용사! 한 번도 들은 적 없나요? 오, 이런, 스미스는 말이죠….."

"마안? 마안 대위?"

방의 저쪽 구석에서 들린 어떤 여성이 지른 외침이 우리를 방해했다.

"마안 대위와 그 결투를 말하는 건가요? 아, 정말 듣고 싶어요. 어서요, 오트럼프 부인! 지금요!"

그러자 오트럼프 부인이 이야기를 시작했다. 총살인지 교수형인지를 당한, 혹은 총살과 교수형을 모두 당한 마안 대위에 대해 말이다. 오트럼프 부인이 이렇게 이야기를 이어가자 나는 자리를 떴다. 그날 밤에는 명예 준장 존 A.B.C. 스미스 장군에 대해 더는 알아내기 힘들 것 같아서였다.

하지만 불운이 언제까지나 계속되지는 않으리라 자위하며, 작은 천사처럼 매혹적이며 우아한 피루엣 부인에게 단도직입적으로 물어보기로 했다.

피루엣 부인이 빠 드 제퓌르(발레 동작 중 하나. 움직이는 다리가 최고조에 달했을 때 첨가되는 작은 점프 – 옮긴이)로 뛰어올라 회전하며 말했다.

"스미스? 어째서 존 A.B.C. 장군이라고 하지 않지요? 부가부족들과 벌인 그 사건, 정말 끔찍했죠. 그렇지 않나요? 끔찍한 족속들이에요, 그 원주민들 말이에요! 발끝은 밖으로 하고! 정말 유감이에요. 저 용감한 사내가 이렇게 되다니. 불쌍한 친구 같으니라고! 하지만 발명의 시대니까요. 오, 이런, 숨차네요. 그 같은 무법자, 발군의 용사는 들어본 적이 없어요! 도저히 믿을 수 없는 일이죠. 앉아서 설명해야겠네요. 스미스 장군은 말이죠…."

내가 피루엣 부인을 의자로 데려가자, 부인은 바 블뢰 양에게 호통쳤다.

"만프레드라고 말했잖아! 다른 사람들도 그렇게 들었어? 내가 말한 건, 만프레드야. 만프라이데이(《만프레드》는 영국의 시인 바이런이 쓴 시극. 베켓이 《만프라이데이》라는 풍자시를 씀 – 옮긴이)가 아니라고."

그때 바 블뢰 양이 거만한 태도로 나를 손짓해 불렀다. 바이런 경의 시극 제목에 대한 논쟁을 마무리하기 위해, 마지못해

피루엣 부인 곁에서 일어났다. 그러고는 재빨리 제목은 '만프레드'가 아니라 '만프라이데이'라고 말해주고 피루엣 부인에게 되돌아왔지만 이미 자리를 뜬 뒤였다. 나는 바 블뢰 가문에 대한 적의를 불태우며 씁쓸한 기분으로 물러 나왔다.

이제 사태는 더욱 심각해졌다. 즉시 각별한 친구, 테오도어 시니베이트를 찾아가기로 했다. 이쯤 되면 적어도 확실한 정보 하나쯤은 알아내야 했다.

테어도어가 말끝을 늘이는 특유의 느릿한 말투로 말했다.

"스미스? 어째서 존 A.B.C. 장군이라고 하지 않나? 장군은 키카푸족에게 처참한 일을 당했지. 그렇지? 말해보게, 그렇게 생각하지 않나? 완벽한 무법자. 대단히 유감스러운 일이야, 경의를 표하세! 경이로운 발명의 시대에! 불굴의 용사! 그런데 자네 마안 대위에 대해 들어본 적 있나?"

"마안 대위는… 글쎄! 자네 이야기나 계속하세."

"음! 오, 그래! 프랑스어로 말해도 마찬가지겠지. 스미스, 뭐? 준장 존 A.B.C.(여기서 시니베이트는 코 옆을 손가락으로 누르는 특유의 자세를 취하면서 생각에 잠겼다)? 자네, 진실로, 진심으로, 양심에 손을 얹고, 스미스의 일에 대해 아무것도 모른다는 뜻은 아니겠지? 나 못지않게 잘 알면서 말이야. 스미스? 존 A.B.C? 오, 이런, 준장은 말일세…."

"시니베이트, 준장이 철가면(17세기 프랑스 감옥에 철가면을 쓰고 갇혀 있었다는 죄수 이야기. 뒤마의 소설《삼총사》3부에서는 루이 14세의 쌍둥이 형이라는 설정으로 나오기도 함 – 옮긴이)이라도 되나?"

내가 간청하듯 말하자 친구가 뻐기는 표정으로 말했다.

"아니! 그리고 달에서 온 사람도 아니지."

이 대답은 나에 대한 모욕임이 분명했다. 나는 머리끝까지 화가 치밀어, 친구에게 신사답지 못하고 예의 없는 행동에 대한 신속한 해명을 요구해야겠다고 굳게 결심하며 당장 그 집을 떠났다.

하지만 이대로 내가 원하는 정보를 포기할 수는 없었다. 이제 한 가지 방법만이 남아 있었다. 시발점으로 가는 것이다. 곧 장군의 집에 들러, 이 가공할 만한 수수께끼에 대한 명쾌한 해답을 요청했다. 적어도 여기서만큼은 얼버무리며 넘어가진 못할 것이다. 타키투스나 몽테스키외처럼 간단히 말하자면, 그렇다면 나는 당장 폭발하고 말 것이다.

내가 들렀을 때는 이른 아침이라 장군이 옷을 입는 중이었다. 하지만 급한 용무라 설득해서 늙은 시종을 따라 즉시 장군이 기거하는 침실로 들어갔다. 시종은 내가 머무르는 내내 옆에서 자리를 지켰다. 방에 들어선 뒤, 방 주인을 찾으러 주위를 둘러보았으나 쉽게 찾을 수 없었다. 내 발과 가까운 바닥에 크고 굉장히 이상한 보따리가 있어서, 기분이 몹시 나빴던 나는 한쪽으로 걸어갔다.

"흠! 흠! 꽤 예의가 바르군!"

보따리가 아주 작은 소리로 말했다. 쉬쉬대는 듯하면서도 휘파람 소리 같기도 한, 살면서 들어본 가장 우스꽝스러운 목소리였다.

"어흠! 예의 바르신 분, 내가 보고 있네."

나는 기겁하여 소리 지르며, 그 자리에서 펄쩍 뛰어 구석으로 도망쳤다.

"저런! 친애하는 친구여!"

다시 보따리가 쉬쉬 소리를 내며 말했다.

"무, 무, 무, 이런, 무슨 문제요? 나에 대해 전혀 모르나 보군."

이 모든 일에 대해 내가 무슨 말을 할 수 있을까? 나는 비틀대며 안락의자 쪽으로 가, 눈을 크게 뜨고 입을 벌린 채 궁금증이 해소되기만을 기다렸다.

"자네는 나에 대해 몰랐던 것 같군, 그렇지?"

이내 정체를 알 수 없는 목소리가 삑삑거리며 말을 이었다. 마룻바닥에서는 설명하기 어려운 진화가 진행되고 있었다. 마치 스타킹 한 짝을 신는 것 같았다. 하지만 확실히 한쪽 다리밖에 없었다.

"자네는 나에 대해 전혀 몰랐던 것 같군, 그렇지? 폼페이, 다리 가져오게!"

시종이 이미 옷을 입은 멋진 코르크 다리 한 짝을 가져와 순식간에 보따리에 나사로 연결하자, 그 물체가 내 눈앞에서 일어섰다.

그 이상한 물체가 독백하듯 말을 이었다.

"못해 먹을 짓이지. 하지만 부가부족, 키카푸족과 싸워서 상처 하나 없이 돌아온다는 건 힘든 일이네. 폼페이, 이제 팔을 하세나(그리고는 나를 돌아보았다). 토마스는 코르크 다리 제조에는 최고지만, 만일 자네가 팔을 원한다면 말일세, 친애하는 친구여, 비숍을 추천하겠네."

이때 폼페이가 팔을 연결했다.

"꽤나 힘든 일이었지. 이 개자식, 이제 어깨와 가슴을 입어야 하잖아! 프티트는 최고의 어깨를 만들지만, 가슴이라면 듀크로에게 가게나."

"가슴이라고요!"

"폼페이, 가발 쓸 준비는 하지 않나? 머리 가죽 쓰기는 무엇보다 힘든 단계지. 하지만 들로르미에게서 멋진 가발을 구할 수 있네."

"가발!"

"미친놈, 이젠 이빨 줘! 좋은 이빨을 원한다면 당장 팜리스에게 가게. 값은 비싸지만, 제품이 아주 훌륭해. 하지만 덩치 큰 부가부 놈이 라이플총 개머리판으로 나를 후려갈겼을 때 몇 조각 삼켜버렸어."

"개머리판으로 후려갈겼다니, 세상에!"

"오 그래, 그런데, 폼페이, 이 게으른 놈아, 눈도 끼워 넣어야지, 뭐해! 키카푸 놈들이 순식간에 도려냈어. 헌데 그 닥터 윌리엄스에 대한 평판은 잘못 알려진 거라네! 윌리엄스가 만든 눈으로 얼마나 잘 볼 수 있게 되었는지 상상도 못 할 걸세."

이제는 내 눈앞에 있는 물체가 바로 새로운 친구, 명예 준장 존 A.B.C. 스미스임을 분명히 알아볼 수 있었다. 고백건대, 폼페이가 솜씨 좋게 조립한 덕분에 한 사람의 모습이 전혀 달라진 것이다. 여전히 목소리만큼은 적잖이 이상했다. 이러한 불가사의조차 곧 밝혀졌다.

"폼페이, 이 벼락을 맞을 놈아, 입천장도 없이 밖에 나가게 할 참이냐."

장군이 끽끽대며 말했다.

그러자 그 시종은 퉁명스럽게 사과하고는, 주인 가까이 다가가 기수騎手처럼 입을 벌리더니 도저히 알 수 없는 이상하게 생긴 기계를 솜씨 좋게 집어넣었다. 그 즉시, 장군의 얼굴에 놀라운 변화가 나타났다. 장군이 다시 입을 열자, 처음 소개받았을 때 들었던 노랫소리와도 같은 힘 있는 목소리가 흘러나온 것이다.

"빌어먹을 놈들!"

확실히 달라진 맑은 목소리로 장군이 말했다.

"빌어먹을 놈들! 그놈들은 내 입천장을 부순 걸로도 모자라, 수고스럽게도 혀의 8분의 7 가량을 잘라버렸어. 이렇게 훌륭한 물건을 만드는 데는, 미국 내에서 본판티를 능가하는 사람은 아무도 없네. 자네에게 자신 있게 추천할 수 있어(여기서 장군은 고개 숙여 인사했다). 덕분에 나는 굉장히 즐겁게 지낸다네."

나는 최대한 예의를 갖춰 장군이 베푼 친절함에 감사를 표하고 바로 집을 나섰다. 모든 일의 진상을 파악하고 나니, 오랫동안 나를 괴롭혔던 수수께끼가 완전히 풀렸다. 이 점은 분명했다. 명예 준장 존 A.B.C. 스미스는 소모된 남자였던 것이다.

싱검 밥 명인의 문학 인생
〈구스더럼푸들〉의 전 편집장 직접 남기다

싱검 밥 명인의 문학 인생
〈구스더럼푸들〉의 전 편집장 직접 남기다

    세월은 흘러가고 셰익스피어와 에먼스도 이미 고인이라는 사실을 아니, 나도 죽는다는 사실 또한 전혀 생각지 못한 것은 아니다. 하여 문득 문학계에서 물러나 영예롭게 휴식을 취하는 편이 나을 거란 생각이 들었다. 하지만 후손들에게 소중한 유산을 남김으로써 문학계 왕좌에서 치를 퇴위식을 한층 더 빛내고자 한다. 후손들을 위해 내 초보 시절 이야기를 기록하는 것보다 더 잘할 수 있는 일도 없을 것이다. 더욱이, 제법 긴 시간 동안 빈번하게 대중의 시선 전면에 존재했던 내 이름이었기에, 이목이 쏠려 세간이 들끓을 것도 물론 인정하거니와, 이 때문에 일어날 한없는 호기심도 충족시킬 준비가 되어 있다. 사실, 한 분야에 지대한 업적을 세운 사람이 다른 이들도 그 자리에 오를 수 있도록 자신이 올라온 길을 따라 지표를 남기는 것은 의무에 지나지 않는다. 해서, 나는 이 원고에('미국 문학사에 기여할 비망록'을 제목으로 염두에 두고 있다) 저명인사의 정점으로 가는 탄탄대로에 이르게 된 첫걸음을, 나약하고 위태롭지만 중대했던 그 첫걸음을 세부적인 사항까지 상세히 남기려고 한다.

부득이 아득히 먼 선조까지 언급할 필요는 없다. 부친 토마스 밥 명인은 이발사라는 당신 분야에서 수년간 스머그라는 도시의 으뜸이었다. 아버지 가게는 지역 주요 인사들의 단골집이었다. 손님 중에는 특히 편집 분야에 종사하는 사람이 많았는데 면면히 뿌리 깊은 존경과 경외감을 불러일으키는 인물들이었다. 다른 이는 모르겠지만 적어도 나는, 편집자들을 신처럼 받들고 '비누 거품 칠'이라고 이름 지은 과정이 진행되는 동안 그 거룩한 입에서 흘러나오는 풍부한 재치와 지혜를 탐욕스럽게 들이켰다. 〈개드플라이〉의 훌륭한 편집장이 비누 거품 칠을 하던 중, 이발소 수습공들의 모임에 앞서 큰 소리로 '유일하고 진실한 밥의 머릿기름'에 경의를 표하는 다분히 독창적인 시를 암송하던 순간, 난 처음으로 창조적인 영감에 사로잡혔고, 영원토록 기억될 시대가 시작되었으며, 그 보답으로 〈개드플라이〉 편집장은 토마스 밥 이발소로부터 제왕에 준하는 후한 대접을 받았다.

'밥의 머릿기름'이 등장하는 빼어난 시구는 나에게 정말이지 신성한 영감을 불어넣었다. 이내 큰사람이 돼야겠다고 결심한 나는, 위대한 시인이 되려고 발걸음을 뗐다. 바로 그날 저녁, 아버지 앞에 무릎을 꿇었다.

"아버지, 죄송하지만 비누 거품 칠은 제 적성에 맞지 않는 것 같습니다. 가게 일을 그만두고자 하는 것이 제 확고한 의지입니다. 저는 편집자가 되고, 시인이 되고, 〈밥의 머릿기름〉 같은 시를 쓰겠습니다. 부디 용서하시고, 큰사람이 될 수 있도록 도와주세요!"

"사랑하는 싱검. 싱검, 우리 아들."

내 이름은 어느 부유한 일가의 성을 따라 지은 세례명이다.

아버지는 귀를 잡아 나를 일으켰다.

"싱검, 사랑하는 아들아. 너는 믿음직한 사내고, 아비를 닮아서인지 위대한 영혼을 가진 아이란다. 머리도 어마어마하니 뛰어난 지능으로 수도 없이 채워 넣어야 하지. 오래전부터 이런 걸 알고 있었으니 너를 변호사로 만들 생각이었단다. 허나 변호사는 그 품위가 예전 같지 않고, 정치인은 돈벌이가 안 되지. 이 모두를 염두에 두고 현명하게 판단해야 한단다. 편집자의 길은 괜찮겠구나. 동시에 시인까지 될 수 있다면, 뭐 편집자들이 다 그렇지만. 그래, 뭐 일거양득이 되겠지. 네가 이 일을 시작하는 걸 응원하는 의미에서 다락방을 내주마. 펜과 잉크, 종이, 운율 사전, 〈개드플라이〉 한 부, 더 필요한 건 없겠다 싶다만."

"더 내어달라면 배은망덕한 놈이겠지요. 정말 이루 다 말할 수 없이 극진한 배려입니다. 천재의 아버지로 만들어 꼭 보답하겠습니다."

나는 열정을 가득 담아 답했다.

이렇게 진정한 남자와 나눈 회담이 끝나고, 그와 동시에 나는 시적 소임에 열의를 쏟아부었다. 그 끝에 편집자라는 궁극의 지위로 향하는 희망을 찾아내었다.

처음으로 작문을 시도하는 과정에서 맞닥뜨린 문제는 다름 아닌 '밤의 머릿기름'이라는 시구였다. 그 화려함에 나는 깨우침의 단계를 넘어 현기증이 일었다. 뛰어난 시구를 생각하면 할수록 자연스럽게 설익은 내 재주와 비교하며 낙담하기에 이르러, 한참을 부질없는 산고를 겪었다. 우여곡절 끝에 천재의 머릿속에도 드물게 떠오른다는 굉장히 정교하고 독창적인 생각이 내 머릿속에 들어왔다.

이런 식이었다. 아니, 그보다는, 이런 식으로 실행에 옮겼다. 시내 중심가에서 멀찍이 떨어진 길모퉁이, 오래된 책 가판대 옆 쓰레기 더미 속에서 오래되거나, 유명하지 않거나, 잊힌 책을 몇 권 주워 들었다. 주인은 헐값에 책을 넘겼다. 그중에는 단테의 《신곡 지옥편》 번역본이라고 알려진 책이 한 권 있었고, 그 책에서 자식이 줄줄이 달린 '우골리노'라는 사내의 이야기가 담긴 부분을 놀라우리만큼 말끔하게 베껴내었다. 저자의 이름은 기억나지 않지만 오래됐어도 뛰어난 작품이 다수 실린 두 번째 책에서 같은 방법으로, 같은 정성으로, '천사들'이나 '기도하는 목사들', '지긋지긋한 악귀들' 같은 대사와 그 비슷한 맥락의 대사까지 인용해 글을 썼다. 어떤 장님과 그리스인이었는지, 인디언인지 하는 이들의 작품이 담긴 마지막 책에서는 사소한 것 하나하나 기억하려고 애쓰지 않겠지만, '아킬레스의 분노'라든지 '기름칠을 하다'로 시작하는 시를 50여 편 인용했다. 마지막 책은 장님의 작품이었던 것으로 기억하는데, '환영'과 '성스러운 빛'이 나오는 작품을 한두 쪽 정도 선별했다. 장님이 빛에 대해 글을 쓰는 것이 이치에 맞지는 않지만, 그래도 시구가 나름대로 제법 훌륭했다.

이렇게 시를 적당히 베껴 쓴 후 '오포델독(참으로 격조 있고, 훌륭한 이름이다)'이라고 서명한 다음, 한 부씩 봉투에 정성스레 넣어, 신속한 수록과 지체 없는 원고료 지불을 부탁하며, 주요 4대

잡지사로 발송했다. 이 잘 짜인 각본이 성공했더라면 후에 나의 삶에 있을 여러 불편이 해소되었겠지만 그러지 못했다. 그 결과로 편집자는 속이기 쉬운 사람들도 아니고, 내가 처음 품은 희망에 타격을 받았다는 확신만 안게 되었다.

그러니까 문제의 잡지사 모두가 '오포델독'의 글을 '월간 독자 글 소개' 코너에서 철저하게 끝내버렸다는 말이다. 〈험드럼〉은 이렇게 오포델독을 호되게 꾸짖었다.

오포델독이 누구든 간에, 이 사람은 매를 맞고 저녁도 거른 채 잠을 자야 마땅할 아이들이 줄줄이 딸린 '우골리노'라는 미치광이에 대해 열변을 토하는 장문의 글을 보냈다. 오포델독의 글은 그냥 밋밋한 것이 아니라 전체적으로 지루하다. 오포델독이 누구든 간에, 이 사람은 상상력이 완전히 결여된 작자다. 우리의 변변치 않은 생각에도 상상력은 시의 유일무이한 영혼일 뿐만 아니라 그 심장이다. 오포델독이 누구든 간에, 이 사람은 뻔뻔하게도 우리에게 '신속한 수록과 지체 없는 원고료 지불'이라는 허튼소리를 했다. 우리는 그 따위 글을 싣지도 않고, 돈을 지불하지도 않을 것이다. 감히 확신하건대, 〈라우디다우〉나 〈롤리팝〉, 〈구스더럼푸들〉 같은 잡지사라면 오포델독이 끄적일 수 있는 온갖 허튼소리가 잘 팔려나갈 것이다.

평론은 전체적으로 오포델독이 받아들이기에 터무니없는 이야기였지만, 가장 불친절했던 부분은 '시'라는 글자를 작은 글씨로 인쇄한 처사였다. 그 끝없는 고통에 휩싸인 아무 잘못

없는 그 고매한 한 글자 말이다!

오포델독은 〈라우디다우〉에서도 혹평을 받았다.

한 사람이 로마의 뛰어난 황제를 가리키는 말의 위대함을 모독하며 오포델독이라고 서명한 뒤 우리에게 이제껏 한 번도 보지 못한 무례한 편지를 보냈다. 오포델독이 누구든 간에, 이 사람이 보낸 편지에 담긴 '천사와 은총의 목사들'에 대한 글 몇 줄은 대부분 역겹고 무의미한 말뿐이었다. 게다가 쓰레기 중의 쓰레기 같은 글의 대가로 우리는 '지체 없는 원고료 지불'이라는 정중한 부탁을 받았다. 사양합니다! 오포델독 씨! 우리는 그따위 글에 절대 돈을 지불하지 않습니다. 〈험드럼〉이나 〈롤리팝〉, 〈구스더럼푸들〉 같은 잡지의 문을 두드려보시라. 이 잡지사들은 당신이 보낸 문학 폐기물을 틀림없이 받아줄 것이고, 원고료 지불도 흔쾌히 약속해줄 것이다.

가여운 오포델독에게 이 평가는 더욱 쓰라렸다. 이번에는 〈험드럼〉이나 〈롤리팝〉, 〈구스더럼푸들〉을 '잡지'라고 글자를 기울여 강조해 쓰면서 다른 잡지사들을 비꼬는 쪽으로 무게가 실렸고, 그 언론사 가슴에도 상처를 남겼을 게 분명했다.

다음 같이 평을 한 〈롤리팝〉이라고 덜 잔인하지는 않았다.

고인이 된 위인들의 이름을 얼마나 쉽게 멋대로들 붙이는지 '오포델독'이라는 호칭에 목마른 어떤 사람이 이런 식으로 시작하는 운문을 50~60편쯤 보냈다.

'아킬레스의 분노, 그리스에 셀 수 없는 비애의 불길한 봄을.'
오포델독이 누구든 간에, 이 사람은 우리 사무실에서 일하는
인쇄소 심부름꾼 중에 이보다 못한 글을 매일 버릇처럼 찍어
내는 사람은 단 한 명도 없다는 사실을 정중히 알려주겠다. 오
포델독이 쓴 글은 운율조차 맞지 않는다. 오포델독은 셈부터
다시 배워야 한다. 그 사람이 입에 올릴 수도 없는 터무니없는
글로 우리 지면을 모독하려는 생각을 품게 된 이유를 정말이
지 이해할 수가 없다. 그만한 터무니없는 소리라면 습관처럼
전래 동요를 원본 가사대로 찍어내는 〈험드럼〉이나 〈라우디다
우〉, 〈구스더럼푸들〉의 지면조차 채우지 못할 것이다. 게다가
오포델독이 누구든 간에, 이 사람은 이런 헛소리에 보수를 요
구할 만큼 오만하기까지 하다. 오포델독이 누구든 간에, 이 사
람은 우리가 이런 시를 실어서는 수익을 내지 못한다는 사실
을 알기나 할까?

이 비평을 읽으면서 나 자신이 점점 작아지는 것 같았으며,
시를 '운문'이라고 빈정대는 대목에서는 내가 먼지 한 줌에도
미치지 못하는 존재처럼 비참하게 느껴졌다. 오포델독에게는,
그 가여운 사내가 측은해지기 시작했다. 〈구스더럼푸들〉은 〈롤
리팝〉보다도 빈약한 인자함을 보여주었다. 〈구스더럼푸들〉에
실린 평은 이렇다.

'오포델독'이라고 서명한 어느 한심한 삼류 시인은 맥락도 없
고, 문법에도 맞지 않는 헛소리 메들리를 보내면서 우리가 그

메들리를 지면에 싣고 원고료까지 지급하리라고 생각할 만큼 어리석었다. 그나마 가장 뜻이 명료한 행은 이렇게 시작한다. '우박. 그 성스러운 빛이여! 태초 하늘의 어린양.'

우리는 그나마 명료한 부분이라고 말했다. 오포델독은 '우박'이 어떻게 '성스러운 빛'이 되었는지 친절하게 우리에게 알려준다. 우리는 항상 우박이 얼어붙은 비라고 여겼다. 오포델독은 얼어붙은 비가 어떻게 '성스러운 빛'이 되는 동시에 '어린양'이 되는지 우리에게 설명할 수 있을까? '어린양'이라는 단어는 우리가 글을 조금이라도 이해할 수 있다면 여섯 달쯤 된 작은 동물을 일컬을 때나 사용해야 적절한 어휘다. 오포델독이 누구든 간에, 이 사람은 우리가 삼류 시인의 무식한 헛소리를 문예지에 싣고 원고료까지 지불하리라 생각할 만큼 전대미문의 뻔뻔함을 갖추었음에도, 그 어리석음을 일일이 나열하기도 부질없는 짓이다!

그래도 괜찮은 면이 있다면 양이 많다는 것이다! 우리는 오포델독이 쓴 글자 그대로 오포델독의 '감정 분출물'을 고스란히 실어 오포델독의 자만을 응징할까 하는 마음도 있다. 그보다 과한 벌도 없을 테니, 그렇게 해서 우리의 독자들을 지루하게 할 수도 있다는 사실만 제외한다면 그렇게 응징할 것이다.

오포델독이 누구든 간에, 이 사람은 장차 이런 특징을 가진 작품을 〈험드럼〉이나 〈롤리팝〉, 〈라우디다우〉로 보내길 바란다. 이 잡지사들이라면 오포델독이 끄적인 글을 '실어'줄 것이다. 그들은 매달 그 비슷한 작품을 '싣고' 있으니 말이다. 제발 이 잡지사들에게 보내기를. 우리는 가만히 앉아 그런 모욕을 당하지는 않을 것이다.

이 비평은 나를 나락으로 떠밀었다. 〈험드럼〉이나 〈롤리팝〉, 〈라우디다우〉는 어떻게 이를 견뎌냈는지 도저히 이해할 수 없었다. '우리'라는 거대한 활자는 가능한 최소 크기로 찍어낸 '그들'의 활자를 내려다보고 있었고 이는 그들의 천박함과 야비함을 보여주는 처사였다! 정말이지 쓰라린 비평이었다. 굴욕이었고, 고통이었다. 내가 이 잡지사들 어느 한 곳에서 일하는 사람이었다면 〈구스더럼푸들〉을 고소하는 데 기꺼이 내 영혼을 바쳤을 것이다. 동물 학대 방지법 위반으로 고소했을 터였다. 오포델독이 누구든 간에, 이제 그 친구에 대한 내 인내심도 바닥났고 더는 가엾지도 않은 지경이었다. 오포델독이 누구든 간에, 오포델독은 의심의 여지 없는 멍청이였고, 이름에 걸맞은 짜릿함을 선사하지도 못했다.

오래된 책을 앞세운 내 실험의 첫 결론은 '정직이 최선의 방책이다'였고, 다음 결론은 내가 단테 씨와 장님 두 명, 그 외 나이 많은 작가들보다 좋은 글을 쓸 수 없을지는 몰라도 적어도 그보다 나쁜 글을 쓰기도 어렵다는 사실이었다. 해서, 용기를 내어 잡지 표지마다 부르짖는 '완전한 독창성'을 어떤 고통을 치르고 공부를 해서라도 연구하기로 했다. 그 본보기로 〈개드플라이〉 편집장이 지은 〈밥의 머릿기름〉의 훌륭한 시구를 다시 떠올리며, 이미 완성된 작품과 경쟁하는 의미에서 같은 숭고한 주제로 헌시를 짓기로 했다.

첫 줄은 어려움 없이 시작했다. 이런 식으로 말이다.

To pen an Ode upon the Oil-of-Bob

'밥의 머릿기름'에 바치려 펜을 드니

아무리 뜯어보아도 '밥'과 운율이 맞는 단어는 나타나지 않았고 작업은 좀처럼 앞으로 나가지 못했다. 진퇴양난에 빠진 난 아버지께 도움을 청했고, 몇 시간을 심사숙고한 끝에 둘이서 드디어 시를 완성해냈다.

To pen an Ode upon the Oil-of-Bob

Is all sorts of a job.

'밥의 머릿기름'에 바치려 펜을 드니,

몹시 수고롭구나.

— 스노브

사실 썩 긴 작품은 아니었지만, 나는 '아직 배워야' 했고, 〈에든버러 리뷰〉에서 말했듯 문학작품의 가치는 단순히 그 길이로 판단하는 것이 아니다. 잡지사들이 해댄 혹평을 빌리자면 '부단한 노력'으로 예술적이고 창조적인 감각을 깨우치기는 불가능에 가까웠다. 이 모든 점을 고려하여, 내가 첫 작품을 완성했다는 데 만족했고 이제 작품을 어떻게 처분할지만을 생각했다. 아버지는 〈개드플라이〉에 보내자고 하셨지만, 나에게는 그 일을 실행에 옮길 수 없는 두 가지 이유가 있었다. 편집장의 질투가 두려웠고, 내 독창적인 작품에 대가를 지불하지 않을 거라는 확신이 들었다.

그래서 장시간의 숙고 끝에 조금 더 품위 있는 〈롤리팝〉 지면에 내 작품을 투고했고, 초조해하면서도 애써 체념한 듯한 태도로 결과를 기다렸다.

〈롤리팝〉 바로 다음 호에 드디어 내 시가 실렸다! 괄호 사이에 덧붙인 다음의 중대한 논평을 보면서 내 마음은 한층 더 당당해질 수 있었다.

우리는 독자들이 〈밤의 머릿기름〉에 담긴 아름다운 시구에 주목하기를 바란다. 그 장엄함과 비애는 말할 것도 없거니와, 눈물 없이는 읽을 수조차 없다. 같은 숭고한 주제로 〈개드플라이〉 편집장 펜 끝에서 나온 글 나부랭이의 칙칙함에 불쾌했던 사람이라면 이 두 시의 구성을 비교해보는 것이 마땅하다.

추신. 우리는 필명이 분명한 '스노브'라는 이름을 둘러싼 수수께끼를 규명하는 데 촉각을 곤두세웠다. 저자와 개인적으로 인터뷰할 수 있을까?

이 평론은 당연한 보답에 불과했지만, 고백하건대 내가 기대한 그 이상이었다. 인류와 조국 앞에 서약하건대, 그릇되지 않은 결정이라 생각한다. 난 시간을 지체하지 않고 〈롤리팝〉 편집장을 찾아갔고 다행히 편집장은 집에 있었다. 깊은 존경심을 담아 내게 인사하는 편집장의 표정에는 앳된 내 외모와 어색한 행동을 보더니 아버지처럼 보살펴주고 싶어 하는 마음이 살짝 뒤섞인 감정이 비쳤다. 내게 자리를 권한 편집장은 바로 내 시의 주제를 파고들었지만, 편집장이 아낌없이 퍼부었던 수없는 칭찬을 되풀이하는 걸 내 겸손한 품성이 허락하지 않았다. 하지만 이름마저 편집자다웠던 크랩 씨의 칭찬은 결코 지나치지도 분별없지도 않았다. 크랩 씨는 사소한 단점을 거침없이 끄집어내며 능숙하고 자유롭게 내 시를 분석했고, 그 상황에서 크랩 씨를 한층 높이 평가하게 되었다. 당연히 〈개드플라이〉가 화제의 중심이었고, 나는 지난날 크랩 씨가 내 불행한 작품에 쏟아부었던 호된 질책이나 꼼꼼한 비판을 하지 않길 바랐다. 〈개드플라이〉 편집장은 내게 신 같은 존재였다. 하지만 크랩 씨는 이내 나의 그릇된 생각을 바로잡아 주었다. 크랩 씨는 〈개드플라이〉 편집장를 비꼬아 파리(개드플라이Gad'fly의 '플라이Fly'에는 파리라는 뜻도 있음 – 옮긴이)라고 부르며, 그 편집장의 문학은 물론 성품까지도 있는 그대로 끄집어냈다. 플라이 씨는 내 생각보다 별로 좋은 사람이 아니었다. 불명예스러운 글을 몇 편 썼고, 삼류 작가에 교양도 없었다. 품성도 흉악했다. 플라이 씨가 발표한 비극에 온 나라가 웃음바다가 되었고, 플라이 씨가 발표한 소극에 온 우주가 눈물바다가 되었다.

이외에도, 무례하게도 크랩 씨를 빈정거리는 글을 썼으며, 무모하게도 크랩 씨를 빗대어 '얼간이'라고 불렀다. 크랩 씨는 혹여 플라이 씨에 대한 내 의견을 피력하고 싶다면 〈롤리팝〉의 지면을 언제라도 자유롭게 사용해도 된다고 허락해주었다. 그러는 사이 〈개드플라이〉에서 〈밤의 머릿기름〉의 경쟁 시를 발표한 나를 신랄하게 비난할 것이 확실해졌고, 크랩 씨는 내 개인적인 이해관계를 보살피겠노라 했다. 설령 내가 지금 당장 남자답게 행동하지 못하더라도, 크랩 씨 탓은 아닐 것이다.

후반부에 나눈 이야기는 내가 도저히 이해할 수 없는 것이었다. 난 크랩 씨가 잠시 이야기를 멈춘 틈을 타 대담하게 원고료 이야기를 꺼냈는데, 다음과 같이 공표한 〈롤리팝〉 표지를 보고 내 시에 대한 기대가 생겼기 때문이다. '단편 시 하나에 〈험드럼〉이나 〈라우디다우〉, 〈구스더럼푸들〉 연간 총 지출액의 합보다 많은 원고료 지불하는 일이 빈번히 발생, 수록 기고문에 과도한 가격 책정 주장 제기'.

내가 '원고료'라는 단어를 꺼내자 크랩 씨는 처음엔 눈을 동그랗게 뜨더니, 나중에는 입이 떡 벌어졌다. 그 모습은 마치 몹시 놀라 안절부절못하며 꽥꽥대는 늙은 오리 같았다. 내가 말을 거의 마칠 때까지 크랩 씨는 그 상태로 있었고 이따금 굉장히 당혹스럽다는 듯 이마를 손으로 꾹꾹 눌러댔다.

내가 결론을 내리자마자 크랩 씨는 두 팔을 양쪽으로 힘없이 늘어뜨리며 큰 산을 넘은 듯 의자로 푹 꺼져 앉으면서도 입은 여전히 오리마냥 떡 벌어져 있었다. 내가 그런 우악스러운 행동에도 동요하지 않고 말을 계속 이어가자, 크랩 씨는 벌떡 일어서 설렁줄(사람을 부르기 위해 방울에 매단 줄 – 옮긴이)을 향해 달려들었다. 하지만 설렁줄이 손에 거의 닿았을 때쯤, 왜인지는 몰라도 마음을 바꾸었는지 탁자 밑으로 몸을 던지더니 이내 곤봉을 들고 나타났다. 나는 그 목적이 무엇인지 가늠하느라 어쩔 줄 몰랐지만 크랩 씨는 이렇게 정신을 가다듬고는 돌연 얼굴에 미소를 띤 채 차분하게 의자에 기대앉았다.

"밥 군, 자네 어려 보이는데 말이야. 꽤 어린 것 같군?"

크랩 씨가 운을 뗐을 때는 이미 내 입지를 다지기도 전에 가진 패를 다 써버린 뒤였다. 나는 그 질문에 긍정했고, 열다섯을 미처 채우지 못했다고 덧붙였다.

"그렇군! 아주 잘됐어! 그러니까 말이지. 이제 됐네! 자네가 방금 꺼낸 보수 문제는 아주 타당하네, 더할 나위 없이 타당하지. 그런데 말이지, 음, 어, 첫 기고는 말일세, 처음 한 번은 말이지, 원고료를 지불하지 않는 게 잡지계의 관례란 말일세, 내 말 이해하겠나? 사실, 그런 경우에는 우리가 받는다네(크랩 씨는 '받는다'를 강조하며 온화한 미소를 띠었다). 대개는, 특히 시 같은 경우에는 첫 작품을 게시할 때 우리가 돈을 받는다네. 다음은 말일세, 밥 군. 잡지사는 현금으로 지불하지 않는다는 규칙이 있다네. 자네야 당연히 이해하겠지만 말이지. 원고가 출판되고 석 달에서 반년쯤 뒤에, 아니면 1~2년 후에는 우리가 아무런 이의 제기 없이 9개월짜리 어음을 끊어준다네. 진심으로 밥 군이 내 설명에 만족했으면 좋겠군."

크랩 씨는 이렇게 말을 마쳤고 눈에는 눈물이 맺혀 있었다.

무고하게도, 이토록 빼어나고 섬세한 사람에게 고통을 주어 그 영혼까지 고통에 빠뜨린 나는 급히 사과하며 크랩 씨의 입장이 매우 난처하다는 것을 전적으로 이해할 뿐 아니라 크랩 씨의 의견에 완벽히 동의한다고 말하며 크랩 씨를 안심시켰다. 이 모든 말을 간략히 마치고 자리를 떴다.

그 후 얼마 지나지 않아, 어느 화창한 아침, 눈을 떠보니 유명해져 있었다. 내 명성이 어느 정도였는지는 그날의 사설란을 참고하면 가장 잘 가늠할 수 있을 것이다. 사설들은 일제히 내 시가 실린 〈롤리팝〉을 평론하느라 난리였으며, 하나부터 열까지 마땅하고, 확실했으며, 명확했으나, 예외가 있다면 평론마다 '9월. 15-1 t'라는 어려운 표시를 붙여놓은 것이었다.

조예 깊은 학식과 문학작품을 평가하는 데에 진지하고 사려 깊기로 유명한 〈아울〉은 다음과 같이 말했다.

〈롤리팝〉! 이 유쾌한 잡지 10월호는 이제까지 나온 출판물을 능가하며 경쟁자를 제압해버렸다. 아름다운 종이와 활자, 견고한 삽화의 가짓수와 우수함에서, 또 잡지에 실린 글의 문학적인 가치에서도 〈롤리팝〉과 걸음이 더딘 경쟁사들은 태양신 히페리온과 사티로스에 빗댈 수 있다. 〈험드럼〉과 〈라우디다우〉, 〈구스더럼푸들〉은 정말이지 자기 자랑에나 능하지, 그 밖에 모든 점에서 우리는 〈롤리팝〉에 한 표를 던지겠다! 이 저명한 잡지가 보기에도 막대한 지출을 과연 어떻게 감당하는지 우리는 도저히 이해할 수가 없다. 물론 〈롤리팝〉은 발행 부수가 10만 부에 이르고, 정기 구독자도 지난 한 달 동안 4분의 1이나 증가했다. 하지만 기고문에 꾸준히 지불하는 금액의 총합은 감히 상상조차 할 수 없다. 슬라이애스 씨는 돼지에 관한 독특한 글을 싣고 37달러 50센트에 달하는 원고료를 받았다고 알려졌다. 편집자 크랩 씨와 스노브, 슬라이애스 같은 기고가들이 이름을 올리고 있는 한 〈롤리팝〉에 '실패'라는 단어는 없을 것이다. 당장 읽어보시기를 권한다. 9월. 15-1 t

훌륭한 신문 〈아울〉에 난 이 격조 높은 논평에 나는 상당히 만족했다고 말할 수밖에 없었다. 내 이름을, 정확하게는 내 가명을 저 위대한 슬라이애스보다 앞서 언급하며 찬사해준 〈아울〉의 처사에 합당한 대우를 받은 것 같아 마음이 흐뭇했다.

다음으로는 아무리 밥 먹여주는 사람이라도 아부도 아첨도 하지 않는 꼿꼿하고 자주적인 태도로 정평이 높은 〈토드〉의 논평에 주목했다.

〈롤리팝〉 10월호는 판매 부수에서 우리 시대의 다른 어떤 잡지보다도 선두를 달리며, 그 내용도 풍부하고 화려하기가 타사를 월등히 앞선다. 〈험드럼〉이나 〈라우디다우〉, 〈구스더럼푸들〉은 정말이지 자기 자랑에나 능하지, 그 외 모든 점에서 우리는 〈롤리팝〉에 한 표를 던지겠다. 이 저명한 잡지가 보기에도 막대한 지출을 과연 어떻게 감당하는지 우리는 도저히 이해할 수 없다. 물론 〈롤리팝〉은 발행 부수가 20만 부에 이르고 정기 구독자도 지난 2주 사이에 3분의 1이나 증가했지만, 매달 기고문에 지불하는 액수의 총합도 어마어마하다. 멈블섬 씨는 최신작 〈진흙탕에서의 독창곡〉 원고료로 이전의 작품보다 50센트나 더 받은 것으로 알려졌다.

이번 호에 글을 실은 독창적인 기고가 가운데 우리는 탁월한 편집자 크랩 씨는 물론이거니와 스노브, 슬라이애스, 멈블섬 같은 작가들을 주목한다. 그럼에도 우리는 사설을 떠나 가장 가치 있는 글은 스노브의 주옥같은 시 〈밤의 머릿기름〉이라 생각한다. 하지만 독자들은 이 비견할 데 없는 보석의 제목에서 이름을 입에 담는 것조차 귀에 거슬리는 한심한 인간이 같은 주제로 쓴 허튼소리와 어떤 유사점이 있다고 생각하지 않길 바란다. 이번 시 〈밥의 머릿기름〉의 저자 스노브를 모두 존경을 담아 갈망하고 궁금해하는 가운데, 기쁘게도 본지에서 그 호기심을 해결할 수 있게 되었다. '스노브'는 이 도시에 사는 싱검 밥 씨의 필명이며, 그 이름은 일가 중에 유명한 싱검 씨를 따라 지었으며, 이외에도 미국의 가장 유력한 가문과 인척 관계에 있다. 싱검 밥의 아버지 토마스 밥 명인은 스머그에 사는 부유한 상인이다. 9월. 15-1 t

이 관대한 찬사에 나는 마음 깊이 감동했으며, 무엇보다도 솔직하기로 널리 정평 나 있는 〈토드〉 같은 매체에서 나왔다는 사실이 더욱 감동적이었다. 플라이의 〈밥의 머릿기름〉을 가리켜 '허튼소리'라고 표현한 것은 더없이 신랄하고 적절하다고 생각했다. 그렇다고 내 작품을 일컬어 '주옥'이나 '보석' 같은 단어로 표현한 것은 다소 부족해 보였다. 힘이 부족한 단어 같았다. 프랑스 사람이라서일까, 표현력이 부족한 듯했다.

〈토드〉를 거의 다 읽었을 때쯤, 친구 하나가 일간지 〈몰〉 한 부를 손에 쥐여주었다. 〈몰〉은 일반적인 문제들을 날카롭게 인식하고 사설 또한 개방적이고 정직하며 생생하기로 정평 난 매체였다. 〈몰〉은 〈롤리팝〉에 대해 이렇게 평했다.

우리는 방금 〈롤리팝〉 10월호를 받았고, 감히 말하건대, 이제껏 이토록 훌륭한 명문이 실린 매체를 단 한 번도 읽어본 적이 없다. 충분히 심사숙고한 끝에 말씀드린다. 〈험드럼〉과 〈라우디다우〉, 〈구스더럼푸들〉은 그간의 명예를 잘 지켜야 할 것이다. 이 잡지들은 정말이지 요란한 허례허식에나 능할 뿐, 그 외 모든 점에서 우리는 〈롤리팝〉에 한 표를 던지겠다! 이 저명한 잡지가 보기에도 막대한 지출을 과연 어떻게 감당하는지 우리는 도저히 이해할 수 없다. 물론 〈롤리팝〉은 발행 부수가 30만 부에 이르고 정기 구독자도 지난 한 주 사이에 2분의 1이나 증가했지만, 매달 기고문에 지불하는 액수의 총합도 어마어마하다. 믿을 만한 소식통에 의하면 팻퀵 씨는 최신작 가족 소설 〈행주〉를 기고하고 평소에 받는 고료보다 65.6센트를 더 받았다고 한다.

우리 앞에 놓인 이번 호에는 저명한 편집자 크랩 씨와 스노브, 멈블섬의 글이 실려 있다. 우리는 편집장의 비견할 수 없는 글 다음으로, '스노브'라는 필명을 사용하며 언젠가는 '보즈(찰스 디킨스의 필명 - 옮긴이)'의 명예마저 바래게 할 떠오르는 시인의 펜 끝에서 나온 다이아몬드 같은 작품을 선호한다. 알려졌듯이, 싱검 밥 명인은 이 도시의 부유한 상인의 유일한 상속자이며 유명한 싱검 씨의 친인척이다. 그건 그렇고, 싱검 씨의 놀라운 시 〈밥의 머릿기름〉은 안타깝게도 싸구려 언론사에서 일하는 어떤 한심한 무뢰한이 이미 같은 주제로 되지도 않는 소리를 지껄여 온 도시가 넌덜머리가 나게 한 적이 있다. 그렇다해도 두 작품을 혼동할 위험은 전혀 없을 것이다. 9월. 15-1 t

통찰력이 명확하기로 유명한 잡지 〈몰〉에서 받은 과분한 찬사로 내 영혼은 환희에 가득 찼다. 유일하게 이의를 제기한다

면 '한심한 무뢰한'이라는 표현보다는 '불쾌하고 비열한 철면
피에 악당, 망나니'라는 표현이 더 적합할 듯했다. '다이아몬드
같은'이라는 표현도 어쩐지 〈밥의 머릿기름〉의 현란함을 표현
하고자 했던 〈몰〉의 생각을 채우기에는 부족해 보였다. 〈아울〉
과 〈토드〉, 〈몰〉에 실린 논평을 본 바로 그날 오후, 나는 우연히
폭넓은 사고력으로 소문난 잡지 〈대디롱레그스〉 한 부를 손에
넣었다.

〈롤리팝〉! 이 멋진 잡지가 벌써 대중 앞에 10월호를 내놓았다.
이 잡지의 우월함에 대한 의문은 영원히 잠들게 되었으며, 장
차 〈롤리팝〉과 겨루기 위한 〈험드럼〉과 〈라우디다우〉, 〈구스
더럼푸들〉의 부단한 노력은 터무니없는 이야기가 될 전망이
다. 이들 잡지가 대중들의 항의에서는 〈롤리팝〉을 능가할지 모
르지만, 그 외 모든 점에서 〈롤리팝〉에 한 표를 던진다! 이 저
명한 잡지가 보기에도 막대한 지출을 과연 어떻게 감당하는
지 우리는 도저히 이해할 수 없다. 물론 〈롤리팝〉은 발행 부수
가 50만 부에 이르고 정기 구독자도 지난 며칠 사이 75퍼센트
나 증가했지만, 매달 기고문에 지불하는 액수의 총합도 어마
어마하다. 우리는 크리밸리틀 양이 최근 발표한 혁명 소설 〈요
크타운의 케이티는 하고, 벙커힐의 케이디는 하지 않은 일〉을
기고하고 87.5센트나 받았다는 사실을 확인했다. 이번 호에는
편집장의 글은 물론이거니와, 스노브, 크리밸리틀 양, 슬라이
애스, 피밸리틀 부인, 멈블섬, 스쿼밸리틀 부인, 팻퀵 같은 이름
의 화려한 기고가 군단의 훌륭한 작품이 있었다. 천재들의 집

단이 풍요로워지면서 이 세상의 창작물은 상당한 도전을 받게
될 것이다.

우리는 만인의 추천을 받은 '스노브'라는 서명을 한 시에 끌렸
고, 할 수 있다면 지금껏 받은 찬사보다 더한 찬사를 받아야 마
땅하다고 말할 수밖에 없다. 〈밥의 머릿기름〉은 화려한 걸작이
며, 예술 작품이다.

아마도 이 도시 인근의 허름한 인쇄소 잡역꾼, 비렁뱅이에 흉
악범, 삼류 작가가 범한 상당히 역겨운 비슷한 주제의 시가 떠
오르는 독자들이 한두 명쯤 있을 것이다. 제발 바라건대, 두 글
을 혼동하지 말길 부탁드린다. 듣기로, 〈밥의 머릿기름〉의 저
자 싱검 밥 명인은 상당히 비범한 천재며 학자며 신사다. '스노
브'는 그저 필명일 뿐이다. 9월. 15-1 t

　나는 이 혹평의 결론 부분을 읽는 내내 분노를 다스릴 수 없
었다. 〈대디롱레그스〉는 내가 보기에 예, 아니오만큼이나 명확
하게 〈개드플라이〉의 그 돼지 같은 인간을 고상하고 관대하게
긍정적으로 말하였다. 그 인간을 편애하는 것 이상도, 이하도
아닌 것에서 기인한 관대한 평이었으며, 나를 팔아서 그자를
띄워주려는 〈대디롱레그스〉의 명백한 의도였다. 〈대디롱레그
스〉가 나타내고자 한 진정한 의도는 누가 됐든 눈을 감고도 알
수 있을 지경이었고, 〈대디롱레그스〉는 조금 더 직설적이고 신
랄하며 훨씬 더 의도적인 용어로 표현할 수도 있었다. '삼류 작
가'나 '비렁뱅이', '잡역꾼', '흉악범' 같은 단어는 너무 의도적으
로 무딘 표현이며, 인류 역사상 가장 최악의 시를 쓴 작가에게

적용하기에는 더할 수 없을 정도로 애매한 단어다. '하는 둥 마는 둥 칭찬으로 헐뜯는다'는 말의 참뜻이야 모두 아니, 어중간한 욕설로 그자를 예찬하려는 〈대디롱레그스〉의 저의를 간파하지 못할 사람이 어디 있을까?

하지만 〈대디롱레그스〉가 〈개드플라이〉를 두고 한 말은 나와는 상관없는 일이었다. 중요한 건 나에 대한 글이었다. 〈아울〉과 〈토드〉, 〈몰〉지가 내 솜씨에 경의를 표한 고상한 태도를 접한 뒤인지라, 〈대디롱레그스〉의 '비범한 천재며 학자며 신사' 같은 표현은 오히려 너무 냉정하게 들렸을 뿐이었다. 신사라니! 나는 당장 〈대디롱레그스〉로 부터 사과문을 받든지 결투를 신청하든지 해야겠다고 마음먹었다.

이러한 생각을 마음에 가득 품고, 〈대디롱레그스〉에 보낼 전갈을 맡길 만한 친구를 찾던 차에, 〈롤리팝〉 편집자가 내게 상당한 존경을 표했으므로, 크랩 씨에게 현재 상황에 대해 도움을 요청하기로 했다.

내가 계획을 털어놓았을 때, 크랩 씨 특유의 행동과 표정은 내 이해력으로는 도저히 감당할 수 없었고 말로 표현할 수도 없었다. 크랩 씨는 다시 한 번 설렁줄과 곤봉 소동을 일으켰고, 오리 흉내도 빼놓지 않았다. 한번은 정말 크랩 씨가 일부러 꽥꽥대는 게 아닐까 싶기도 했다. 어쨌거나, 격렬한 반응은 이내 잦아들었고, 이성을 찾은 뒤 말하고 행동하기 시작했다. 크랩 씨는 도전장 전달을 거부하고 도리어 도전장을 보내지 않도록 나를 설득했지만, 특히 〈대디롱레그스〉지가 나를 '신사며 학자' 라고 칭한 부분은 상당히 수치스러운 실수를 했다고 솔직하게 인정해주었다.

크랩 씨와 나눈 회담이 끝나갈 때쯤, 진정 아버지 같은 마음으로 나를 보살피려 했던 편집자는 내게 〈롤리팝〉에서 토마스 호크 역할을 하며 정직하게 돈도 벌고 명성도 쌓으면 어떻겠냐는 제안을 했다. 나는 크랩 씨에게 토마스 호크가 어떤 사람인지, 그 사람의 역할을 하려면 어떻게 해야 하는지 알려달라고 했다. 이 말에 크랩 씨는 또다시 눈을 동그랗게 떴지만, 결국에는 엄청난 충격에서 벗어나 '토마스 호크'라는 단어는 '토미'라는 입말의 고상한 표현으로, 형편없는 작가들을 면박 주고, 협박하고, 한편으로는 해치워버리는 '토마스 호크' 역할의 진정한 개념을 설명해주었다.

나는 그런 일이라면 토마스 호크의 임무에 전적으로 묵묵히 따르겠다고 후원자에게 장담했다. 그러자 크랩 씨는 나에게 내 능력을 보여줄 겸, 내 능력의 한도 내에서 맹렬한 문체로 즉시 〈개드플라이〉 편집장을 해치워버리길 부탁했다.

이렇게 나는 〈롤리팝〉에 〈밥의 머릿기름〉 원작 평론을 서른여섯 쪽이나 씀으로써 오점을 남겼다. 사실, 토마스 호크 역할은 시 창작보다 훨씬 부담이 적은 업무였고, 전체적으로 체계를 만들면서는 정말이지 한없이 쉬운 일이 되었다. 연습은 이런 식으로 이루어졌다. 나는 경매에 나온 《브로엄 경의 연설집》과 《코빗 전집》, 《새 속어 요약집》, 《모욕의 모든 기술》, 《초보 욕설》 2절판, 루이스 G의 《클라크의 언어》 싸구려 복사본을 샀다. 이 작품들을 말빗으로 하나하나 자른 다음 그 조각을 체에 넣고, 품위 있게 보일 만한 단어를 아주 세심하게 걸러낸다. 거친 문구들은 남겨두었다가 긴 구멍이 뚫린 커다란 양철 후추통에 넣어버리면 재료를 손상시키지 않고 통과시킬 만한 전체 문장이 나온다. 이로써 준비가 끝난다.

토마스 호크 역 주문이 들어오면 커다란 종이 위에 거위 알의 흰자를 바른다. 앞서 책을 자른 것처럼, 평론할 책을 모든 단어가 흩어지도록 조금 더 신중하게 난도질해서 준비해두었던 통에 넣어 뚜껑을 잘 닫고 흔든 다음 꺼내어 흰자를 바른 종이에 붙도록 흩뿌린다. 그러면 아주 아름다운 광경이 펼쳐진다. 상당히 황홀한 장면이다. 이렇게 간단한 방법으로 평론을 제조하려는 접근은 내가 처음이었고, 나는 세상의 감탄을 샀다. 처음에는 미숙함에서 오는 부끄러움에 전체적인 작품이 지닌 어떤 모순과 기묘한 분위기가 조금 갑갑했다. 모든 어구가 딱딱 들어맞지는 않았다. 뒤틀린 어구가 상당했다. 어떤 것들은 심지어 위아래가 뒤집어지기도 했다. 뒤집어지거나 뒤틀리지 않은 어구는 하나도 없었고, 어떤 것들은 후반 작업에 상처를 입기도 했다. 하지만 그런 일이 발생해도 루이스의 문장은 워낙 건실하고 전체적으로 견고해서 머리든 발끝이든 어떤 구석 자리에 놓아도 특별히 불안해 보이지 않고, 대체로 만족스럽고 걸맞았다.

내가 〈밥의 머릿기름〉 평론을 발표하고 난 뒤, 〈개드플라이〉 편집장이 어떻게 되었는지는 단정해 말하기가 다소 어렵다. 가장 무난한 결론이라면 지겹도록 울었다는 사실이다. 모든 일이 끝나고 편집장은 즉각 땅 위에서 사라져버렸고, 이후로 편집장의 유령이라도 보았다는 이는 없었다.

이 임무가 제대로 완성되고 복수의 여신들마저 성질을 가라앉히자, 나는 크랩 씨의 총애를 한 몸에 받았다. 크랩 씨는 나를 신뢰하여 〈롤리팝〉의 토마스 호크 종신직을 주었으며, 그 당시에는 내게 급여를 줄 형편이 못 되어서 크랩 씨의 조언에 따라 자유재량으로 돈벌이하기로 했다.

하루는 저녁 식사를 마치고 크랩 씨가 말을 건넸다.

"사랑하는 싱검, 자네의 능력을 존중하고 아들처럼 사랑한다네. 자네를 후계자로 삼을 생각이야. 내가 죽으면 〈롤리팝〉을 자네에게 물려주려는데, 그러려면 자네가 항상 내 권고를 따른다는 조건을 지켜야 그렇게 할 수가 있다네. 가장 먼저 할 일은 그 지겨운 늙은이를 없애는 것이라네."

"늙은이요? 그 고집쟁이 제퍼요? 누구 말씀이십니까?"

"자네 아버지 말일세."

"예, 그렇고말고요. 고집쟁이지요."

"싱검, 자네는 부자가 될 몸이고, 영감은 자네 어깨 위에 짐만 될 뿐이지. 당장 잘라내야 해."

여기서 나는 칼을 쥐었다.

"확실하게 영원히, 꼭 쳐내야 해. 아마 가만있지 않을 걸세. 걷어차거나, 매질하거나, 뭐 그런 걸 재고해보게."

"이를테면, 처음에는 걷어차고 다음에는 매질한 다음 코를 비틀어서 마무리한다면요?"

크랩 씨는 잠시 나를 멍하니 바라보더니 답했다.

"글쎄, 밥 군. 자네 제안이 참으로 훌륭한 답이 될 걸세, 대단히 효과가 있을 거란 말이지. 그렇게 된다면 말일세. 하지만 이

발사들은 여간해서는 잘려나가지 않는 사람들이란 말이지. 내 생각에는, 제안한 방법대로 토마스 밥을 무대로 올린 다음, 자네 손으로 직접 아주 꼼꼼하고 세심하게 얼굴을 온통 먹칠해서 상류사회에 다시는 발을 들여놓지 못하도록 하는 게 좋을 것 같군. 그렇게만 하면 자네가 할 일은 더 없을 것 같군그래. 그리고 도랑에 한두 번쯤 굴려서 경찰한테 넘겨버리는 것도 좋을 것 같고 말이야. 다음 날 아침 아무 때나 경찰서에 들러서 욕도 퍼붓고."

나는 크랩 씨가 친히 나에게 보여준 살뜰한 충고의 다정함에 마음 깊이 감동했고, 이득을 놓치지 않으려고 바로 행동에 옮겼다. 지겨운 늙은이를 제거한 결과 내가 조금은 더 독립적이고 신사가 됐다는 기분이 들었다. 몇 주 동안 자금난으로 약간의 불편을 느끼기는 했지만, 코앞에 어떤 일이 벌어지는지 두 눈을 부릅뜨고 세심하게 주시한 결과 이 일이 어떤 결과를 불러일으키는지 알 수 있었다. 내가 '것(Thing)'이라 말하고 평하면 라틴계 사람들은 '렘Rem(라틴어로 '일'이라는 뜻 – 옮긴이)'이라고 말한다. 라틴어가 나와서 말이지만, '콰쿤케'나 '모도'가 무슨 뜻인지 누가 알겠는가?

내 계획은 극히 단순했다. 〈스내핑터틀〉의 16분의 1을 헐값에 샀다. 그것이 전부였다. 내가 한 일은 그게 다였고, 그러고 나서는 돈을 주워 담았을 뿐이었다.

사실, 나중에 사소한 계약 문제가 발생하기는 했지만 그것까지 이 계획의 일부는 아니었다. 그저 결론이자 결과였을 뿐이다. 이를테면 나는 펜과 잉크, 종이를 사서 맹렬하게 사용했다. 이같이 잡지 기사를 완성하면 '폴롤-밥의 머릿기름의 저자'라고 명명해서 〈구스더럼푸들〉에 보냈다. 하지만 〈구스더럼푸들〉은 '독자 알림란'에 내 글을 '허튼소리'라고 표명했고, 나는 〈헤이, 디들, 디들〉이라고 다시 제목을 붙여서 '〈밥의 머릿기름〉의 저자, 명인 싱검 밥', '〈스내핑터틀〉 편집장'이라고 이름을 붙였다. 이렇게 교정해서 다시 〈구스더럼푸들〉로 보냈고, 출간일이 닥쳐 답신을 기다리는 동안 〈구스더럼푸들〉의 문학적 가치에 대한 이성적이고 분석적인 연구는 물론이요, 〈구스더럼푸들〉 편집장의 개인 성향까지 분석했다고 할 수 있을 만한 기사를 여섯 꼭지나 써서 〈스내핑터틀〉에 실었다.

그 주가 끝나갈 즈음 〈구스더럼푸들〉은 터무니없는 실수로 〈밥의 머릿기름〉의 저명한 저자, 명인 싱검 밥의 주옥과도 같이 화려한 빛을 발하는 작품의 제목과 유사한 제목을 표제로 한 어떤 무식쟁이의 한심한 글과 〈헤이, 디들, 디들〉을 혼동하였다는 걸 알게 되었다. 〈구스더럼푸들〉은 이 미개한 사고에 유감을 표했으며, 나아가 〈헤이, 디들, 디들〉 진짜 작품을 바로 다음 호에 실어주기로 약속까지 했다.

사실 내 생각에는, 정말로, 그 당시에는 〈구스더럼푸들〉은 실수했다고 할 수밖에 없었고, 지금도 달리 생각할 이유가 없다. 세상에서 가장 따뜻한 호의를 받은 나는 〈구스더럼푸들〉이 그렇게나 실수를 연발하는 잡지사인 줄 몰랐다. 그날부터 〈구스더럼푸들〉이 마음에 들기 시작했고, 그러자 〈구스더럼푸들〉의 문학적 가치의 깊이를 들여다보게 되었고, 적당한 기회가 생길 때마다 놓치지 않고 〈스내핑터틀〉에 그 가치를 상세히 설명했다. 나는 이를 굉장히 특별한 우연으로 받아들였다. 이 진기하고 긍정적인 우연은 한 남자에게 소신의 전면 개혁, 전 방위적 혼란이라는 중대한 사안을 안겼다. 나와 반대편에 선 〈구스더럼푸들〉 사이에서 찬반양론이 펼쳐졌고, 이와 상당히 유사한 상황은 나와 〈라우디다우〉 사이에서, 나와 〈험드럼〉 사이에서도 벌어졌다.

이와 같은 천재의 일필휘지 절묘한 행동 덕분에 나는 지갑에 수북이 돈을 넣음으로써 승리를 완성할 수 있었고, 나를 빛나게 하는 훌륭하고 파란만장한 경력이 시작되었다고 합당하게 말할 수 있다. 샤토브리앙(프랑스의 작가, 정치가. 화려하고 정열적인 문체로 낭만주의 문학의 선구자가 되었다 – 옮긴이)의 말을 빌리자면 이렇게 말할 수 있다.

"나는 역사를 만들었다."

나는 정말로 '역사를 만들었다'. 내가 기록하고 있는 찬란한 시대부터 내 활동과 작품은 인류의 자산이 되었다. 세상은 나를 잘 안다. 따라서 내가 어떻게 단숨에 〈롤리팝〉 후계자가 되었고, 이를 어떻게 〈험드럼〉과 합병했는지, 어떻게 또다시 〈라우디다우〉를 인수하고 잡지사 셋을 통합할 수 있었는지 잘 안다. 마침내 어떻게 마지막으로 남은 경쟁사와 계약에 성공하여 〈라우디다우〉, 〈롤리팝〉, 〈험드럼〉, 〈구스더럼푸들〉이라는 이 지역의 거대 잡지들을 하나로 통합할 수 있었는지는 더 이상 거론하지 않겠다.

그렇다. 나는 역사를 만들었다. 전 세계에 내 명성을 떨쳤다. 지구의 가장 구석진 곳까지 내 명성이 뻗쳤다. 일반 신문조차

집어 들 때마다 불멸의 싱겁 밥을 언급하지 않는 신문을 찾지 못할 것이다. 명인 싱겁 밥은 이렇게 말한다, 명인 싱겁 밥은 이렇게 썼다, 명인 싱겁 밥은 이렇게 했다, 이런 것들이다. 난 겸허한 마음으로 힘없이 사그라져간다. 결국, 사람들이 끈질기게 '천재'라고 부르게 되는 말로 표현할 수 없는 그것은 무엇인가? 나는 뷔퐁(프랑스의 박물학자. 9시에 아침을 먹고, 수염을 깎고 머리 손질을 한다. 9시 30분부터 오후 2시까지 일한다. 2시 30분에 점심을 먹는다. 매일 이렇게 죽을 때까지 일했다 – 옮긴이)과 호가스의 의견에 동의한다. 그것은 바로 근면뿐이다.

나를 보라! 내가 얼마나 노력하는지, 얼마나 고생하는지, 얼마나 많은 글을 쓰는지! 세상에, 내가 쓰지 않았는가? 나는 '여유'라는 단어를 몰랐다. 낮에는 책상 앞에 붙어 있었고, 밤에는 헬쑥한 학자의 몰골로 밤늦게까지 불을 밝혔다. 그런 내 모습을 봤어야 했다. 그랬어야 했다. 오른쪽으로 기댔다. 왼쪽으로 기댔다. 웅크려 앉았다. 뒤로 기대앉았다. 키카푸족처럼 새하얀 종이에 얼굴을 파묻었다.

그렇게 글을 쓰고 또 썼다. 기쁠 때나 슬플 때나 글을 썼다. 굶주릴 때나 갈증이 날 때나 글을 썼다. 평판이 좋을 때나 나쁠 때나 글을 썼다. 햇빛 속에서나 달빛 속에서나 글을 썼다. 내가 무엇을 썼는지는 두말할 나위가 없다. 문체! 문제는 문체다. 나는 팻쿽의 쌩! 쉬익!에서 그 답을 얻었고, 지금 그 본보기를 보인다.

블랙우드식 기사 작성법

Edgar
A. Poe

블랙우드식 기사 작성법

"예언자의 이름으로 말하노니. 무화과요!"

— 터키 무화과 판매상의 외침[1]

  누구나 한번쯤 내 이름을 들어보았을 것이다. 내 이름은 바로 '시뇨라 프시케 제노비아'다. 나는 이 이름이 진실이라고 알고 있다. 나를 적대시하는 사람을 제외하고는, 아무도 나를 '수키 스노브스'라 부르지 않는다. 장담하지만 '수키Suky'라는 말은 멋진 그리스 사람인 프시케Psyche가 천박하게 변질된 단어에 불과하다. 이 단어는 때때로 '영혼'이나 '나비'를 의미하기도 하지만, 이 중 나비는 내가 진홍색 공단 드레스를 입고, 하늘빛 아라비아식 망토를 두르고, 초록색 고리를 단정하게 채우고, 주황빛 앵초로 일곱 줄 주름 장식을 했을 때 내 모습을 암시하는 것이 분명했다. 스노브스라는 성으로 말하자면, 내 얼굴을 본 이

---

1) 호레이스 스미스와 제임스 스미스가 쓴 〈실패한 연설: 혹은 무대용 신작 시〉에 나오는 연설 중 하나 – 옮긴이

라면 누구라도 이내 내 성이 스노브스가 아니라는 사실을 알
터였다.

타비사 터닙이 질투에 눈이 멀어 소문을 퍼뜨렸다. 분명히
타비사 터닙이다! 이 치사한 인간이! 순무(터닙turnip이라는 이름
에는 순무의 뜻도 있음 - 옮긴이)한테 뭘 기대하는가? 터닙이 이
런 오래된 속담을 기억할런지 모르겠다. '순무에서 피를 바랄
까('벼룩의 간을 빼 먹는다'에 해당하는 뜻의 우리 속담과 같음 - 옮
긴이).' 어디까지 했더라? 아! 스노브스는 제노비아가 불순하게
변질된 말이고, 제노비아는 여왕이었으며(그래서 머니페니 박사
는 나를 항상 마음의 여왕이라 부른다), 프시케처럼 제노비아도 멋
진 그리스인이었으며, 우리 아버지도 그리스인이므로, 나는 아
버지의 성을 따라 스노브스가 아닌 제노비아라고 불려야 마땅
하다. 타비사 터닙을 제외하고 나를 수키 스노브스라고 부르는
이는 아무도 없다. 나는 시뇨라 프시케 제노비아다.

이미 말했듯이, 내 이름을 들어보지 못한 이는 없다. 머니
페니 박사가 속이 빈 커다란 술통같이 들려서 골랐다며 이
름 지어준 'P.R.E.T.T.Y.B.L.U.E.B.A.T.C.H.(Philadelphia,
Regular, Exchange, Tea, Total, Young, Belles, Lettres, Universal,
Experimental, Bibliographical, Association, To, Civilize,
Humanity의 머리글자. 머리글자만 합쳐 읽으면 '굉장히 우울한 모
임'이라는 뜻 - 옮긴이)', 다시 말해 '인류의 문명화를 위해 정기
적으로 차를 나누는 젊고 아름다운 모든 문학인의 보편적이고
실험적인 필라델피아 문헌학협회'의 통신원으로 유명한 바로
그 시뇨라 프시케 제노비아다.

점잖지 못한 양반이지만, 이렇게 진지한 적도 있다. 우리는 '왕립 예술 협회'의 R.S.A.(Royal Society of Arts)나, '유용 지식 전파 협회'의 S.D.U.K.(Society for the Diffusion of Useful Knowledge)처럼 협회 이름의 머리글자를 따서 모든 서명을 한다. 머니페니 박사는 S는 부패했다(Stale)는 뜻이고, D.U.K는 오리(Duck)와 철자가 비슷하므로, S.D.U.K.는 브로엄 경의 협회가 아니라 '썩은 오리'를 뜻한다고 주장한다. 머니페니 박사는 하도 별난 사람이라 진실을 말하는지 전혀 확신할 수 없다. 어쨌거나 우리는 항상 'P.R.E.T.T.Y.B.L.U.E.B.A.T.C.H.' 다시 말해 '인류의 문명화를 위해 정기적으로 차를 나누는 젊고 아름다운 모든 문학인의 보편적이고 실험적인 필라델피아 문헌학협회'라 서명을 하고, 각 단어에 해당하는 글자 하나하나는 확실히 브로엄 경의 협회보다 수준이 높아졌다. 머니페니 박사는 이 머리글자가 우리 협회의 특성을 제대로 보여준다고 하겠지만, 나는 도무지 무슨 말인지 알 수가 없다.

머니페니 박사의 훌륭한 성과와 협회를 알리려는 회원들의 고군분투에도, 내가 합류하기 전까지 협회는 그렇다 할 성과를 내지 못했다. 사실 회원들은 도를 넘은 경박한 어조로 토론하는 데에만 빠져 있었다. 매주 토요일 저녁마다 읽는 신문도 어릿광대짓보다 깊이 생각하지 않았다. 전부 거품 낸 와인 크림(크림에 와인, 설탕, 과일 주스 등을 넣어 거품이 일도록 재빨리 휘저어 차게 먹는 디저트 – 옮긴이) 같은 자였다. 협회에는 원동력도 없고 기본 원칙도 없었다. 그 어떤 것도 연구하지 않았다. '대상의 적합성'이라는 중대한 사항에 관심도 없었다. 짧게 말해 협회에는 지금 내가 쓰는 글만큼 괜찮은 글이 없었다. 정말 하나같이 형편없었다! 심오함도, 식견도, 철학도 없었다. 배운 사람들이 기풍이라 부르는 것도, 배운 사람들이 위선이라 비난하는 그 평범한 무엇도 없었다.

나는 협회에 입회하고 나서 뛰어난 문체와 사고방식을 소개하려고 애썼고, 온 세상이 내가 얼마나 잘해냈는지 알 것이다. 우리는 이제 P.R.E.T.T.Y.B.L.U.E.B.A.T.C.H.로서 〈블랙우드〉지와 동등한 평가를 받을 만큼 뛰어난 매체로 일어섰다. 굳이 〈블랙우드〉를 언급한 이유는 〈블랙우드〉는 정정당당하기로 유명하고, 주제를 막론하고 상당한 고품질의 기사를 지면에 싣는다고 감히 장담하기 때문이다. 현재 우리의 모든 기사는 〈블랙우드〉를 본보기 삼아 정했으며, 그로 인해 인지도가 급상승하는 중이다. 결국, 제대로 하기만 한다면 〈블랙우드〉의 진실성을 기사에 담는 작업은 그다지 어려운 일은 아니다. 물론 정치 기사를 두고 하는 말은 아니다. 머니페니 박사가 그 방법을 설명해주어서 회원 모두가 〈블랙우드〉식 기사 작성을 어떻게 해야 할지 잘 안다.

블랙우드 씨는 재단용 가위를 들고 있고, 실습생 셋이 그 옆에 서서 명령을 기다린다. 한 사람은 〈타임즈〉를, 다른 사람은 〈이그재미너〉를, 또 한 사람은 《컬리의 새 속어 요약집》을 블랙우드 씨에게 건넨다. 블랙우드 씨는 자르고 배치할 뿐이다. 그냥 〈이그재미너〉, 《속어집》, 〈타임즈〉, 그다음엔 〈타임즈〉, 《속어집》, 〈이그재미너〉, 그런 다음 또 〈타임즈〉, 〈이그재미너〉, 《속어집》 순으로만 배열하면 완성이다.

무엇보다 〈블랙우드〉의 가장 큰 매력은 다양한 주제를 다루는 기사에 있다. 그중 가장 좋은 기사가 들어가는 부분을 머니 페니 박사는 엽기라고 하고 다른 모든 이들은 강렬하다고 한다. 이런 식의 글을 이해하는 방법이야 진작 알았지만, 최근 협회의 대리인 자격으로 블랙우드 씨를 방문하고 나서야 정확한 작성법을 터득했다. 굉장히 간단한 방법이지만, 그렇다고 정치만큼은 아니다. 블랙우드 씨를 방문해 우리 협회를 알리고 싶은 바람을 전하자, 이 양반은 정중하게 나를 맞이했고, 개인 사무실로 데려가서는 모든 과정을 명쾌하게 설명해주었다.

　"앉으시지요."

　진홍색 공단 드레스를 입고, 초록색 고리를 단정히 채우고, 주황빛 앵초로 장식한 내 위엄 있는 모습에 압도당한 게 분명했다.

　"일은 이런 식으로 진행합니다. 일단, 강렬한 글을 쓰는 작가는 굉장히 진한 검정 잉크를 씁니다. 둥근 펜촉이 달린 큰 펜이 있어야 하고요. 명심하십시오, 시뇨라 프시케 제노비아."

　블랙우드 씨는 잠시 숨을 고른 뒤 의미심장하고 엄숙한 태도로 말을 이었다.

　"그 펜은 수리해서는 안 된다는 걸 명심하십시오! 강렬한 글의 비밀과 핵심은 바로 거기에 있습니다. 그러니까 제 생각에는 제아무리 대단한 천재라고 해도 좋은 펜으로 좋은 기사를 쓸 수 있는 사람은 없다는 말씀입니다. 읽을 수 있는 기사는 읽을 가치가 없다는 생각에는 당연히 동의하시겠지요. 이것이 우리 신념의 주요 원칙이고, 혹시 흔쾌히 찬성하지 못하시겠다면, 우리 회담은 이것으로 끝입니다."

블랙우드 씨가 일순간 말을 멈추었다. 나는 물론 이 회담을 끝내고 싶지 않았기에, 블랙우드 씨가 한 이야기에 전적으로 동의했고, 블랙우드 씨가 한 말에 담긴 실상은 충분히 인지하고 있던 사실이었다. 블랙우드 씨는 즐거운 듯 설명을 다시 시작했다.

"프시케 제노비아 양, 제 행동이 불쾌하실 수도 있지만, 기사 서너 편을 가지고 연구도 하고 본보기로 따라 해보면 어느 정도 주의를 환기할 수 있을 겁니다. 어디 보자. 〈살아 있는 망자〉라는 멋진 기사가 있군요! 한 신사가 숨이 멎기도 전에 매장당했을 때 겪은 느낌을 기록한 글로, 품위와 공포로 가득하고, 심리적이고, 철학적이고 박식한 글입니다. 아마 작가가 관에서 태어나고 자랐다고 맹세하게 되실 겁니다. 〈어느 아편 복용자의 고백〉이라는 글도 있네요. 훌륭합니다! 썩 잘 쓴 편이지요! 화려한 상상력과 심오한 철학, 게다가 날카로운 성찰까지 다분히 정열적이고 격렬하고 확실한 난해함을 잘 곁들였네요. 달콤한 과자처럼 사람들의 목구멍을 부드럽게 타고 넘어가지요. 사람들은 콜리지(영국의 시인, 평론가 – 옮긴이)가 이 글을 썼다고 추측하겠지만, 사실은 그렇지 않습니다. 제 애완 원숭이 주니퍼가 네덜란드산 진에 물을 타서 '설탕 빼고 뜨겁게' 마시면서 만들었죠."

블랙우드 씨가 아무리 장담해도, 누구도 아닌 블랙우드 씨라도 이 말은 도저히 믿을 수 없었다.

"어디 보자, 〈본능적인 경험주의자〉라는 글이 있었는데….

누군가 오븐에 넣어 시간에 맞춰 알맞게 구웠는데도 멀쩡히 살아서 나온 남자를 다룬 이야기입니다. 〈어느 죽은 의사의 일기〉라는 글은 엄청난 과장과 이도 저도 아닌 그리스어라는 두 가지 매력으로 대중의 이목을 사로잡았지요. 〈종 속의 남자〉라는 글은, 말이 나왔으니까 말이지만 주의해서 보시라고 아무리 당부해도 모자란 글이랍니다. 교회의 종에 달린 추 밑에서 잠을 자는 젊은이가 장례식을 알리는 종소리에 잠을 깨는 이야기지요. 그 소리에 몹시 화가 난 젊은이가 편지지를 꺼내서 그 느낌을 기록으로 남겼고요. 이 글은 느낌이 단연 최고랍니다. 물에 빠지거나, 목을 매더라도 꼭 그 느낌을 기록으로 남겨두세요. 한 장에 10기니 정도의 가치가 있을 겁니다. 제노비아 양, 혹시 힘 있는 글을 쓰고 싶으면 느낌에 한 올 한 올 세심하게 주의를 기울이세요.”

“꼭 그렇게 하겠습니다. 블랙우드 씨.”

“좋습니다, 아주 마음에 드는 학생이군요. 그러니 진짜 블랙우드 표 느낌이라고 이름 붙일 만한 글쓰기에 꼭 필요한 세부 사항까지 정통할 수 있도록 가르쳐드리겠습니다. 어떤 목적으로 기사를 써도 최고라고 할 수 있을 만한 그런 글 말입니다. 가장 먼저 필요한 것은 다른 사람은 한번도 처해본 적 없는 곤경 속으로 자신을 밀어 넣는 것입니다. 이를테면, 오븐 같은 건 정말 충격이었지요. 오븐이나 큰 종 같은 것도 없고, 머지않아 열기구에서 굴러떨어지거나, 지진 속으로 빨려들어 가거나, 좁은 굴뚝 속에 갇힐 일이 없다면, 그 비슷한 사고를 상상하는 것만으로 만족해야 할 겁니다. 당면한 문제의 실험적 지식으로는 상상만 한 든든한 조력자는 없답니다. '진실은 낯설다, 상상보다 낯설다'라고 하지요. 게다가 우리 적에도 더 적절하고요."

이 대목에서 나는 멋진 스타킹이 있으니 곧바로 가서 목을 매야겠다고 응수했다.

"좋습니다! 목을 매는 게 진부하기는 합니다만, 아마 더 잘할 수 있을 겁니다. 브랜드레스 알약을 먹어보고 그 느낌을 좀 알려주십시오. 제 교육법은 어떤 다양한 고난에도 똑같이 적용될 것이고, 돌아가시는 길에 두들겨 맞을 수도, 버스에 치일 수도, 미친개에 물릴 수도, 도랑에 빠져 죽을 수도 있습니다. 그래도 멈추어서는 안 됩니다.

먼저 주제를 정해놓고, 그다음에 쓸 이야기의 어조나 어투를 생각해야 합니다. 교훈적인 어조도 있고, 열정적인 어조도 있고, 자연스러운 어조를 가장 흔히 선호하기는 하지요. 그다음으로는 간결한 어조, 근래에 많이 사용하는 간결한 어조도 있습니다. 문장을 짧게 끊어 쓰지요. 이런 식으로 말입니다. 더 간결할 수 없다. 항상 마침표. 쉼표는 절대 없다.

또 고상한 어조와 장황한 어조, 감탄 섞인 어조가 있습니다. 뛰어난 소설가 중에 이런 어조를 즐겨 쓰는 작가가 더러 있지요. 모든 단어가 팽이처럼 머릿속에서 빙빙 돌면서 의미를 훌륭하게 대체할 수 있는 응답이 뿜어져 나오는 듯한 소리를 내야 합니다. 작가가 너무 서둘러서 생각할 겨를이 없을 때 쓰는 방법 중에는 이게 최곱니다.

추상적인 어조도 괜찮은 방법이랍니다. 거창한 단어를 꽤 알면 사용할 기회지요. 이오니아나 엘레아 학파 이야기나 아르키

타스, 고르기아스, 알크마에온 이야기를 과감하게 하세요. 객관적이고 주관적인 것을 이야기하세요. 로크(영국의 철학자이자 정치사상가 – 옮긴이)라는 이름의 사내를 모욕하는 걸 명심하세요. 평범한 주제에서는 고개를 돌리고 조금이라도 불합리한 것은 흘려보낸 다음, 괜히 긁어서 부스럼 만들 필요도 없이 각주를 달아《순수 이성 비판》이나《자연과학의 형이상학적 원리》의 심오한 생각에 근거를 두었다고 쓰는 겁니다. 이렇게 하면 유식하고, 음, 음, 음, 솔직해 보이지요.

유명한 어조야 수도 없이 많지만, 한두 가지만 더 언급해볼까요? 초월적인 어조와 이질적인 어조도 괜찮습니다. 초월적인 어조의 장점은 사건의 본질을 누구보다 멀리 내다볼 수 있다는 데 있습니다. 이 미래를 내다보는 능력은 잘만 사용하면 효과적이지요. 〈다이얼〉지를 조금만 읽어보면 파악할 수 있을 겁니다. 다만 거창한 단어는 삼가세요. 최대한 아기자기한 단어를 골라 쓰고, 위아래를 뒤집어서 응용해보세요. 채닝의 시를 읽어보고 나서 〈사기극을 하는 땅딸막한 사내 캔〉이 나오는 부분을 인용는 건 어떨까요? 거기에 '천상의 일체' 같은 걸 첨가하세요. '지옥의 이중성' 같은 건 한 글자도 쓰지 말고요.

가장 먼저 암시법을 배우세요. 모두 암시하고, 아무것도 허투루 얘기하지 마세요. '빵과 버터'를 이야기하고 싶으면 절대로 있는 그대로 이야기하면 안 됩니다. '빵과 버터'와 관련 있는 단어는 어느 것이건 말해도 괜찮습니다. 메밀 팬케이크로 암시를 주어도 괜찮고, 그게 부족하다면 오트밀 죽까지 암시하는 건 좋지만, 진정으로 '빵과 버터'를 뜻하고 싶다면 부디 어떤 경우에도 절대 '빵과 버터'라고 직접 말하지 않도록 주의하십시오, 친애하는 프시케 양."

내가 살아 있는 한 다시는 그렇게 말하지 않겠다고 마음속으로 다짐했다. 블랙우드 씨는 내 손에 입을 맞추더니 마저 이야기를 이어갔다.

"이질적인 어조 아시죠? 그저 세상의 모든 어조를 같은 비율로 섞음으로써 모든 것을 심오하고, 위대하고, 기이하고, 짜릿하고, 적절하고, 아름답게 만들어내는 혼합물에 불과합니다.

이제 프시케 양이 어떤 사건에 어떤 어조로 글을 쓸지 결정했다고 해봅시다. 사실 가장 중요한 부분인 사건 전체의 핵심이 등장하지는 않았지만 이제 채울 것을 암시하지요. 꼭 독서광으로 인생을 살아온 신사 숙녀일 필요는 없습니다. 하지만 프시케 양이 쓴 글이 박식하거나 적어도 교양서적을 폭 넓게 읽었다는 분위기는 풍겨야 합니다. 자, 어떻게 그 분위기를 끌어내는지 보여드리지요. 여기를 보세요!"

블랙우드 씨는 평범해 보이는 책을 서너 권 꺼내더니 되는대로 펼쳐 들었다.

"세상에 있는 아무 책이나 펼쳐서 아무 페이지에 눈길을 던지는 동시에 재미있거나, 식견 있는 부분을 조금씩 오려낸 글이 잔뜩 있다는 사실을 알 수 있으실 테고, 그게 바로 블랙우드 기사 묘미의 핵심이지요. 제가 읽어드리는 동안 몇 가지 메모하시는 게 좋을 겁니다. 두 가지로 나눠서 말씀드리지요. 첫째, 자극적인 정보로 직유법을 만든다. 둘째, 자극적인 표현을 도입해서 계기를 만든다. 쓰세요!"

얼떨결에 블랙우드 씨가 하는 명령대로 받아썼다.

"자극적인 정보로 직유법을 만든다. '원래 뮤즈는 셋뿐이었다. 명상의 여신 멜레테, 기억의 여신 므네메, 노래의 여신 아오이데.' 제가 말한 대로 제대로 하셨다면 이 짧은 문장을 굉장히 잘 다루셨을 겁니다. 잘 알려지지도 않은 이야기고, 세련되지도 않습니다. 철저히 즉흥적인 분위기를 보여줘야 하는 걸 명심하십시오. 다시. '알페이오스 강은 바다 아래로 흘렀지만, 그 순수함은 손상되지 않고 위로 드러났다.' 진부하기는 하지만, 적절하게 양념해서 접시에 제대로 담아내기만 하면 여느 때보다 훨씬 산뜻해 보이지요.

여기 더 괜찮은 게 있군요. '페르시아 붓꽃은 어떤 이에게는 아주 강력하고 달콤한 향기를 품은 듯 보이지만, 어떤 이에게는 아무 향도 없어 보이기도 한다.' 괜찮네요. 굉장히 섬세하군요! 약간 비틀기만 하면 아주 놀라워질 거예요. 그 식물 이름이 나오는 부분을 다른 걸로 바꿔봅시다. 사람들이 그렇게 잘 받아들이는 것도 드물지요, 특히 라틴어가 약간만 도와준다면 말이지요. 쓰세요!

'자바의 에피덴드룸 플로스 아이리스는 화려한 꽃을 피우고 뿌리째 뽑혀도 살아남는다. 자바 사람들은 이 꽃을 천장에 줄로 매달아 놓고 여러 해 동안 그 향을 즐긴다.' 아주 훌륭하군요! 이게 바로 직유법이지요. 이제 자극적인 표현입니다.

자극적인 표현이라…. '존엄한 중국 소설 《옥교리》(중국 청나라 문인 장군이 지은 염정 소설 – 옮긴이).' 좋군요. 여기에 쓰인 단어 몇몇을 교묘하게 소개해서 프시케 양이 중국 문학과 언어에 조예가 있다는 걸 보여주는 겁니다. 이 원조를 받으면 아랍어나, 산스크리트어, 치카소어 같은 것 없이도 잘해나갈 수 있을 테지요. 스페인어나, 이탈리아어, 독일어, 라틴어, 그리스어도 그냥 지나쳐서는 안 됩니다. 전부 저마다 맛보기씩은 찾아보셔야 합니다. 아주 짧은 단편이라도 보답을 할 겁니다. 그 언어들을 프시케 양의 글에 알맞게 쓰는 건 전적으로 프시케 양의 창의력에 달려 있기 때문이지요. 쓰세요!

'Aussi tendre que Zaire.'

'자이르처럼 부드럽다.' 프랑스어입니다. 〈부드러운 자이르〉라는 프랑스 비극에서 자주 반복하여 쓰이면서 암시를 주는 문구죠. 적당하게 끌어다 쓰면 프시케 양의 프랑스어에 대한 이해뿐 아니라 교양과 재치까지 보여줄 수 있을 겁니다. 이를테면, 당신이 먹고 있던 닭고기는, 참, 닭 뼈가 목에 걸려 죽는 글도 한번 써보시겠습니까? 전혀 '자이르처럼 부드럽지'는 않았습니다. 받아쓰세요!

'Van muerte tan escondida, Que no te sienta venir, Porque el plazer del morir, No mestorne a dar la vida.'

미겔 데 세르반테스라는 스페인 시인이 쓴 글입니다. '어서 오라, 죽음이여! 허나 부디 그대 오는 걸 나 보지 못하게 하라. 당신의 출현에 들뜬 내 마음이 공교로이 삶으로 되돌아가지 않도록.' 이런 문장은 프시케 양이 닭 뼈 때문에 마지막으로 몸부림치는 장면을 표현할 때 이야기에 적당하게 끼워 넣을 수 있겠군요. 받아쓰세요!

'Il pover' huomo che non se'n era accorto, Andava

combattendo, e era morto.'

아시죠? 이탈리아 시인 아리오스토(르네상스 후기의 대표적 서사 시인 - 옮긴이)가 쓴 글입니다. 전투의 열기에 휩싸인 위대한 군인이 죽은 줄도 모르고 마치 살아 있는 사람처럼 용맹하게 싸운다는 뜻입니다. 이 문장을 프시케 양이 쓰고 싶은 글에 적용하는 방법은 간단합니다. 프시케 양이 닭 뼈가 목에 걸려 죽은 후에도 적어도 한 시간 반 정도는 발버둥치는 걸 게을리하지 않을 거라고 믿기 때문이지요. 자, 받아쓰시겠어요?

'Und sterb' ich doch, no sterb' ich denn Durch sie -durch sie!'

독일 시인 실러(괴테와 함께 독일 고전주의의 2대 문호로 일컬어짐 - 옮긴이)가 쓴 글입니다. '나 죽거든, 내 정녕 죽거든, 그대로 인하여, 그대로 인하여!' 여기서는 프시케 양이 겪은 사고가 일어난 원인, 즉 닭을 강조한 게 뻔히 보일 겝니다. 게다가 멀쩡한 신사 숙녀라면 케이퍼와 버섯으로 속을 채운 몰루카 혈통의 통통한 수탉을 샐러드 접시에 오렌지 젤리와 함께 담아낸 음식 때문에 죽지는, 정말이지 궁금하지만, 않겠지요. 받아쓰세요! 아몬드를 곁들인 아이스크림도 이런 식으로 쓸 수 있겠지요. 받아써 주시겠습니까?

이번에는 조금 희귀하지만 멋진 라틴어 문구 한 토막입니다. 라틴어를 쓸 때는 아무리 공을 들이고, 간결하게 써도 지나치지 않습니다. 점점 흔해지니 말입니다. 'ignoratio elenchi.' 논점 상위의 허위라는 뜻입니다. 그는 이그노라티오 엘렌치에 전념했다. 다시 말하면, 그는 당신이 이야기한 단어만 이해했을 뿐, 개념을 이해한 것이 아니라는 말입니다. 바보라고 할 수 있지요.

프시케 양이 목에 닭 뼈가 걸려 숨이 막히는 와중에 말을 하는 바람에 프시케 양이 하는 말을 정확히 이해하지 못한 딱한 친구들이지요. 그 사람들에게 '이그노라티오 엘렌치'라고 원망하면서 당장 물리쳐 버리세요. 누군가 감히 대답이라도 하면 〈누가복음〉에 나오는 '아네모네 베브룸', 즉 아네모네의 언어를 몇 구절 일러주세요. 아네모네의 언어는 굉장히 화려하지만, 향기는 없습니다. 혹시 그 사람이 고함이라도 치면 '인썸니아 주피터', 그러니까 주피터의 몽상이라는 말로 대처하십시오. 실리우스 이탈리쿠스(로마의 서사 시인으로 네로 황제 치하에서 집정관과 아시아 총독을 지냄 – 옮긴이)가 오만하고 과장된 생각에 적용해 쓰던 문구지요. 이 말이면 확실하게 그 사람의 마음을 다치게 할 수 있을 겁니다. 나가떨어져 죽는 수밖에는 없지요. 수고스럽지만 좀 써주시겠습니까?

그리스어에도 어여쁜 말이 있지요. 이를테면 데모스테네스(그리스 최대의 웅변가 – 옮긴이)의 글처럼 말이지요. 'Anerh o pheugoen kai palin makesetai.' 〈휴디브라스〉(영국 시인 새뮤얼 버틀러의 풍자시 – 옮긴이)에 이 글의 괜찮은 번역문이 나와 있지요. '그 사람, 다시 날 수는 있겠으나, 그 감동을 다시 느끼지는 못하리.'

〈블랙우드〉식 기사에서는 그리스어를 써주는 게 최고의 방법입니다. 글자들이 저마다 어떤 심오함을 품고 있지요. 저 통찰력 있는 형세의 엡실론(ε)을 한번 보세요, 아가씨. 저 파이(π)

는 정말 주교같이 근엄해 보이지 않습니까! 오미크론(o)보다 영리한 녀석들이 있었을까요? 타우(τ)의 모양새는 또 어떻고요! 짧게 말하면 진정한 감각 있는 글에는 그리스어만 한 언어가 없다는 말입니다. 요즘 같은 실정에 적용하여 쓰기에는 세상에서 가장 쉽지요. 당신이 닭 뼈에 대해 했던 그 쉬운 말도 알아듣지 못하는 아무짝에도 쓸모없는 그 멍청한 악당에게 엄청난 욕설을 퍼붓고 최후통첩을 보내는 식으로 문장을 내뱉는 겁니다. 그럼 눈치를 채고 내뺄 겁니다. 믿어도 좋습니다."

이상이 블랙우드 씨가 내가 물은 주제에 내어줄 수 있는 시간 전부였지만, 그만하면 충분하다고 생각했다. 난 결국 진정한 〈블랙우드〉식 기사를 쓸 수 있게 되었고, 곧장 실행에 옮기기로 했다. 블랙우드 씨는 나를 배웅하면서 내 기사가 완성되면 구매하겠다고 약속해주었다. 블랙우드 씨가 제시한 50기니라는 금액에, 그런 시시한 금액에 내 글을 희생하느니 협회에 맡기는 게 낫겠다는 생각이 들었다. 나의 이런 인색한 셈에도 신사였던 블랙우드 씨는 다른 모든 면에서 나를 배려해주었으며, 정중하게 대접했다. 블랙우드 씨와 나눈 작별 인사는 내 마음에 깊은 인상을 남겼으며, 나는 감사하는 마음과 함께 언제까지라도 그 말을 기억하고자 한다.

블랙우드 씨의 눈가에는 눈물이 맺혀 있었다.

"친애하는 제노비아 양. 제가 그대의 칭찬받아 마땅한 작업의 성공을 위해서 할 수 있는 일이 뭐 없을까요? 어디 봅시다! 음, 스스로 물에 빠져, 빠지는, 빠져 죽는 것이나, 닭 뼈가 목에 걸리거나, 매다, 매달리거나, 무, 물리는 게 생각보다 쉽지 않을 수 있으니 좀 계셔보세요! 지금 든 생각이지만, 저기 안마당에 괜찮은 불도그가 두 마리 있습니다. 괜찮은 녀석들입니다, 정말. 야생 그대로지요. 또 제노비아 양이 쓸 돈도 아끼게 해줄 수 있고 말입니다. 단 5분도 지나지 않아 제노비아 양과 앵초 장식까지 모두 먹어치울 테니까요. 여기 시계도 있습니다! 제노비아 양은 그저 느낌만 생각하면 됩니다! 여기! 톰! 피터! 딕! 이놈들아! 개들 풀어!"

나는 무척 바빴고 지체할 시간도 없었고 해서, 마지못해 출발을 서두르게 되었으며 결국 바로 자리를 떴다. 엄격한 예절이 허용하는 선보다는 다소 갑작스러웠다는 사실은 인정하겠다.

블랙우드 씨와 헤어지고 내가 처음 염두에 둔 일은 블랙우드 씨가 해준 충고에 따라 당장 어떤 '곤경'에 처하는 것이었고, 그 생각대로 절망적인 사건을 찾아 에든버러 주변을 정처 없이 헤매며 하루 대부분을 보냈다. 내 느낌의 강렬함과 적절히 어울리면서 내가 쓰고자 하는 기사의 거대한 특성에 적합한 사건을 찾아. 이 짧은 여행에 폼페이라고 하는 흑인 하인 한 명과 필라델피아에서 내가 직접 데려온 작은 애완견 다이애나를 데리고 갔다. 오후 늦도록 내 험한 작업은 전혀 성공하지 못했다. 그때 어떤 중대한 사건이 일어났고, 이질적인 어조로 쓴 다음의 〈블랙우드〉 기사는 그 사건의 실체와 결과다.

곤경

Edgar
A. Poe

곤경

어찌, 어여쁜 아가씨가, 이리 혼자 남았는가?

— 존 밀턴, 〈코머스〉

고요하고 평화로운 어느 오후, 나는 에든버러라는 아름다운 도시를 한가로이 거니는 길이다. 거리는 어수선하고 번잡했다. 남자들은 이야기했다. 여자들은 비명을 질렀다. 아이들은 숨을 헐떡였다. 돼지는 꽥꽥댔다. 짐마차는 덜컹댔다. 수소는 울부짖었다. 암소는 조용히 울었다. 말은 히힝거렸다. 고양이는 그르렁거렸다. 개는 춤을 추었다. 춤을 추었다! 가능하기나 한 일인가? 춤을 추었다니! 아아, 내가 춤추던 시절은 끝이 났구나 하고 생각했다.

이렇게 그대로 끝이구나. 언젠가 머지않아 지혜롭고 몽상적인 예견을 하는 지성이 수없이 많은 우울한 기억을 깨울 것이다. 특히나, 영원과 영구, 계속, 흔히 말하는 연속, 연속과 지속, 쓰라림, 괴로움, 불안, 이런 표현을 빌려도 된다면, 평온을 깨는 극심한 불안, 거룩함, 고귀함, 고상함, 당연히 최고의 선망 대상으로 선망의 대상이 되는 정화 효과, 더 한다면 가장 부드러운 아름다움, 가장 즐거운 우아함, 이를테면 세상에서(인자한 독자분들 이해해주세요!) 굉장히 대담한 표현을 고르자면 가장 아름다운 것과 운명 지어진 천재의 지성은 더 많은 우울한 기억을 깨울 것이다.

난 항상 감각에 이끌려 다니는 편이다. 다시 말하면, 그런 정신 상태 덕분에 사소한 사건에도 수많은 기억이 휘둘렸다! 개가 춤을 추었다! 나는 못했다! 개가 뛰어놀았다. 나는 울었다. 개가 깡충깡충 뛰어다녔다. 나는 목놓아 울었다. 이런 감동적인 상황이라니! 고전문학에 정통한 나에게 유서 깊은 중국 소설 《옥고로》[1] 3권 시작 부분에서, 적절함에 대하여 쓴 정교한 단락을 추억하게 하는 상황이라니!

고독한 산책길 내내, 나에게는 작지만 믿을 수 있는 동행이 둘 있었다. 내 강아지 다이애나! 세상에서 가장 귀여운 녀석! 다이애나 목에 걸린 파란 리본은 멋지게 돋보였고, 한쪽 눈은 수북한 털로 덮여 보이지 않았다. 몸집은 13센티미터도 안 되지만 머리가 몸보다 약간 컸다. 꼬리가 너무 바짝 잘린 그 녀석의 외모는 마치 부당한 대우에 기분이 상한 것처럼 보였고 바로 그 점 때문에 다이애나는 내가 가장 좋아하는 친구가 되었다.

또 한 친구는 흑인 하인 폼페이, 사랑스러운 폼페이! 내 어찌 그대를 잊을까? 나는 폼페이의 팔을 붙들었다. 폼페이는 키가

---

1) 〈블랙우드식 기사 작성법〉에 소개된 중국 소설 《옥교리》를 잘못 인용한 것 – 옮긴이

1미터도 채 안 되었고(나도 딱 그만 했으면) 나이는 70~80대쯤 되었다. 안짱걸음을 걷는데다 몸은 비대했다. 입이 작다고 할 수도, 귀가 작다고 할 수도 없었다. 그래도 치아는 진주 같았고, 커다랗고 강렬한 눈은 멋지도록 희었다. 조물주는 폼페이에게 목을 부여하지 않았고, 복사뼈는 흑인들이 대개 그러하듯 발목 한가운데 놓아주었다. 옷은 유난히 소박하게 입었다. 폼페이가 즐겨입는 유일한 옷은 흰칠하고 당당하며 걸출한 머니페니 박사가 군 복무 시절 쟁여두었던 23센티미터가량 되는 칙칙한 외투 한 벌뿐이었다. 외투는 훌륭했다. 재단이 잘되었다. 바느질도 훌륭했다. 새것에 가까운 외투였다. 폼페이는 양손으로 외투를 잡고 먼지를 털어내고는 했다.

우리 일행은 셋이었고, 그중 둘은 이미 언급한 인물이다. 세 번째 사람은 바로 나다. 난 시뇨라 프시케 제노비아다. 수키 스노브스가 아니다. 내 모습에는 위엄이 있다. 지금 이야기하는 기념할 만한 사건이 있던 날에 진홍색 공단 드레스를 입고, 하늘빛 아라비아식 망토를 두른 차림이었다. 초록색 고리를 단정히 채우고, 주황빛 앵초로 일곱 줄 주름 장식한 공단 드레스 말이다. 앞서 말했듯이 우리 일행 가운데 세 번째 사람은 나다. 푸들이 있었다. 폼페이가 있었다. 그리고 내가 있었다. 우리 셋이었다. 이를테면, 본래 복수의 여신은 명상의 여신 멜티, 기억의 여신 님미, 속임수의 여신 헤티 이렇게 셋이었다고 한다.[2]

---

[2] 〈블랙우드식 기사 작성법〉에 나오는 '원래 뮤즈는 셋뿐이었다. 명상의 여신 멜레테, 기억의 여신 므네메, 노래의 여신 아오이데'를 잘못 사용함 – 옮긴이

나는 용맹한 폼페이의 팔에 몸을 기대고 다이애나와 적당히 거리를 유지하면서 한때는 사람들로 북적이고 활기가 넘쳤지만, 지금은 버림받은 에든버러 거리를 내려가는 길이었다. 그러다 높은 첨탑이 하늘을 찌를 듯한, 거대하고 장엄한 고딕 양식의 성당 하나가 시야에 불쑥 나타났다. 이번에는 또 어떤 광기가 나를 홀렸을까? 어쩌자고 내가 운명에 뛰어들었을까? 일순간 성당의 아찔한 꼭대기에 올라가서 도시의 광활함을 바라보고 싶다는 감당할 수 없는 욕망에 사로잡혔다.

성당 문은 기다렸다는 듯 열려 있었다. 내 운명은 승리했다. 성당의 불길한 아치형 입구로 들어섰다. 그때 내 수호천사는 어디 있었을까? 혹시라도 천사 같은 게 있다면 말이다. 혹시! 참으로 비통한 단어로다. 그 두 글자에 세상의 모든 신비, 의미, 의혹, 불확실이 뒤엉켜 있다니! 나는 불길한 아치형 입구로 들어섰다! 주황빛 앵초 장식에 무례를 범하는 일 없이 대문 아래를 지나자 내부 현관이 나타났다. 이를테면, 거대한 알프레드 강은 다치지도, 젖지도 않고 바다 아래로 흘러들어 갔다고 한다.[3]

계단은 도저히 끝나지 않을 것 같았다. 그것도 원형 계단이었다! 팔을 받쳐주는 현명한 폼페이에게 일찍이 모든 애정과 신뢰를 담아 몸을 의지하며 계단을 돌고, 돌고, 돌아서, 오르고, 오르고, 오르다 보니, 이 끝없는 나선형 사다리의 종착지는 누군가가 실수로, 혹은 계획적으로 없앤 것이 아닐까 하는 의구

---

3) 〈블랙우드식 기사 작성법〉에 나오는 '알페이오스 강은 바다 아래로 흘렀지만, 그 순수함은 손상되지 않고 위로 드러났다'를 잘못 사용함 – 옮긴이

심을 지울 수가 없었다. 잠시 숨을 돌리려고 멈추었다. 그때, 도덕적 관념으로도 너무 중대하고, 형이상학적 관점으로도 너무 중대한, 도저히 모르고 지나갈 수 없는 어떤 사건이 터졌다. 그것은 내 앞에 나타났고, 그 사실만은 무엇보다 확실했다. 잘못 생각했을 리가 없었다.

안 돼! 나는 초조해하면서 잠시 다이애나의 움직임을 주의 깊게 살폈다. 내가 잘못 생각한 게 아니었다. 다이애나가 쥐 냄새를 맡았다! 곧장 폼페이에게 그 사실을 알렸고, 하인 녀석도 내 생각에 동의했다. 이제 더는 의심할 여지가 없었다. 다이애나가, 쥐 냄새를 맡았다. 말도 안 돼! 내가 과연 이 당시의 짜릿한 기분을 잊을 수 있을까? 쥐가! 그곳에, 그러니까 어딘가에 있었다. 다이애나가 쥐 냄새를 맡았다. 나, 나는 맡지 못했다. 이를테면, 어떤 이는 이시스(고대 이집트 풍요의 여신 – 옮긴이)에게서 달콤하고 강렬한 향이 난다고 했지만, 어떤 이는 아무 향도 맡지 못했다고 한다.

계단을 오르고 올라, 이제 정상과 우리 사이에 있는 서너 개만 오르면 되었다. 우리는 줄기차게 올라갔고, 이제 마지막 계단 하나만 남겨놓았다. 하나만! 딱 하나만! 인생의 많고 많은 계단 중에서 이 조그만 층계 하나에 얼마나 거대한 인간의 행복, 혹은 불행이 달려 있는지! 나를 떠올리고, 폼페이를 떠올리고, 우리를 둘러싼 신비하고 불가사의한 운명을 생각했다. 폼페이를 생각했다. 아아, 사랑을 떠올렸다! 지금까지 지나온, 앞으로도 걸어갈 수없이 많은 그릇된 발걸음을 떠올렸다.

나는 조금 더 신중하게, 조금 더 준비하기로 했다. 붙들었던 폼페이의 팔을 놓고, 도움 없이 단 하나 남은 계단을 올라 종탑이 있는 방에 도달했다. 다이애나가 곧바로 내 뒤를 따랐다. 폼페이는 혼자 뒤에 남았다. 계단 꼭대기에 서서 폼페이가 오를 수 있게 용기를 북돋웠다. 폼페이가 나를 향해 손을 뻗었고, 공교롭게도 그 동작으로 머니페니 박사의 외투를 꼭 잡고 있던 손을 놓을 수밖에 없었다. 하지만 신은 결코 박해를 끝내지 않는 걸까? 그 바람에 외투가 떨어졌고, 폼페이는 한쪽 발로 늘어진 외투 자락을 밟고 말았다. 그 결과는 어쩔 수 없었다. 폼페이가 비틀거리다 앞으로 넘어지면서 운이 다한 머리를 내 가슴에 세게 박았고, 우리는 종탑의 지저분하고 딱딱한 바닥에 거꾸로 곤두박질치며 나뒹굴었다. 나는 곧바로 정확하고 완벽한 복수를 했다. 양손으로 폼페이의 머리카락을 단단히 움켜잡고 빳빳한 검정 곱슬머리를 한 움큼 뜯어낸 다음 강한 경멸의 표시로 던져버렸다. 머리털은 종탑에 매달린 밧줄 사이사이로 떨어지면서 그대로 착지했다. 폼페이는 조용히 몸을 일으키고는 아무 말도 하지 않았다. 그 커다란 눈으로 나를 애처롭다는 듯 바라보더니 한숨지었다.

세상에, 그 한숨이라니. 그 한숨이 내 마음속으로 가라앉았다. 머리털도 같이 내 속으로 가라앉았다! 그 머리털에 닿을 수만 있다면 후회의 증표인 내 눈물로 고이 닦아주었을 텐데…. 슬프도다! 내가 잡기에는 너무 멀리 있구나. 머리털은 종에 달린 밧줄 사이사이에 대롱대롱 매달려, 마치 살아 있는 것처럼 분노에 차 발돋움하는 듯한 상상을 불러일으켰다. 이를테면,

자바에서 피는 해피 댄디 플로스 아이리스[4]라는 아름다운 꽃은 뿌리째 뽑혀도 살아남는다고 한다. 자바 사람들은 해피 댄디 플로스 아이리스를 천장에다 줄로 매달아 놓고 여러 해 동안 향을 즐긴다.

이제 싸움을 끝내고, 우리는 에든버러를 조망할 수 있는 구멍을 찾아 종탑을 살폈다. 창문이 그 어디에도 없었다. 바닥에서 2미터 정도 되는 높이에 뚫린 지름 30센티미터가량 되는 정사각형 구멍에서 나오는 빛이 음침한 공간에 허락된 유일한 빛이었다. 진정한 천재의 능력으로 이루지 못할 게 무어겠는가? 나는 이 구멍까지 올라가기로 결심했다. 구멍 근처에는 구멍을 마주한 위치에 크고 작은 톱니바퀴 여러 개와 난해하게 생긴 기계가 눈에 띄었고, 기계에서 나온 쇠막대가 구멍 사이를 지나갔다. 톱니바퀴와 구멍이 있는 벽 사이에 내 몸이 겨우 들어갈 만한 공간이 보였다. 절박했던 난 계속 밀어붙이기로 했다. 결국 폼페이를 곁으로 불러들였다.

"저기 구멍 보이지, 폼페이. 저 너머로 밖을 보고 싶어. 넌 구멍 아래에 그냥 이렇게 서 있으면 돼. 이제 손 하나만 내밀어 봐, 내가 이렇게 밟고 일어날 수 있게. 이제 다른 손도, 폼페이, 그렇게 도와주면 네 어깨를 디딜 수 있을 거야."

폼페이는 내가 바라는 대로 했고 어깨를 딛고 올라서자 구멍 사이로 쉽게 내 머리를 집어넣을 수 있다는 걸 알았다. 내 예상

---

[4] 〈블랙우드식 기사 작성법〉에 나오는 공중 식물 '에피덴드룸 플로스 아이리스'를 잘못 사용함 – 옮긴이

은 숭고했다. 어떤 것도 그보다 숭고하지 못하리라. 나는 잠시 멈춰서 다이애나에게 가만히 있으라고 주의를 주고, 폼페이에게 어깨 위에서 가능한 한 사뿐히 있도록 배려하겠다고 다짐했다. 녀석의 기분이 상하지 않게 신경 쓰겠다고 전했다. 충직한 동료에게 이렇게 정당한 행위를 한 뒤에야, 내 눈앞에 기꺼이 자신을 드러낸 도시의 풍경이 주는 어마어마한 희열과 기분 좋은 자극에 나를 맡겼다.

이 이야기는 애써 풀어놓지 않겠다. 에든버러의 풍경을 굳이 묘사하지 않겠다는 말이다. 에든버러에 가보지 않은 이는 없다. 유서 깊은 도시 에든버러에 가보지 않은 이가 있을까? 그보단 내 비통한 모험의 중대한 부분을 집중 조명해보겠다.

나는 도시의 넓이와 위치, 전체적인 외관에 대해 내 호기심을 좀 충족시키고 나서, 내가 있는 성당과 첨탑의 우아한 건축 양식을 느긋하게 둘러보았다. 이내 내가 머리를 들이밀었던 구멍이 거대한 시계의 숫자판에 난 구멍이었다는 사실과 거리에서 이 구멍을 보면 우리가 프랑스 시계의 숫자판을 볼 때처럼 분명 커다란 열쇠 구멍으로 보일 거라는 사실을 알아내었다. 구멍은 분명 관리인이 필요할 때 종탑에서 팔을 내밀어 시곗바늘을 맞출 때 사용하는 것이었다.

시곗바늘의 거대한 크기에도 놀랐다. 자세히 보니 긴 바늘은 길이가 최소 3미터는 되어 보였고, 폭은 20센티미터 정도였다. 단단한 금속 재질인 것 같았고 날도 굉장히 날카로웠다. 이런 독특한 광경과 이런저런 것들을 관찰하고, 눈 아래 펼쳐진 눈부신 광경에 시선을 돌리다가, 이내 명상에 빠져들었다.

몇 분쯤 지나, 더는 못 버티겠으니 내려와 주시면 고맙겠다고 요청하는 폼페이가 들려 명상에서 깼다. 적절하지 못한 상황이었으므로 녀석에게 일장 연설을 했다. 폼페이는 답을 했지만, 분명히 내 이야기를 제대로 이해하지 못한 눈치였다. 그래서 점점 더 화났고 폼페이에게 너는 이그노라무스 이클렌치 아이[5]에 빠져 있으며, 네 생각은 보피터의 몽상[6]에 지나지 않으며, 어휘 실력은 이너미워리보럼[7]보다 나을 게 없으니, 쉽게 말하면 멍청이라고 말해주었다. 폼페이는 내 이야기에 만족한 듯했고, 나는 다시 명상에 빠져들었다.

말다툼이 있고 나서 한 30분쯤 흐르고 아래에 펼쳐진 황홀경에 심취한 나는 무언가 목 뒤를 살며시 누르는 차가운 느낌에 소스라치게 놀랐다. 말로 표현할 수 없을 만큼 놀랐다! 하인 녀석은 내 발아래 있었고, 다이애나는 분명 내 지시대로 첨탑 한구석에 가만히 쪼그리고 앉아 있을 것이다. 도대체 뭐란 말이지? 아아, 이번에도 알아버렸다. 한쪽으로 고개를 살며시 돌리자, 언월도처럼 생긴 거대한 분침이 번득이며 시계 축을 돌면서 내 목을 향해 전진해오는 게 아닌가! 너무도 끔찍한 장면

---

5) 〈블랙우드식 기사 작성법〉에 'ignoratio elenchi(논점 상위의 허위)'에 대한 블랙우드 씨의 설명을 잘못 사용함. 상황을 제대로 이해하지 못하고 보이는 대로만 받아들이는 오류를 뜻함 – 옮긴이

6) 〈블랙우드식 기사 작성법〉에 나오는 '주피터의 몽상'을 잘못 사용. 오만하고 과장된 생각을 뜻함 – 옮긴이

7) 〈블랙우드식 기사 작성법〉에서 화려하지만 텅 빈 언어를 뜻하는 '아네모네 베브룸'을 잘못 사용함 – 옮긴이

이 눈에 들어왔다. 1초라도 지체할 시간이 없었다. 당장 몸을 꺼냈지만, 이미 너무 늦었다.

내 머리를 꼭 붙들고 생각하기도 끔찍한 빠르기로 점점 조여 오는 그 무시무시한 올가미 주둥이에서 내 머리를 꺼낼 방법은 전혀 없었다. 그 순간의 고통은 상상할 수조차 없었다. 양손을 쳐들고 온 힘을 다해 육중한 쇠막대기를 위로 들어 올리려고 안간힘을 썼다. 아예 성당을 들어 올리고도 남을 만큼 사력을 다했다. 아래로, 아래로, 아래로 내려오면서 가까이, 가까이, 더 가까워졌다. 폼페이에게 도움을 구하며 악다구니를 썼지만, 폼페이는 내가 '무식한 사팔뜨기 노인네'라고 불러서 기분이 언짢았다고 할 뿐이었다. 다이애나를 불러보았지만 짖어대기만 할 뿐, 나는 다시 '무슨 일이 있어도 구석에서 꼼짝 말고' 있으라 했다. 이렇게 내 동료들에게 어떤 구원도 기대하지 못할 상황이었다.

나는 이제야 고전에 나오는 육중하고 지독한 '시간의 낫'이라는 문구를 글자 그대로 이해할 수 있었다. 한편 육중하고 지독한 시간의 낫은 자기 일을 멈추지 않았고 멈출 것 같지도 않았다. 분침은 아래로, 아래로 쉬지 않고 재깍재깍 내려왔다. 분침은 벌써 내 살갗에 그 날카로운 날을 무려 2센티미터나 파묻었고, 내 감각은 점점 희미해지고 혼란스러워졌다. 나는 당당한 머니페니 박사와 필라델피아에 있는 듯한 망상과 블랙우드 씨의 응접실에서 값으로 매길 수 없는 귀한 지도를 받는 듯한 망상에 동시에 젖어들었다. 그러고는 다시 예전의 행복했던 달콤한 추억이 떠올랐고, 세상이 온통 사막이 아니었으며, 폼페이도 이토록 무자비하지 않았던 행복했던 시절이 떠올랐다.

째깍째깍 하는 소리가 이제는 즐거웠다. 진정 즐거워서, 내 감각은 이제 완벽한 행복의 경계선에 있었고, 아무리 하찮은 일도 기쁨으로 여길 수 있었다. 째깍째깍 째깍째깍… 계속되는 시계 소리가 내 귀에는 이 세상에서 가장 듣기 좋은 음악이었고, 이따금 올라포드 박사(영국 극작가 조지 콜먼의 〈The poor gentleman〉에 등장하는 인물 - 옮긴이)의 기품 있는 설교조의 일장 연설을 떠올리게 했다. 이제 숫자판 위의 거대한 숫자들이 눈에 들어왔다. 그 모습이 얼마나 지적이고 똑똑해 보이던지! 숫자들은 이내 마주르카(약간 빠른 3박자의 폴란드 댄스 - 옮긴이)에 맞춰 춤을 추었고, 내 마음에 쏙 들게 공연을 펼친 숫자는 V(5)였던 것 같다. V는 확실히 교양 있는 숙녀 같았다. V의 몸가짐에는 허풍쟁이 같은 허세도, 상스러운 그 어떤 것도 없었다. V는 발끝으로 멋지게 빙그르르 돌았다. 고된 공연 끝에 피곤해하는 V를 보고 의자를 건네주려고 애썼다.

그제야 내가 처한 비통한 현실을 제대로 깨달았다. 비통하도다! 시곗바늘은 내 목에 5센티미터나 파묻혔다. 격렬한 고통이 나를 덮쳤다. 죽게 해달라고 기도했고, 그 고통의 순간에 미겔 데 세르반테스의 우아한 시를 읊을 수밖에 없었다.

Vanny Buren, tan escondida

Query no te senty venny

Pork and pleasure, delly morry

Nommy, torny, darry, widdy!⁸⁾

이번에는 새로운 공포가 출현했는데, 제아무리 대담하더라
도 소스라치게 놀랄 만한 공포였다. 시계의 무자비한 압력에
내 눈이 눈구멍에서 제멋대로 탈출할 지경이었다. 내가 눈 없
이 어떻게 살아갈까를 생각하는 동안, 한쪽 눈알이 정말로 내
얼굴에서 또르르 굴러떨어져 가파른 첨탑을 따라 구르더니 성
당 건물의 처마를 따라 달린 빗물받이에 쑤셔 박혔다. 한쪽 눈
을 잃은 슬픔은 빠져나간 눈알 하나가 독립심과 경멸의 불손한
태도로 나를 봤다는 사실만큼 대단하지는 않았다. 내 코밑에
있는 빗물받이에 놓인 모습이 역겹지만 않았더라면 웃기기라
도 했을 터였다. 생전 본 적 없는 눈짓이었다. 빗물받이에 처박
힌 내 눈의 행동거지 일부는 그 명백한 무례함과 배은망덕함으
로 나를 짜증 나게 했을 뿐 아니라, 항상 같은 얼굴에 함께 존재
했던 두 눈이 멀리 떨어졌다는 동정심으로 대단히 불편하게 만
들기도 했다.

얼마간 어쩔 수 없이 내 코밑에 놓인 불한당과 내가 원하든
아니든, 완벽한 조화를 이루어 눈을 깜빡였다. 이내 다른 한쪽
눈알마저 떨어져 나가면서 안정을 되찾았다. 짜여진 각본이었

---

8) 〈블랙우드식 기사 작성법〉에 나오는 'Van muerte tan escondida, Que no te
sienta venir, Porque el plazer del morir, No mestorne a dar la vida.' '어서
오라, 죽음이여! 허나 부디 그대 오는 걸 나 보지 못하게 하라. 당신의 출현에
들뜬 내 마음이 공교로이 삶으로 되돌아가지 않도록'을 잘못 사용함 - 옮긴이

는지 친구와 같은 방향으로 굴러갔다. 눈알 두 개는 함께 빗물 받이로 굴러 들어갔고, 솔직히 눈알들을 없애버리니 기분이 한결 나아졌다.

시곗바늘은 이제 내 목을 10센티미터나 파고들었고, 살갗만 조금 잘리면 완전히 잘려나갈 것이다. 이제 고작 몇 분만 있으면 이 불쾌한 상황에서 해방될 것이기에 내 감각은 온통 행복에 겨웠다. 이 예상은 나를 전혀 기만하지 않았다. 정확히 오후 5시 25분, 그 거대한 분침은 내 목의 조그만 잔류물을 깔끔하게 절단하기 위해 그 무시무시한 회전축을 힘껏 밀어냈다. 나를 상당히 곤란하게 했던 머리가 내 몸에서 분리되는 광경을 보고도 나는 전혀 슬프지 않았다. 머리통은 처음에는 첨탑 벽을 굴러내려 가다가 잠시 빗물받이에 내려앉더니, 급격히 거리 한가운데로 쑤셔 박히는 길을 택했다.

이제 내 감각이 가장 특별하고, 가장 신비하고, 가장 복잡하고 이해할 수 없는 특징이 있었다고 숨김없이 고백하겠다. 내 감각은 사방팔방에 동시에 있었다. 머리는 자신이 진정한 시뇨라 프시케 제노비아였으며, 내 몸은 그에 걸맞는 본체였다고 확신하는 듯했다. 이 문제에 대해 내 생각을 확실히 증명하기 위해 코담배 상자를 찾아 주머니를 만져보았다. 평상시처럼 기분 좋은 담뱃가루를 한 줌 집어 든 순간, 문득 내 특별한 결핍을 인식했고, 그대로 밑에 있는 머리 쪽으로 담뱃가루를 던져버렸다. 머리는 담뱃가루 한 줌을 들이켜고는 상당히 만족스러워했고 보답의 의미로 감사의 미소를 활짝 지어주었다.

얼마 지나지 않아 머리가 뭐라고 말을 했고 나는 들리기는 했지만, 귀가 없어 정확하게 들리지가 않았다. 그런 환경 속에서도 살아남고자 하는 내 바람에 머리가 적잖이 놀랐다는 사실은 충분히 알 수 있다. 마침 문장은 고귀한 아리오스토의 글을 인용했다.

Il pover hommy che non sera corty
And have a combat tenty erry morty[9]

이처럼 나를 전투의 열기에 휩싸여 죽었다는 사실도 인지하지 못하고 불굴의 용맹함으로 전투를 계속하는 영웅에 비교하였다. 이제 내가 있던 고지에서 내가 떨어지는 것을 막을 건 아무것도 없었기에, 그냥 떨어졌다. 아직 누구에게도 들키지 않은 내 모습을 폼페이가 본 것은 굉장한 특권이었다. 폼페이는 입을 귀에 닿을 만큼 쩍 벌리고는 눈꺼풀로 땅콩 껍질이라도 까려는 것처럼 눈을 질끈 감았다. 폼페이는 결국 외투를 집어던지고 계단으로 펄쩍 뛰어올라 사라져버렸다. 나는 무뢰한의 뒤에 대고 데모스테네스의 맹렬한 글을 퍼부었다.

앤드루 오플레게톤, 정말 급하게도 달아나는구나![10]

---

9) 〈블랙우드식 기사 작성법〉에 나오는 'Il Pover Huomo Che Non Se'n Era Accorto, Andava Combalttendo e Era Morto'를 잘못 옮긴 것. 죽어가는지도 모르고 계속해서 싸우는 불쌍한 자를 뜻함 – 옮긴이

10) 〈블랙우드식 기사 작성법〉에 나오는 '그 사람, 다시 날 수 있겠으나, 그 감동을 다시 느끼지 못하리'를 잘못 사용함 – 옮긴이

그러고는 털이 덥수룩한 사랑하는 외눈박이 다이애나에게 돌아섰다. 아아! 그것은 내 눈을 모욕하는 참혹한 광경이었다. 내가 본 것이 구멍으로 숨어들어 가는 쥐란 말인가? 살점 하나 없는 이 뼈들이 저 괴물에게 참혹하게 먹혀버린 작은 천사 다이애나의 것이란 말인가? 설마! 내가 본 것이 구석에서 슬픔에 젖어 우아하게 앉아 있는 줄 알았던 내 사랑하는 강아지의 유령이고 망령이며, 떠나버린 영혼이란 말인가? 귀를 기울이자! 다이애나가 말을 하니, 세상에! 독일 시인 실러의 글이다.

Unt stubby duk, so stubby dun
Duk she! duk she!
나 죽거든, 내 정녕 죽거든,
그대를 위하여, 그대를 위하여![11]

아아! 다이애나의 말이 모두 진정이지 않은가?

사랑스러운 생명체여! 다이애나 역시 나를 위하여 자신을 희생한 것이다. 개도 없고, 하인도 없고, 머리도 없고, 이제 불행한 시뇨라 프시케 제노비아에게 무엇이 남았단 말인가? 아아! 아무것도 없구나! 나는 끝났다.

---

11) 〈블랙우드식 기사 작성법〉에 나왔던 실러의 시 'Und sterb'ich doch, no sterb'ich denn Durch sie -durch sie!' '나 죽거든, 내 정녕 죽거든, 그대로 인하여, 그대로 인하여!'를 잘못 인용한 것 - 옮긴이

X투성이 글

Edgar
A. Poe

X투성이 글

'현자'가 '동쪽'에서 온다는 건 잘 알려진 사실이다. 터치앤고 불릿헤드(아슬아슬한 고집불통 정도의 의미 – 옮긴이) 씨는 동부에서 왔다. 따라서 불릿헤드 씨는 현자다. 증명이 더 필요하다면 충분히 제시할 수 있다. 불릿헤드 씨는 편집자였다. 불릿헤드 씨에게 유일한 단점이 있다면 성미가 급하다는 것이다. 사실상 사람들이 비난하는 고집스러운 면은 결코 불릿헤드 씨가 가진 단점이 아니었다. 본인이 그 점을 당연히도 장점이라고 여겼기 때문이다. 그것이 불릿헤드 씨의 장점이며 가치였다. 고집스러움이 장점도 가치도 아닌 '다른 무엇'이라고 불릿헤드 씨를 설득시키기 위해서는 초월주의의 논리를 총동원해야 했다.

나는 터치앤고 불릿헤드 씨가 현자라는 사실을 증명했다. 불릿헤드 씨가 실수한 적은 딱 한 번뿐이었는데, 모든 현인의 진정한 고향인 동부를 떠나 서부의 알렉산더대왕 도시 내지는 그와 유사한 이름의 도시로 이주했을 때였다.

공평히 말하자면 불릿헤드 씨가 알렉산더대왕 도시에 정착하기로 마음먹었을 때는, 지역 내 특정 구획에 신문사가 없으며, 따라서 편집자도 없을 거라는 믿음이 있었다. '티팟'사를 설립하면서 불릿헤드 씨는 모든 분야를 독점하리라 기대했다. 확신하건대 알렉산더대왕 시에 수년 동안 〈알렉산더대왕 가제트〉지를 편집하고 출간하면서 차분히 지방을 축적해온 존 스미스라는 이름의 신사가 산다는 것을 알았더라면 이 도시에 거주하는 것은 꿈도 꾸지 않았을 것이다. 따라서 불릿헤드 씨가 이 알렉산…, 생략하여 이 도시에 살게 된 것은 순전히 잘못된 정보 탓이다. 그러나 이 도시에 도착했을 때 불릿헤드 씨는 고집불… 아니 완강한 성격을 고수하고 여기에 머무르기로 마음먹었다. 그렇게 불릿헤드 씨는 도시에 남았다. 이뿐만이 아니다. 불릿헤드 씨는 인쇄기와 활자와 기타 등등을 꺼내고 가제트 사무실 바로 건너편에 사무실을 빌렸다. 도착한 지 사흘째 되는 아침에는 〈알렉산더 티팟〉지, 즉 〈티팟〉 창간호를 발간했다. 내가 기억하기로 이것이 새 신문의 이름이었다.

새 신문에 실린 사설은 담백하지는 않았을지언정 정말이지 훌륭했다. 특히 일반적인 사안에 대해 신랄히 비판했다. 〈가제트〉 편집자에 대해 말할 때는 갈기갈기 찢어발겼다. 불릿헤드 씨가 한 일부 발언이 너무 불같이 격렬했기에 그 이후로 나는 여전히 이 세상에 살아 있는 존 스미스 씨가 불 속에서도 살 수 있는 샐러맨더(불 속에 살면서 불을 끌 수 있는 능력을 가진 전설상의 괴물 – 옮긴이)가 아닌가 하고 생각할 수밖에 없었다. 〈티팟〉의 사설을 글자 그대로 옮길 수는 없지만 일부를 여기 소개한다.

오오, 그렇다! 오오, 우리는 분간한다! 오오, 의심할 바 없다!

길 건너 있는 편집자는 천재다. 오오, 맙소사! 오오, 세상에! 세상이 어떻게 되려는 것인가? 오오, 이 세태를! 이 세속을! 대체 어찌할까!

너무나도 신랄하고 고전적인 이 공격적인 사설은 지금껏 평화로웠던 도시 시민 사이에 폭탄을 투하한 것마냥 돌풍을 일으켰다. 흥분한 무리가 거리 모퉁이에 모여들었다. 모든 이들이 진심으로 불안해하며 품위 있는 스미스 씨의 답변을 기다렸다. 다음 날 아침 신문에 스미스 씨는 이런 사설을 게재하였다.

전일 〈티팟〉에 실렸던 사설에서 다음 구절을 인용한다.
"오오, 그렇다! 오오, 우리는 분간한다! 오오, 의심할 바 없다! 길 건너 있는 편집자는 천재다. 오오, 맙소사! 오오, 세상에! 세상이 어떻게 되려는 것인가? 오오, 이 세태를! 이 세속을! 대체 어찌할까!"
어째서 이 친구는 온통 '오(O)'뿐인가! 이는 이 친구가 계속 되풀이되는 순환 논법으로만 사고함을 보여주며, 그 자신은 물론 말할 때도 시작도 끝도 없다는 점을 설명해준다. 우리는 그 부랑자가 'O'가 들어 있지 않은 단어를 쓸 수 있으리라고는 생각지 않는다. O로 점철된 글을 쓰는 게 습관이긴 한 것인가? 그나저나 그 부랑자는 허겁지겁 동쪽에서 도착한 참이다. 이곳에서만큼 그곳에서도 O투성이 글을 썼을까? 오! 가련할지어다.

자기를 넌지시 헐뜯는 이 같은 사설에 불릿헤드 씨가 느꼈을 분노는 감히 묘사할 수 없을 정도였으리라. 하지만 불릿헤드 씨는 다른 이들이 으레 짐작하는 것처럼 강직한 성격에 대한 공격에는 그다지 화가 난 것 같지 않았다. 불릿헤드 씨를 격분하게 한 것은 문체에 대한 조소였다.

"뭐라고! 이 터치앤고 불릿헤드가! O가 들어 있지 않은 단어는 쓸 수 없다고! 그 건방진 놈이 실수했다는 걸 곧 깨닫게 해주마. 결심했어! 그 애송이 같은 녀석이 얼마나 실수한 건지 알게 해주지! 존 스미스가 원한다면 프로그폰디움에서 온 이 터치앤고 불릿헤드가 단 한 번도 그 경멸적인 모음을 쓰지 않고 한 문단 전체를, 아니, 사설 하나를 통째로 쓸 수 있다는 걸 보여주겠어! 아니야. 그렇게 하면 존 스미스에게 굴복하는 거야. 이 불릿헤드는 기독교 국가에 사는 어느 스미스가 부리는 변덕에 맞춘답시고 문체를 바꾸지는 않을 거야. 그런 형편없는 생각은 꺼져버리라지! O는 영원하다! 나는 O를 고집하겠어. 할 수 있는 한 O가 가득한 O투성이 글을 쓰는 거야!"

이 같은 정중한 결심에 불타오른 위대한 터치앤고 불릿헤드 씨는 다음 호 〈티팟〉에 이 불미스러운 사건과 관련 있는 간단하지만 단호한 사설을 실었다.

내일 자 조간신문에서 〈티팟〉 편집자는 〈가제트〉 편집자에게 〈티팟〉 편집자가 자유로이 문체를 구사할 수 있으며, 능히 그렇게 할 것임을 깨닫게 해주고자 한다. 〈티팟〉 편집자는 〈가제트〉 편집자에게 특별한 만족감을 선사하기 위해 사설 하나를 실으려 한다. 이는 〈티팟〉 편집자가 〈가제트〉 편집자에게 우위를 보임과 동시에 〈가제트〉 편집자가 〈티팟〉 편집자의 자주성을 비판하며 멸시했던 태도를 잠재우고자 하는 목적이다. 〈가제트〉의 가장 순종적이며 변변치 않은 하인인 〈티팟〉은 영원함을 상징하지만, 극히 섬세한 〈가제트〉 편집자에게는 너무나도 모욕적인 그 아름다운 모음을 결코 회피하지 않을 것이다.

"버킹엄은 이제 그만!"

명백히 통보했다기보다는 험악하게 암시한 것에 가까운 이 끔찍한 협박을 끝마친 위대한 불릿헤드 씨는 '원고'를 달라는 모든 간청을 무시하고, '인쇄를 시작'해야 할 때라고 말하는 인쇄 반장에게 '꺼져버리라'고 말했다. 모든 것에 귀를 닫아버린 위대한 불릿헤드 씨는 밤새 자리에 앉아 아침이 밝아올 때까지 그야말로 전대미문의 글을 쓰는 데 열중했다.

So ho, John! how now? Told you so, you know. Don't crow, another time, before you're out of the woods! Does your mother know you're out? Oh, no, no!--so go home at once, now, John, to your odious old woods of Concord! Go home to your woods, old owl--go! You won't! Oh, poh, poh, don't do so! You've got to go, you know! So go at once, and don't go slow, for nobody owns you here, you know! Oh! John, John, if you don't go you're no homo--no! You're only a fowl, an owl, a cow, a sow,--a doll, a poll; a poor, old, good-for-nothing-tonobody, log, dog, hog, or frog, come out of a Concord bog. Cool, now--cool! Do be cool, you fool! None of your crowing, old cock! Don't frown so--don't! Don't hollo, nor howl nor growl, nor bow-wow-wow! Good Lord, John, how you do look! Told you so, you know-- but stop rolling your goose of an old poll about so, and go and drown your sorrows in a bowl!

저것 좀 보오, 존! 지금 어떠하오? 있잖소, 자네에게 그리 말했지 않소. 다음에 숲에서 나오기 전에는 꼬끼오 하고 울지 마오. 자네가 밖으로 나온 걸 모친은 아시오? 오오, 아니요! 그렇다면 곧장 집으로 돌아가오, 존, 혐오스러운 오래된 콩코드 숲 속에 있는 집으로 돌아가오! 숲 속 집으로 돌아가오! 오래된 올빼미 같으니. 가시오! 안 가시오? 오오, 가지 않겠소? 가야 하오, 알잖소! 그러니 곧장 가오, 천천히 가지 마오, 여기서는 아무도 자네를 인정하지 않으니 말이오. 알잖소! 오오! 존, 존, 자네가 가지 않으면 자네는 사람도 아니오. 아니고말고! 자네는 고작 꼬꼬닭이오, 올빼미요, 소요, 암돼지요, 인형이요, 앵무새요. 자네는 초라하고 오래된 아무짝에도 쓸모없는 통나무요, 개요, 도야지요, 혹은 콩코드 습지에서 튀어나온 개구리요. 이제 침착하시오. 침착하시오! 부디 침착하시오, 바보 같으니라고! 꼬끼오 하고 울지 마오, 이 오래된 꼬꼬닭 같으니라고! 그렇게 찡그리지 마오. 그러지 마오! 큰소리로 부르지 마오, 으르렁거리지 말고, 그르렁거리지 말고, 멍멍거리지도 마오! 오오, 맙소사, 존, 자네 모습 좀 보오! 있잖소, 자네에게 그리 말했지

않소. 바보 같은 오래된 앵무새 좀 그만 돌리고 저리로 술로 울
적함을 덜어내오!

무지막지한 노력을 기울여서 그런지 기진맥진해진 위대한
터치앤고 불릿헤드 씨는 그날 밤 더는 아무것도 할 수 없었다.
불릿헤드 씨를 기다리던 인쇄소 사환에게 단호하고 침착하지
만 의식적으로 원고를 넘기고는, 느긋하게 집에 도착하여 형언
할 수 없을 만큼 품위 있게 침대 위로 쓰러졌다.

한편 원고를 건네받은 사환은 활자 상자가 있는 곳을 향해
허겁지겁 계단을 뛰어올라 곧장 활자를 짜 맞추기 시작했다.

첫 단어가 'So'였으므로 우선 대문자 S 구멍으로 뛰어 들어
가 대문자 S자를 의기양양하게 들고 나왔다. 이 성공에 고무되
어 그 즉시 눈 가리고도 아는 듯 성급히 소문자 O 상자로 몸을
던졌다. 그러나 손안에 잡혀야 할 활자가 잡히지 않은 채 빈손
으로 나왔을 때, 사환이 느꼈을 공포를 누가 묘사할 수 있겠는
가? 손가락을 문지르며 아무런 성과도 없이 빈 상자 바닥을 더
듬거렸다는 사실을 눈치챘을 때 사환이 느꼈을 놀라움과 분노
를 감히 표현할 수 있을까? 소문자 O 구멍에 소문자 O가 단 하
나도 없었던 것이다. 두려움에 떨며 대문자 O 칸막이를 들여
다보았지만 무시무시하게도 아주 비슷한 곤경이 도사리고 있
었다. 놀라움으로 뒤통수를 얻어맞은 듯한 사환은 그길로 인쇄
반장에게 달려갔다.

"반장님! O자가 없으면 아무것도 짜 맞출 수가 없어요."

사환이 숨을 헐떡이며 말했다.

"그게 대체 무슨 말이냐?"

늦게까지 잠을 자지 못해 기분이 몹시 언짢았던 반장이 으르 렁거렸다.

"반장님, 사무실에 O자가 없어요. 대문자도 없고, 소문자도 없습니다."

"뭐라고! 도대체 활자 상자 안에 들어 있던 게 다 어떻게 됐 단 말이야?"

"모르겠어요, 반장님. 밤새 가제트 쪽 놈 하나가 여기서 서성 거리기는 했습니다. 제 생각엔 그놈이 활자들을 슬쩍 해버린 게 아닌가 싶어요."

"빌어먹을 자식! 의심조차 하지 않았는데…. 그렇다면 네가 할 일을 말해주마, 밥. 옳지. 얼른 건너가서 그놈들이 가진 I와 Z 를 하나도 빠짐없이 가져오도록 해. 제기랄 놈들!"

분노로 얼굴이 보랏빛으로 달아오른 반장이 지시했다.

"알겠어요, 제가 그쪽으로 가죠. 가서 쓴맛을 보여주겠습니 다. 하지만 그동안 원고는 어떡하죠? 오늘 밤 안에는 인쇄에 들 어가야 하잖아요. 아니면 뒤탈이…."

밥이 눈을 찡그리고 얼굴에 오만상을 지으며 답했다.

"암, 뒤탈이 생기겠지."

반장이 크게 한숨을 내쉬며 말을 끊었다. 반장은 '뒤탈'이라 는 단어를 힘주어 말했다.

"글이 긴 편이냐, 밥?"

"아주 길다고 할 순 없어요."

"아, 그렇다면 지금 상황에서 온 힘을 다해보자! 인쇄에 들어

가야 하니까 말이지."

반장이 작업에 열중하며 말했다.

"O자 대신에 다른 글자를 넣어볼 수밖에 없다. 어차피 그 친구가 쓴 쓰레기 같은 글은 아무도 못 읽겠지."

"예. 해볼게요!"

밥은 활자 상자로 서둘러 달려가서는 이렇게 중얼거렸다.

"상당히 괜찮은데? 욕을 안 하는 사람이 쓸 만한 표현이야. 그러니까 이 글에서 요 동글동글한 눈알을 다 뽑아버리면 되는 거지, 그리고 내장도! 좋았어! 이 정도면 어떻게든 되겠지, 뭐."

밥은 고작 열두 살이었고 키는 120센티밖에 되지 않았지만, 자그마한 승부 정도는 감당할 수 있는 아이였다.

이 같은 긴급 사태는 사실 인쇄소에서 보기 드문 일은 아니었다. 어떻게 설명해야 할지는 모르겠지만, 긴급 사태가 발생하면 언제나 부족한 글자를 대신해서 X자를 사용하였다. 아마그 이유는 활자 상자에서 X자가 늘 남아도는 글자이기 때문일 것이다. 최소한 그 글자는 오래전부터 인쇄업자들 사이에서 다른 글자 대용으로 X자를 쓰는 것이 습관으로 자리 잡혔을 만큼 아주 많았을 것이다. 이 같은 일이 일어났을 때, 이미 익숙해진 X자 대신에 다른 글자를 쓰는 것은 밥에게 이단처럼 느껴졌다.

"이 글에 X자를 써야겠지."

글을 다시 읽으며 혼잣말을 하다가 밥은 깜짝 놀랐다.

"헌데 내가 지금껏 봤던 글 중에서도 끔찍할 정도로 O가 가장 많은 글이네."

그렇게 사환은 단호하게 X를 집어 넣었고, X자가 가득한 채로 인쇄에 들어가 버렸다.

다음 날 아침 시민들은 〈티팟〉에 실린 이상한 사설을 읽고 깜짝 놀랐다.

Sx hx, Jxhn! hxw nxw? Txld yxu sx, yxu knxw. Dxn't crxw, anxther time, befxre yxu're xut xf the wxxds! Dxes yxur mxther knxw yxu're xut? Xh, nx, nx!--sx gx hxme at xnce, nxw, Jxhn, tx yxur xdixus xld wxxds xf Cxncxrd! Gx hxme tx yxur wxxds, xld xwl,--gx! Yxu wxn't? Xh, pxh, pxh, dxn't dx sx! Yxu've gxt tx gx, yxu knxw, Sx gx at xnce, and dxn't gx slxw; fxr nxbxdy xwns yxu here, yxu knxw. Xh, Jxhn, Jxhn, if yxu dxn't gx yxu're nx hxmx--nx! Yxu're xnly a fxwl, an xwl; a cxw, a sxw--a dxll, a pxll; a pxxr xld gxxd-fxr-nxthing-tx-nxbxdy, lxg, dxg, hxg, xr frxg, cxme xut xf a Cxncxrd bxg. Cxxl, nxw--cxxl! Dx be cxxl, yxu fxxl! Nxne xf yxur crxwing, xld cxck! Dxn't frxwn sx--dxn't! Dxn't hxllx, nxr hxwl, nxr grxwl, nxr bxw-wxw-wxw! Gxxd Lxrd, Jxhn, hxw yxu dx lxxk! Txld yxu sx, yxu knxw,--but stxp rxlling yxur gxxse xf an xld pxll abxut sx, and gx and drxwn yxur sxrrxws in a bxwl!

이 불가사의하고 신비한 글 때문에 일어난 대소동은 말로 표현할 수조차 없을 정도였다. 대중들이 가장 먼저 떠올린 생각은 이 상형문자 안에 극악무도한 반역 모의가 숨겨졌다는 것이었다. 불릿헤드를 엄벌하기 위해 사람들은 서둘러 그 사람 집으로 몰려갔다. 그러나 어디에서도 불릿헤드를 찾을 수 없었다. 불릿헤드는 이미 사라졌고 누구도 어떻게 된 일인지 알 수 없었다. 그 이후로 그 도시에서는 불릿헤드의 유령조차 보이지 않았다.

적당한 대상을 물색하지 못하자 대중들의 분노는 가라앉았다. 그리고 이 불미스러운 사건에 대한 여러 의견이 앙금으로 남았다.

한 신사는 글 전체가 엑스-얼런트(Excellent, 훌륭한 – 옮긴이)한 농담이라고 생각했다.

다른 신사는 불릿헤드가 진정 엑스-우버런트(Exuberant, 풍부한 – 옮긴이)한 상상력을 보여줬다고 말했다.

한 시민은 불릿헤드가 엑스-엔트릭(Eccentric, 별난 – 옮긴이)한 사람임은 인정했지만 그뿐이라고 했다.

또 한 시민은 그 글이 불릿헤드의 엑스-애스퍼레이션(Ex-asperation, 분노 – 옮긴이)을 일반적인 방법으로 엑스-프레스(Express, 표현하다 – 옮긴이)하기 위한 목적으로 쓰였다고 추측할 뿐이었다.

어떤 이는 이렇게도 말했다.

"가령 후대에 엑스-앰플(Example, 본보기 – 옮긴이)을 보여주고자 한 걸지도 모르지."

불릿헤드 씨가 벼랑 끝에 몰려 있었다는 건 모든 이들이 명백히 아는 사실이었다. 그 편집자를 찾을 수 없게 되자 나머지 다른 한 명도 처리해버리자는 이야기가 나왔다.

더 일반적인 결론은, 이 사건은 단순히 엑스-트라오디너리(Extraordinary, 기이한 – 옮긴이)하고 인-엑스-플리커블(Inexplicable, 설명할 수 없는 – 옮긴이)한 일이라는 것이었다. 그 동네 수학자조차도 이처럼 난해한 문제는 이해할 수 없다고 고백했다. 모든 이들이 알다시피 X는 미지수를 의미한다. 이 경우, 수학자가 제대로 관찰한 한, X가 미지수만큼 있다고 의견을 내놓았다.

자신이 X투성이 글을 만들어냈다는 사실을 숨기던 밥은 공공연하고 겁 없이 자기 의견을 말하고 다녔음에도 마땅할 정도의 관심을 받지 못했다. 밥이 말하길, 본인에게 그 사건은 어떠한 의문도 없는 명백한 일이라는 것이다. 불릿헤드 씨는 다른 사람들처럼 함께 술을 마시자는 제안에 넘어오는 법이 없었고, 다만 그 XXX에일을 끊임없이 들이켰기 때문에 당연하게도 흉포해져서 엑스-트림(Extreme, 극단 – 옮긴이)한 상태를 크로스(Cross, X 표시를 의미함 – 옮긴이)하게 된 거라나 뭐라나.

떠받들기

떠받들기

모든 이들이 감탄하며

열 개의 발가락으로 걸어갔다.

— 조셉 홀 주교, 풍자시

나는 위대한 사람이다. 다시 말해 과거에도 위대한 사람이었다. 그러나 '주니어스'라 불리는 작가도, 가면 속 인물도 아니다. 그런데도 내가 위대한 사람인 이유는 내 이름이 로버트 존스며, 펌퍼지 시 어딘가에서 태어났기 때문이라고 생각한다.

내가 태어나 처음으로 한 행동은 양손으로 코를 잡은 것이다. 어머니는 이 모습을 보고 나를 천재라 불렀다. 아버지는 기쁨에 찬 눈물을 흘리며 내게 〈비평학〉 관련 논문을 건네주었다. 난 반바지를 입기도 전에 이 논문을 숙지했다.

그때부터 과학이 내가 갈.길이라고 느끼기 시작했으며, 충분히 눈에 띄는 코를 소유한 사람은 그저 그 코를 따르기만 하면 명사가 될 수 있다는 사실을 알았다. 내 관심은 이론에만 국한되지 않았다. 매일 아침 의식적으로 코를 몇 번 잡아당기고는 한 모금이 못 되는 술을 마셨다.

　내가 성년이 된 후 어느 날, 아버지가 함께 연구해볼 생각이 있느냐고 물었다.

　"아들아, 네가 살아가는 주된 목적은 무엇이냐?"

　함께 자리에 앉아 있을 때 아버지가 내게 물었다.

　"아버지, 비평학을 연구하는 것입니다."

　"로버트, 그렇다면 비평학이란 무엇이냐?"

　"네, 비鼻, 즉 코를 평가하는 학문입니다."

　"그렇다면 코란 무엇인지 말해보겠니?"

　"예, 아버지. 약 천 명에 달하는 저자들이 코에 대해 다양한 정의를 내려왔습니다."

　이렇게 말하며 시계를 보았다.

　"지금이 정오 무렵이네요. 자정이 되기 전까지는 모두 충분히 살펴볼 수 있을 겁니다. 그럼 시작할까요? 바르톨리누스(덴마크의 의학자, 물리학자 – 옮긴이)가 말하길 코는 그 돌출부가… 혹이… 덩어리가…"

　내가 온화한 투로 설명했다.

　"그거면 충분하구나, 얘야."

　아버지가 내 말을 끊었다.

　"네 학식이 놀랍구나. 틀림없고말고."

　이렇게 말하며 아버지는 눈을 감고 가슴에 손을 올렸다.

　"이리 오너라!"

　아버지는 내 팔을 잡았다.

　"더는 배울 게 없을 정도구나. 이제 스스로 노력해서 나아가야 할 때다. 단순히 네 코를 따르는 것보다 더 나은 일은 없을 거야. 그러니 이제, 이제, 이제….”

　이렇게 말하며 아버지는 계단 아래로 나를 걷어차고 문밖으로 쫓아냈다.

　“이제 내 집에서 나가거라. 행운을 빌겠다!”

　마음속에서 신성한 영감이 느껴졌기에 이 일은 오히려 잘된 일이라 생각했다. 나는 아버지가 해준 조언을 따르기로 마음먹었다. 내 코를 따르리라. 즉각 한두 번 코를 잡아당기고, 당장 비평학에 대한 소논문을 작성했다.

　펌퍼지 전체가 발칵 뒤집혔다.

　“놀라운 천재다!”

　〈쿼털리〉지가 평했다.

　“최고의 생리학자다!”

　〈웨스트민스터〉지가 한 평이다.

　“영리한 자다!”

　〈포린〉지도 논평했다.

　“훌륭한 저자다!”

　〈에든버러〉지가 거들었다.

　“해박한 사상가다!”

　〈더블린〉지가 한 줄 평을 실었다.

　“위대한 인물이다!”

　〈벤틀리〉지가 보낸 찬사다.

　“신성한 사람이다!”

　〈프레이저〉지가 극찬했다.

"우리와 동류다!"

〈블랙우드〉지마저 평했다.

"대체 누구일까?"

바블뢰(유식한 체하는 여류 학자를 뜻하는 단어 – 옮긴이) 부인이 궁금해했다.

"대체 어떤 사람일까?"

큰 바블뢰 양이 알고 싶은 눈치였다.

"대체 어디에 있을까?"

작은 바블뢰 양도 마찬가지였다.

하지만 나는 이 사람들에게 전혀 신경 쓰지 않고 그저 한 예술가의 작업실로 걸어 들어갔다.

블레스 마이 소울(이럴 수가 – 옮긴이) 공작 부인은 초상화를 그리기 위해 자세를 잡는 중이었다. 소 앤 소(아무개 – 옮긴이) 후작은 공작 부인이 키우는 푸들을 안았다. 디스 앤 댓(이것저것 – 옮긴이) 백작은 공작 부인과 시시덕거렸다. 터치 미 낫(새침데기 – 옮긴이) 폐하는 의자 등받이에 기대앉아 바라보았다.

나는 예술가에게 다가가 코를 내보였다.

"아아, 아름다워라!"

공작 부인이 짧게 탄식했다.

"아아, 맙소사!"

후작이 혀 짧은 소리로 말했다.

"아아, 놀라워라!"

백작이 신음했다.

"아아, 가증스러워라!"

폐하가 으르렁거렸다.

"얼마를 받을 겁니까?"

예술가가 물었다.

"코로 돈을 받는다고!"

공작 부인이 놀라서 소리쳤다.

"1000파운드."

내가 자리에 앉으며 과감하게 말했다.

"1000파운드라고요?"

예술가가 생각에 잠긴 채 물었다.

"1000파운드요."

내가 재차 강조했다.

"훌륭하군!"

예술가가 황홀해하며 이야기했다.

"1000파운드요."

"장담합니까?"

예술가가 불빛을 향해 코를 돌리며 물었다.

"장담합니다."

내가 코를 풀며 답했다.

"진품입니까?"

예술가가 존경스러운 손길로 코를 만지며 궁금해했다.

"흥!"

내가 한쪽으로 코를 비틀며 확인해주었다.

"복제품이 만들어진 적은 없습니까?"

예술가가 현미경으로 코를 꼼꼼히 살펴보며 따져 물었다.

"없소."

내가 코를 올려 세우며 자신 있게 말했다.

"감탄스럽군!"

코가 움직이는 아름다운 모습에 경계를 풀고 예술가가 감탄을 담아 외쳤다.

"1000파운드."

내가 나직이 읊조렸다.

"1000파운드?"

예술가가 되물었다.

"바로 그렇소."

내가 다시 강조했다.

"1000파운드라고요?"

예술가가 끝까지 되물었다.

"그렇소."

역시나 내 대답은 같았다.

"좋소. 지불하겠소. 정말 훌륭한 작품이오!"

예술가가 경탄했다. 예술가는 내게 즉각 수표를 써주고는 내 코를 스케치했다. 나는 저민가에 방을 잡고, 내 코를 그린 초상화와 함께 〈비평학〉 99번째 판을 터치 미 낫 폐하에게 보냈다. 어리석은 난봉꾼인 웨일스 왕자는 나를 만찬에 초대했다.

우리는 모두 비범한 유명 인사들이었다.

그곳에는 현대 플라톤주의자가 있었다. 이분은 포르피리우스, 이암블리코스, 플로티누스, 프로클루스, 히에로클레스, 막시무스 튀리우스, 시리아누스(플라톤 학파의 철학자들 – 옮긴이)

를 인용했다.

인간의 완전 가능성 신봉자도 있었다. 이 양반은 튀르고, 프라이스, 프리스틀리, 콩도르세, 드 스탈과 〈건강이 좋지 않은 야심만만한 학생과의 대화〉(영국 소설가 리턴의 작품 – 옮긴이)를 인용하며 이야기했다.

그곳엔 포지티브 패러독스(긍정적 역설 – 옮긴이) 경도 있었다. 이분은 모든 바보는 철학자며, 그러므로 모든 철학자는 바보라고 떠들었다.

에스테티쿠스 에틱스(심미적 윤리학 – 옮긴이)가 있었다. 그분은 불, 유일성, 원자에 대해, 이중적이고 앞서 존재하는 영혼에 대해, 친화력과 비조화에 대해, 원시적 지성과 동일성에 대해 열변을 토했다.

테올로고스 시올로지(성경적 신학 – 옮긴이)가 있었다. 이 사람은 성인 에우세비우스와 아리아노스, 이단과 니스 의회, 퓨지주의와 삼위일체설, 동일 본질과 유사 본질에 관해 이야기하는 모습이 진지했다.

로셰 드 캉칼(1800년대 사교장으로 활용된 프랑스 유명 레스토랑 – 옮긴이)에서 온 프리카세가 있었다. 요리 애호가는 붉은 혀의 뮤리톤에 대해, 블루테 소스를 곁들인 꽃양배추에 대해, 생트 므누풍 송아지 요리에 대해, 생 플로랑탱풍 양념장에 대해, 모자이크 모양 오렌지 젤리에 대해 활발히 의견을 제시했다.

비불루스 오범퍼(애주가 한 잔 가득 – 옮긴이)가 있었다. 애주가는 라투르와 마르크브뤼넨에 대해, 무스와 상베르탱에 대해, 리슈부르와 생 조르주, 오브리옹과 리언빌과 메독, 바라크와

프레냑, 그라브, 소테른, 라피트, 생 페레에 대해 언급했다. 클로드 부조에는 고개를 가로저었으며, 눈을 감은 채 셰리와 아몬틸라도 차이에 대해 말해주었다.

플로렌스 출신 틴톤틴티노 씨가 있었다. 틴톤틴티노 씨는 치마부에, 다르피노, 카르파초, 아르고스티노에 대해, 카라바조의 우울함과 알바노의 쾌활함에 대해, 티치아노의 색채에 대해, 루벤스의 여자들에 대해, 얀 스테인의 익살에 대한 담론을 펼쳤다.

펌퍼지 대학교의 총장이 있었다. 총장은 달을 두고 트라키아 지방에서는 벤디스라고 부르며, 이집트에서는 부바스티스, 로마에서는 디안, 그리스에서는 아르테미스라고 부른다는 의견을 피력했다.

스탐불 출신의 위대한 터키인이 있었다. 이 사람은 천사는 말과 수탉과 황소며, 여섯 번째 천국에 사는 누군가는 머리가 7만 개 있고, 셀 수 없이 많은 녹색 뿔을 단 하늘색 소가 지구를 이고 있다고 생각했다.

델피누스 폴리글롯(다개국어 구사자 – 옮긴이)이 있었다. 이분은 아이스킬로스의 사라진 비극 83편이, 이사이오스의 웅변 54개가, 리시아스의 연설 391개가, 테오프라스토스의 논문 180편이, 아폴로니오스의 《원뿔 곡선론》 8권이, 핀다로스의 찬가와 주신 찬가가, 호메로스(고대 그리스의 학자, 작가, 웅변가들 – 옮긴이) 2세가 쓴 비극 54개 편이 어떻게 되었는지 말해주었다.

퍼디낸드 피츠 포실러스 펠츠파(화석과 장석 – 옮긴이)가 있었다. 이분은 내부 불길과 제3기층에 대해, 기체층과 액체층과 고체층에 대해, 석영과 이회토에 대해, 편암과 철전기석에 대해, 석고와 트랩, 활석과 칼슘, 섬아연석과 각섬석, 운모판암과 역암, 남정석과 홍운모, 적철석과 투섬석, 안티모니와 옥수, 망가니즈까지 우리를 기쁘게 하는 모든 광물에 대해 알려주었다.

그리고 그 자리에 내가 있었다. 나는 나에 대해, 나에 대해, 나에 대해서 말했고, 비평학에 대해, 내가 쓴 논문에 대해, 또 나에 대해 이야기했다. 나는 코를 치켜들고 나에 대해 설명했다.

"놀라울 정도로 영리한 사람이로군!"

왕자가 감탄해 마지않았다.

"최고예요!"

손님들이 이구동성으로 칭찬했다.

그다음 날 블레스 마이 소울 공작 부인이 우리 집을 방문했다.

"아름다운 그대여, 알맥 연회장에 가시겠어요?"

내 턱을 가볍게 두드리며 공작 부인이 부탁했다.

"영광입니다."

"코와 다른 모든 부분도?"

"틀림없이요."

"그렇다면 여기 명함을 놓고 갈게요. 그곳에 오신다고 말해도 되겠지요?"

"온 마음을 다해 약속드립니다."

"흥, 안돼요. 온 코를 다해 약속할 수 있나요?"

"온 코를 다해 약속드리겠습니다."

그리하여 코를 한두 번 비틀고 연회장에 당도했다. 연회장에는 숨이 막힐 정도로 사람들이 붐볐다.

"로버트가 온다!"

계단에서 누군가가 외쳤다.

"로버트가 보인다!"

그보다 더 위에서 누군가가 말했다.

"로버트가 온다!"

더욱 위에서 또 다른 사람이 소리를 질렀다.

"로버트가 왔다!"

공작 부인이 소리쳤다.

"그가 왔어요, 귀여운 그대여!"

양손으로 나를 꽉 잡으며 코 위에 세 번 입을 맞췄다. 그러자 대소동이 일었다.

"악마다!"

카프리코르누티가 소리쳤다.

"신이시여, 구원해주소서!"

돈 스틸레토가 중얼거렸다.

"제기랄!"

드 그르누이에 왕자가 외쳤다.

"망할 악마!"

블러디너프 선제후가 으르렁거렸다.

나는 참을 수 없었다. 화가 치밀었던 것이다. 나는 블러디너프를 향해 돌아섰다.

"이보시오! 당신은 야비한 인간이요!"

"이보시오! 망할 인간 같으니라구!"

잠깐 침묵이 흐른 뒤에 블러디너프가 대답했다.

이걸로 충분했다. 우리는 명함을 서로 교환했다. 다음 날 아침 나는 초크팜에서 블러디너프의 코를 날려버렸다. 그리고 나서 친구들을 방문했다.

"짐승!"

첫 번째 친구가 한 방 날렸다.

"바보!"

두 번째 친구도 그랬다.

"얼간이!"

세 번째 친구도 마찬가지다.

"멍청이!"

네 번째 친구도 맞받아쳤다.

"머저리!"

다섯 번째 친구마저 날 욕했다.

"등신!"

여섯 번째 친구라고 예외였을까?

"꺼져버려!"

일곱 번째 친구가 종지부를 찍었다.

이 같은 욕설에 모멸감을 느낀 나머지 아버지를 찾아갔다.

"아버지, 제가 살아가는 데 주된 목적이 무엇입니까?"

"아들아, 여전히 비평학에 대한 연구란다. 하지만 선제후의 코를 치면서 너는 도를 넘어버린 거란다. 넌 훌륭한 코를 가졌다, 물론이고말고. 블러드너프는 이제 코가 없지 않니? 넌 비난받아 마땅하고, 블러드너프는 그날의 영웅이 되었지. 분명 펌퍼지 시에서 명사의 훌륭함은 코 크기에 비례한단다. 이를 어쩌느냐! 코가 아예 없는 명사와는 경쟁이 되지 않는 것을….".

멜론타 타우타

Edgar
A. Poe

멜론타 타우타

〈레이디스 북〉의 편집자께

귀사의 잡지에 이 글을 전하게 되어 영광으로 생각하며, 이 글을 저보다 더 명확하게 이해하시리라 생각합니다. 이 기사는 제 친구 마틴 밴 뷰랜 메이비스(미국의 군인 겸 정치가. 미국 제7대 대통령으로 잭슨 민주주의를 정립한 앤드류 잭슨을 언론에서 부르던 이름 - 옮긴이)가 (포킵시의 선각자라고 부르는 사람도 있었지요) 옮긴 번역본이며, 1년여 전 쯤, 마레 테네브라룸(어둠의 바다 - 옮긴이)를 떠다니던, 코르크 마개가 꼭 닫힌 물병 속에서 발견했습니다. 누비아의 지리학자(동양과 스칸디나비아 반도까지 포함한 세계 지도를 만든 지리학자 알 이드리시 - 옮긴이)가 잘 그려내긴 했지만, 요즘에는 초월주의자나 괴상한 잠수부 말고는 찾는 이가 거의 없는 곳입니다.

에드거 A. 포 배상

열기구 '종달새'호에서
2848년 4월 1일

사랑하는 내 친구에게

너는 이제 네 죄로 인해 온갖 소문이 가득한 편지에 시달리게 될 것이다. 나는 되도록 지루하고 산만하고 두서없고 불확실하게 써서 너의 무례함을 벌하려 한다. 그러니까, 난 지금 200명쯤 되는 하층민 서민들과 함께 더러운 열기구에 갇혀 즐겁다면 즐거운 여행에 묶여 있고, 적어도 한 달 동안은 땅을 밟지 않을 것이다. 대화를 나눌 사람은 없다. 할 일도 없다. 사람이 할 일이 없다면 그때가 바로 친구와 편지를 주고받을 시간이다. 이제 너도 내가 왜 이 편지를 쓰는지 알 것이다. 난 지루하고, 넌 죄를 지었기 때문이다.

안경을 준비하고 짜증 낼 준비도 해라. 이 지긋지긋한 여행을 하는 내내 네게 매일 편지를 쓸 작정이니까 말이다.

아! 인류의 머릿속에는 언제쯤 창조력이 생길까? 우리는 영원히 불편하기 짝이 없는 이 열기구나 타고 다녀야 할 운명인 걸까? 더 빨리 하늘을 나는 방법을 고안해낼 사람은 없을까? 이 유유자적한 속도는 혹독한 고문보다 조금도 나을 게 없다. 맹세컨대 우리가 집을 나선 이후로 1시간에 160킬로미터 이상 가보지 못했다. 웬만한 새도 우리보다는 빠르다. 어떤 새들은 그렇다는 말이다. 장담하는데, 과장하는 게 아니다. 우리가 탄 열기구는 정말로 새보다 천천히 움직이는 게 확실하다. 우리가 탄 열기구가 내는 속도를 측정해줄 도구도 없고, 그냥 바람을 타고 가는 중이기 때문이다. 다른 열기구를 만나 우리의 속도를 알 만한 기회가 온다면, 이 상황이 몹시 나쁘지만은 않을 거라는 사실은 인정한다. 이런 식의 여행이 익숙하기는 하지만, 다른 열기구가 우리 바로 머리 위에 있는 기류를 타고 지나갈 때마다 현기증 같은 게 일어 견딜 수가 없다. 어마어마한 맹금류가 우리를 덮쳐서 발톱으로 채어 갈 것 같은 기분이 매번 든다.

　오늘 아침에도 동틀 녘에 열기구 하나가 우리 위를 지나갔는데, 어찌나 가까이 지나가던지 그 열기구의 유도 밧줄이 우리 열기구를 떠받치는 그물망을 스치고 지나가서 승객 모두 소스라치게 불안에 떨었다. 기장이 말하기를, 만약 열기구 재질이 500년이나 1000년 전처럼 겉만 번지르르한 비단으로 만들어졌다면 우리는 타격을 피하지 못했을 거라 했다. 기장의 설명으로는, 비단은 지렁이 같은 벌레의 장에서 뽑아내는 직물이라고 한다. 벌레는 수박과 비슷한 열매가 열리는 뽕나무를 먹고 사는데, 적당히 살이 오르면 분쇄기에 넣고 으깨버린다고 한다. 그렇게 만든 반죽은 처음 상태 그대로 파피루스라 불리다가, 다양한 가공 과정을 거쳐 비단이 된다고 알려주었다. 이 이야기와 관련지어 하나 더 말하자면, 여성용 드레스를 제작하는 데 좋은 재료로 칭찬이 자자했다고 한다!

　어쨌든 열기구도 비단으로 제작하는 게 일반적이었다. 그 이후에 더 훌륭한 열기구 소재로 사용했던 것은 유포비움(등대풀 속의 식물 – 옮긴이)이라 불리는 식물의 과피를 에워싸는 아랫부분에서 발견했는데, 당시에는 밀크위드라는 학명으로 불렸다. 이 식물로 만든 비단은 내구성이 뛰어나서 버킹엄 비단이라 칭하기도 했다. 보통은 천연고무 진액으로 윤을 내서 사용했다고 하는데, 요즘 흔히 사용하는 구타페르카(동남아시아에서 야생하는 여러 종류의 고무나무에서 얻는 천연 열가소성 고무 – 옮긴이)랑 어느 정도 비슷한 게 분명하다. 이 천연고무를 인도 고무나 꽈배기 고무라 부르기도 했는데 분명 거대한 곰팡이 같은 거였겠지. 이제 내가 골동품 연구가가 아니라는 말은 다시 하지 말았으면 한다.

어쩌나, 우리 열기구에 달린 유도 밧줄이, 지금 막 우리 발 아래 있는 바다에서 떠다니던 조그만 자가 추진선에 있던 남자 하나를 쳐서 떨어뜨린 모양이다. 6000톤급 정도 되는 배인데 누가 봐도 사람을 너무 많이 태웠다. 이런 소형 범선은 정해진 승객 수 이상은 태우지 못하게 해야 하는데 말이다. 남자는 당연히 배에 다시 오르지 못했고, 남자를 구하려던 사람들까지 금방 시야에서 사라졌다. 친구, 나는 우리가 개인이 존속돼야 한다는 생각 따위는 없는 문명 시대에 산다는 것이 기쁘다. 인간애가 진정 주목해야 할 것은 대중이니까 말이다.

그건 그렇고 인간애 이야기가 나온 김에, 우리가 그렇게 존경하는 위긴스가《사회적 조건》과 이후 작품에서 내놓았던 견해가 그 당시 사람들이 생각했던 것처럼 최초는 아니었다는 건 알았는가? 펀디트가 말하기로는 1000년 전 즈음에 고양이나 다른 동물들의 털가죽을 파는 가게를 운영하는 데서 이름을 딴 퍼리에(프랑스 사회 개혁가 푸리에를 비유 – 옮긴이)라는 철학자가 굉장히 흡사한 방식으로 같은 개념을 소개했다고 한다. 펀디트가 한 말이니, 잘못된 부분은 없을 것이다. '따라서 우리는 동일한 사상이 인류를 순환하며 한두 차례, 몇 차례가 아니라 거의 무한히 되풀이된다고 말해야 할 것이다'라고 펀디트가 인용한 것처럼, 우리는 놀랍게도 힌두의 아리에스 토틀(아리스토 텔레스를 비유 – 옮긴이)이 말했던 심오한 사상이 매일매일 입증되는 것을 지켜보는 중이다.

2848년 4월 2일

오늘은 부양 전선의 중앙 구간을 관리하는 자기 단절기에 대고 말을 했다. 홀스가 이런 종류의 전선을 첫 가동했을 때는 전선을 바다 위로 연결하는 게 쉬운 일은 아니라고 생각했다는 건 나도 알았지만, 지금은 도대체 어디에 어려움이 있는지 이해하느라 애를 먹을 지경이다. 세상은 그렇게 흐른다. 에트루리아인(로마인보다 앞서 이탈리아 반도에 최초로 독자적인 문화를 남김 – 옮긴이)의 말을 빌려오자면 '템포라 무탄투르('시대는 변한다. 고로 인간도 변한다'는 뜻의 라틴어 – 옮긴이)'라고 하겠다. 대서양 전신 없이 우리가 무얼 할 수 있을까? 몇 분 동안 자기 단절기에다 질문을 던져보았는데, 아프리카에서는 내전이 절정으로 치닫는 중이며, 유럽과 아이서(유럽과 아시아를 비유 – 옮긴이)에서 전염병이 제 소임을 잘 수행한다는 다채로운 소식을 들었다. 인간애를 통한 깨달음이 이룩한 위대한 개화가 있기 전의 사람들은 늘 전쟁과 전염병을 재난일 뿐이라고 생각했다는 게 그리 놀라운 일도 아니다. 사람들이 고대 사원에서 이러한 불행이 인류에게 닥치지 않게 해달라고 죽도록 기도했다는 걸 아는가? 우리 조상이 어떤 신념을 품고 그런 행동을 했는지 이해하는 건 그다지 어려운 일은 아니다. 무수한 인간의 파멸만이 전체를 얼마나 이롭게 하는지도 모를 만큼 눈이 멀었던 사람들이었으니까!

2848년 4월 3일

열기구 구피 꼭대기로 가는 줄사다리에 올라 나를 둘러싼 세상을 둘러보는 건 굉장히 즐거운 일이다. 아래쪽 바스켓에서 바라보는 전망이 별로라는 건 너도 알 것이다. 수직으로 내려다보면 조금밖에 보이지 않으니까 말이다. 지금 이 편지를 쓰는 정상의 탁 트인 테라스에서 호화로운 쿠션 위에 앉아 있으면 천지 사방에서 일어나는 일을 한눈에 볼 수 있다. 지금 막 시야에 열기구 무리가 들어왔는데, 수많은 사람들이 콧노래를 흥얼거리는 소리가 공기를 울리고, 사람들도 굉장히 활기차 보인다. 최초로 열기구를 조종했다고 알려진 옐로우인가 바이올렛인가(펀디트는 알 텐데) 하는 사람은 적절한 기류를 만날 때까지 그냥 계속 상승하거나 하강하기만 하면 대기권을 가를 수 있다고 주장했다. 당대 철학자들이 그런 일은 불가능하다고 단칼에 잘라버리는 바람에 당시 사람들은 전혀 귀 기울이지 않고 그냥 독창적인 미치광이쯤으로 여겼다는 걸 들은 적이 있다.

이렇게 명백히 실현 가능한 일을 현명한 고대 철학자들이 어떻게 비켜갈 수 있었는지 나로서는 아직도 영문을 알 수가 없다. 물론 어느 시대든 기술이 진보하는 데는 과학자라고 불리는 사람들이 만드는 거대한 장애물이 있기 마련이다. 사실 우리 시대에 만나본 과학자는 고대의 그 사람들처럼 편협하지는 않다.

아, 이 문제와 관련해 해줄 만한 기묘한 이야기가 떠올랐다.

형이상학자들이 진리에 도달하는 길은 두 갈래밖에 없다고, 독특한 공상을 하는 사람들을 안심시키기로 입을 모은 지가 고작 1000년도 안 됐다는 걸 알았나? 참 믿을 수 없는 일이지! 그러니까 아주아주 옛날 암흑의 시대에 아리에스 토틀이라는 터키(힌두일 수도 있다) 철학자가 살았다고 한다. 이 사람이 연역법 혹은 선험법이라고 부르는 연구법을 도입했던지 보급했던지 아무튼 그랬다고 한다. 아리에스는 원리 혹은 '자명한 진리'가 될 거라고 주장하는 것부터 시작해서 결과까지 '논리적으로' 이끌어냈다. 아리에스의 유명한 제자로는 뉴클리드(그리스의 수학자 유클리드를 비유 – 옮긴이)와 캔트(임마누엘 칸트를 비유 – 옮긴이)가 있다.

아리에스 토틀이 대단한 활약을 펼치는 와중에 '에트릭 셰퍼드'라는 필명을 사용하는 호그('에트릭 셰퍼드'라는 필명을 사용한 스코틀랜드의 작가 – 옮긴이)가 나타나 귀납법이라는 완전히 다른 체계를 설파하기 시작했다. 호그가 한 방책 구상은 아주 감각적이라고 말할 수 있다. 호그는 사람들이 자랑스레 말하는 일반화의 법칙처럼, 계속해서 사실을 관찰하고 분석하고 분류했다. 한마디로 아리에스 토틀의 방법은 누메나(칸트 철학에서 말하는 '본체' – 옮긴이)라면 호그의 방법은 페노메나(칸트 철학에서 말하는 '현상'. 누메나와 대립되는 개념 – 옮긴이)다. 호그의 페노메나에 사람들이 열광하면서 먼저 발표되었던 아리에스 토틀의 이론은 평판이 떨어졌다. 나중에는 아리에스가 지지 기반을 회복하고 더 현대적인 라이벌이었던 호그와 진리의 영역을 양분하게 되었다.

오늘날의 학자들은 아리스토텔레스의 학설과 베이컨의 학설만이 지식에 이르는 유일한 길이라고 주장한다. '베이컨적'이라는 말은 '호그적'이라는 형용사에 대항해 더 그럴싸하고 품위 있게 만든 형용사라는 건 알아둬야 할 것이다.

친구, 내가 정말 분명히 말하지만 난 이 문제에 대해 논리적으로 모자람 없는 근거를 들어 이야기하고 있고, 언뜻 보기에도 부조리한 이 관념이라는 것이 진정한 지식의 진보를 가로막았다는 건 너도 쉽게 알 수 있을 것이다. 지식의 진보는 직관적인 도약을 바탕으로 이루어진다. 고대인들의 생각은 진리 탐구 영역이 더디게 발전하도록 한정시켜버렸다. 수백 년 동안 호그에게만 심취하는 바람에 정확하게 사고라고 부를 만한 모든 게 사실상 끝나버렸다. 누구도 감히 자신만의 영혼에서 비롯된 진실을 말할 수 없었다. 당대 고집쟁이 학자들은 호그가 진리에 도달한 길만을 유일한 길로 여긴 까닭에, 그 진리가 실제로 증명할 수 있는 진리인지는 신경 쓰지도 않았다. 심지어 끝까지 보지도 않았다.

"방법을 알려주시오! 방법을!"

이렇게 소리나 쳤다. 어떤 이론을 자신들만의 방법으로 연구해서 아리에스나 호그의 범주 안에 속하지 않으면 더 보지도 않고 그 '이론가'를 바보라고 단정짓고 그 사람과 그 사람의 주장에 대한 관심을 꺼버렸다.

고대의 연구 방식이 아무리 뛰어나다고 해도 사고의 억압이라는 죄악을 상쇄시킬 수는 없기에, 이제는 아무리 오랜 세월이 흘러도 그런 기어가는 방법으로 어마어마한 양의 진실이 밝혀진다는 생각은 인정받지 못한다. 암리컨이 우리의 직계 조상이기는 하지만 주멘과 브린치, 잉글리치, 암리컨(독일인, 프랑스인, 영국인, 미국인을 비유 ─ 옮긴이)들이 범한 오류는 물체를 눈에 가까이 갖다 댈수록 더 잘 볼 수 있다고 생각하는 경솔한 자들이 저지르는 오류와 비슷하다. 세부적인 것에서는 아예 스스로 눈을 가려버린 거나 마찬가지다. 학자들이 호그식 논증을 할 때 말하는 '사실'이 항상 '사실'을 뜻하는 건 아니었다. 사실이 사실처럼 보이기 때문에 사실이어야 하고, 당연히 사실이라 생각했기 때문에 별로 중요한 문제는 아니었다. 학자들의 공리는 전혀 공리적이지 않았다. 그 시대에 이미 오랫동안 '확립되었다'고 생각한 수많은 이론의 오류가 입증됐는데도, 자기들이 살던 시대에서조차 이를 몰랐다니, 눈이 멀었던 것이다.

이를테면, '엑스 니힐로 니힐 피트('무에서는 아무것도 발생하지 않는다'는 뜻의 라틴어 ─ 옮긴이)', 즉 '물체는 존재하지 않는 곳에서는 행동할 수 없다'는 명제나, '어둠은 빛에서 나올 수 없다', '정반대는 존재할 수 없다'와 비슷한 수많은 명제가 그 이전에는 주저 없이 진리로 인정받았지만, 당대에는 제대로 지지받지 못했다. 그런데도 공리를 불변하는 진리의 근거로 여겼다니, 참 어리석기도 하지!

하지만 학자들 중에서도 논리적으로 판단하는 사람의 입을 통하면 학자들의 공리가 일반적으로 무익하고 모호하다는 걸 쉽게 입증할 수 있다. 그중에서 누가 압도적으로 논리적이었을까? 어디 보자! 얼른 가서 펀디트에게 물어보고 와야겠다. 아,

여기 있네! 거의 1000년 전에 쓰인 책인데 최근에 잉글리치(영어를 비유 – 옮긴이)로 번역했다고 한다. 참고로 잉글리치는 암리컨의 토대가 됐던 것 같다. 펀디트는 이 책이 공리를 다룬 고대에 쓰인 저서 중에는 가장 뛰어나다고 했다. 저자는 밀러인가 밀이라는 사람인데 당대에는 평판이 좋았다고 한다. 기록을 보면 벤담이라는 연자방아를 돌리는 말이 한 마리 있었다고 한다. 어쨌든 그런 것보다 내용을 보자!

아! 밀 씨는 이런 말을 한다. '사고의 능력이나 무능력을 어떤 경우에도 공리적 진실의 기준으로 삼아서는 안 된다.' 타당한 말이다. 저자는 얼마나 감각이 현대적이었기에 이렇게 자명한 이치를 깨달은 것인가? 우리가 의아하게 생각할 게 하나 있다면, 밀 씨가 왜 이토록 당연한 것까지 굳이 귀띔을 해줘야 한다고 생각했을까 하는 것이다. 지금까지는 내용이 좋지만 다른 글로 넘어가 보자.

여기에는 무슨 내용이 있는가? '모순되는 명제는 양측 다 진실일 수 없다. 이는 본질적으로 공존할 수 없다.' 이를테면 밀 씨가 하고 싶은 말은 나무는 나무이거나 나무가 아니다. 나무이면서 동시에 나무가 아닐 수는 없다, 이런 뜻이겠지. 아주 좋군. 나는 왜냐고 묻겠다. 그럼 이렇게 답할 것이다. 감히 이 이상의 답이 있다고 우길 생각은 안 하겠지. '모순되는 두 명제가 모두 사실이 되는 것을 생각하기란 불가능하기 때문이오.' 하지만 밀 씨가 이미 '사고의 능력이나 무능력을 어떤 경우에도 공리적 진실의 기준으로 삼아서는 안 된다'는 명제를 인정했으니 이건 충분한 답이 아니다.

내가 지금 이렇게 고대인들에게 불평하는 건 단지 고대인들의 논리가 스스로 입증한 것처럼 근거 없고 가치 없고 공상적이라서가 아니라, 어리석게도 진리로 향하는 다른 길과 방법을 배척했기 때문이다. 고대인들은 한없이 높이 날아오르려고 하는 영혼을 과감하게 가둬두고 빌붙거나 굽실거리는 방법으로 가려고 했다.

어쨌든 친구, 고대 학자들이 진리 중에서도 가장 중요하고 숭고한 진리에 도달하는 데 어떤 길을 통해야 할지 고르느라 혼란스러웠을 것 같지 않은가? 중력의 원리를 예로 들어보겠다. 뉴턴은 케플러에게 빚을 진 상태였다. 케플러가 만든 세 가지 법칙(타원 궤도의 법칙, 면적 속도 일정의 법칙, 조화의 법칙-옮긴이)은 그 위대한 잉글리치의 수학자를 모든 물리법칙의 근본이 된 원리로 이끌어주었고, 형이상학의 제국으로 들어가기 위해서는 꼭 지나가야 하는 길이지 않았나. 그런데 케플러는 세 가지 법칙이 추측에서 나왔다는 사실을 인정했다. 케플러는 추측했다. 다시 말해, 상상했다는 말이다. 케플러는 근본적으로 이론가(너무나 신성한 단어지만 예전에는 모욕적인 칭호였지)였다. 유독 어려운 암호를 해독할 때 어떤 길로 가야 할지, 그러니까 샹폴리옹(로제타석의 비문을 해독한 프랑스 학자-옮긴이)이 히에로글리프(고대 이집트 상형문자-옮긴이)를 해독해서 인류를 수많은 진리로 이끈 것은 어느 방법이었는지 설명할 때 이 나이 많은 정보원들 역시 혼란스럽지 않았을까.

네가 지루해할 것 같으니 한마디만 더하고 이 이야기는 그만하겠다. 이 편협한 사람들이 진리에 도달하는 길에 대해서

만 끝없이 떠들어대느라 정작 중요한 통로인 일관성을 간과했다는 게 이상하지 않은가? 완벽한 일관성이 절대적인 진실임이 분명하다는 중대한 사실을 추론하는 데 실패했다니 너무 이상하지 않은가! 이 명제를 인정하고 나서 우리가 얼마나 진보했는데! 탐구는 정보원들의 손에서 벗어나 진실한 사상가와 열정적인 상상력의 소유자 손으로 넘어갔다. 사상가와 상상력의 소유자들이 이론을 세웠지. 우리 선조가 내 어깨너머로 현재를 볼 수 있다면 얼마나 경멸하면서 고함을 질러댈지 상상이나 할 수 있겠는가? 내 말은 그 사람들은 이론을 세운다는 것이다. 이 이론을 간단하게 정리하고 체계화하는 거지. 모순의 찌꺼기를 아주 조금씩 걸러내고 마침내 누구라도 완전한 정합성을 인정할 수 있을 때까지. 왜냐하면, 정합성이야말로 절대적이고 의심의 여지가 없는 진리가 되기 때문이지.

2848년 4월 4일

새로 나온 개량 구타페르카와 새 연료를 섞어 사용하였더니 놀라운 결과가 나왔다. 우리가 탄 신형 열기구는 안전도가 높고 공간이 넓은데다, 조작도 쉽고 모든 면에서 편리하다. 거대한 열기구 하나가 최소 시속 240킬로미터는 되는 속도로 접근하는 중이다. 사람들이 꽤 많이 탄 것 같은데 한 300~400명쯤 되어 보인다. 약 1.6킬로미터 높이로 급상승해서 우리를 엄청나게 무시하면서 불쌍하다는 듯이 내려다보았다. 결국 우리는 시속 160킬로미터에서 320킬로미터 정도로 느리게 여행하는 셈이다.

우리가 열차를 타고 같이 캐나도(캐나다를 비유 – 옮긴이) 대륙을 가로질렀던 것 기억하는가? 그때는 한 시간에 약 480킬로미터를 갔다. 그게 바로 여행이다. 대신 아무것도 보이지 않아서 화려한 객실 안에서 술 마시고 춤추며 노는 것 말고는 할 일이 없었다. 열차가 전속력으로 달리는 동안 우연히 바깥의 물체를 힐끗 보았을 때, 그 기묘한 느낌을 아직 기억하는가? 모든 게 독특하게 보였다. 하나의 덩어리로 보였다. 나로서는 시속 160킬로미터로 달리는 느릿한 열차로 여행하는 편이 더 마음에 든다고 말할 수밖에 없다. 거기에는 유리창도 있고, 유리창을 열 수도 있으며, 시골 풍경도 찬찬히 볼 수 있다.

펀디트가 말하길, 캐나도 철도 노선은 약 900년 전에 생겼던 것이라고 한다! 사실 펀디트는 방금 말한 것보다 훨씬 오래된 시대에 제작한 철로 흔적도 아직 찾아볼 수 있다고 주장하기도 했다. 그 옛날 철로는 단 두 줄이라고 말했다. 너도 알겠지만 지금 우리가 쓰는 철로는 열두 줄이다. 여기에 서너 줄 정도 새로 추가할 예정이고. 고대의 철로는 너무 가늘고, 폭이 좁아서 현대적인 관점에서 보면 위험하지는 않더라도 시시해 보이기는 한다. 선로 폭은 15미터 정도인데, 어찌 보면 안전하지는 않다. 펀디트가 말한 것처럼 선로 비슷한 게 옛 시대에 존재했다는 데는 의심의 여지가 없다. 7세기 이전 어떤 시기에는 남북 캐나도 대륙이 이어져 있었다는 것도 분명하다. 아마도 캐나도 사람들이 이동에 필요하니까 남북을 가로지르는 거대 선로를 깔았을 것이다.

2848년 4월 5일

무료함이 나를 집어삼킬 지경이다. 여기서 나와 대화를 나눌 수 있는 유일한 사람은 펀디트뿐인데 안타깝게도, 그 불쌍한 영혼이 할 수 있는 건 고대 이야기뿐이다. 펀디트는 고대 암리카인들이 자치를 했다고 종일 나를 설득하느라 애를 먹었다. 우화에서 읽었던 프레리도그(로키 산맥에 발달한 프레리 대평원에 서식하는 다람쥐과 동물. 여러 무리가 모여 거대한 조직을 만들며 무리마다 고유한 세력권을 유지함 – 옮긴이)처럼 각자 스스로 다스리는 일종의 연합체를 갖추었다고 한다. 펀디트가 말하길 암리카인들은 모든 인간은 자유롭고 평등하다는 무척 이상한 개념에서 시작되었다고 한다. 이런 주장이 점차 위력을 확산하면서 윤리적이고 물질적인 모든 분야에 영향을 미쳤고, 모든 사람은 '투표'라는 걸 하는데 말하자면 공공의 업무에 모든 사람이 쓸데없이 참견하는 것이다. 결국에는 모두의 일은 누구의 일도 아니게 되었고 '공화국(펀디트가 이렇게 말했다)'에는 통치라고 할 게 없어졌다.

'공화국'을 건설한 철학자들이 자아도취에서 깨어나게 된 이유는 무엇이었을까? 보통 선거권이 사기극을 벌이고도 전혀 부끄러운 줄 모르는 극악무도한 정당이, 어떤 범죄 방지의 가능성이나 심지어는 탐지의 가능성도 없이 얼마든지 표심을 얻어내는 부정한 계획을 저지를 기회를 줄 수도 있다는 놀라운 점 때문이었다. 이러한 발견을 조금만 곱씹어봐도 비열한 쪽이 우위를 차지한다는 결론이 나온다. 한마디로 공화제는 언제나 비열한 자들이 차지할 수밖에 없다는 말이다.

하지만 철학자들이 이런 불가피한 해악을 예측하지 못한 어리석음에 얼굴을 붉히고 새 이론을 개발하는 사이에, '군중'이라는 이름을 가진 사람이 돌연 분쟁을 일으켰다. '군중'은 모든 것을 손아귀에 넣고 전설의 제로스와 헬로파가발루스 제국과 비견될 만한 훌륭한 전제 국가를 수립했어. '군중(외국인이었다고 한다)'이라는 사람은 지구에 존재했던 그 어떤 사람보다 가장 혐오스러운 인간이었다. 황소의 뻔뻔함, 하이에나의 심장, 공작새의 두뇌를 가진데다, 거인처럼 거대하고 오만하고 탐욕스러운 자였다. 그자는 결국 자기 세력으로부터 일격을 당하고 힘이 빠져 죽고 말았다. 아무리 야비한 것이라도 다 제 쓰임이 있듯, 그자 역시 인류에게 자연의 이치에 정면으로 맞서지 말라는 뜻깊은 교훈을 남겼다. 오늘날까지도 잊을 염려 없는 훌륭한 교훈이다. 이제 말이지, 지구에는 공화주의 그 비슷한 것도 없다. 민주주의란 개에게나 어울릴 법한 정치 형태라는 것을 알려주는 프레리도그를 제외한다면 말이다.

2848년 4월 6일
어젯밤에는 기장이 쓰는 쌍안경으로 하늘을 보았는데 직녀성과 주위 원반을 잘 관측할 수 있었다. 각도가 반 정도 기울어졌고 안개 낀 날 육안으로 보는 태양과 굉장히 비슷했다. 직녀성은 크기는 태양보다 훨씬 크지만, 흑점이나 대기 구성 등 많은 부분에서 태양과 상당히 유사하다. 펀디트가 말하기를, 이 두 별이 쌍성(서로 끌어당기는 힘의 작용으로 공동의 무게중심 주위를 일정한 주기로 공전하는 두 개의 항성 – 옮긴이) 관계라는 가설이 지난 세기에 와서야 처음으로 거론되었다고 한다.

우리 태양계는 우주에서 은하계의 중심에 있는 거대한 별 하나의 주위를 도는 궤도를 타고 움직였다고 한다. 이 별은 은하계에 있는 모든 천체의 중력 공통 중심점이고 플레이아데스성단(지구에 가장 가까운 산개성단 중 하나며, 밤하늘에서 육안으로 가장 확실히 알아볼 수 있는 성단 – 옮긴이)에 있는 알키오네 별(플레이아데스 성단에서 가장 밝은 별 – 옮긴이) 근처에 있다고 추측하는데, 모든 천체는 회전한다고 하니까 우리는 117,000,000년 주기로 회전하는 중이라는 얘기지!

우리가 지금의 지식과 망원경 기술만으로 이러한 생각의 근거를 이해한다는 건 물론 어려운 일일 것이다. 이 가설을 처음 세운 사람은 머들러(독일의 천문학자 케플러를 비유한 것 – 옮긴이)였어. 우리가 확신할 수 있는 건 머들러가 분명 첫 사례에서 오직 유추만을 통해 이런 터무니없는 가설에 다다랐을 거라는 것이다. 상황이 그렇다면 머들러는 적어도 가설을 발전시키는데 집중했어야 한다. 사실 여기까지는 머들러가 주장하는 중심체 이야기에 모순이 없다. 역학적으로 이 거대한 천체는 주변의 모든 천체를 합친 것보다 훨씬 컸던 게 분명하다. 그렇다면 이런 의문이 들었어야 한다. 왜 우리는 이 천체를 볼 수 없을까? 특히나 이 어마어마한 중심체인 태양과 아주 가까운 위치에 있는데다, 성단의 중심을 차지하는데도 말이다.

이 지점에서 아마도 머들러는 중심체 비발광설을 핑계로 가져온 것 같다. 여기서 유추가 갑자기 딱 막혀버린 것이다. 하지만 중심체 비발광설을 인정한다고 해도, 머들러는 어떻게 사방에서 눈부시게 빛을 발하는 수많은 태양 때문에 중심체가 빛을 보내는 데 실패하는 것을 설명해냈을까? 결국 머들러가 마지막까지 고수한 가설은 모든 천체에 공통되는 중력 중심체가 있다는 것뿐이었지만, 여기서 다시 유추가 막혀버렸다. 우리 태양계가 공통된 중력 중심체 주위를 돈다는 것은 사실이지만, 이는 태양의 질량이 천체의 다른 부분과 균형을 이루는 것을 넘어서는 태양의 성분에서 나온 결과고, 이와 관련이 있다.

수학적으로 원은 수없이 많은 직선으로 이루어진 곡선이다. 하지만 지구상의 모든 기하학을 수학적으로만 가정할 수 있고 실제와는 구별된다는 원에 대한 관념을 이용하여 우리 태양계가 동료와 함께 은하의 중심점을 주위를 회전한다고 가정할 때, 우리는 적어도 상상 속에서나마 저 거대한 궤도를 충분히 떠올려볼 수 있다. 인류가 강력한 상상력을 발휘해서 저 말로 표현할 수 없는 구체를 이해하는 데 단 한 걸음이라도 내디딜 수 있다면! 이 거대한 구체의 둘레를 따라서 끊임없이 떠도는 빛은, 사실 계속해서 직선을 따라 나간다고 말해도 그다지 역설적이지는 않다. 그 원주를 따라가는 우리 태양의 궤적, 그러니까 궤도 속에서 우리 태양계가 나가는 방향이 백만 년 동안 정상 궤적에서 아주 조금 벗어나긴 했지만 인간의 기준으로는 생각할 필요도 없다는 말이다. 하지만 고대 천문학자들은 천문학적으로는 고작 점에 지나지 않을 만큼 아주 짧은 2000~3000년의 완전한 공허의 시기 동안에도 상당한 곡선 운동을 했다고 믿었다! 어떻게 이런 생각으로 태양과 직녀성이 공통 중력 중심체 주위를 돈다는 실제 현상을 몰랐는지 정말

이해하기 어려운 일이다.

2848년 4월 7일

어젯밤에도 천문학 놀이를 계속했다. 해왕성의 다섯 위성도 잘 보였고, 달에서 다프니스(그리스 신화에 나오는 시칠리아의 목동 – 옮긴이)가 새 신전에서 대들보 서너 개 위에다 기둥을 세우는 작업을 보는 것도 재미있었다. 월인은 저렇게 몸집이 작고 행동도 사람과 전혀 닮지 않은 생명체인데도 우리보다 훨씬 뛰어난 기계를 발명했다고 생각하니 흥미로웠다. 월인들이 저 거대한 기둥을 저리 쉽게 다뤘다는 이유만으로 우리가 실제로 기둥이 가벼울 거라 생각하기는 어렵다는 사실도 알았지만 말이다.

2848년 4월 8일

유레카! 펀디트가 몹시 기뻐한다. 오늘 캐나도에서 온 열기구 하나가 우리한테 말을 건네더니 최근에 발행한 신문 몇 부를 던져주었기 때문이다. 신문에는 캐나도라기보다는 암리컨에 가까운 고대 유물과 관련 있는 흥미로운 기사를 다루었다. 그게 그러니까, 몇 달 동안 인부를 동원해서 황제를 위한 제1유원지인 '낙원'에 새 호수를 팠다고 한다. 낙원은 말 그대로 아득히 오랜 옛날에 존재한 섬이었는데, 그 섬의 북방 경계선은 항상, 적어도 기록이 존재하던 시절부터 시내 아니, 그보다는 바다의 작은 줄기였다. 이 바다 줄기가 점점 넓어져서 지금처럼 너비가 약 1.5킬로미터나 되었다. 낙원의 총 길이는 대략 15킬로미터고 너비는 저마다 다르다.

펀디트가 말하기로는 800년 전에는 온 땅에 집이 빽빽하게 들어섰었고, 20층 높이에 달하는 건물도 있었다고 한다. 정말 말도 안 되는 이유로 이 부근의 땅이 특히 가치가 높았었다고 한다. 마을이라 하기에는 너무 큰 이 도시는 2050년에 대지진이 일어나 뿌리째 뽑혀버렸고, 지칠 줄 모르는 우리의 고고학자들조차도 원주민들의 예절, 관습, 기타 등등에 대한 아주 작은 이론 하나 세울 만한 동전, 메달, 비문 같은 자료를 하나도 찾을 수 없을 만큼 매몰되어버렸다.

우리가 지금까지 원주민에 대해 아는 것은, 낙원에 살던 사람들이 황금 양모 훈장(1429년에 제정된 오스트리아와 스페인의 훈위 – 옮긴이)을 받은 리코더 리커(풍자로 유명했던 네덜란드계 미국인 리차드 라이커를 비유 – 옮긴이)가 처음 대륙을 발견했을 때부터 설치고 다녔던 야만족 니커보커의 일부였다는 게 전부일 정도다. 그 원주민들은 전혀 미개하지 않았고, 오히려 여러 예술 분야가 융성했었고, 과학도 어느 정도는 발달한 듯싶다. 원주민들이 여러 면에서 감각적인 종족이었다고 얘기하지만, 이상하게도 고대 암리컨이 교회라고 이름 지었던 건물을 짓는 데 유달리 집착했다. 교회는 부와 관습이라는 두 가지 허상을 섬기기 위해 설치하는 일종의 탑 같은 것이다. 결국 낙원의 10분의 9가 교회가 되어버렸다고 한다.

또 여자들은 태어날 때부터 등의 잔허리 바로 아랫부분이 볼록하게 도드라진 기형이었다고 한다(현대인의 엉덩이를 비유 – 옮긴이). 정말 불가사의한 건 그 기형을 미의 상징으로 생각했다는 점이다. 기적적으로 이 기묘한 여인들의 모습을 추측할 수 있는 사진 한두 장이 남아 있다. 무슨 칠면조와 단봉낙타 중간쯤 되어 보이는 괴상한 모습이다.

이 얼마 되지 않는 내용이 고대 니커보커 종족에 대해 전해져 내려오는 이야기 전부다. 그런데 섬 면적 전체를 차지하는 황제의 유원지 중심부를 파는 도중에, 인부 몇몇이 잘 다듬은 정육면체 모양의 화강암 덩어리를 발굴했는데 무게가 수백 킬로그램이나 된다고 한다. 보존 상태도 좋은 걸로 보아 아마 매장할 때부터 거의 손상되지 않았던 모양이다. 한쪽 표면은 비문이 쓰여 있는 대리석 석판이다. 해독할 수 있는 비문 말이다.

펀디트는 황홀경에 빠졌다. 대리석 석판을 떼어내니 구멍이 나타났는데, 구멍 속 무거운 상자에는 이름이 적힌 두루마리 하나와 갖가지 동전, 신문 비슷해 보이는 문서 몇 건과 고고학자들의 지대한 관심을 끈 물건이 가득했다. 물론 전부 다 니커보커라 불리던 종족이 소유했던 고대 암리컨의 유물인 건 확실하다. 우리 열기구에 던져준 신문에는 상자에서 나온 동전과 문서, 활자 등등의 사진으로 도배되어 있었다. 너도 즐길 수 있게 대리석 판에 새겨진 비문을 여기에 옮긴다.

요크타운에서
콘월리스 경이
워싱턴 장군에게 항복했던
서기 1781년에 일어난 사건을 기념하여
조지 워싱턴을 기리는

기념비 주춧돌을

1847년 10월 19번째 날

뉴욕 시 워싱턴 기념비 협회 감독 아래 놓다

펀디트가 말 그대로 직접 번역한 걸 옮겼으니 잘못된 부분은 없을 것이다. 이렇게까지 잘 보존된 단어 몇 개에서 중요한 정보 몇 가지를 수집할 수 있었다. 한때는 그야말로 완전했던 1000년 된 기념비가 못 쓰게 되었는데도, 사람들은 지금의 우리가 그렇듯 먼 훗날에 누군가 우리의 기념비를 다시 세워주리라는 것을 뜻한다며 만족해하는 현실이 조금도 반갑지가 않다. 주춧돌은 원대한 의지의 상징으로서, 미안하지만 위대한 암리카의 시인 벤튼(지폐 사용을 반대했던 미국의 하원 의원 – 옮긴이)의 글 좀 인용하자면, '홀로 외로이' 조심히 놓여 있다. 우리는 또 이 훌륭한 비문에서 문제의 그 위대한 항복을 어디에서, 어떻게, 누가 했는지 정확하게 알 수 있다. 어디인지 몰라도 요크셔가 어디에서고, 누가는 콘월리스 경(영국의 군인이자 정치가. 영국 본국군 사령관으로서 미국 독립 전쟁을 진압했다 – 옮긴이)인데, 아마 부유한 옥수수 상인이었겠지.

콘월리스 경이 항복을 했어. 비문은 콘월리스 경이 무엇에 왜 항복했는지를 기념하기 위한 것이다. 유일한 의문점은 무엇 때문에 그 야만인들이 콘월리스가 항복하기를 바랐을까 하는 것이다. 그 야만인들이 분명히 식인종이었다는 걸 생각해보면 콘월리스를 소시지로 만들려고 했다는 결론에 이를 수 있다. 어떻게 항복했는가는 어떤 말도 더 명백할 수 없을 거다. 콘월리스 경은 '워싱턴 기념탑 협회 감독 아래' 항복한 거지. 물론 주춧돌을 놓은 걸로 보아서 자선 단체였겠지.

세상에나! 무슨 일이지? 아, 열기구가 망가져서 바다로 곤두박질칠 것이다. 시간이 얼마 남지 않아서, 사진과 신문 등등을 빠르게 훑어보고 암리컨이 살던 시대에는 존, 스미스, 재커리, 테일러라는 위인들이 있었다는 사실을 알아냈다.

그럼 다시 만날 때까지 안녕. 오로지 내 유희를 위해 쓴 편지니 네가 이 편지를 받느냐 받지 않느냐는 별로 중요하지 않다. 어쨌거나, 이 편지는 병에 넣은 뒤 코르크 마개로 막아서 바다에 던질 것이다!

너의 영원한 친구
펀디타

미라와 나눈 대화

Edgar
A. Poe

미라와 나눈 대화

어제저녁 열린 학술 회의로 신경에 무리가 왔나 보다. 끔찍한 두통에 시달린 나머지 잠을 자고 싶은 마음이 간절했다. 그래서 계획대로 밖에 나가 저녁 시간을 보내는 대신 저녁을 한술 뜨고 곧장 침대로 달려가는 것보다 현명한 일은 없을 거라는 생각이 들었다.

물론 가벼운 저녁이어야 한다. 나는 웨일스식 치즈 토스트를 매우 좋아한다. 한 끼 식사로 1파운드 이상 돈을 들여 먹는 게 항상 바람직하지는 않다. 그래도 2파운드 정도는 괜찮을 수도 있다. 2와 3파운드 사이라도 단위 하나 차이가 나는 것뿐이다. 과감하게 4파운드까지 도전해본 적이 있기는 하다. 아내는 5파운드라고 주장하겠지만. 아내는 두 가지 다른 사건을 헷갈렸을 것이다. 5라는 추상적인 숫자는 인정하겠지만, 구체적으로 말해서 그건 브라운 스타우트 흑맥주 여러 병과 함께 마셨다는 걸 밝혀야겠다. 그 맥주를 곁들이지 않고서는 제아무리 웨일스식 치즈 토스트라도 그리 많이 먹을 수는 없다.

어쨌든 간단한 식사를 마치고 취침용 모자를 쓴 뒤 다음 날까지 쭉 잠들었으면 하는 작은 바람을 안은 채 베개에 머리를 파묻고 다행히도 이내 깊은 잠에 빠져들었다.

허나 인간의 소망이 언제 그렇게 충족된 적이 있었던가? 코를 세 번도 골기 전에 현관문 초인종이 맹렬하게 울려대더니 누군가가 문을 쾅쾅 두드리는 바람에 퍼뜩 깨어날 수밖에 없었다. 내가 여전히 눈을 비비고 있을 때 아내가 쪽지를 하나 내밀었다. 내 오랜 친구 포노너 박사에게서 온 것이었다.

이 쪽지를 보자마자 무슨 수를 써서든 나한테 한달음에 달려와 주게. 와서 기쁜 일에 동참해주어. 오랫동안 교섭해온 끝에 드디어 시립 박물관장이 미라를 검사해도 좋다고 동의했다네. 자네도 아는 그 미라 말일세. 미라를 감은 천을 벗기고 열어볼 수 있도록 허락도 받았단 말이지. 몇몇 친구만 함께 참석할 생각이야. 자네는 당연히 참석해야겠지. 미라는 지금 내 눈앞에 있네. 오늘 밤 11시에 작업을 시작할 거라네.

포노너로부터

'포노너로부터'까지 읽었을 때 그 충격으로 정신이 번쩍 들었다. 너무도 기쁜 나머지 침대를 박차고 일어나 그길로 발에 닿는 것마다 죄다 넘어뜨리며 달려나가 경이로운 속도로 옷을 입고는 전속력으로 포노너 박사 집을 향해 출발했다.

그곳에는 흥분에 찬 한 무리가 이미 모여 있었다. 나를 기다리느라 침이 바짝 말랐던 듯했다. 미라는 탁자 위에 놓여 있었고, 내가 들어서자마자 검사가 시작되었다.

이 미라는 나일 강 상류 테베 위쪽으로 꽤 멀리 떨어진, 리비아 산맥에 있는 엘레이시아스 근방 무덤에서 포노너 박사의 사촌인 아서 사브레타시 대령이 몇 년 전에 가져온 두 구 중 하나였다. 테베의 무덤들보다 화려하지는 않아도 그곳의 작은 동굴들은 이집트인들의 일상생활을 구체적으로 보여준다는 이유로 대중의 관심이 쏠려 있다. 미라 두 구가 매장되었던 동굴은 이집트인들의 실상을 생생하게 담고 있었다고 한다. 벽에는 프레스코화와 얕게 새겨진 그림들이 여럿 있었고, 조각상, 화분, 풍부한 패턴을 자랑하는 모자이크 작품들이 보존된 것으로 보아 고인들이 부유층이었음을 암시해주었다.

보물은 사브레타시 대령이 발견했을 때 상태 그대로 박물관에 보관되었다. 관은 전혀 건드리지 않은 채였다. 8년 동안 외관 검사만 허용한 채 그대로 두었던 것이다. 이제 우리는 그 미라를 직접 검사해볼 수 있게 되었고, 이런 기회가 흔치 않음을 아는 우리에게는 손에 잡은 이 행운을 자축할 만한 충분한 이유가 있었다.

탁자에 다가가자 큼지막한 상자가 보였다. 길이가 2미터는 족히 되어 보였고 너비는 1미터, 깊이는 80센티미터 정도였다. 직사각형으로, 언뜻 보아 관같이 생기지는 않았다. 처음에는 그 재질이 양버즘나무로 만들어진 줄 알았으나 잘라보니 판지, 아니 더 정확히 말하면 파피루스와 아교를 섞어 만든 종이였다. 장례식 장면이나 애도를 주제로 한 여러 그림으로 두껍게 장식한 것이었다. 상자 여기저기에 상형문자가 적혀 있었는데 생각해볼 것도 없이 망자의 이름을 새겼을 것이다. 다행히

글리돈 씨가 우리와 함께 있었으므로 상형문자를 해독하는 데는 어려움이 없었다. 이름을 소리 나는 대로 적더니, '알라미스 타케오'라고 했다.

상하지 않게 상자를 여는 데는 난관이 따랐다. 어렵사리 상자를 열었을 때, 우리는 바깥쪽 상자보다 크기가 훨씬 작은, 관 모양의 두 번째 상자를 발견했다. 어느 면에서 보나 첫 번째 상자와 모양이 똑같았다. 두 상자 사이에 있는 틈은 송진으로 채워졌는데, 이런 작업 방식으로 인해 안쪽 상자의 색깔이 약간 변했을 뿐이다.

어렵지 않게 두 번째 상자를 여니 역시나 관 모양으로 된 세 번째 상자가 나왔다. 재질이 삼나무라는 것 빼고는 두 번째 상자와 크게 다른 점이 없었다. 삼나무 특유의 향기로운 내음으로 아직도 코가 간지러운 듯하다. 두 번째 상자와 세 번째 상자 사이는 전혀 틈이 없이 꽉 낀 상태였다.

세 번째 상자를 꺼내자 비로소 우리는 미라를 발견할 수 있었다. 흔히 그렇듯이 천이나 붕대 혹은 아마포로 싸였을 줄 알았는데, 파피루스로 된 싸개로 덮인 상태였다. 겉은 석고 처리하였고 그림도 넉넉하게 그려진 편이었다. 영혼의 의무와 그 신성함을 주제로 여러 동일한 인물들을 표현한 듯싶고, 아마도 미라가 된 망자를 표현했으리라. 머리부터 발끝까지 망자를 포함한 가족의 이름과 직책을 새기는 것도 잊지 않았다. 목 주변에는 영롱한 빛깔의 유리구슬 목걸이가 반짝거렸고, 날개 달린 지구 형상으로 풍뎅이 신의 이미지를 담아냈다. 손목에도 목걸이와 비슷한 장식이 있고, 허리띠도 장식되어 있었다.

파피루스를 조심스레 벗겨내자 완벽하게 보존된 살결이 드러났다. 그 어떤 냄새도 나지 않았다. 색깔은 불그스름했고, 피부는 굳었지만 부드럽고 윤이 났다. 이빨과 머리카락도 보존 상태가 좋았다. 눈은 제거된 듯했고 대신 그 안에 유리 눈알을 채워놓았다. 너무 확고하게 고정된 시선만 세외하면 아름답고 실제 같은 눈이었다. 손가락과 손톱은 밝게 빛났다.

글리돈 씨는 표피가 불그스름한 것으로 보아, 미라로 만들 때 전체적으로 역청의 영향을 받은 것 같다는 의견을 밝혔다. 그러나 철로 된 꼬챙이 같은 걸로 미라 표면을 긁어낸 뒤 그 가루를 불에 던져 넣자, 장뇌와 다른 향긋한 나뭇진 같은 물질들이 선명하게 드러났다.

우리는 일반적으로 내장을 꺼내는 구멍들을 살펴보았지만 놀랍게도 구멍은 어디에도 없었다. 그때 우리 중 어느 누구도 구멍이 없는 미라가 있으리라고 짐작지 못했다. 뇌는 비강을 통해 빼내고, 장은 옆구리를 절개하여 꺼내는 게 통상적인 방식이었다. 그런 다음 몸 표면을 깨끗이 여러 번 씻은 후 초석(질산칼륨 – 옮긴이) 처리를 하며, 70일 동안 눕혀놓았다가 미라로 만드는 절차를 밟는다.

구멍을 찾을 수 없자 포노너 박사는 절개할 도구들을 준비했다. 이때가 새벽 2시를 넘은 시각이었다. 다음 날 저녁까지 몸속 검사를 미루기로 합의한 우리는 일단 연구실을 떠나려 했으나, 누군가가 볼타 전지로 한두 가지 실험을 해보자고 제안을 했다.

최소 3000~4000년은 되었을 미라에 전기를 가하는 건 현명하다고는 할 수 없을지라도 꽤 참신하기는 해서 우리는 단번에 흥미를 느꼈다. 진심보다는 거의 장난으로 포노너 박사 연구실에 있는 배터리를 찾아보았다.

우여곡절 끝에 관자놀이 근육을 둘러싼 싸개를 벗겨냈다. 다른 부위보다는 덜 단단해 보였지만 전기를 가하자 예상했던 대로 전류가 흐르는 기미는 보이지 않았다. 첫 시도로 사실상 모든 게 결정된 듯 보였고, 우리가 한 행동이 어이가 없어 한바탕 웃음을 터뜨리고는 저녁 인사를 나누며 헤어지려던 찰나였다. 우연히 미라 쪽을 향했던 내 두 눈은 놀라움에 고정되고 말았다. 사실 잠깐 훑어보는 것만으로도 우리가 유리라고 생각했던 미라의 안구가 눈꺼풀에 덮여 안구 백막 일부가 보인다는 것을 확인할 수 있었다.

나는 꺅 소리를 지르며 이 점을 주지시켰고 모두 그 사실을 알아챘다.

내가 그 현상을 보고 놀랐다고는 할 수가 없다. 나에게 '놀랐다'라는 말은 이럴 때 사용하는 게 아니었다. 흑맥주를 마시지 않았더라면 아마 조금 더 긴장했을 것이다. 나머지 사람들은 섬뜩한 기분을 감추려는 시도조차 하지 않았다. 포노너 박사는 가련해 보였다. 글리돈 씨는 좀 기괴한 방법으로 사라져버렸다. 실크 버킹엄 씨는 그나마 좀 나았는데, 네발로 기어서 탁자 밑으로 들어가 버렸다.

우리는 놀란 마음을 진정하고 곧장 추가적인 실험을 해보자는 데 의견을 모았다. 이번에는 오른쪽 엄지발가락이 그 대상이었다. 바깥부터 절개하여 외전근(팔다리를 밖으로 끌어당기는 근육-옮긴이) 안쪽까지 파고들었다. 배터리를 다시 조절한 후

유체를 둘로 갈라진 신경에 갖다 대었다. 그러자 미라가 너무나도 살아 있는 것처럼 움직였다. 미라는 무릎을 세워 배 가까이에 대고는 믿을 수 없을 정도의 힘으로 다리를 편 다음 포노너 박사를 차버렸다. 박사는 활에서 날아간 화살처럼 창문 밖으로 튕겨 나가 건물 아래 거리에 널브러졌다.

우리는 무참히 내동댕이쳐진 포노너 박사를 데리러 일제히 달려나갔지만, 다행히 박사를 계단참에서 만날 수 있었다. 이해할 수 없는 힘에 이끌려 서둘러 다시 올라온 우리 일행은 어느 때보다도 열의에 차서 실험을 다시 속행해야겠다고 생각했다.

포노너 박사의 의견에 따라 우리는 그 자리에서 미라의 코끝을 깊이 절개했고, 박사는 거친 손놀림으로 떨면서 미라에 전선을 갖다 대었다.

정신적으로나 신체적으로, 비유적으로나 문자 그대로, 그 효과는 전율이 흐를 정도였다. 먼저 시신이 두 눈을 뜨더니 무언극에서 반스 씨가 그랬던 것처럼 몇 분 동안 빠른 속도로 눈을 깜빡였다. 그러더니 재채기를 했고, 탁자 끄트머리에 가 앉았으며, 포노너 박사의 얼굴에 주먹을 휘둘렀고, 글리돈 씨와 버킹엄 씨에게 몸을 돌리더니 이집트어로 말을 걸어오는 게 아닌가!

"신사분들, 놀라기도 놀랐지만 댁들의 행동은 굴욕적이었소. 포노너 박사는 더 기대할 것도 없지. 하찮은 뚱보 얼간이니까. 그저 박사를 가엽게 여기고 용서하려 하오. 글리돈 씨와 실크 씨, 당신들은 이집트를 여행도 하고 살아본 적도 있거늘 참 안타깝소. 이집트어도 유창하게 할뿐더러 미라들에게 든든한 우군이 되어주리라 생각했던 당신들은 신사적으로 행동할 줄 알았소. 멍하니 서서 내가 그런 하찮은 대접을 받는 걸 가만히 보고만 있다니…. 날씨가 이렇게 추운데 어중이떠중이들이 내 관과 옷을 빼앗아 갈 때까지 멀뚱멀뚱 쳐다보고만 있다니…. 포노너 박사가 내게 모욕을 주는 걸 옆에서 도와주다니 이를 어떻게 받아들여야만 한단 말이오?"

물론 이런 상황에서는 문 쪽으로 도망가거나, 히스테리 증상을 일으키거나, 졸도해버리는 것이 당연지사다. 보통 사람이라면 이 세 가지 중 하나를 하게 마련이다. 이러한 행동들은 아주 자연스럽게 일어날 수 있다. 그런데 어째서 우리는 이도 저도 아닌 행동을 취했는지 모를 일이다. 어쩌면 모순된 규칙으로 나아가는 시대정신으로서, 모순과 불가능을 통해 모든 걸 해결하려는 분위기 탓이었는지도 모른다. 혹은 미라의 지나치게 자연스럽고 당연하다는 듯한 태도 때문에 미라가 한 말이 그리 끔찍하게 들리지 않았는지도 모르겠다. 아무튼 사실은 명백했다. 어느 누구도 두려움을 드러내지 않았고, 특별히 무언가가 잘못되었다고 생각하지도 않는 분위기였다.

나로서도 모든 게 그냥 괜찮아 보였으므로 이집트 출신 미라의 주먹이 닿지 않는 범위로 물러서 있을 뿐이었다. 포노너 박사는 바지 주머니에 손을 집어넣고는 미라를 뚫어져라 쳐다보다가 얼굴이 이상하다 싶을 정도로 붉어졌다. 글리돈 씨는 수염을 톡톡 두드리면서 셔츠 깃을 괜히 올렸다. 버킹엄 씨는 고개를 숙이더니 오른손 엄지손가락으로 입 왼쪽 언저리를 만졌다.

미라는 몇 분 동안 버킹엄 씨를 심각한 얼굴로 쳐다보다가

냉소적인 목소리로 말했다.

"버킹엄 씨, 이제 말해보시죠. 내 질문을 들었소? 입에서 손가락 좀 떼시오!"

이 말이 떨어지기가 무섭게 버킹엄 씨가 오른쪽 엄지손가락을 입 왼쪽 언저리에서 떼더니 이번에는 오른쪽 언저리에 왼쪽 엄지손가락을 갖다 댔다.

버킹엄 씨에게서 만족스런 대답을 듣지 못하자, 알라미스타케오는 짜증스럽게 글리돈 씨 쪽으로 몸을 돌리며 위압적인 어조로 우리의 의도가 무엇이었는지 해명해보라고 요구했다.

글리돈 씨는 장황하게 대답했다. 미국의 상형문자 인쇄 기술이 부족하지만 않았다면 여기에 미라의 유창한 말솜씨를 원어 그대로 기록하고 싶은 마음이 굴뚝같다.

이후에 이어진 대화에서 미라는 고대 이집트어로 말했으며, 이를 글리돈 씨와 버킹엄 씨가 통역해주었음을 이 자리에서 밝혀둔다(나를 비롯해서 이집트를 여행해본 적이 없는 다른 일행들을 배려한 것이다). 이 두 사람은 미라의 모국어를 유창하고 우아하게 구사했지만, 내 관찰에 의하면(이방인에게는 낯설 수밖에 없는 현대의 모습을 소개하려면 어쩔 수 없었겠지만), 특정한 의미를 설명하기 위해 간혹 감각의 힘을 빌리는 듯했다.

한번은 글리돈 씨가 '정치'라는 단어를 알라미스타케오에게 이해시키지 못해서 벽에다가 숯으로 코에 종기가 난 신사를 그려야 했다. 팔꿈치를 늘어뜨린 채 나무둥치에 앉아 왼쪽 다리는 뒤로 빼고 오른팔은 앞으로 내밀어 주먹을 쥐고, 두 눈은 하늘을 향하며 입은 90도 각도로 벌린 모습이었다. 마찬가지 방식으로 버킹엄 씨는 '가발'이라는 현대적 의미를 전달하지 못하자(포노너 박사의 제안으로) 얼굴이 창백해져서는 자기 가발을 직접 벗어 보이기로 하는 데 동의했다.

글리돈 씨는 미라의 붕대를 펼친 다음 내장을 꺼내봄으로써 과학 발전에 이바지한다는 점을 강조하였다. 그런 목적이기는 했지만 특히 알라미스타케오라는 이름을 가진 미라에게 끼쳤을 피해에 대해 사과도 하였다. 이러한 사소한 문제들을 해명하였으니(더는 신경 쓸 필요가 없이), 하려던 검사를 마저 진행해야 하지 않겠느냐는 암시를 흘리는 쪽으로 대화를 이끌었다. 이 시점에서 포노너 박사는 검사 도구를 찬찬히 준비했다.

글리돈 씨의 발언 끝에 알라미스타케오는 어떤 양심의 가책을 느끼는 듯했다. 무엇 때문인지 분명히 알 수는 없었다. 허나 사과를 받은 것이 만족스럽다고 말하면서 탁자에서 내려오더니 망자를 둘러싼 모두와 악수를 나누었다.

이러한 의식이 끝나자 우리는 즉시 수술칼로 미라의 훼손된 부위를 복구하느라 분주해졌다. 관자놀이에 난 상처를 꿰매고, 다리에 붕대를 감았으며, 코끝에는 검은 회반죽을 약간 발라주었다.

이제 백작(알라미스타케오의 작위였다)은 몸을 덜덜 떨었다. 감기에 걸린 게 분명했다. 포노너 박사는 옷장으로 곧장 가더니 최고급으로 제작한 까만 연미복, 가죽끈이 달린 하늘색 격자무늬 바지, 분홍색 줄무늬 슈미즈, 아름다운 무늬가 들어간 조끼, 헐렁한 흰 외투, 손잡이 부분이 구부러진 지팡이, 챙이 없는 모자, 에나멜가죽 부츠, 담황색 가죽 장갑, 안경, 구레나룻과

넥 밴드를 가져왔다. 백작과 박사가(2대 1정도 비율로) 신체 치수가 달라서 백작의 몸에 옷을 맞추는 데 애를 좀 먹긴 했지만, 모두 다 입혔을 때에는 제대로 갖춰 입었다고 할 수 있을 정도였다. 글리돈 씨는 백작에게 팔을 내밀며 난로 옆 안락의자로 이끌었고, 박사는 벨을 눌러 엽궐련과 와인을 가져오도록 지시했다.

대화는 이내 활기를 띠었다. 당연히 알라미스타케오가 어떻게 아직 살아 있는지에 대한 호기심이 화젯거리였다. 버킹엄 씨가 먼저 입을 열었다.

"난 당신이 죽을 만한 시간이 되었다고 생각했어요."

"이런, 나는 겨우 칠백 살 정도였소. 내 아버지는 1000세까지 사셨는데도 돌아가실 때까지 망령된 기운이라고는 찾아볼 수 없었소."

백작은 당황해하며 대답했다.

활발한 질문과 계산이 이어진 끝에 미라가 묻힌 기간에 대한 오해가 있었음이 분명해졌다. 백작이 엘레이시아스 지하 묘지에 묻힌 후로 5050년하고도 몇 개월이 흘렀던 것이다.

"이건 당신이 매장될 당시 나이와는 관련이 없어요(사실 당신이 그렇게 젊다는 점은 인정하겠지만 말이오). 내가 생각했던 건 외관상 당신이 그렇게 오랜 동안 역청에 갇혀 있었다는 점이 분명하다는 거죠."

"어디라고?"

귀가 의심스럽다는 듯 백작이 물었다.

"역청 말이오."

버킹엄 씨가 고집스럽게 강조했다.

"아, 그렇군. 무슨 말을 하는 건지 알 것도 같소. 내가 살았던 시대에는 승홍 말고 다른 건 사용하지 않았소."

"우리가 특히나 이해하기 어려운 건 어떻게 5000년 전에 이집트에서 사망하여 매장되었는데 오늘 이렇게도 생생하게 살아 있냐는 겁니다."

포노너 박사가 의아해했다.

"당신 말대로 내가 죽었었다면 지금도 죽어 있는 게 맞겠지. 당신들은 아직 직류 전기 요법 초기 단계에서 진전이 없어 고대에는 상식이었던 일들을 이해하지 못하오. 나는 강경증에 걸렸었고 가장 친한 친구 녀석이 내가 죽었을 거라고 생각하고는 즉시 미라로 만들었던 것이오. 미라로 처리하는 절차의 중요한 원칙은 알겠지, 아마도?"

"다 알지는 못합니다."

"그렇군. 통탄할 무지의 상태로구먼! 지금 당장 자세한 것까지 설명해줄 순 없지만 이건 말해야겠소. 이집트에서 미라 처리는(제대로 말하자면) 대상이 되는 모든 생명 기능을 무기한으로 가두는 것을 말하오. 여기서 '생명'이라는 단어는 육체는 물론 정신도 아우르는 넓은 의미로 사용하오. 미라로 처리할 때 가장 중요한 원칙은 대상이 되는 모든 생명 기능을 가두어 영원한 정지 상태로 유지하는 데 있소. 간단히 말하자면, 대상이 어떤 상태에 있든 미라가 되고 나면 그 상태가 계속 유지된다는 말이오. 난 다행히도 풍뎅이의 피를 물려받아서 산 채로 미라가 되었고 지금 보는 대로의 내가 된 것이오."

"풍뎅이라고요!"

포노너 박사가 외쳤다.

"그렇소. 풍뎅이 지파는 기품 있고 고귀한 귀족 가문이었소. '풍뎅이'의 혈통이라는 건 풍뎅이 휘장을 사용하는 가문의 일원이라는 의미라오. 비유적인 말이지."

"그게 당신이 살아 있다는 것과 무슨 관련이 있는 거죠?"

"음, 이집트에서는 미라로 만들기 전에 내장과 뇌를 모두 빼내는 것이 관습인데, 풍뎅이 가문만이 이 관습을 따르지 않았소. 그러니까 내가 풍뎅이 가문이 아니었다면 내장과 뇌가 제거되었을 테고, 그 두 가지가 없다면 생존하기 어려웠을 테지."

"그렇다면 우리가 접하는 모든 미라는 풍뎅이 가문의 지파겠군요."

버킹엄 씨가 맞장구쳤다.

"의심할 나위 없소."

"난 풍뎅이가 이집트 신 중 하나라고 생각했어요."

글리돈 씨가 무척 온순한 태도로 말했다.

"이집트의 뭘 줄 알았다고?"

미라가 벌떡 일어서며 소리쳤다.

"신이요!"

글리돈 씨가 소심하게 답했다.

"그런 식으로 말하다니 놀라울 뿐이오. 지구상 어떤 민족도 하나 이상의 신을 인정한 적이 없소. 유사한 생명체들이 다른 지파와 함께했던 것처럼 풍뎅이, 따오기 등은 우리와 함께했소. 이 생명체들을 통해 우리는 직접 대하기에는 너무나 위엄 있는 창조주에 경배를 드렸던 것이오."

이때 잠깐 침묵이 흘렀다. 그 침묵을 깬 건 포노너 박사였다.

"당신이 설명한 내용으로 봐서는 나일 강 근처 지하 묘지에는 아직도 풍뎅이 가문 소속 미라들이 살아 있는 상태로 존재할 수 있다는 거군요?"

"물론이오. 어쩌다 보니 살아 있을 때 미라가 된 모든 풍뎅이 지파는 지금도 살아 있을 거요. 고의적으로 그렇게 미라가 된 이들도 집행자가 보지 못하고 넘어갔다면 아직도 무덤에서 살아 있을게요."

"'고의적으로 그렇게 미라가 되었다'는 게 무슨 뜻입니까?"

내가 궁금해서 물었다.

"기꺼이 설명해주겠소!"

알라미스타케오는 안경 너머로 나를 슥 훑어본 후 대답했다. 내가 직접 질문을 한 게 이번이 처음이었으니 말이다.

"암, 답해주지! 내가 살던 시대에 인간의 통상적인 수명은 약 800년 정도였소. 치명적인 사고를 당하지 않은 이상 600세가 되기 전에 죽는 일은 거의 없었다오. 1000년 이상 사는 경우는 드물었어도 800년 정도는 자연 수명이라고 여겨졌던 시대지. 내가 이미 설명했던 미라 처리 원칙을 발견한 후로 당시 철학자들은 자연 수명을 몇 번으로 나누어서 살아본다면, 호기심이 충족되는 동시에 과학도 한층 발전될 수 있으리라 생각하게 되었지. 사실 역사적인 경험으로 볼 때 이런 류의 실험은 불가피하다고 볼 수 있소. 500세가 된 역사가가 엄청난 공을 들여 책을 한 권 쓴 뒤 본인을 조심스럽게 미라로 만들었다고 생각해보시오. 미라 처리 집행자들에게 500년이나 600년쯤, 정해진 기간이 지나면 다시 살아나게 해야 한다고 지침을 남기는 거야. 이 기간이 지나고 다시 살아나면 자신의 위대한 작품이 한낱 우연적인 메모장으로 전락했음을 알게 되지. 다시 말해 온갖 추측이나 의문, 흥분한 논평가들의 시시한 언쟁이 난무하는 문예의 장이 되어 있는 거요. 주석이나 교정이라는 명목으로 묵과되는 이런 추측들은 내용을 가리고, 왜곡하고, 짓눌러버린 나머지 미라 상태에서 깨어난 그 저자가 손전등을 들고 자기 책을 찾아 헤매 다닐 지경이란 말이오. 찾아낸다고 해도 찾은 보람도 없고 말이야. 책을 처음부터 끝까지 다시 쓰고 나서 개인적인 지식과 경험을 바탕으로 본래 살았던 시대와 당대의 전통을 바로잡는 일에 착수하는 게 역사가의 의무로 간주하였소. 이렇게 재서술하고 교정을 보는 과정은 여러 현자가 거쳐왔고, 이로써 우리 역사가 완전히 꾸며낸 이야기가 되어버리는 일만은 피할 수 있었던 것이오."

이때 포노너 박사가 백작의 팔에 손을 가볍게 얹으며 말을 건넸다.

"죄송합니다만, 끼어들어도 되겠습니까?"

"그렇게 하시오."

그러면서 백작은 자세를 곧추세웠다.

"질문 하나만 할게요. 역사가가 자신이 살던 시대에 관한 전통을 개인적으로 수정한다고 했잖아요. 그렇다면 《카발라》(수풀이, 기호 풀이 등을 사용하여 구약을 쉽게 설명, 《성경》에 숨겨진 교리를 초심자에게 가르치는 학문 체계 – 옮긴이)는 어느 정도 옳은 것으로 확인되었나요?"

"당신이 말한 《카발라》는 것은 재기술되지 않은 역사 자체에 기록된 사실들과 정확히 일치하오. 무슨 말인가 하면, 둘 중 어느 일부도 어떤 상황에서든 완전히 잘못되지는 않은 것으로 알려졌소."

"당신이 매장된 뒤로 적어도 5000년이 흘렀는데, 당신네 전통은 아니더라도 그 당시의 역사는 우주적인 관심사였던 천지창조라는 주제에 대해 충분히 명확하게 밝히고 있을 것이라 생각했소. 고작 1000년쯤 전에 일어난 일이니 말이오."

"선생!"

알라미스타케오 백작이 의문스러워했다.

포노너 박사는 되풀이해서 설명했다. 부가적인 설명을 여러 번 거친 뒤에야 백작은 그 말을 이해할 수 있었다. 미라가 마침내 주저하며 이야기했다.

"당신이 한 방금 그 말은 솔직히 내겐 새롭군요. 내가 살았을 적에는 우주 또는 이 세계에 시작이 있었으리라고 생각하는 사람은 본 적이 없소. 딱 한 번 이런 일은 있었지요. 어느 공상가가 인종의 기원에 대해 무어라고 말하는 걸 들은 적이 있소. 이 사람이 당신이 말한 아담(적색토)이라는 단어를 사용했었소. 그 공상가는 그 단어를 수천 가지 하위 생명 종들이 발아하듯이 비옥한 토양에서 자연 발아하는 경우에 사용한 것이오. 지구상에 각기 구별되지만 비슷한 지역에서 동시에 발생한 다섯 인간 지파들의 자연적 발생을 말하는 것이오."

이때 그 자리에 있던 우리는 어깨를 으쓱하는 분위기였으며,

한두 명은 의미심장하게 이마를 만졌다. 실크 버킹엄 씨는 처음에는 알라미스타케오의 후두를 슬쩍 보더니 전두부로 시선을 옮기고는 이렇게 말했다.

"당신이 살던 시대에 인간의 수명이 그렇게 길었던 것이나, 당신이 설명한 대로 그 긴 세월을 나누어 살았던 관습으로 지식은 발전하고 복합적으로 형성되었겠군요. 그렇기에 현대인, 특히 미국인과 비교할 때 과학의 모든 세부 분야에서 고대 이집트인들이 현저하게 뒤떨어졌던 것은 바로 이집트인들의 두개골이 특히 단단했기 때문이 아닌가 짐작됩니다."

"무슨 말인지 도통 못 알아듣겠군요. 과학의 어떤 세부 분야를 말하는 건지 얘기해줄 수 있겠소?"

백작이 훨씬 누그러진 말투로 물었다.

우리는 모두 입을 모아 골상학의 가정(두개골은 대뇌 피질과 평행하다는 주장을 통해, 해부하지 않아도 두개골의 형태를 알 수 있다는 가정을 세웠다 – 옮긴이)과 동물 자력 이론(이 치료 방법의 핵심은 동물 자기로, 이것으로 모든 병을 치료할 수 있다고 생각함 – 옮긴이)의 경이로움에 대해 상세하게 설명했다.

설명을 끝까지 듣더니 백작은 갈과 슈푸르츠하임의 골상학은 이집트에서 한때 번성했다가 기억 뒤편으로 사라진 지 오래며, 메스머(독일의 의사로, 최면술을 뜻하는 용어 중 하나인 Mesmerism은 메스머 이름에서 유래함 – 옮긴이)의 동물 자력 이론은 벌레 이와 같은 종류를 많이 만들어냈던 테베 학자들의 긍정적인 기적에 비하면 경멸을 받을 만한 술수에 불과하다는 점을 보여줄 만한 몇몇 일화를 들려주었다.

일식 날짜를 계산할 수 있었냐고 내가 묻자, 백작은 거만하게 웃으며 당연하다고 답했다.

체면이 구겨지긴 했지만 천문학적 지식에 대해 이것저것 계속 물었고, 아직 한번도 입을 연 적이 없었던 침묵의 친구가 그런 정보는(누군지도 모를) 프톨레마이오스(고대 그리스의 천문학자로 천동설을 완성 – 옮긴이)나 플루타르코스(플라톤 철학을 신봉하고 박학다식한 것으로 유명한 그리스인 철학자, 저술가 – 옮긴이)에게나 물어보라고 내 귀에 속삭였다.

이후로 알라미스타케오에게 볼록렌즈와 일반적인 유리 제조법에 대해 물었고, 침묵의 친구가 다시 내 팔꿈치를 조용히 두드리며 제발 디오도로스 시켈로스(그리스의 역사가로, 고대의 사서를 단순히 충실하게 채록한 데 가치가 있다 – 옮긴이)가 쓴 저서나 참조하라고 애걸할 때까지 끝없이 퍼부었다. 백작은 대답 대신 우리 현대인들에게 이집트인들의 양식에 맞게 명문을 새길 수 있는 현미경이 있는지 물었다. 이 질문에 대한 답을 고민하는데 포노너 박사가 생각지 못했던 말로 대화에 끼어들었다.

"우리 건축물을 좀 봐요!"

박사가 외쳤고, 당황한 나와 침묵의 친구는 박사를 멍이 들 정도로 꼬집었지만 말릴 수는 없었다.

"뉴욕 볼링 그린 공원의 분수를 좀 보세요! 그걸 떠올리기가 어렵다면 워싱턴 주에 있는 국회의사당을 떠올려 보라고요!"

포노너 박사는 흥분해서 울부짖었다. 그러고는 자기가 언급한 건축물들의 세세한 부분에 대해 촘촘하게 설명해나갔다. 붉은 칠을 한 복도만 해도 지름 1.5미터짜리 기둥 24개가 3미터

간격으로 늘어서 있다고도 했다.

　백작은 하필 이 순간 아즈나크에 세워진 주요 건물들의 정확한 크기가 생각나지 않는 게 유감스럽다고 말했다. 비록 어두운 시기에 토대가 세워졌지만 백작이 매장되던 때에도 테베 서부의 광활한 모래 평원에 그 잔해가 서 있었다고 했다. 복도는 하나 기억해냈는데, 카르나크(이집트 상부 나일 강 동쪽 강가에 있는 신전 유적지 – 옮긴이)로 불리는 외곽 지역의 볼품없는 신전에 둘레가 11미터인 기둥 144개가 7.6미터 간격으로 세워져 있다고 했다. 백작이 기억하는 한, 나일 강에서 이 복도로 가려면 약 3킬로미터 거리의 도로를 거쳐야 하는데, 가는 길에는 높이가 각각 6, 18, 30미터인 스핑크스와 조각상과 오벨리스크가 늘어서 있다고 했다. 신전 그 자체는 한 방향에서 볼 때 길이가 약 3.2킬로미터고 둘레 전체를 재면 11킬로미터 정도였다고 한다. 벽은 안팎으로 모두 상형문자가 풍성하게 그려졌다.

　백작은 포노너 박사가 말한 국회의사당이 50~60개 정도는 그 벽 안에 세워질 수 있을지 몰라도 200~300개가 별문제 없이 그 안에 들어갈 수 있을지는 확신할 수 없다고도 했다. 카르나크의 그 신전은 어찌 되었든 그리 중요하지 않은 조그만 건축물이다. 하지만 백작은 양심에 비추어볼 때 박사가 말한 볼링 그린 분수가 독특하고 장엄하며 뛰어나다는 점을 인정했다. 이집트나 다른 어디에서도 그런 건축물은 본 적이 없었다고 백작은 어쩔 수 없이 시인한 것이다.

　나는 백작에게 현대의 철도에 대한 의견을 물었다.

　"뭐, 특별할 건 없소. 폭이 좀 좁은 편이고, 잘못된 구상으로 솜씨 없이 내어놓은 길 같소. 당연히 이집트인들이 높이가 약 45미터인 신전과 오벨리스크를 운반할 때 지나다녔던 광활하고 평평하며 곧게 뻗어 있는 둑길에는 비교할 수도 없소."

나는 현대 기계의 놀라운 능력에 대해 덧붙였다.

미라는 우리가 그 방면으로는 꽤 훌륭하다고 인정하면서도 카르나크의 작은 신전일지라도 창 가로대에 아치를 다는 일을 할 수나 있었겠냐고 물었다.

난 들은 척도 하지 않은 채 자분정(지하수가 지표 이상으로 분출하는 우물 – 옮긴이)이 뭔지 아느냐고 물었다. 백작은 눈썹을 치켜세울 뿐이었다. 그때 글리돈 씨가 내게 눈짓을 보내며 낮은 목소리로 어떤 고용 엔지니어가 최근에 물을 찾아 거대 오아시스를 파 내려가다가 그런 걸 발견했다고 말했다.

이번엔 강철을 거론했지만 미라는 고개를 치켜들더니 현대의 강철이 예전에 구리 연장으로 오벨리스크에 새긴 것처럼 그렇게 섬세한 작업을 할 수 있겠냐고 캐물었다.

우리는 크게 당황하여 공격 태세를 바꾸어 형이상학 쪽으로 넘어가기로 했다. 《다이얼》이라는 책을 가져와서, 명확하지는 않지만 보스턴 사람들이 '진보 대운동'이라고 부르는 사건에 대해 쓴 한두 꼭지를 읽었다.

백작은 자신이 살던 시대에는 대운동이라는 건 하도 자주 일어나는 일이었으며 진보라는 건 성가시기만 했지 한번도 진보한 적은 없었다는 정도로만 언급했다.

다음으로 우리는 민주주의의 위대한 미덕과 중요성을 피력했지만, 백작에게 왕 없이 모든 국민이 참정권을 가지는 곳에서 살면 무엇이 좋은지 충분히 느끼게 하기는 어려웠다.

백작은 관심 있게 우리와 나누는 이야기를 들었지만 사실 그리 놀라는 것 같지는 않았다. 우리가 말을 마치자 백작은 옛날에 그와 비슷한 게 있었다고 했다. 이집트의 열세 지방이 모두 한꺼번에 자유를 선언하고 인류에 길이 남을 모범을 보였다는 것이다. 이들은 현명한 사람들을 모아 사람이 생각해낼 수 있는 가장 독창적인 헌법을 만들어냈다. 잘난 체하긴 했어도 한동안 그럭저럭 운영해나갔다. 하지만 지구상 가장 지독하고도 견디기 어려운 독재 치하에서 이 13개 지역이 다른 15~20개 지역과 합쳐지면서 상황은 종료됐다.

나는 그 지독한 폭군의 이름을 물었다. 백작이 기억하기로 폭군의 이름은 '폭도'였다. 이 말에 어떻게 대꾸할지 몰라 목소리를 높여 이집트인이 증기는 모를 거라고 탄식했다.

백작은 적잖이 놀라며 대답을 하지 못했다. 그러나 침묵의 친구가 팔꿈치로 내 늑골을 찌르며 잘난 척은 한 번으로 충분하다고 말했으며, 현대의 증기기관은 살로먼 데 카우스가 히어로를 발명하면서 나왔다는 것도 모르느냐고 타박했다.

이제 우리는 쩔쩔매야만 하는 상황에 직면했으나 운이 따라주어서 포노너 박사가 다시 합류하여 우리를 구원해주었다. 박사는 이집트 국민이 의복의 모든 중요한 특징에서 현대인들과 대적할 수나 있겠냐고 물었다

그러자 백작은 자신이 입은 바지의 가죽끈을 내려다보더니 상의 뒷자락 끝을 잡고는 끌어올려 몇 분 동안 쳐다보았다. 마침내 옷자락을 내린 백작은 입을 한껏 벌렸지만 대답으로 무슨

말을 했는지는 기억이 나지 않는다.

이후 우리는 다시 기세가 등등해졌고 위엄 있게 미라에게 다가간 포노너 박사는 이집트인들이 마름모꼴 과자나 브랜드레스의 알약 같은 걸 제조하는 법을 알았던 적은 있었는지 신사로서 명예를 걸고 솔직하게 말해보라고 윽박질렀다.

우리는 초조하게 대답을 기다렸지만 결국 듣지 못했다. 미라는 대답하지 않았다. 백작은 얼굴을 붉히더니 고개를 떨궜다. 더없이 형편없는 승리이자, 영예롭지 못한 승전보였다. 난 가없은 미라의 굴욕적인 모습을 참을 수가 없었다. 모자에 손을 얹고 뻣뻣하게 인사를 한 후 그 자리를 나왔다. 집에 도착하니 4시를 지나 있었고 바로 잠자리에 들었다.

지금은 오전 10시다. 나는 7시 이후로 죽 깨어 있었고 내 가족과 인류를 위해 이 기록을 남기는 중이다. 난 더는 가족을 보지 않을 작정이다. 아내는 끊임없이 잔소리를 해댄다. 사실 이런 생활과 대체적인 19세기 삶에 진절머리가 난다. 모든 것이 잘못되어간다는 확신이 든다. 게다가 2045년에 누가 대통령이 될지 무지 궁금하다. 그러니까 면도를 하고 커피 한 잔을 마시고 나면 포노너 박사네 집으로 가서 수백 년 동안은 미라로 살게 해달라고 할 작정이다.

스핑크스

Edgar
A. Poe

스핑크스

뉴욕에서 끔찍한 콜레라가 유행하던 시기, 나는 은퇴한 후 허드슨 강 근처 아담한 집에 사는 친척으로부터 보름 정도 함께 지내자는 초대를 받았다. 그 주변에는 여름날에 즐길 만한 모든 것이 있었다. 매일 아침 도시로부터 두려운 소식만 날아들지 않았다면, 숲을 산책하고 그림을 그리고 보트를 타거나, 낚시를 하고 일광욕을 하며 음악을 듣거나 책을 읽으며 즐겁게 시간을 보낼 수 있었을 것이다. 아는 이들의 부음 소식이 날아들지 않는 날은 하루도 없었다. 사망자 수가 점점 늘어나면서 매일같이 친구들의 사망 소식을 듣게 되리라는 사실을 깨달았고, 급기야 전갈을 전하는 이가 가까이 오는 모습만 봐도 몸이 떨리는 지경이었다.

남쪽에서 흘러오는 공기에는 죽음의 냄새가 배어 있는 것 같았다. 공포에 사로잡혀 다른 생각은 할 수도 없었다. 다른 것에 대해서는 말하고 생각하거나 꿈꿀 수조차 없었다. 나를 초대한 친척은 감정의 기복이 크지 않은 편이라, 본인도 우울했지만 나를 다독이려 애썼다. 친척의 풍부한 철학적 지성은 어떤 경우에도 실재하지 않는 것에는 영향을 받지 않았다. 이를테면 공포의 실체에 대해서는 충분히 느꼈지만, 그 그림자만큼은 이해하지 못했다.

비정상적인 우울감에 빠진 나를 일으켜 세우려는 친척의 노력은 내가 그분의 서재에서 찾아낸 몇 권의 책들 때문에 헛수고가 되고 말았다. 이 책들로 인해 내 가슴속에 내재된 미신에 대한 유전적 믿음의 씨앗이 싹을 틔우게 된 것이다. 내가 그분이 모르는 사이에 책을 읽어서인지, 그분은 내 환상에서 생겨난 강렬한 인상을 어떻게 설명해야 할지 몰라 당혹스러워했다.

내가 가장 좋아하는 주제는 전조前兆에 대한 대중적 믿음이었고, 나는 우리 시대에 만연해 있는 이 믿음에 대해 진지하게 옹호하고 싶은 마음이 들었다. 우리는 이 주제에 대해 오랫동안 열띤 토론을 벌였다. 내 친척은 이러한 믿음은 전혀 근거가 없다고 주장했고, 나는 명확한 암시 없이 절대적으로 자연스럽게 생겨난 대중적 감정은 그 자체로 실재이며 직관을 천재들의 독특한 특징으로 이해하듯 이러한 전조 역시 존중할 만하다고 주장했다.

사실, 그 집에 도착하자마자 불가해하면서도 미래의 전조로 여겨지는 사건이 일어났다. 그 사건은 나를 오싹하게 함과 동시에 혼란스럽게 해서, 며칠이 지나서야 친척과 그때 벌어진 상황에 관해 이야기 나눠볼 마음을 먹을 수 있었다.

굉장히 따뜻한 하루가 저물 무렵이었다. 나는 창문을 열어놓은 채 손에 책을 들고 앉아 있었다. 길게 뻗은 강둑 경치 너머로 언덕이 보였다. 내가 있는 쪽은 산사태로 무너져 꽤 벌거벗은 상태였다. 내 상념은 앞에 펼쳐진 책과 도시의 우울함과 절망 사이를 오랫동안 방황하는 중이었다. 읽던 페이지에서 눈을 들자, 헐벗은 언덕과 함께 흉측한 모습을 한 괴물이 시야에 들어왔다. 그 괴물은 산 정상에서 아래쪽으로 재빠르게 움직여, 짙은 숲 속으로 사라져버렸다. 괴물이 처음 내 시야에 들어왔을 때, 내가 제정신이 아닌지 혹은 적어도 눈이 잘못된 건 아닌지 의심했다. 몇 분이 지나서야 내가 미치거나 꿈을 꾸는 게 아니라는 사실을 확신하게 되었다. 하지만 그 괴물을 묘사할 때, 내가 두 눈으로 목격하여 그놈이 움직이는 전 과정까지 찬찬히 관찰했음에도 독자들이 이러한 사실을 믿지 않을까 염려된다.

그놈이 지나간 커다란 나무의 둘레와 비교하여 놈의 크기를 어림할 수 있었다. 숲에는 엄청난 산사태에서 살아남은 커다란 나무가 몇 그루 있었다. 이걸 보고 그놈이 전함보다 훨씬 크다고 결론 내렸다. 전함이라고 한 이유는 그 모습이 마치 74문 전열함 같다는 생각이 들었기 때문이다. 괴물의 입은 코끼리처럼 긴 코 끝에 붙어 있었는데, 코의 길이는 20여 미터 정도 되며 두께는 보통 코끼리 코와 비슷했다. 코끝에는 검은 털이 빽빽했는데, 버팔로 무리의 털을 모은 것보다 많은 것 같았다. 이 털 사이로 멧돼지 송곳니 모양 같은 이빨 두 개가 번쩍였는데 그 크기만큼은 훨씬 컸다. 긴 코와 평행을 이루는 이빨은 각각 9미터에 달했고 순수한 수정으로 만들어진 프리즘 모양으로, 저물어가는 태양 빛을 화려하게 반사하였다.

몸통은 땅에서 위로 갈수록 좁아지는 쐐기 모양이었고, 날개 두 쌍이 펼쳐져 있었다. 날개 길이는 90여 미터로, 한 쌍이 다른 한 쌍 위에 있었으며 모두 두꺼운 비늘로 덮여 있었다. 비늘 크기는 3~4미터 정도는 되어 보였다. 위와 아래 쌍을 이루는 날개는 강한 쇠사슬로 연결되어 있었다. 무엇보다 이 끔찍한 괴물의 가장 큰 특징은 사신死神의 머리를 가졌다는 점이다. 그 머리는 흉부 표면 전체를 차지했으며, 예술가가 주의 깊게 그려낸 듯 어두운 몸통을 배경으로 도드라져 보였다.

나는 저 무시무시한 괴물, 무엇보다 흉부의 모습을 보며 이성적인 노력으로도 억눌러지지 않는 공포와 두려움을 느꼈고, 조만간 무서운 일이 닥칠 것 같다는 예감이 들었다. 그러는 사이, 긴 코끝에 붙어 있는 거대한 턱이 갑자기 벌어지더니 종소리처럼 내 신경을 자극하는 요란스럽고 기괴한 소리가 들려왔다. 그 괴물이 언덕 기슭에서 사라지자마자 정신을 잃고 바닥에 쓰러졌다.

정신을 차리고 가장 먼저 든 생각은 내가 보고 들은 것을 친척에게 알려야겠다는 것이다. 하지만 그때 어떤 연유로 그렇게 하지 않았는지는 설명할 수 없다.

마침내 그 일을 겪고 사나흘이 지난 어느 날 저녁이었다. 우리는 그 괴물을 본 방 안에 함께 앉아 있었다. 나는 바로 그 창가에 놓인 같은 의자를 차지하고 있었고, 친척은 가까운 소파에 앉아 있었다. 그때와 같은 시간 같은 장소에 있다 보니 그분에게 그 일에 대해 설명해야겠다는 생각이 들었다. 그분은 내 말을 끝까지 다 듣고는, 처음에는 크게 웃더니 내가 미치진 않았는지 의심하는 듯 이내 진지한 표정으로 바뀌었다. 바로 그 순간 다시 그 괴물을 분명히 보았고, 나는 공포에 사로잡혀 소리 지르며 그쪽을 가리켰다. 친척은 괴물을 찾아보려 애썼지만 아무것도 보지 못한 것 같았다. 그 괴물이 언덕의 헐벗은 쪽으로 지나는 길을 손으로 자세히 가리켜주었는데도 말이다.

나는 이루 말할 수 없을 정도로 놀랐다. 그 광경은 마치 내 죽음의 전조, 혹은 더 나쁜 경우에는 미치고 말 것이라는 신호라고 여겨졌다. 나는 의자에 기대, 한동안 손에 얼굴을 묻었다. 얼굴을 들자, 그 괴물은 이미 사라진 뒤였다.

친척 양반은 어느 정도 침착한 태도를 되찾고, 그 괴물의 모습에 대해 내게 열정적으로 물었다. 내가 그분의 질문에 만족할 만한 대답을 해주자, 그분은 견디기 어려운 부담에서 벗어난 듯 깊이 한숨을 쉬고는 지금까지 그간 우리가 토론해오던 주제인 사변철학의 다양한 관점에 대한 대화를 이어갔다. 친척은 사람들이 관찰할 때 오류를 범하는 주된 이유는 거리 측정을 잘못해서 대상의 중요성을 과대평가하거나 과소평가하는 경향이 있기 때문이라고 말했다.

"예를 들어, 민주주의의 확산이 인류에 미친 영향을 제대로 평가하기 위해서는 이러한 현상이 일어난 시대와 적절한 거리를 두어야만 한다네. 하지만 정치에 대해 다루는 작가 중 이처럼 토론할 만한 주제에 대해 생각해본 사람이 있기나 할까?"

친척은 잠시 말을 멈추더니 책장으로 다가가, 자연사에 대한 일반 개론서 한 권을 들고 왔다. 그러고는 책에 쓰인 작은 글씨를 더 잘 볼 수 있도록 내게 자리를 바꿔 앉자고 하더니, 창가에 있던 내 안락의자에 앉아 책을 펼치면서 아까와 같은 어조로 말을 이어갔다.

"자네가 그 괴물에 대해 자세히 설명하지 않았더라면, 그 괴물의 정체가 무엇인지 자네에게 알려줄 수 없었을 거네. 먼저, 곤충종 나비목 땅거미과 스핑크스속에 대한 초등학생용 해설을 읽어주겠네. 그 내용은 이렇다네.

얇은 막으로 된 네 개의 날개는 금속성의 작은 유색 비늘로 덮여 있다. 둥글게 말린 코를 형성하는 입은 턱이 늘어나 생긴 것이며, 아래턱 양쪽에는 보송보송한 촉수가 있다. 작은 날개는 뻣뻣한 큰 날개 아래에 있으며, 더듬이는 기다란 대롱 모양의 프리즘 형태고 복부는 뾰족하다. '사신의 머리 스핑크스'는 우울한 울음소리와 그 갑각 위에 걸쳐진 죽음의 휘장 때문에 종종 보통 사람들 사이에서 공포심을 유발하기도 한다."

친척은 이 부분에서 책을 덮더니 의자에서 몸을 앞으로 기울여, 내가 '그 괴물'을 본 바로 그 자리에 옮겨 앉았다. 그리고는 남은 말을 마저 하였다.

"아, 여기 있군. 언덕을 다시 올라가는군그래. 굉장히 특이하게 생긴 생물이라는 건 인정하겠네. 자네가 생각했듯 그리 크거나 멀리 있지는 않았다네. 사실은, 거미가 창틀에 쳐놓은 거미줄을 따라 꿈틀거리며 올라가고 있거든. 커봤자 2밀리미터밖에 되지 않을 뿐 아니라 바로 코앞에 있다네."

봉봉

Edgar
A. Poe

봉봉

맛있는 와인이 나의 뱃속을 채울 때

나는 발자크보다 똑똑해지고 피브락보다 현명해진다.

오직 한쪽 팔로 러시아 군대의 조국을 공격하고

약탈할 수 있었다.

샤롱의 호수를 보트 삼아 잠을 자면서

그 호수를 지날 것이다.

담담하게 자랑스러운 아이아코스로 가서

아이아코스에게 담배를 건넬 것이다.

— 프랑스 희극

    피에르 봉봉은 범상치 않은 자질을 가진 레스토랑 경영자였다. 이 사실은 ○○왕 통치 기간에 루앙(프랑스 북부 오트노르망디 레지옹의 중심지로, 성당의 도시로 유명함 – 옮긴이)의 막다른 골목에 있는 작은 카페 르 페브르 단골이었다면 쉽사리 반박할 수 없을 것이다. 마찬가지로 피에르 봉봉이 당대 철학에 조예가 깊다는 점도 부인할 수 없다. 봉봉의 푸아그라는 맛깔스러웠으며, 자연에 대해 쓴 봉봉의 산문과 영혼에 대한 생각과 신에 대한 관찰은 제대로 평가할 수 있는 사람이 없을 정도였다. 봉봉이 만든 오믈렛이나 프리캉도(송아지나 칠면조의 고기로 만든 스튜 – 옮긴이)가 말로 표현할 수 없이 훌륭하여 값을 매길 수 없다 하더라도, 다른 모든 학자의 쓰레기 같은 '생각'들보다 '봉봉의 생각'에 두 배는 더 비싼 값을 매길 수는 있을 것이다. 봉봉은 그 누구보다도 도서관을 들락거렸고, 다른 누구보다도 독서를 즐겼으며, 다양한 해석의 가능성을 꿈꾸었다.

봉봉이 한참 잘나갔을 때, 루앙에서 '봉봉이 쓰는 격언이 플라톤 학파의 순수성이나 아리스토텔레스 학파의 깊이를 모두 밝히지 못했다'고 주장한 저자들이 적지 않았고, 봉봉의 사상이 폭넓게 이해되지는 못했지만 그렇다고 해서 봉봉의 사상이 이해하기 어려운 것은 아니었다. 많은 사람이 난해하다고 생각했던 이유는 봉봉의 사상이 자명했기 때문이라고 생각한다. 더 깊이 들어가지는 않겠지만 칸트의 형이상학은 주로 봉봉에게 영향을 받았다. 봉봉은 플라톤주의자가 아니었고 엄밀히 말해서 아리스토텔레스 학파도 아니었지만, 현대의 라이프니츠처럼, 프리카세(닭고기를 채소와 함께 잘게 다져 크림소스에 넣어 만든 요리 – 옮긴이)를 만들거나 감각을 분석하는 데 사용될 귀중한 시간을 물과 기름처럼 잘 섞이지 않는 윤리적 논쟁에 허비하지 않았다. 천만에. 봉봉은 이오니아식이면서도 이탈리아식이기도 했다. 봉봉은 선험적 추론은 물론 귀납적 추론도 했다. 봉봉의 생각은 선천적이거나 그 반대였다. 봉봉은 트레비존드(터키 북동부 항만 도시 – 옮긴이)의 조지를 믿으면서도 베사리온

(동서 양 교회의 합동에 노력한 동방정교회의 신학자 겸 인문학자 – 옮긴이)을 믿었다. 봉봉은 단언컨대 봉봉주의자였다.

앞서 나는 철학자 봉봉을 음식점 경영자로서 언급했다. 암튼 봉봉이 대대로 물려받은 가업을 하며 그 일의 위엄과 중요성을 제대로 평가받기 원했다는 사실을 떠올리는 이는 별로 없을 것이다. 천만에. 봉봉이 어느 쪽 일에 더 자부심을 느꼈는지는 분간하기란 어려운 일이었다. 봉봉은 지성인의 힘이 위의 소화력과 밀접한 관련이 있다고 생각했다. 사실상 봉봉이 영혼이 복부에 있다고 주장한 중국인에게 크게 반박하리라고는 생각하지 않는다. 아무튼 봉봉은 정신과 횡격막을 같은 말로 부른 그리스인들이 옳다고 여겼다.

내가 이 말을 하는 것은 봉봉이 식탐을 부렸다든지 하는, 형이상학자에 대한 편견을 심어줄 만한 중대한 비난을 넌지시 암시하려는 의도는 아니다. 피에르 봉봉에게 결점이 있었다 한들, 위대한 사람 중 결점이 없는 사람이 있었는가. 다시 말해 피에르 봉봉에게 결점이 있다 해도 그리 심각하게 생각할 만한 건 아니라는 뜻이다. 결점이라는 게 다른 기질을 가진 사람에게는 오히려 미덕이 되는 때도 종종 있기 때문이다. 봉봉의 약점 중 하나는 매우 두드러지므로 지금 언급하려 한다.

봉봉은 흥정할 기회를 절대 놓치지 않았다. 봉봉이 탐욕스러웠던 건 아니다. 흥정이 자신에게 유리하도록 할 필요도 없었다. 어떤 종류, 조건, 상황에서든 일단 거래가 성립되면 봉봉은 이후로 몇 날 며칠이나 득의만면한 미소를 지으며 다 안다는 듯한 눈짓으로 특유의 총명함을 한껏 드러내고자 했던 것이다.

어떤 시대든 방금 언급한 엉뚱한 모습이 관심을 끄는 건 특별한 일이 아닐 것이다. 이 이야기가 전개되는 시대에 이러한 엉뚱함이 이목을 끌지 않는다면 그게 되레 의아한 일이다. 거래가 성립되는 순간 나타나는 봉봉의 미소는 농담을 던지고 웃을 때나 지인을 반기며 웃을 때와는 사뭇 다른 성질을 띠었다. 한껏 고양된 분위기 속에서 봉봉이 넌지시 드러내는 것이 있었다. 서둘러 흥정을 마무리짓고는 뒤늦게 후회했던 사연도 그렇다. 잇속을 위해 마왕의 꼬임에 넘어가듯 능력 부족, 흐릿한 열망, 부자연스러운 의도가 개입되었던 사례들을 점차 열거하였다.

봉봉은 다른 약점들도 있었지만 그 면면을 세세히 살펴보지 않아도 된다. 술을 좋아하는 사람치고 심오하지 않은 사람들이 없다. 술을 좋아하는 성향이 심오함의 원인인지, 아니면 심오함의 유효한 증거인지는 이야기해볼 만하다. 내가 알기로 봉봉은 이 주제를 자세히 들여다볼 만하다고 생각지 않았고, 나도 마찬가지다. 하지만 고질적인 성향에도 봉봉은 자기가 쓴 글과 오믈렛을 한 번에 구별할 만한 직관적 차이를 망각하지는 않았다. 브르고뉴산 와인을 마시는 시간이 있는가 하면 코트 뒤 론 와인에 어울리는 시간도 있는 것이다.

봉봉에게 소테른과 메독의 관계는 카툴루스(로마의 서정 시인 – 옮긴이)와 호메로스(고대 그리스의 시인 – 옮긴이)의 관계와 같았다. 생 페레를 홀짝거리며 삼단논법을 논하는가 하면, 클로드 부조를 마시며 논쟁을 풀어나가고, 샹베르탱의 급류 속에서 학설을 뒤집기도 한다. 이러한 기민함이 앞서 암시한 거래 성향에도 발휘되었으면 좋았겠지만 현실은 그렇지가 않았다.

사실을 말하자면 철학자 봉봉이 지닌 정신적 특성은 이후로 신비주의를 띠기 시작했고 독일학 중에서도 악마 연구에 깊이 빠져든 것으로 나타났다.

막다른 골목에 위치한 작은 카페 르 페브르에 들어가는 건 당시에는 천재의 내실에 들어가는 것이었다. 봉봉은 천재였다. 루앙의 요리사 중에서 봉봉이 천재가 아니라고 할 사람은 없었다. 고양이마저도 그 사실을 알고 봉봉만 나타나면 꼬리를 휘저었다. 봉봉이 기르는 큰 개는 주인이 다가오면 열등감을 드러내며 행실을 조심하고 두 귀를 접은 채 개답지 않게 아래턱을 떨어뜨릴 지경이었다. 이렇게 습관적으로 드러나는 존경심은 형이상학자 봉봉의 외모 탓일 수도 있었다.

설명하자면, 기품 있는 겉모습은 짐승까지도 뜻대로 할 수 있었다. 네발짐승마저 깊이 감동하게 하는 봉봉이 풍기는 풍채가 그러한 존경심에 한몫한다고 할 수 있다. 이 작은 거인에게는 눈에 띄는 위엄이 있는데 신체 조건만으로는 흉내 내기도 어려운 수준이었다. 봉봉은 키가 1미터 정도밖에 안 되는데다 머리는 기이할 정도로 작았지만, 봉봉의 살찐 위장으로도 숭고에 가까운 기품을 가릴 수는 없었다. 동물이든 인간이든 봉봉의 몸속에 불멸의 영혼이 숨 쉬는 거처가 자리 잡았음을 알아보았던 것이다.

이쯤에서 봉봉의 옷차림이나 그 밖의 특이 사항을 말해볼까? 봉봉은 짧은 머리칼을 이마 위로 부드럽게 빗어 넘겼으며, 원뿔 모양의 흰 플란넬 모자를 썼다. 봉봉이 입은 연두색 조끼는 당대 레스토랑 경영자들이 흔히 입는 패션은 아니었다. 소매는 유행하는 스타일보다 더 부풀어 있었고, 소매 끝은 단정하게 접어 올렸다. 재킷과 같은 색과 질감의 천이 아닌 제노바에서 생산하는 화려한 벨벳으로 상상력을 더했다. 일본산으로 보이는 연보라색 실내화에는 선이 별나게 그려져 있었다. 특히 발가락에 해당하는 부분의 정교한 무늬가 돋보이는 접합부와 화려한 자수의 색조가 돋보였다. 봉봉이 입은 승마용 반바지는 에마블이라 불리는 노란색 새틴 재질이었다. 하늘색 망토는 포장지 모양에 진홍색 무늬가 점점이 박혔고, 아침 안개처럼 봉봉의 어깨 위에 걸친 차림새였다.

이러한 전체적인 모습 때문에 즉흥 시인 베네베누타는 '피에르 봉봉이 낙원에 사는 새인지, 아니면 낙원 자체인지 말하기 어렵다'고 표현하기도 했다. 좋은 대로 이런 점을 모두 논의할 수도 있겠지만 삼가겠다. 역사적인 소설가들의 개인 정보들을 파헤칠 수도 있지만 진실을 중시하는 도덕적 품위를 지키는 게 더 우선이다.

앞서 '막다른 골목에 위치한 작은 카페 르 페브르에 들어가는 건 당시에는 천재의 내실에 들어가는 것'이라고 말했다. 그렇다면 내실의 장점을 적절히 평가할 수 있는 자는 바로 그 천재뿐일 것이다. 2절판으로 된 간판이 입구에서 흔들렸다. 한쪽 면에는 술병이, 다른 한쪽 면에는 파테(파이를 뜻하는 이 말은 알파벳 E자를 강하게 발음하면 주로 간 고기를 잘 양념하여 도우와 함께 조리한 요리를 뜻함 – 옮긴이)가 그려져 있었다. 뒷면에는 큰 글씨로 '봉봉의 작품'이라 적혀 있었다. 소유주의 두 가지 직업을 교묘하게 가리키는 셈이었다.

문지방을 넘어서니 건물 안이 훤히 보였다. 복고풍의 길고 낮은 방이 카페 전부였다. 카페 가장자리에는 주인의 침대가 놓여 있었다. 그리스풍 덮개와 수많은 커튼이 고풍스럽고 편안한 인상을 풍겼다. 반대쪽 가장자리에는 부엌과 서재가 보였다. 찬장 위 접시에 논증법이 가지런히 놓인 듯했다. 이쪽에는 최신 윤리학이 오븐 가득 놓였고, 저쪽에는 사륙판 크기의 책이 이리저리 뒤섞여 주전자 가득 담겼다. 독일 도덕에 관한 책들은 석쇠와 붙었고, 기다란 포크는 에우세비오(로마의 역사가이자 석의학자 – 옮긴이) 옆에서 발견되었으며, 플라톤은 프라이팬에 비스듬히 기대었다. 동시대에 쓰인 원고들은 쇠꼬챙이에 줄지어 꽂혀 있었다.

다른 면에서 봉봉이 운영하는 카페는 당대의 일반적인 레스토랑과 별다른 차이는 없었다. 벽난로가 문 반대편으로 입을 벌리고 있었고 난로 오른편에는 찬장에 상표가 붙은 술병들이 한가득 놓여 있었다.

혹독한 겨울밤 12시경에 봉봉은 이웃들이 자신의 유별난 성격에 대해 이러쿵저러쿵해대는 것을 듣는 중이었다. 참다 못한 집주인은 이웃들을 집에서 몰아내고 욕을 퍼부으며 문을 잠근 뒤, 그다지 평화롭지 못한 마음으로 가죽을 가장자리에 덧댄 안락의자에 기대어 활활 타는 장작불을 쬐었다.

한 세기에 한두 번 있을 법한 끔찍한 밤이었다. 폭설이 내렸고 벽틈을 타고 강풍이 몰려들어 집이 중심부터 휘청거릴 지경이었다. 굴뚝 안으로 맹렬하게 눈이 쏟아져 들어왔고, 침실 커튼은 이리저리 흔들렸으며, 살림살이들이 정신없이 널브러졌다. 큰 간판은 폭풍에 불길하게 삐걱댔고 단단한 오크 재질로 만든 기둥은 신음 같은 소리를 냈다.

전혀 가라앉지 않은 마음으로 봉봉은 의자를 난로 옆으로 끌고 갔다. 이날 당황스러운 일들이 한꺼번에 일어나 봉봉의 정신을 어지럽혔다. 공주풍 계란 요리를 만들려 했으나 여왕풍 오믈렛을 만들고 말았으며, 윤리학 원리를 발견하려는 찰나 스튜를 엎질러 무산되었다. 더군다나 봉봉이 언제나 성공적인 마무리를 즐겨왔던 흥정에서도 좌절을 겪었다. 여러 우여곡절로 마음이 힘든데다 폭풍우가 몰아친 밤은 신경질적인 불안도 섞여들게 했다. 휘파람을 불어 앞서 언급한 크고 검은 개를 부르면서 의자에 불편하게 앉아 있던 봉봉은 방 깊숙이 떨어진 곳에서 난로 불빛조차도 부분적으로밖에 없애지 못하는 확연한 그림자로 시선이 닿았다. 하지만 정확한 목적을 알지 못한 채 탐색을 마친 봉봉은 책과 논문이 빼곡히 올려진 작은 테이블로 의자를 바싹 당긴 뒤 내일이면 출판될 방대한 원고를 수정하는 작업에 빠져들었다.

그렇게 몇 분쯤 몰입했을 때 갑자기 '서두를 것 없네, 봉봉' 하고 속삭이는 듯한 목소리가 들려왔다.

"악령이다!"

봉봉이 이렇게 외치며 벌떡 일어나는 바람에 테이블이 뒤집혔다. 몹시도 놀라 주변을 두리번거렸다.

"정말이라네."

그 목소리는 나지막이 대답해왔다.

"정말이라고? 뭐가 정말인 거지? 여긴 어떻게 들어왔나?"

봉봉이 소리쳤다. 그때 봉봉의 눈은 침대 위로 길게 드리워진 무언가로 향했다.

침입자는 질문에는 아랑곳하지 않았다.

"내 말은 전혀 서두를 게 없다는 거야. 내 맘대로 청한 그 일은 급하지 않아. 얼마든지 기다려줄 수 있네. 자네가 해설서를 다 쓸 때까지 말이야."

"해설서라고! 어이 거기! 그걸 어떻게 안 거요? 내가 해설서를 쓴다는 걸 어떻게 알았느냔 말이오! 세상에!"

"쉿!"

침입자는 날카로운 목소리로 응답하고는 침대에서 재빠르게 일어나 봉봉에게 한 발짝 성큼 다가갔다. 이때 머리 위에 걸려 있던 철제 램프가 경련하듯 흔들렸다.

봉봉은 어안이 막혔지만 침입자의 복색과 용모를 유심히 관찰했다. 야위었지만 평균 키를 훨씬 넘는 침입자의 겉모습이 뚜렷히 보였다. 검은빛이 도는 빛바랜 정장은 피부에 딱 달라붙어 있었지만 한 세기 전 복식과 흡사했다. 눈앞의 침입자보다 훨씬 키 작은 사람에게 어울릴 법한 복장이었다. 소매가 짧아서인지 손목과 발목 부위가 몇 인치씩 나와 있었다. 그러나 신발에는 화려한 버클이 한 쌍 달려 있어 보기보다 그렇게 가난하지는 않음을 보여주는 듯했다. 거의 대머리였지만, 뒤쪽으로는 상당한 길이의 머리칼이 남아 있었다. 초록색 안경을 써 빛으로부터 눈을 보호하는 한편 눈 색깔이나 모양을 전혀 알아볼 수 없도록 했다.

전체적으로 보니 셔츠를 입지 않은 것 같았지만 지저분해 보이는 스카프를 목 주변에 빈틈없이 매었고 양 끝은 나란히 늘어뜨려 성직자를 떠올리게 했다. 외모나 행동거지로 볼 때 여러 면에서 성직자 같은 인상이 풍겼다. 요즘 사무원들이 즐겨 쓰듯이 왼쪽 귀에는 고대 바늘 모양의 펜대를 끼운 차림이었다. 코트 가슴께 달린 주머니에는 검은 표지로 싼 작은 책이 쇠고리로 고정된 채 눈에 띄게 튀어나와 있었다. 우연이든 아니든 이 책은 너무 튀어나와서 뒷면에 하얀 글씨로 '가톨릭 의식'이라고 적힌 글자가 보였다.

침입자의 얼굴 윤곽은 유독 음침하고 죽은 사람처럼 창백했다. 이마는 툭 튀어나왔고 사색의 깊이를 드러내듯 주름이 깊게 패었다. 입가는 겸허한 성격을 보여주듯 아래로 처졌다. 침입자는 두 손을 맞잡고 깊은 한숨을 내쉬며 봉봉에게 다가왔는데, 매력적일 정도로 위엄 있는 모습이었다. 방문객을 살피더니 만족스러움을 느낀 봉봉에게서 분노의 그림자가 사라졌다. 봉봉은 다정하게 악수를 청한 뒤 앉을자리를 권했다.

하지만 자연스레 영향을 미쳤으리라 생각되는 여러 원인 중, 봉봉이 갑작스레 감정을 전환한 걸 한 원인에 집중하여 이해하는 것은 근본적인 착오가 있을 것이다. 내가 알기로 피에르 봉봉은 그럴듯한 겉모습에 속아 넘어가는 부류의 사람은 아니었다. 인간과 사물을 적확하게 꿰뚫는 봉봉이 자기 집을 침입한 인물의 정체를 제대로 파악하지 못했을 리 없었다. 간략히 말하면 방문객의 발은 시선을 끌 정도로 변형된 모습이었다. 머리에는 지나치게 긴 모자를 썼고, 반바지 뒷부분은 불룩 튀어나왔다. 윗옷 뒷자락에서는 묘한 움직임이 분명하게 느껴졌다.

봉봉이 언제라도 가장 존경심을 느낄 만한 사람을 만난 데 어떤 만족감을 느꼈을지 생각해보라. 봉봉은 사교술에 능했으므로 지금 돌아가는 상황을 보고 의심을 드러내지는 않았다. 어쨌든 예기치 않게 명예로운 대접을 받고 있다는 낌새도 드러내지 않았다. 다만 이 낯선 방문객과 대화를 유도하여, 계획 중인 출판물에 넣을 만한, 인류를 계몽하고 동시에 자기 이름을 길이 남길 중요한 윤리적 사상을 끌어내려 했다. 덧붙이자면 이 사상은 방문객의 지긋한 나이와 도덕에 대한 잘 알려진 식견으로 충분히 제시할 수 있는 사상이었다.

이러한 진보적인 견해에 고무된 봉봉은 방문객을 앉게 한 다음 난로에 장작을 집어넣고 다시 제자리에 놓인 테이블 위에 무스 몇 병을 올려놓았다. 재빠르게 이 동작들을 마친 후 의자를 방문객과 마주 보게 놓고, 상대방이 대화를 시작하기를 기다렸다. 아무리 능숙하게 마련한 계획이라도 시작부터 좌절되기도 하는데, 봉봉은 방문객이 꺼낸 첫 문장부터 몹시 당황하고 말았다.

"나를 아는군그래, 봉봉. 하하하! 허허허! 히히히! 호호호! 후! 후! 후!"

그러더니 악마는 위엄 있던 행동을 한순간에 접고는 들쭉날쭉하고 날카로운 이가 다 드러나게끔 입을 쩍 벌리고는 고개를 젖히고, 길고 크게, 심술궂고 떠들썩하게 웃어댔다. 검은 개는 쭈그리고 앉아 그 웃음소리에 힘을 보태었으며, 얼룩 고양이는 털을 쭈뼛 세우더니 갑자기 아파트 반대편 구석으로 달려가며 괴성을 질렀다.

봉봉은 그렇지 않았다. 개처럼 웃거나 고양이처럼 공포를 흉하게 드러내기에는 세상에 이미 물든 사람이었다. 고백하자면 봉봉은 방문객의 주머니 속 책에 흰 글씨로 '가톨릭 의식'이라고 쓰여 있던 것이 한순간에 색깔과 뜻이 바뀌어 원래 제목 대신 빨간 글자로 '지옥인 명부'라 적힌 것을 보고는 적이 놀랐고, 방문객이 하는 말에 대꾸할 때 당혹스러움이 묻어났다. 다른 때라면 전혀 그런 반응을 보이지 않았을 것이다.

"저기, 저기요. 솔직히, 제 생각에, 희미하게, 아주 희미하게 대단히 영광스럽다는 생각이 드는 것 같기도⋯."

"오! 아! 그렇지! 바로 그거야! 더 말하지 말게. 어떤 건지 잘 알겠네."

악마가 끼어들었다. 그러고는 초록색 안경을 벗어 코트 소매로 조심스럽게 닦더니 주머니에 넣었다.

봉봉은 책 제목이 바뀌는 걸 보고 놀랐다가 이제는 안경을 벗어 드러난 방문객의 눈에 호기심이 집중되었다. 눈을 치켜 뜨고 방문객의 눈 색깔을 확인하려는 순간, 예상했던 까만색이 아니라는 사실을 발견했다. 상상할 수 있을 법한 회색도 아니었고, 녹갈색이나 파란색도, 노란색이나 빨간색도, 보라색, 하얀색, 초록색, 위로는 하늘에서 아래로 땅이나 바다의 색깔도 아니었다. 간단히 말해서 피에르 봉봉은 악마에게는 눈이 없을 뿐만 아니라 예전에도 있었던 적이 없음을 분명히 알 수 있었다. 눈의 흔적이 있어야 할 자리가 그냥 살로 평평하게 덮여 있었던 것이다! 봉봉은 신기한 현상을 눈앞에 두고 원인을 묻지 않을 사람이 아니었고, 악마의 대답은 즉각적이고도 근엄하고 만족스러웠다.

"눈이라고, 봉봉! 눈이라고 했나? 오, 아, 알겠군! 내 외모에 대해 잘못된 지각을 주었던 그 괴상한 자국 말인가? 눈! 그렇다네. 봉봉, 눈은 마땅히 머리에 있어야 한다고 생각하는 거지? 맞아. 벌레의 머리에 말이야. 마찬가지로 자네에게 눈은 없어서는 안 될 것이지. 확신하건대, 내 시력이 자네보다 훨씬 예리할 걸세. 저쪽 구석에 고양이가 보이는군. 귀여운 고양이야. 잘 보고 관찰해봐, 봉봉. 그렇다면 이 고양이가 무슨 생각을 하는지 보이는가? 뇌 속에서 생겨나는 사고나 생각 말일세. 나한테는 보이는데 자네는 보지 못하는군! 고양이는 우리가 자기 꼬리 길이와 심오한 정신을 부러운 듯 쳐다본다고 생각해. 이제 막 저 고양이가 내린 결론은 이런 거야. 난 가장 저명한 성직자고 자네는 가장 얄팍한 형이상학자라고 말일세. 이제 내가 장님이 아니란 걸 알겠지? 내게 자네가 말하는 눈은 짐이 될 뿐이네. 언제라도 쇠막대기 같은 걸로 빼낼 수 있지. 자네한테는 시력이 없어서는 안 되지. 봉봉, 시력을 잘 사용하도록 해보게. 내게 시력은 영혼일세."

악마는 테이블에 놓인 무스를 마음대로 마시고는 다시 벌컥벌컥 따라서 봉봉에게 주었다. 주저하지 말고 들이켜고 편히 있으라고 청하기까지 했다.

"봉봉, 자네 책은 무척 영리해."

악마는 일부러 봉봉의 어깨를 툭툭 치면서 다시 말을 꺼냈다. 봉봉은 악마가 시키는 대로 술을 마시고는 잔을 내려놓았다.

"내 명예를 걸고, 분명 영리한 책이야. 나 자신의 마음을 따라 쓴 작품이야. 자네가 주제를 정리한 방식은 좀 고쳤으면 하네.
개념 중 상당 부분이 아리스토텔레스 판박이였거든. 그 친구는
나와 가장 가까운 사이였지. 난 그 친구의 고약한 기질이나 큰
실수를 하는 행복한 재주 때문에 좋아했어. 아리스토텔레스가
저술한 내용 중 확고한 진실은 단 하나뿐이야. 친구가 빠진 모
순이 가엾어서 넌지시 조언을 했지. 봉봉, 내가 말하는 신성한
도덕적 진리가 무언지는 잘 알지?"

"잘 안다고 할 수는….'

"내가 왜 아리스토텔레스에게 사람들은 재채기하면서 코를
통해 불필요한 생각을 내보낸다고 말했겠는가? 그게 사실이기
때문이지!"

"그건, 딸꾹! 사실이 그러니까요."

봉봉은 이렇게 말하면서 무스를 한 잔 더 따르고는 방문객에
게 담뱃갑을 내밀었다.

"플라톤도 있었지."

담뱃갑과 그 안에 내포된 찬사를 부드럽게 거절하면서 악마
는 말을 이었다.

"플라톤도 있었어. 언젠가 내가 더할 수 없는 애정을 느꼈던
친구지. 자네도 플라톤을 알지, 봉봉? 아, 내가 실례를 범했군.
언젠가 아테네 파르테논 신전에서 플라톤을 만났지. 어떤 생각
때문에 괴롭다고 하더군. 그러길래 'ὄνους εστιν αυλος(마음은
피리다)'라고 쓰라고 했네. 그러겠다고 하면서 플라톤은 집에
돌아갔고 난 피라미드에 갔지. 그런데 아무리 친구를 돕기 위
해서라도 진실을 말했다는 점이 양심에 걸려서 서둘러 아테네

로 돌아가 플라톤이 앉은 의자 뒤편에 도착했지. 때마침 플라톤은 '*αυλοζ*'를 쓰는 중이더군. 그래서 손가락으로 람다(*λ*)를 튕겨내고, 그 글자를 뒤집어버렸어. 그런 연유로 문장이 '*δνουζ ε στιν αυγοζ*(마음은 빛이다)'가 되었고, 알다시피 그 말이 플라톤 형이상학의 기본 교리가 된 거야."

"로마에 간 적이 있나요?"

봉봉은 두 번째 무스병을 다 비워내더니 벽장에서 샹베르탱을 꺼내 오면서 물었다.

"겨우 한 번이야. 봉봉, 한 번이라고. 그런 때가 있었지."

책의 한 구절을 다시 인용하는 것처럼 악마는 말했다.

"옛날에 5년 동안 무정부 상태일 때가 있었네. 공화국에 관리들도 다 사라지고, 호민관 말고는 치안을 담당하는 사람도 없었어. 그들에게는 합법적인 권한도 없었지. 그때가 내가 로마에 있었던 유일한 시기고, 결과적으로 난 로마 철학은 접할 수가 없었어."

"에피쿠로스에 대해서는 어떻게, 어떻게 생각, 딸꾹! 하나요?"

"누구를 어떻게 생각하느냐고?"

악마가 경악하여 되물었다.

"에피쿠로스에게서 단점이라도 찾으라는 건 아니겠지? 에피쿠로스를 어떻게 생각하느냐니. 나한테 하는 말인가? 내가 바로 에피쿠로스일세! 내가 바로 디오게네스 라에르티오스(《고대 그리스 철학자의 생활과 의견 및 저작 목록》의 저자로 유명. 이 책은 탈레스에서 에피쿠로스까지 다룸 – 옮긴이)가 찬사를 보낸, 300

편에 달하는 저작을 남긴 바로 그 철학자란 말일세."

"말도 안 돼요."

봉봉이 술이 약간 달아올라 외쳤다.

"좋아, 아주 좋아! 매우 잘됐어!"

악마는 눈에 띄게 우쭐해졌다.

"거짓말이야!"

봉봉이 고집스럽게 되뇌었다.

"그건, 딸꾹! 거짓말이야!"

"글쎄, 마음대로 생각하게!"

악마는 좀 누그러졌나 보다. 봉봉은 악마를 논쟁에서 물리쳤으므로 마땅히 두 병째 샹베르탱을 모두 마셔버리는 게 의무라고 생각했다.

"내가 말했듯이, 조금 전에 내가 보았던 대로, 자네 책에는 기괴한 개념들이 더러 있네. 예를 들어 영혼에 대한 사기가 무슨 뜻인가? 영혼이라는 게 대체 무엇인가?"

"영, 딸꾹! 영혼은."

봉봉은 원고를 떠올리며 대답했다.

"그건 의심할 여지가 없이…."

"아니야!"

"두말할 필요가 없이…."

"아니야!"

"논쟁의 여지가 없이…."

"아니야!"

"분명히."

"아니야!"

"확실하게."

"아니야!"

"딸꾹!"

"아니야!"

"어떤 의심도 없이, 그….."

"아니야, 영혼은 그런 게 아니야!"

이때 봉봉은 잔뜩 노려보면서 그 자리에서 세 병째 샹베르탱을 끝장내려는 중이었다.

"그럼, 딸꾹! 대체, 딸꾹! 영혼이란 대체 무엇입니까?"

"그건 이곳에도 없고, 저곳에도 없소, 봉봉 선생."

악마는 생각에 잠기어 대답했다.

"나는 맛보았지. 다시 말해서, 매우 고약한 영혼도 있고 무척 고매한 영혼도 알게 되었어."

이때 악마는 입술을 달싹거리며 무의식적으로 손을 주머니 속 책에 넣었고 갑자기 격렬하게 재채기를 했다. 악마는 계속 말을 이었다.

"크라티노스의 영혼은 그런대로 괜찮았어. 아리스토파네스 (크라티노스, 에우폴리스와 함께 3대 희극 시인 - 옮긴이)는 신랄했지. 플라톤은 정교했고. 당신이 아는 그 플라톤이 아니라 희극 작가 플라톤을 말하는 거요. 당신이 생각하는 플라톤은 케르베로스(저승 세계의 입구를 지키는 개 - 옮긴이)의 속을 뒤집어놓았지, 흥! 어디 보자. 루킬리우스와 카툴루스와 오비디우스와 호라티우스와 친애하는 로마의 시인들! 로마의 시인들이 나를 위해 노래를 불러주었을 때 순전히 유머 감각에서 포크로 건배를 외치면서 이렇게 불렀었지. 허나 로마 사람들은 풍미가 부족해. 뚱뚱한 그리스인 한 사람이 로마인 수십 명보다 가치가 있어. 고대 로마인이라면 더 말할 것도 없지. 이제 소테른이나 맛보자고."

봉봉은 이때쯤 무심하게 마음의 결정을 내렸고, 문제의 술병을 꺼내려고 애썼다. 그 순간 한구석에서 꼬리를 살랑살랑 흔드는 것 같은 이상한 소리가 들렸다. 악마로서는 적절치 못한 행동이었지만 봉봉은 그저 무시했다. 되레 개를 차버리고는 조용히 하라고 시켰다.

"호라티우스가 아리스토텔레스와 무척 비슷한 맛이 난다는 걸 알았어. 난 다양한 걸 좋아하거든. 테렌티우스는 메난드로스와 구분할 수가 없었어. 놀랍게도 나소는 니칸드로스가 위장을 한 것이었어. 베르길리우스는 테오크리토스처럼 강한 냄새가 나지. 마르티알리스는 아르킬로코스가 생각나게 하고, 리비우스는 완전히 폴리비오스지 다른 어떤 것도 아니야."

"딸꾹!"

봉봉이 딸꾹질로 답했고, 악마는 계속 진행했다.

"하지만 내가 좋아하는 건, 봉봉, 내가 좋아하는 건 철학자야. 말하자면 악마, 아니 신사라고 해서 모두 철학자를 잘 고르는 건 아니라는 뜻이야. 장황한 철학자는 좋지 않아. 뛰어난 철학자라 하더라도 신중하게 껍질을 벗기지 않으면 담즙 때문에 상하기 쉽지."

"껍질을 벗긴다고요!"

"시체에서 영혼을 꺼낸다는 말이지."

"의사에 대해서는, 딸꾹! 어떻게 생각하십니까?"

"말도 하지 마! 윽! 윽! 윽!(악마가 심한 구역질을 일으켰다)"

"난 그런 맛은 본 적이 없어. 악한 히포크라테스만 예외였군. 진경제(경련을 가라 앉히는 약 ‒ 옮긴이) 냄새가 나더라니까. 윽! 윽! 윽! 녀석을 삼도천에서 씻기는 끔찍한 꿈을 꿨어, 결국 그 놈이 나한테 콜레라를 옮겼지."

"그, 딸꾹! 몹쓸 놈이!"

봉봉이 외쳤다.

"딸꾹! 알약 상자를 삼켰지!"

그러고는 봉봉은 눈물을 떨구었다.

"결국, 결국에는, 만약 악마가, 아니 만약 신사가 살고자 한다면 한두 가지 이상의 재주는 있어야 해. 우리에게 뚱뚱한 얼굴은 세상을 살아가는 지혜를 보여주는 증거지."

"어째서 그렇죠?"

"글쎄, 우리는 식량 때문에 곤란을 겪곤 해. 우리처럼 무더운 기후에서 살면 영혼을 두세 시간 이상 살려두기가 어려워. 죽고 나서 즉시 소금에 절이지 않으면(절인 영혼은 좋지 않지만) 냄새가 나. 무슨 말인지 알아? 보통 영혼이 우리에게 넘겨지면 부패할까 봐 불안하다고, 이 사람아!"

"딸꾹! 딸꾹! 맙소사! 그러면 어떻게 감당하나요?"

이때 철제 램프가 더욱 격렬하게 흔들리자 악마는 자리에서 절반은 일어섰다가 가벼운 한숨을 내쉬고는 평정을 되찾았으며, 낮은 목소리로 봉봉에게 말하는 데 그쳤다.

"이봐, 봉봉, 신에게 맹세했기에 더는 안 되겠네."

봉봉은 이해와 묵인의 뜻으로 한 잔을 더 비웠고, 악마는 계속 말을 해나갔다.

"이봐, 감당할 수 있는 몇 가지 방법이 있지. 대부분은 굶어 죽어. 소금으로 절여서 견디기도 하지. 내 경우는 살아 있는 시체를 사. 그렇게 하면 유지가 잘되더라고."

"하지만 몸은, 딸꾹! 몸은!"

"몸이라, 몸. 글쎄, 몸이 어쨌다는 건가? 아! 이해했네. 이봐요, 선생. 몸은 처리해도 전혀 영향을 받질 않아요. 내가 젊었을 적에 이런 거래를 수도 없이 해봤는데, 어떤 불편도 없었다네. 카인과 니므롯, 네로와 칼리굴라와 디오니시우스와 피시스트라투스, 또 다른 수천 명의 사람이 있었지. 인생 말년에 영혼이 있다는 게 어떤 건지 전혀 알지 못했던 사람들이지. 하지만 이 사람들도 사회를 꾸며주었어. 이 유명인들의 정신적, 육체적 능력은 어떤가? 누가 더 예리한 경구를 쓰는가? 누가 더 재치 있는 추론을 하는가? 누가…. 잠깐! 내 지갑 속에 동의서가 있네."

그렇게 말하고는, 악마는 빨간 가죽 지갑을 꺼내 종이 몇 장을 내보였다. 그중에서 봉봉은 칼리굴라, 조지, 엘리자베스라는 단어와 함께 마치, 마자, 로베스프라는 글자가 적힌 것을 흘긋 쳐다보았다. 악마는 얇은 양피지를 고른 뒤에 그 문장을 크게 읽었다.

"자세히 밝힐 필요는 없는 특정한 정신적 자질을 고려하고, 1000루이도르(1640년 루이 13세 시대에 처음 발행. 단위가 매우 커서 귀족이나 대상인들 사이에서 통용 – 옮긴이)를 추가로 고려하여, 1년 1개월 된 본인은 본 동의서의 소지자에게 나의 모든 권한, 소유권과 내 영혼이라 불리는 그림자의 부속물을 양도하는 바다. 서명…."

이때 악마는 밝히지 않아도 되는 이름을 반복했다.

"영리한 친구였지, 자네처럼 영혼에 대해 잘못 생각했었어. 영혼은 그림자야, 정말! 영혼은 그림자. 하하하! 헤헤헤! 후! 후! 후! 잘게 다져진 프리카세 같은 그림자를 떠올리라고!"

"잘게 다져진 프리카세 같은 그림자, 딸꾹! 만 생각하라!"

우리 주인공이 외쳤다. 봉봉의 능력은 악마가 논하는 깊은 내용에 감화되어 훨씬 명석하게 반짝거렸다.

"오직, 딸꾹! 프리카세가 된 그림자만 생각하라! 이제, 젠장! 딸꾹! 흠! 내가 그런, 딸꾹! 멍청이였다면! 내 영혼은…. 흠!"

"자네의 영혼이라고, 봉봉?"

"그래요. 딸꾹! 내 영혼은…."

"뭐라고요, 선생?"

"그림자가 아니라고, 젠장!"

"그러니까 하려던 말이?"

"그래요, 내 영혼은, 딸꾹! 흠! 그렇다고요."

"그러니까 하려는 말이?"

"내 영혼은, 딸꾹! 특히 자격이 있다는, 딸꾹! 음…."

"뭐라고요?"

"스튜."

"거참…."

"수플레(달걀흰자를 거품 낸 것에 그 밖의 재료를 섞어서 부풀려 오븐에 구워낸 요리 또는 과자 – 옮긴이)."

"허?"

"프리카세."

"정말!"

"라구(서양 요리에서 스튜의 일종 – 옮긴이)와 프리캉도. 여길 봐요, 친구. 흥정하게, 딸꾹! 해줄 테니."

봉봉은 악마의 등을 두드렸다.

"그런 건 생각을 못 했군."

자리에서 일어나며 악마가 조용히 말했다.

"지금으로선 충분해."

"딸꾹! 에?"

"수중에 돈이 없어."

"뭐라고?"

"게다가 정말 꼴사나워."

"악마!"

"이용하는 거지."

"딸꾹!"

"지금의 역겹고 비신사적인 상황을."

이때 방문객은 고개를 숙이고 물러났다. 어떻게 사라졌는지 정확히 알 수는 없었지만 말이다. 봉봉이 '악당'에게 병을 던지려 하자, 천장에 매달린 가느다란 사슬이 끊어지는 바람에 철제 램프가 떨어졌다. 어이없게도 봉봉은 그 철제 램프에 깔려 쓰러져버렸다!

기괴 천사
광시극

Edgar
A. Poe

기괴 천사

광시극

쌀쌀한 어느 11월 오후였다. 나는 저녁 식사로 평소와는 달리 소화가 더디고 꽤나 귀중한 재료로 만든 송로버섯 요리를 실컷 먹었다. 그러고 나서 작은 탁자를 벽난로까지 밀어붙여 놓고, 그 곁에서 난로 망에 발을 얹은 채 식당에 홀로 앉아 있었고, 작은 탁자 위에는 후식을 대신할 갖가지 와인과 위스키, 리큐어가 있었다. 아침에는 글로버의 시 〈레오니다스〉와 윌키의 《에피고니아드》, 라마르틴의 〈성지 순례〉, 발로의 《컬럼비아드》, 터커먼의 《시칠리아》, 그리즈월드의 《호기심》을 읽었다. 기꺼이 고백하건대, 그러고 나니 마치 내가 약간 바보가 된 기분이었다. 라피트(와인의 한 종류 – 옮긴이)의 도움을 받아 나를 깨우치려고 해보았지만 성공하지 못했고, 절망한 채 신문으로 눈을 돌려야 했다.

'임대 주택'과 '개를 찾습니다' 부분을 꼼꼼히 읽고 '아내와 제자의 야반도주'를 두 개 읽었다. 굳은 결의를 다지고 사설란에 도전했지만, 처음부터 끝까지 단 한 음절도 이해하지 못하고 끝나버렸다. 사설이 중국어로 되어 있을 가능성이 있다고 생각하고, 처음부터 끝까지 다시 읽었지만 그 이상의 만족할 만한 성과는 없었다. 내 경각심을 불러일으킨 다음의 기사를 읽고는 넌덜머리가 나서 '이 2절지 네 장, 평론가가 평할 것 없는 행복한 작품'을 집어던질 지경이었다.

　　죽음에 이르는 길은 생소하고도 다양하다. 런던의 한 신문은 희귀한 사고로 죽음에 이른 한 남자의 이야기를 다루었다. 남자는 모직 같은 데 긴 바늘을 꽂아놓고, 관을 들고 과녁판을 향해 입김을 부는 '다트 불어내기' 놀이를 즐겼다. 이 남자는 관 반대쪽에 긴 바늘을 꽂았고, 과녁판을 향해 있는 힘껏 입김을 불자 하필이면 바늘은 남자의 목구멍으로 들어가 버렸다. 바늘은 남자의 폐로 들어갔고, 남자는 며칠 만에 죽음에 이르렀다.

　　정확한 이유는 모르겠지만 이 기사를 읽고 극심한 분노가 치밀었다.

　　"이건 정말 한심한 거짓말이고, 형편없는 날조에, 가련한 삼류 작가가 런던에서 일어난 사고를 조잡하게 조합해서 쓴 쓰레기 같은 글이로군. 사람들이 얼마나 잘 속는지 아는 이런 작자들은 자기들 입으로 '기괴한 사건'이라고 부르는 일이, 일어나지 않을 법한 일이 일어나도록 상상력을 더해 머리를 굴리는 작업을 하지. 하지만 관조적으로 사물을 이해하는 뛰어난 나의 지성에 비추어보건대, 근래 이런 '기괴한 사건'이 불가사의하게 한꺼번에 증가한 것이야말로 가장 기괴하다고 보는 것이 당연하겠군. 적어도 나는 이제부터 '기괴한'이라고 쓴 건 아무것도 믿지 말아야겠어."

"아 그렁고망고, 어령허신까!"

이제껏 들어본 적 없는 이상한 목소리가 답했다. 처음에는 술이 거나하게 취한 사람이 불평하는 소리로 들렸지만, 다시 생각해보니 빈 통을 큰 막대기로 두드릴 때 나는 소리와 매우 비슷한 구석이 있는 소리였다. 또, 음절과 단어를 명확하게 발음하지 않아서 이렇게 단정 지을 수밖에 없었다. 나는 전혀 긴장하지 않았고 아주 조금 들이켰던 라피트가 나를 적잖이 대담하게 해준 덕분에 전혀 무섭지 않았지만, 눈만 이리저리 굴려가며 침입자를 찾아 방 주변을 살폈다. 단 한 사람도 가려낼 수 없었다.

"흠흠, 글럭케 돼지처렁 마셔댜니 내가 여긱 이렁겜 앙잪 이서도 안 바이지."

내가 계속 두리번거리자 그 목소리가 다시 들리기 시작했다.

이 직후에 바로 코앞에 무엇이 보이는 것 같았는데, 그곳에, 아니나 다를까, 어떻게 말로 표현할 수 없는, 정체를 알 수 없는 사람이 탁자에 앉아 나를 마주 보고 있었다. 그 남자의 몸은 와인 통이나, 럼주 통, 하여튼 그 비슷한 것 같았고 폴스타프(셰익스피어의 희곡에 등장하는 몸집이 크고 늙은 기사 – 옮긴이) 같은 분위기가 풍겼다. 그 아래에는 작은 술통이 붙어 있었는데 만능 다리로 적당해 보였다. 몸통의 위쪽부터 꽤 기다란 병이 팔처럼 매달려 있었고, 목 쪽에서 손이 뻗어 나갔다. 괴물에게 달린 머리는 콩팥 모양의 물통처럼 생겼는데 뚜껑 한가운데에 구멍이 뚫린 커다란 코담배 상자의 모양과 비슷했다. 기사의 투구처럼 눈까지 내려 쓰는 환기 구멍이 머리통 위에 한쪽 끄트머리에 걸쳐져 있었고 내가 앉은 쪽을 향해 있었다. 그리고 그 구멍을 통해 깐깐한 늙은 여자가 입을 오므린 것처럼 보이는 그 생명체는 분명하게 말하고 있다는 듯이 웅얼대는 소리를 계속 뿜어냈다.

"글럭케 돼지처렁 마셔댜니 내가 여긱 이렁겜 앙잡 이서도 안 바이지, 글럭케 거이처렁 뭉청하니까 기냥 종이에 써 잉눈 굴짜도 그대로 몹 믿지. 그 기사늠 사실리야. 기사에 써 입능는 글자 하나하나가 다 사실리라고."

"누구신지요? 여기는 어떻게 들어오셨고, 무슨 말씀을 하시는 게요?"

나는 다소 당황했지만 품위를 지키며 말했다.

"여기 어떻게 드럽왔냐는 네가 상관할 바가 아니야. 내가 하고 싶음 말른, 그러니까 뭐가 옳르냐는 거지. 그렁고 내가 능궁지에 대한 대답푼 말이지. 너 자신을 좀 알게 해줄라고 혼 거야. 그게 바로 내가 여기 혼 이유지."

"술 취한 노숙자로군, 종을 울려서 하인을 불러 내쫓아 버리라고 해야겠어."

"헤헤헤. 하하하. 그렁게늡 몽 할걸."

"못 하다니, 무슨 말이지? 내가 뭘 못 해?"

"종을 웅리는 거 말이야."

그놈은 그 조그맣고 사악한 입을 놀리며 씩 웃어보려 애쓰며 답했다. 나는 위협으로부터 벗어나기 위해 일어나려고 했지만, 이 불한당은 유유히 탁자를 건너와 긴 병이 달린 목으로 내 이

마를 툭 치고, 반쯤 일어섰던 나를 다시 의자에 눌러 앉혔다. 나는 아연실색했다. 잠시 어떻게 해야 할지 모르고 쩔쩔맸다. 그러는 동안 의문의 남자는 말을 이어갔다.

"그러니까, 그냥 앉아 있는 겐 좋을 거야. 이체 내가 누군치 알겠지. 나를 봐! 잘 보라고! 나는 기괴 천사야."

"정말 기괴하긴 하군. 천사는 날개가 있는 걸로 아는데."

나는 과감하게 대답했다.

"날개! 날개가 왜 언냐고? 이런! 냉가 무슥 닭이제 알아?"

"그게 아니라, 닭이라는 게 아니라… 그런 말이 아니고."

나는 이제 겁에 질렸다.

"긍러면 얌천히 앉아 잉어, 안 긍러면 내 주명맛을 다시 보케 될 거야. 닭은 난개가 잉지. 부엉이도 인고, 악마도 날개가 잉서. 사탄도 날개가 입고. 천사는 날개가 업어. 나는 기괴 천사고."

"그러니까 지금 나한테 무슨 용건이…."

"아! 볼일! 이야, 천사한테 용건니 뭐냐고 뭉어보다니, 정막 막댓먹은 강아지야!"

그놈이 짧게 소리쳤다.

아무리 천사가 하는 말이라 해도 이번에는 더 참을 수가 없었다. 용기를 끌어내 손이 닿는 위치에 있던 소금통을 집어 들고 천사의 머리를 향해 세게 던졌다. 하지만 기괴 천사가 몸을 재빨리 피했는지 아니면 내가 조준을 잘못했는지, 내가 파괴에 성공한 것은 벽난로 선반 위에서 시계의 숫자판을 가리고 있던 크리스털뿐이었다. 천사에 대해 말하자면, 이전처럼 이마를 연속해서 두세 번쯤 다시 세게 치는 것으로 내 공격에 대한 기분을 보여주었다. 이에 나는 그대로 굴복하게 됐고, 고통 때문인지 화가 나서인지 고백하기 정말 낯부끄럽게도 눈가에 눈물이 몇 방울 맺혔다.

"아, 정말! 이 잉간이 정말 취햅던지, 아님 정말 미안합가 보네. 그렇게 진탕 마시면 쓰나. 포도주에 뭉을 좀 타봐. 이거 마셔봐. 울지 좀 마! 쫌!"

천사는 내가 아파하는 모습에 한결 마음이 풀린 듯 말했다.

이 직후에 기괴 천사는 자신의 병 속에서 무색 액체를 따라 라피트가 3분의 1쯤 차 있던 내 술잔을 다시 채웠다. 병 목 즈음에 붙어 있는 상표를 보니, '키센바서(독일의 샘물 상표 – 옮긴이)'라고 쓰여 있었다.

천사의 사려 깊고 다정한 마음씨에 나도 어느 정도 안정이 되었다. 그리고 천사가 연거푸 물을 탄 와인이 도움이 되어, 그야말로 어이없는 천사의 이야기를 들어줄 수 있을 만한 기분이 되었다. 천사가 했던 말을 모두 옮겼다고 할 수는 없지만, 이 천사는 인류의 재앙을 관장했던 귀재였으며, 기괴한 사건 사고를 일으켜 신을 믿지 않는 사람들을 끊임없이 시험에 들게 하는 임무를 맡았다는 사실을 알았다. 한두 번쯤, 천사의 이야기를 완전히 믿지 않는 듯한 내 대담함에 천사는 화를 냈고, 종당에는 아무 말도 않고 그냥 천사가 하는 대로 두는 편이 현명한 방법이라고 생각하게 됐다. 그래서 천사는 굉장히 오랫동안 이야기를 계속했고, 나는 의자 등받이에 기대 눈을 감고 건포도를 우적우적 씹으며 건포도 줄기를 방 여기저기로 튕기는 순간만을 즐겼다. 이런 행동도 오래지 않아 천사가 돌연히 멸시의 뜻으로 해석하기 시작했다.

천사는 극심한 격노에 휩싸여 눈 위로 덮개를 올린 뒤 어마 어마한 욕설을 퍼붓고는, 내가 정확하게 납득할 수 없는 문자로 나를 위협했다. 나중에는 나에게 깍듯히 인사를 받고는,《질 블라스 이야기》(알랭 르네 르사주가 쓴 프랑스의 대표적인 악당 소설 – 옮긴이)의 대주교처럼 '가득한 행복과 조금 더 지혜롭기'를 빌어주고는 자리를 떴다.

천사가 떠나자 이제 마음이 놓였다. 라피트를 아주 조금 마셨을 뿐인데도 졸음이 밀려왔고, 저녁 식사를 한 뒤에는 손님이 방문할 예정이었기에 15분에서 20분 정도 낮잠을 자두고 싶었다. 부득이하게도 6시에는 꼭 지켜야 하는 중요한 약속이 있었다. 내 주택 보험 계약이 바로 전날 만료되어서 약간의 언쟁이 생겼고, 6시에 보험사의 경영진을 만나 보험 갱신 조건을 결정하기로 했던 터였다. 너무 졸려서 깨진 시계를 치우지도 못하고 흘깃 보니, 다행히 아직 25분 정도는 여유 시간이 있었다. 5시 30분이었다. 보험사까지 걸어가는 데는 5분이면 거뜬할 것이었다. 낮잠은 보통 5분에서 20분을 넘겨본 적이 없었다. 그러니 나는 무리가 없다고 판단하고 그대로 얕은 잠에 빠져버렸다.

잠에서 깨어 다시 시계를 보았고, 내가 평소처럼 15분에서 20분이 아니라 겨우 3분 정도 잔 것을 알고 기괴한 사건의 가능성을 믿어볼까 하는 마음도 생겼다. 아직 7분 정도 더 자고 싶었고 약속 시각까지는 20분이 남았다. 다시 몸을 뉘어 잠을 청했고, 결국 두 번째로 깼을 때 6시까지 27분이나 남았다는 사실에 적잖이 놀랐다. 나는 벌떡 일어나 시계를 확인해보았고, 작동하지 않는 것을 알았다. 손목시계를 보니 7시 30분이었다! 두 시간여를 잤고 약속 시각을 훌쩍 넘겨버렸다.

"별문제 있으려고. 아침에 담당자에게 전화해서 사과해야지. 그나저나 시계는 왜 이러지?"

시계를 요모조모 살피던 나는 기괴 천사와 이야기하던 중에 손으로 튕겨냈던 건포도 줄기를 발견했고, 그 줄기가 깨진 유리 틈으로 들어가, 공간이 충분한 열쇠 구멍에 자리 잡으며 분침의 순환을 정지시킨 것을 발견했다.

"아하! 이렇게 된 게로군. 이게 바로 증거야. 때때로 일어날 수 있는 자연스러운 사고란 말이지!"

나는 그 일을 더 생각하지 않기로 하고 평상시처럼 침대에 들었다. 여기서 침대 머리맡에 있는 독서 등에 초를 켠 뒤《어디에나 존재하는 신》을 몇 장 읽어보려고 애썼다. 불행히도 20초도 지나지 않아 잠들었고, 촛불을 그대로 켜둔 채였다.

나는 꿈속에서 기괴 천사의 모습을 보고 불안에 떨었다. 천사는 소파 끄트머리에 서서, 커튼을 걷더니 넌덜머리 나는 텅빈 술통의 음색으로 내가 천사에게 대접한 모욕을 쓰디쓰게 앙갚음하며 위협하는 중이었다. 천사는 투구를 벗어버리고, 내 목구멍에 튜브를 밀어 넣으며 일장 연설을 마치더니, 팔 대신 달려 있던 긴 병으로 키셴바서를 계속 퍼부어 나를 흠뻑 적셨다. 나는 더는 고통을 견디기 어려웠고, 잠에서 깨는 순간 쥐 한 마리가 불 밝힌 초를 가지고 달아나려는 것을 알아챘지만, 초를 가지고 구멍으로 도망치는 녀석을 제때에 막지는 못했다.

얼마 지나지 않아 숨 막힐 듯한 냄새가 내 코를, 집 안을 덮쳤고 불이 났다는 것을 직감했다. 몇 분 만에 불꽃이 격렬하게 폭발했고, 믿기지 않을 만큼 삽시간에 온 건물이 불길에 휩싸였다. 창문을 제외하고 내 방에서 나가는 모든 출구가 막혔다. 다행히 하인들이 재빨리 긴 사다리를 가져다 세웠다. 이 방법으로 나는 서둘러 탈출했고 안전해졌다고 생각했다. 그 순간 배는 통통하고 얼굴 생김새나 전체적인 분위기가 어쩐지 기괴 천사를 떠올리게 하는 거대한 돼지 한 마리가, 이제껏 진흙탕에서 조용히 졸던 이 돼지가, 느닷없이 간지러운 왼쪽 어깨를 긁기에 사다리 아랫부분이 시원할 것 같다는 생각이 들었는지, 사다리에 무지막지하게 어깨를 비벼댔다. 이내 나는 곤두박질쳐서 팔이 부러지는 불운을 겪었다.

보험도 잃고, 더 중대하게는 머리카락도 잃은 이 사고로, 이 불이 일으킨 모든 일에 막대한 영향을 받은 나는 결국 아내를 맞기로 했다. 일곱 번째 남편을 잃고 실의에 빠진 부자 미망인이 있었고, 그 미망인의 상처 입은 마음에 사랑의 서약으로 위안을 주었다. 미망인은 내 소원을 마지못해 승낙해주었다. 나는 감사와 흠모의 마음으로 여인 앞에 무릎을 꿇었다. 여자는 발그레한 얼굴로 몸을 굽혀, 양모제를 발라 풍성하게 땋은 내 가발 가까이로 다가왔다. 연애가 어떻게 시작되는지 알지 못했건만, 이런 식이었던가! 나는 가발을 쓰지 않은 정수리를 반짝이며 일어섰다.

여인은 괴상한 가발에 반쯤 파묻혀 격노하며 나를 경멸했다. 사건이 가져온 결과는 당연했으며, 이렇게 미망인을 향한 내 희망은 예기치 않게 우연히, 그리고 확실하게 끝이 났다.

하지만 나는 절망 대신, 미워하지 않으려 애쓰는 쪽을 택했다. 운명은 잠시간 너그러워졌다. 다시 사소한 사건이 훼방을 놓았다. 이 지역의 유명 인사 무리와 함께 있는 약혼녀를 만났고, 나는 서둘러 깊은 존경을 담아 몸을 숙여 약혼녀를 맞으려 했다. 그런데 티끌만 한 먼지가 눈 한쪽 구석에 자리를 잡았고, 잠깐이지만 아무것도 볼 수 없었다. 내가 시력을 되찾기도 전에 사랑하는 여인은 자취를 감추었고, 내가 무례하게도 일부러 인사도 하지 않고 지나쳤다고 생각하기로 한 것에 돌이킬 수 없을 만큼 화가 났다. 불의의 사고였지만 하늘 아래 누구에게나 일어날 법한 사고에 갈피를 잡지 못하고 서 있었다. 그때까지 시력도 계속 쓸모없는 상태에서, 기대할 이유도 없는 정중한 태도로 도움을 제안하는 기괴 천사를 맞닥뜨렸다. 천사는 상냥하고 숙련된 솜씨로 내 아픈 눈을 살펴보더니, 뭐가 들어갔다고 하면서 그 무엇을 꺼내주었고 나는 안도하게 되었다.

운명이 나를 괴롭히기로 단단히 마음먹었기에, 나는 지금이 죽기에 알맞은 때라고 생각하고 가까운 강으로 길을 정했다. 우리가 태어날 때 이유가 없듯 죽지 못할 이유도 없으므로, 옷을 벗고 물길 속으로 거꾸로 몸을 던졌다. 브랜디에 적신 옥수수의 꼬임에 넘어가 무리에서 동떨어진 외톨이 까마귀 한 마리가 내 운명의 유일한 목격자였다. 내가 물에 들어가자마자 까마귀는 내 의상에서 가장 쓸 만한 부분을 낚아채더니 날아가 버렸다. 따라서 일단은 내 자살 계획을 미뤄두고 다리를 코트 소매에 밀어 넣고, 이 상황에 필요하고 용납되는 만큼 날렵하게 흉악범 추격에 나섰다. 여전히 사악한 운명은 나를 따라다녔다. 내 자산 절도범에게 집중한 나머지 코를 휘날리며 있는 힘껏 달리다, 문득 내 발이 더는 육지를 딛고 있지 않다는 사실을 깨달았다. 나는 벼랑으로 몸을 던졌고 내동댕이쳐진 채 산산이 조각났어야 했지만, 다행히도 지나가던 열기구에 달린 밧줄 끝을 잡을 수 있었다.

나는 서 있는 것이 아니라 매달려 있는 이 끔찍한 상황을 이해할 만한 판단력을 신속하게 회복했고, 머리 위에 있는 비행사에게 이 상황을 알리려 폐의 힘을 한껏 발휘했다. 한참이나 헛된 노력을 쏟았다. 비행사가 바보라면 나를 구하지 못할 것이고, 악당이라면 구하지 않을 것이었다. 그러는 와중에 열기구가 급상승했고 내 힘은 급강하했다. 소리 없이 바다로 떨어지며 곧 운명을 다하게 될 순간에, 한가하게 콧노래로 오페라 선율을 노래하는 머리 위의 공허한 목소리에 정신이 번쩍 들었다. 올려다보니 기괴 천사가 보였다. 팔짱을 낀 천사는 열기구 구석 자리에 기대어, 입에는 담배를 물고 한가로이 뻐금대며 우주와 아주 좋은 조건을 체결했다는 듯이 서 있었다. 기운이 없어 입도 뗄 수 없었던 나는 애원하는 마음으로 천사를 지그시 보기만 했다.

천사는 내 얼굴을 빤히 보고도 몇 분 동안이나 아무 말도 하지 않았다. 그러더니 이윽고 담배를 입 오른쪽에서 왼쪽으로 옮겨 물며 말했다.

"누국시뒤라? 업떤 악마가 당신을 거기 무뭐놔찌?"

잔인하고 허세가 가득하며 뻔뻔한 이 말을 듣고 나는 겨우 한마디 뱉어내는 게 고작이었다.

"도와주세요!"

"또와쥬세요."

악당이 따라했다. 내가 아니다.

"요기 평이 인쓰니 알아서 해버시단지요!"

이 말과 함께 키센바서가 담긴 무거운 병이 내려왔는데, 내 정수리에 정확히 떨어지면서 그대로 기절해버리는 상상을 했다. 이 생각에 충격을 받은 내가 잡고 있던 손을 내어주고 기꺼이 영혼을 포기하려는 찰나, 기다려달라고 간청하는 천사의 소리에 붙들리고 말았다.

"자바, 놓지 말곱, 제발. 그렇게 서둑르지 말고. 뒤른 병을 잡아줄래? 아니면 이제 술이 좀 깨서 제정신이 드나?"

이 직후에 나는 급히 고개를 두 번 주억거렸다. 한 번은 지금은 다른 병은 잡고 싶지 않다는 뜻의 부정적인 대답이었고, 또한 번은 내가 이렇게 온전히 제정신으로 돌아왔고 술도 깼다고 보여주는 긍정을 담은 의미였다. 이 대답에 천사의 마음이 어느 정도 풀어졌다.

"고러면 이제, 드디어, 천사의 존재를 밍는다는 말뤼지?"

나는 다시 동의한다는 뜻으로 고개를 끄덕였다.

"잉제는 내가 기괴 천사라는 것도 밍고?"

다시 고개를 끄덕였다.

"당신은 그때 잉사불성으로 취해 있썹다는 것도 알고?"

또 한 번 고개를 끄덕일 수밖에 없었다.

"그렇다면 왼손을 바지 주머니에 넣고, 기괴 천사께 완전히 항복해."

이번에는 너무나도 당연한 이유로 주문받은 행동을 실행에
옮길 수 없었다. 첫째로, 사다리에서 떨어지며 왼팔이 부러졌
고, 따라서 오른손을 놓는다면 모든 것을 놓게 될 것이었다. 둘
째로, 까마귀를 다시 만나기 전까지 바지를 입지 않은 상태였
다. 따라서 어쩔 수 없이 큰 후회와 함께 천사가 지금 당장은 자
신의 너무도 합당한 요구에 따를 수 없다는 뜻으로 이해할 수
있도록 부정의 의미를 담아 고개를 저었다. 하지만 내가 고개
를 젓자마자 천사가 소리쳤다.

"그럼 악마한테나 떨려져버려!"

이 말이 떨어지기가 무섭게, 천사는 내가 매달린 밧줄을 예
리한 칼로 그었다. 우리가 있던 곳은 내 집 바로 위였다. 내가
여태껏 돌아다니는 동안 새로 지은 내 집 위에 둥둥 떠 있다가,
넓은 굴뚝 아래로 거꾸로 쑤셔 박히며 식당 안 화로 위로 떨어
졌다.

너무 세게 떨어지는 바람에 정신이 번쩍 나서 보니, 새벽 4시
였다. 나는 열기구에서 떨어진 곳 그 자리에 그대로 널브러진
상태였다. 내 머리는 불 꺼진 잿더미 위에 엎어져 있었고, 다리
는 잘게 부서진 다양한 종류의 디저트, 신문, 깨진 유리, 산산조
각이 난 술병, 빈 키센바서병이 나뒹구는 작은 탁자의 잔해 위
에 놓여 있다. 이렇게 기괴 천사의 복수가 이루어졌던 것이다.

악마에게 머리를 걸지 마라
윤리에 관한 이야기

Edgar
A. Poe

악마에게 머리를 걸지 마라
윤리에 관한 이야기

돈 토마스 데 라스 토레스는 《연가》 서문에서 이렇게 말했다.

"Con tal que las costumbres de un autor, sean puras y castas, impoto muy poco que no sean igualmente severas sus obras."

쉽게 풀이하면, 작가 개인의 순수한 윤리 의식은 작가가 쓴 책의 윤리 의식과 다름없다는 뜻이다. 이러한 주장을 따르면 돈 토마스는 지금 연옥에 있을 것이다. 돈 토마스가 쓴 《연가》가 절판되거나 이제는 찾는 독자가 없어 책장 위에 남겨질 때까지 돈 토마스를 그곳에 머무르게 하는 것은 시적 정의 구현에서도 현명한 일이다. 모든 소설은 윤리 의식이 있어야 한다. 그러므로 비평가들은 모든 소설에서 윤리 의식을 찾아냈다.

예전에 필리프 멜란히톤(독일의 종교 개혁가 – 옮긴이)은 〈바트라코마이오마키아〉(개구리와 쥐의 전쟁이란 뜻으로, 《일리아드》를 패러디한 작품 – 옮긴이)에 대한 논평에서 돈 토마스가 글을 쓴 목적은 소란을 선동하는 행위에 대한 불쾌감을 고쳐시키는 것이라 밝혔다. 한 걸음 더 나아가, 피에르 라세르는 젊은이들에게 음주와 식사를 자제하도록 권장하는 게 그 책의 목적이라고 주장했다. 야코뷔스 위고는 이 책에서 유니스는 장 칼뱅, 안티누스는 마틴 루터, 로토파기는 신교도들, 하피들은 루터파 교도를 암시한다고 믿었다. 근대의 고전학자들도 예리했다. 고전학자들은 〈대홍수 이전의 사람들〉에서는 숨은 의미를, 《포와탄》에서는 우화를, 〈누가 울새를 죽였나〉(구전되어오는 동요 - 옮긴이)에서는 새로운 의미를, 〈엄지 동자〉에서는 초월주의를 발견해냈다.

즉, 심오한 생각 없이는 글을 쓸 수 없다는 뜻이다. 그래서 작가들은 뼈를 깎는 어려움을 겪는 것이다. 예를 들어, 소설가라면 윤리 의식을 신경 쓰지 않아도 된다. 윤리 의식은 이야기 속 어딘가에 있어서, 윤리학자나 비평가들이 찾아낼 게 분명하다. 적당한 시기가 되면, 작가가 의도한 것이든 아니든 모두 〈다이얼〉지나 〈다운 이스터〉지에서 밝혀지게 되어 모든 것이 분명해진다.

그러므로 무식한 사람들이 내가 윤리적인 이야기, 더 정확히 말해서 윤리 의식이 부족한 이야기를 썼다고 비난하는 건 말도 안 되는 주장이다. 나를 찾아내서 윤리 의식을 평가하는 건 비평가들의 몫이 아니다. 어쨌거나 나의 윤리 의식은 비밀로 남겨둘 것이다. 조만간 계간 〈북미 험드럼〉지는 자신들의 우매함을 부끄러워하게 될 것이다. 동시에, 그동안 해왔던 평가를 유예하고 비난을 완화하기 위해 슬픈 이야기를 덧붙이겠다. 뛰어가는 사람조차 큰 글씨로 적힌 이야기 제목은 읽을 수 있듯이 분명하고 확실한 윤리적인 사람에 관한 이야기다. 나는 이 이야기의 구성 방식이 마지막 순간까지 전달하려는 의미를 꽁꽁 숨겨두었다가 대단원에 이르러서야 살짝 드러내는 라퐁텐(프랑스 고전주의 시대의 대표 시인 – 옮긴이)을 비롯한 다른 사람들의 방식보다 훨씬 낫다고 자부한다.

'죽은 자를 욕되게 하지 말라'는 로마 12표법 중 하나(로마에서 제정된 최초의 성문법으로, 실제 12표법 조항은 아님 – 옮긴이)며, '죽은 자를 그대로 두라'는 훌륭한 명령이라고 생각한다. 문제의 '죽은 자'가 별 볼일 없는 사람에 불과했을지라도 말이다. 따라서 나의 죽은 친구, 토비 댐잇을 비난하려는 의도가 아님을 밝혀두겠다. 토비는 난봉꾼이었으며 결국 개처럼 죽었지만, 토비에게 잘못을 물어서는 안 된다. 토비가 저지른 악덕은 어머니의 잘못으로부터 생겨난 것이다. 유아기 동안, 토비 어머니는 온 힘을 기울여 아들에게 매질했는데, 규칙을 잘 지키는 성품의 소유자로서 이러한 의무감을 기쁨으로 여겼던데다, 질긴 스테이크 고기나 그리스 올리브 나무와 마찬가지로 아기들은 무엇보다 때리기 좋아서였다.

불쌍한 여인 같으니라고! 불행히도 토비 어머니는 왼손잡이였고, 왼손으로 매질하느니 때리지 않고 내버려 두는 편이 훨씬 나았다. 지구는 오른쪽에서 왼쪽으로 돈다. 따라서 아이들은 왼쪽에서 오른쪽으로 때려서는 안 된다. 바른 방향으로 매질하면 사악함을 몰아내지만, 반대 방향으로 하면 사악함이 들어온다. 토비가 매 맞는 모습을 자주 지켜보니, 그 친구가 매일매일 상태가 점점 나빠진다는 사실을 알아챌 수 있었다. 마침내 나는 눈물이 고인 채, 저 악당에게는 더는 희망이 없다고 깨닫게 되었다. 어느 날, 토비는 아프리카 꼬마로 착각할 정도로 온 얼굴이 시커멓게 멍이 들도록 흠씬 얻어맞았다. 그런데도 요리조리 빠져나가려는 친구의 모습을 보자, 나는 더 참을 수 없어 곧 무릎을 꿇고는 목소리를 드높여 토비의 파멸을 예언했다.

사실, 토비는 악덕만큼은 끔찍하리만치 조숙했다. 토비는 생후 5개월에 말로 표현하기 어려운 감정에 휩싸였고, 6개월에는 카드 꾸러미를 물어뜯었다. 7개월에는 여자 아기들의 관심을 사로잡아 키스를 받아내는 버릇이 생겼고, 8개월에는 금주 맹세 서류에 서명하기를 단호하게 거부했다. 이렇게 토비의 악덕은 달이 지날수록 커져만 갔고, 결국 첫돌 무렵에는 콧수염을 기르겠다고 고집을 부렸을 뿐 아니라 저주하고 욕하며 자기가 한 단언을 담보로 내기하는 습성도 생겨났다.

결국, 그 단언을 담보로 내기하는 비신사적인 습성 탓에, 내가 토비 댐잇에게 예언한 파멸이 친구를 집어삼키고 말았다. 이러한 성향은 '토비의 성장과 함께 자라고, 힘이 세어지면서 함께 강해져서' 토비가 성인이 되었을 무렵에는 모든 말을 내뱉을 때마다 내기 제의를 꺼내게 되었다. 실제로 내기를 하지는 않았다. 토비가 내기를 했다는 말보다는 알을 낳았다는 말이 더 그럴듯하게 여겨질 정도다. 토비에게 내기는 그저 공식에 지나지 않았다. 토비의 뇌리를 스치는 표현에 불과할 뿐 다른 의미는 없었다. 단순한 욕설이라기보다는 문장을 마무리 짓는 수사였다.

토비가 "이렇게 저렇게 내기하자"라고 말한다 해도, 아무도 진지하게 받아들이지 않았다. 하지만 난 토비를 깎아내리는 게 내 의무라고 여겨서, 이러한 습관은 비윤리적이라고 말해주었다. 또 천박한 습관이라는 점을 믿으라고 애원하다시피 했다. 진실만을 말하겠다고 맹세하며 내기는 사회적으로 용인되지 않는 습관이라고도 했으며, 정색하며 의회에서 금지되었다고도 말했다. 나는 다각도로 충고했지만, 모두 물거품이 되었다. 나의 주장도 허사로 돌아갔고, 애원에도 빙그레 웃기만 할 뿐이었다. 간청하면 큰 소리로 웃었고, 잔소리를 늘어놓으면 코웃음 쳤으며, 협박하면 욕을 퍼부었다. 토비를 걷어차면 경찰을 부르고, 토비의 코를 잡아당기면 코를 풀어버리며, 결국 내가 다시는 이런 짓을 하지 않는다는 데 악마에게 머리를 걸겠다고 맹세했다.

가난은 토비의 어머니가 물려준 또 다른 악덕이었다. 토비는 혐오스러울 정도로 가난했고, 내기할 때 쓰는 무의미한 표현이 금전적인 면으로 연결되지 않은 것도 이 때문이었다. 토비가 "1달러를 걸겠어"라는 표현을 쓰는 걸 한 번도 들은 적이 없었다. 보통은 "네가 원하는 것을 걸겠어"라던가 "네가 감히 하려는 걸 걸겠어" 아니면 "하찮은 걸 걸지"라는 표현을 애용했고, 좀 중요한 상황이라면 "악마에게 머리를 걸겠어"라고 했다.

토비는 이 마지막 표현이 제법 마음에 들었던 듯싶다. 아마도 가장 위험 부담이 적었으리라. 토비는 굉장히 인색했다. 만일 누군가 토비가 한 제안을 받아들여도, 토비의 머리가 작으니 잃는 것도 적을 것이다. 이는 전적으로 내 생각일 뿐 토비의 생각인지는 확신할 수 없다. 은행 수표라도 되는 양 자기 머리를 거는 건 어찌 보면 부도덕한 행동임에도, 아무튼 토비는 문제의 그 표현을 날이 갈수록 즐겨 쓰게 되었다. 이 점만큼은 내 친구의 괴팍한 성격을 참작한다고 해도 도통 이해가 되지 않았다.

결국, 토비는 다른 내기 형식을 버리고 '악마에게 머리를 걸 겠다'는 표현만을 끈질기게 쓰게 되었고, 이러한 행동은 나를 불쾌하게 했거나 적어도 놀라게 했다. 난 말로 설명할 수 없는 상황을 겪으면 언제나 불쾌해진다. 불가해한 일들은 사람에게 사고를 강요하여 건강을 잃게 한다. 사실, 토비에게는 공격적인 말을 일상적으로 툭 내뱉는 분위기와 첨엔 흥미를 끌지만 나중에는 불편하게 느껴지는 대화 태도, 지금으로서는 정확한 표현을 찾지 못해 그저 이상하다고 말할 수밖에 없는 그 무언가 있었다. 이를 두고 콜리지라면 신비롭다고 했을 것이며, 칸트는 범신론적이고, 칼라일은 뒤틀렸으며, 에머슨은 기묘하다고 표현했을 것이다.

난 처음부터 이 표현을 좋아하지 않았다. 토비의 영혼은 위험한 상태였다. 친구의 영혼을 구하기 위해 있는 힘껏 친구를 설득하기로 마음먹었다. 〈아일랜드 연대기〉에서 성 패트릭이 두꺼비에게 '자신의 처지를 일깨워'주었듯 친구를 위해 봉사하기로 맹세까지 했다. 당장 그 일에 착수해서 다시 한 번 충고하기로 했다. 그러고는 최후의 충고를 해주려고 힘을 끌어모았다.

내가 일장 연설을 끝내자, 토비는 몹시 애매한 행동을 취했다. 잠시 입을 다문 채 못마땅한 듯 나를 바라보기만 했다. 그러고는 머리를 한쪽으로 꺾더니, 눈썹을 잔뜩 위로 추켜올렸다. 두 손바닥을 펴고는 어깨를 으쓱이며, 오른쪽 눈을 찡긋하더니 뒤이어 왼쪽 눈도 찡긋했다. 그런 뒤에는 두 눈을 질끈 감았다가 깜짝 놀랄 만큼 동그랗게 떴다. 엄지손가락을 코에 갖다 대는가 하면, 나머지 손가락들을 이상하게 움직였다. 급기야 뒷짐을 지더니 조곤조곤 대답했다.

내가 기억하는 거라곤 토비가 한 말의 일부뿐이다. 토비는 나에게 잠자코 있으라고 했다. 네 충고 따위는 조금도 바라지 않으며, 내가 빗대어 한 모든 얘기도 무시하겠다고 했다. 자신은 스스로 돌볼 수 있을 만큼 충분히 나이를 먹었다. 내가 아직도 아기 토비로 보이나? 성질을 긁는 말을 하려는 건가? 나를 모욕할 작정인가? 너 바보냐? 네 어머니는 네가 집에 없다는 걸 아시냐? 토비는 나를 진실한 사람이라 여기고 마지막 질문을 던졌으며, 나의 대답을 따르기로 맹세했다. 그러더니 다시 한 번, 내가 집을 나온 걸 어머니가 아시는지 물었다. 내가 당황하는 기색을 보이자, 토비는 내 어머니가 모른다는 쪽에 악마에게 머리를 걸겠다고 말했다.

댐잇은 내 대답을 기다리지도 않았다. 발길을 돌려 무례하게 떠나버렸다. 토비가 이렇게 행동한 건 잘한 짓이었다. 그 순간 내 마음은 상처 입어 분노까지 치밀어올랐다. 이번 한 번만은 토비와 한 모욕적인 내기에서 이길 수 있으리라. 나는 악마에게 친구의 작은 머리를 기꺼이 바치리라. 사실, 어머니는 내가 잠깐 외출한 것으로 안다.

"천국이 안식을 주리라."

이슬람교도는 발을 밟히면 이렇게 말한다. 친구로서 의무를 다하는 과정에서 나는 모욕을 받았지만 남자답게 견뎌냈다. 이제는 이 비참한 인간을 위해 내가 해야만 하는 일은 다했으니, 앞으로 토비에게 충고하여 갈등을 빚지 않고 그 자신과 양심에 맡겨두기로 마음먹었다. 충고하는 일은 그만두었어도 친구 관계까지 포기할 수는 없었다. 때로는 미식가들이 겨자 맛에 감탄하듯, 눈물을 글썽이며 토비가 툭툭 내던지는 사악한 농담을 칭찬하기까지 했다. 사실, 토비가 해주는 사악한 이야기를 들으면 굉장히 슬퍼졌지만 말이다.

어느 날씨 좋은 날, 우리는 팔짱을 끼고 강 쪽으로 함께 산책하러 나갔다. 강에는 다리가 있었고 우리는 다리를 건너 가보기로 했다. 비바람을 막아주는 지붕이 씌워진 다리였는데, 통로에는 창문이 거의 없어서 다니기 불편할 정도로 어두웠다. 통로에 들어서자, 외부의 밝은 빛과 내부의 암울함이 극명한 대비를 이루어 내 마음에 무겁게 와 닿았다. 불행한 토비 댐잇은 나와 다른지 내가 우울해졌다는 쪽에 악마에게 머리를 걸었다.

토비는 평소보다 기분이 들뜬 것 같았다. 오늘따라 지나치다 싶을 만큼 생기가 넘쳐서, 난 이유 없이 불편한 의구심이 들었다. 토비가 초월주의(현실 세계의 유한성을 부정하고 인간의 감각으로는 파악할 수 없는 초월적 세계가 실제로 존재한다고 믿는 사상 ― 옮긴이)에 영향을 받았을 수도 있다. 그렇다고 이렇게 단언할 만큼 이 질병에 정통한 사람도 아니고, 계간지 〈다이얼〉(초월주의자 클럽에서 만든 기관지로, 1840~1844년 간행됨 ― 옮긴이)에 친구가 있는 것도 아니다. 그럼에도, 내가 이러한 생각을 하게 된 연유는 토비가 얼간이처럼 보일 우스꽝스러운 행동을 해서였다.

토비는 다리를 건너며 부딪치는 모든 것들을 하나같이 곱게 지나는 법이 없었다. 온갖 이상한 말들을 내지르고, 혀 짧은 소리를 내곤 했지만 얼굴만은 세상에서 가장 근엄한 표정이었다. 내 친구를 걷어차야 할지 동정해야 할지 도저히 마음을 정할 수 없었다. 다리 끝에 다다르자 인도가 끝나면서 약간 높은 회전문이 나타났다. 나는 보통 때처럼 조심스레 문을 밀어 통과했다. 반면 댐잇은 회전문을 미는 대신 뛰어넘겠다고 주장하며, 공중에서 피전 윙 스텝(춤을 출 때 뛰어올라 공중에서 발을 부딪치는 발동작 – 옮긴이)을 할 수도 있다고 호언장담했다. 양심을 걸고 말하는데, 토비가 해낼 수 있으리라 생각지 않았다. 온갖 종류의 피전 윙 스텝을 구사하는 내 친구 칼라일조차 할 수 없을 텐데, 토비가 해낼 수 있으리라고는 믿을 수 없었다. 그래서 그런 일은 할 수 없으니 허풍 치지 말라고 다독였다. 잠시 후 이렇게 말한 것을 후회할 일이 벌어졌다. 토비가 자기는 할 수 있다며 악마에게 머리를 걸었기 때문이다.

이전의 결심에도 불구하고, 토비의 불경함에 대해 지적하려는 순간, 팔꿈치 근처에서 "으흠!(승낙, 동참의 의미 – 옮긴이)"처럼 들리는 미약한 기침 소리를 들었다. 깜짝 놀라 주위를 휘 둘러보았다. 그러다 내 시선은 다리 구석에 있는 덕망 있게 생긴 작은 절름발이 노신사에게로 떨어졌다. 어떤 것도 노신사의 모습보다 경건할 수는 없을 것이다. 노신사는 검은 정장을 완벽히 차려입었을 뿐 아니라 셔츠는 얼룩 하나 없이 깨끗했고, 옷깃은 흰 넥타이 위로 깔끔하게 접혀 있었으며, 머리는 소녀처럼 한복판에 가르마를 타 넘겼다. 손은 배 위에서 맞잡고, 두 눈은 조심스레 머리 위쪽을 바라보는 듯했다.

노신사를 찬찬히 관찰하자, 바지 위에 검은 비단 앞치마를 둘렀다는 걸 알아챘다. 무지 이상해 보였다. 내가 이 상황에 대해 뭐라 말하기도 전에, 노신사가 다시 "으흠!" 소리를 냈다.

나는 이런 말에 즉시 대답할 준비가 되어 있지 않았다. 사실, 이렇게 간결한 말에는 대답하기 어려운 법이다. 계간 〈리뷰〉지는 '날조!'라는 말 한마디에 아연실색하지 않았는가. 그러므로 친구에게 도움을 요청했다는 사실은 부끄럽지 않다.

"여보게, 뭘 하나? 안 들려? 저 신사분이 '으흠!'이라고 하셨잖아."

나는 엄하게 바라보며 이렇게 말했다. 사실 꽤 당황했다. 사람이 당황할 때 눈썹을 찌푸리고 무서운 표정을 짓지 않는다면, 바보처럼 보이기 마련이다.

내 생각과는 달리 마치 서약이라도 하는 듯한 말투가 튀어나왔다.

"이봐, 저 신사분이 '으흠!'이라고 말했잖아!"

내가 심각하게 말했다는 사실을 굳이 변명하지는 않겠다. 심오한 뜻은 없었다. 말의 효과가 늘 눈에 보이는 중요함과 비례하지는 않는 법이다. 내가 이 친구에게 폭탄을 쏘아버리거나 〈미국의 시인과 시〉 잡지로 머리를 후려갈겼다 해도, 토비는 다음처럼 간단한 말을 들었을 때보다 당황하지는 않았을 것이다.

"친구, 뭐하는 거야? 안 들려? 저 신사분이 '으흠!'이라고 하시잖아!"

"왜 그래. 그렇게 말하지 않았잖아?"

군함과 추격전을 벌이는 해적 깃발보다 더 급격하게 얼굴빛을 바꾸더니, 헐떡이면서 물었다.

"저 사람이 그렇게 말했다고 확신해? 뭐, 어쨌거나, 곤란한 상황이니, 태연한 척하는 게 낫겠군. 그럼, 으흠!"

그 이유는 전혀 짐작되지 않지만, 이 말에 노신사는 기쁜 듯 보였다. 노신사는 우아하게 절뚝이며 다리 구석에서 나와, 내 친구의 손을 잡더니 우호적으로 악수했다. 그때 노신사는 인간이 상상할 수 있는 가장 인자한 표정을 지었다.

"자네가 이길 거라고 확신하네, 댐잇. 시도는 해봐야 하지 않겠나. 형식적으로라도 말일세."

노신사가 더없이 솔직한 미소를 지으며 내기를 부추겼다.

"으흠!"

내 친구는 이렇게 호응했다. 그러고는 깊은 한숨을 쉬며 코트를 벗더니, 허리에 손수건을 묶고는 눈을 찡그리고 입가를 일그러뜨려 이루 설명할 수 없는 표정을 지으며 입을 열었다.

"으흠!"

잠깐 멈추었다가 다시 한 번 헛기침했다. 그 후에는 "으흠!"이라는 말 외에 다른 말은 하지 않았다.

'아하! 토비 입장에서는 상당한 침묵이군. 예전에 했던 수다스러운 행동의 결과라는 건 의심할 여지도 없어. 극단은 또 다른 극단으로 이어지는 법이지. 내가 토비에게 마지막으로 설교를 늘어놓던 날, 그토록 유창하게 문제를 제기하던 때를 잊지는 않았는지 궁금하군. 미처 대답도 못 할 만큼 많은 질문이었는데 말이지. 어쨌거나 초월주의로 치료받았나 보군.'

나는 속으로 생각했다.

"으흠!"

마치 내 생각을 읽기라도 한 듯, 몽상에 빠진 늙은 양 같은 표정을 지으며 노신사가 답했다.

노신사는 토비의 팔을 잡더니 다리의 그늘진 쪽으로 데려갔다. 회전문에서 몇 발짝 떨어진 곳이었다.

"좋은 친구여, 양심적으로 자네가 도움닫기 정도는 할 수 있도록 해줘야겠지. 여기서 기다리게. 자네가 멋지게 뛰어넘으며 피전 윙 스텝을 밟는 모습을 놓치지 않으려면, 입구에 가 있어야 하지 않겠나. 자네도 알다시피, 형식일 뿐이네. 내가 '하나 둘 셋 뛰어!'라고 외치겠네. '뛰어!'라는 말에 출발하는 거야."

노신사는 회전문 입구에 섰고, 마치 깊은 생각에 잠긴 듯 잠시 가만히 있다가 위를 올려다보며 살짝 미소를 지었다. 그러고는 앞치마 끈을 질끈 묶은 뒤 댐잇을 지그시 바라보고는, 댐잇과 합의한 말을 외쳤다.

"하나, 둘, 셋, 뛰어!"

나의 불쌍한 친구는 '뛰어!'라는 말이 떨어지자마자 정확히 전속력으로 달렸다. 회전문 입구는 그리 높지 않았다. 로드 씨만큼 높지도, 로드가 쓴 작품에 대한 평론만큼 낮지도 않아서, 토비가 그럭저럭 해낼 수 있다고 확신했다. 에휴, 토비가 실패하면 어쩌나? 아, 그것이 문제로다. 토비가 실패하면 어떻게 될까?

"저 노신사는 무슨 권리로 다른 사람에게 뛰어넘으라 하는 거지? 만약 내게 뛰어넘으라 한다면, 하지 않겠어. 확실해. 저 자가 누구인지는 상관없으니까."

다리는 아치 형태에 우스꽝스럽게 지붕이 덮여 있어 말을 할 때마다 거슬리게 울렸는데, 마지막 말을 뱉었을 때는 다른 때보다 울림이 더 컸다.

허나 내가 말하고, 생각하고, 들은 것은 그저 한순간에 지나지 않았다. 출발한 지 5초도 지나지 않아, 불쌍한 토비가 뛰어올랐다. 토비가 민첩하게 내달려 다리 바닥에서 도움닫기하여 크게 뛰어올라 재빠르게 동작을 취하는 모습을 보았다. 토비는 허공에 높이 뛰어올라 회전문 입구에서 멋지게 피전 윙 스텝을 선보였다. 물론, 토비가 그대로 넘어가지 못한 게 이상하다고 여겨졌다. 도약 전체는 한순간에 일어난 일이어서, 무슨 일인지 미처 생각하기도 전에 댐잇은 출발했던 쪽 바닥에 떨어졌다. 그와 동시에 그 노신사는 어두컴컴한 회전문 너머에서 묵직하게 떨어진 무언가를 앞치마에 감싸더니, 절뚝대며 홀연히 사라졌다.

나는 이 광경을 보고는 무척 놀랐다. 잠시 생각할 겨를이 없었다. 친구는 분명 거기 그대로 있었지만, 기분이 상했을 테니 내 도움이 필요할 게 분명했다. 서둘러 토비에게 가보니 중상을 입은 상태였다. 사실, 토비의 머리가 사라져버렸는데 구석구석 뒤졌지만 온데간데없었다. 그래서 토비를 황급히 집으로 데려가 의사를 부르기로 했다. 그때, 어떤 생각이 뇌리를 스치자 다리로 난 가장 가까운 창문을 열었다. 그 순간, 슬픈 예감이 적중했음을 알 수 있었다.

회전문 꼭대기 위로 1.5미터 되는 지점에는 버팀쇠 역할을 하는 납작한 철제 막대가 보도의 아치를 가로지르며, 수평으로 길게 누워 다리를 지탱하고 있었다. 이 버팀쇠 끝에 불행한 친구의 머리가 걸려 있는 것이다.

이 끔찍한 사고로 토비는 오래 살지 못했다. 의사들은 외과적으로 도움이 되지 못했고, 의사들이 댐잇에게 처방한 치료법을 환자가 거부했다. 그러다 상태가 악화되어 모든 탕아들에게 교훈을 남긴 채 죽고 말았다. 나는 토비의 무덤을 눈물로 적셨고, 토비의 가문 문장에 좌경선(문장의 우상부에서 좌하부로 긋는 선. 보통은 서자임을 표시하지만, 작품 속에서는 오른쪽에서 왼쪽으로 맞으면 사악함이 나간다는 믿음과 연결하였음 – 옮긴이)을 그었다. 친구의 장례식을 치르고 나서 장례식 비용 일체를 초월주의자들에게 청구하였다. 그 악당들은 지불을 기어코 거절하였으므로, 그 즉시 댐잇을 파내어 개 먹이로 팔아버렸다.

오믈렛 공작

Edgar
A. Poe

오믈렛 공작

그리고 그는 즉시 서늘한 곳에 발을 디뎠다.

— 윌리엄 쿠퍼

키츠는 오랫동안 비난을 계속 들어서인지 쓰러졌다. 안드로마케 때문에 죽은 이는 누구였던가? 비열한 영혼들! 오믈렛은 오털런(참새와 비슷한 크기의 새를 요리해 한입에 넣고 뼈와 살 모두 씹어 먹는 요리 – 옮긴이) 한 마리 때문에 죽고 말았다. 이야기 자체는 간단하다. 도와주소서, 아피키우스(로마 시대 유명한 미식가 – 옮긴이)의 영혼이여!

날개 달린 작은 방랑자는 황금 우리에 갇혀, 머나먼 고향 페루를 떠나 그 매력에 현혹되어 군침을 흘리는 게으른 이들이 사는 쇼세 당탱가에 이르렀다. 이 행복한 새는 여왕처럼 위엄 있는 라 벨리시마(이탈리아어로 '최고의 미인'이라는 뜻 – 옮긴이)부터 여섯 명을 거쳐 오믈렛 공작에게 인도되었다.

그날 밤 공작은 홀로 저녁 식사를 할 계획이었다. 그러고는 서재에 있는 개인 공간에서 나른하게 의자에 기대 누웠다. 충성심을 저버리고 왕보다 비싼 값을 불러 획득한, 카데의 악명 높은 안락의자 말이다.

공작이 의자에 머리를 대자, 시계가 울린다. 공작은 감정을 주체할 수 없어 올리브 한 알을 삼킨다. 이 순간, 잔잔한 음악과 함께 부드럽게 문이 열린다. 이런! 놀랍게도 인간의 유혹에 넘어가기 전의 연약한 새들이다! 공작의 표정에 드러난 말로 표현하기 어려운 당혹감은 무엇인가?

"으악! 개는 어디 있어! 바티스트, 새! 이런, 제기랄! 털이 뽑힌 저 작은 새를 냅킨도 없이 차려 내놓다니!"

더 말할 필요도 없다. 공작은 혐오감으로 발작을 일으켜 죽고 말았다.

"하! 하! 하!"

죽은 지 사흘째 되던 날, 공작은 이렇게 웃었다.

"흐! 흐! 흐!"

악마가 거만한 자세로 희미하게 대답했다. 그에 오믈렛 공작이 대꾸했다.

"오, 이런, 당신 진심은 아니겠지. 난 죄를 지었소, 그건 맞아. 생각 좀 해보시오! 당신, 이, 이처럼 야만적인 위협을 정말로 실행할 의도는 아니겠지."

"아니 뭘? 어서, 옷을 벗으시오!"

"옷을 벗으라고! 진심이오? 아니, 벗지 않겠소. 당신은 대체 누구기에, 나이를 먹을 만큼 먹은 성인이자 푸아그라의 왕자, 그리고 〈마주르키아드〉의 작가이자 요리 아카데미 회원인 나, 오믈렛 공작에게 부르동이 지은 아름다운 바지와 롬베르트가 제단한 우아한 실내복을 벗으라고 명하는 거요? 장갑은 물론이고, 머리카락 한 올도 뽑을 수 없건만 말이오!"

"내가 누구냐고? 아, 그렇지! 나는 바알세불, 파리의 왕이지. 나는 지금, 상아로 상감 세공을 한 장미목 관에서 그대를 데려가려 왔소. 그대는 이상한 향기를 풍기며, 발송장 표식이 붙어 있군. 묘지 감독관, 벨리알이 그대를 보냈소. 그대가 부르동이 지었다고 말한 바지는 훌륭한 리넨 소재 속바지고, 실내복은 잘 맞는 수의요."

"이보시오! 나는 이렇게 무례하게 대해도 되는 사람이 아니오! 이 모욕적인 언사는 최대한 빨리 되갚아주겠소! 내 말 새겨들으시오. 그리고 안녕히 계시오!"

공작이 사탄의 존재에게 인사했을 때, 기다리던 한 신사가 끼어들더니 공작을 데려갔다. 이에 공작은 눈을 비비며 하품을 하고는 어깨를 으쓱이더니 거울에 자신을 비추었다. 자신의 모습에 만족한 공작은 행적을 되짚어보았다.

완벽히 멋진 방이었다. 오믈렛 공작 입에서조차 우아하다는 감탄이 튀어나왔다. 이 방에서 충격적인 부분은 길이나 폭이 아닌, 높이였다! 그곳에는 천장이 없었던 것이다. 확실히 그랬다. 대신 불타는 듯 붉은빛 도는 짙은 구름이 소용돌이치고 있었다. 머리 위를 쳐다보기만 해도 공작의 머릿속은 뱅뱅 돌았다. 위에는 알 수 없는 핏빛 금속으로 만든 사슬이 매달려 있었는데, 윗부분은 보스턴처럼 구름 속에 가려져 보이지 않았고 (작가는 1845년 10월 11일 일기에서 보스턴을 이러한 이미지로 묘사함-옮긴이) 가장 아랫부분에는 커다란 표시등이 매달려 있었다. 공작은 그 표시등이 루비라는 것을 알아챘다. 표시등에서 뿜어져 나오는 빛은 굉장히 강렬하고 고요하면서도 한편으로는 끔찍했다. 페르시아 제국도 이러한 빛을 숭배하지 않았을 것이며, 남아 있는 조로아스터교도들 역시 그럴 생각조차 못했을 것이다. 이슬람교도들은 아편에 취해 비틀거리며 양귀비 밭으로 가 드러누운 채 아폴론 신을 바라보는 일은 절대 꿈조차 꾸지 않을 것이다. 그러나 공작은 그렇게 하겠다는 가벼운 맹세를 중얼거렸다.

방의 네 모퉁이는 벽감이 있어 둥근 모양이었다. 그중 세 곳에는 거대한 조각상이 채워져 있었다. 고대 그리스 양식처럼 아름다우면서도 이집트 양식처럼 기형적이고 동시에 프랑스 양식의 작품이었다. 네 번째 벽감의 조각상은 베일에 덮여 있었고, 그다지 거대해 보이지는 않았다. 그 조각상은 발목 부분이 가늘고 샌들을 신은 모습이었다. 오믈렛 공작은 가슴에 손을 얹고 눈을 감은 채 고개를 들고는 악마 대왕을 힐끗 보았다.

하지만 그림을 보라! 아프로디테, 아스타르테, 아스다롯! 천 가지면서도 하나다! 라파엘로가 이 여신들을 바라보고 있다! 그래, 라파엘로가 여기 있다, 라파엘로가 그림을 그려주지 않아서인가? 그래도 라파엘로는 결국 지옥에 떨어지진 않았잖아? 그럼, 바로 그림이야! 쾌락! 사랑! 저 금지된 아름다움을 바라보고 나면, 누가 별처럼 빛나는 히아신스석 금빛 액자나 화강암 벽 같은 고상한 장식품에 관심을 보이겠는가?

공작은 실신하기 일보 직전이었다. 그 이유는 여러분이 생각하듯 웅장함에 현기증을 느꼈다거나 많은 향로에서 풍겨 나오는 황홀한 향기에 취해서가 아니었다. 이 역시 사실이기는 하다. 하지만! 공작은 공포에 사로잡힌 것이다. 커튼이 처지지 않은 한 창문을 통해, 불길이 무시무시하게 타오르는 끔찍한 광경을 본 것이다!

불쌍한 공작! 공작은 홀에서 끊임없이 흐르는, 장엄하면서도 관능적인 멜로디가 마법의 유리창이라는 연금술을 통해 여과되어 절망에 빠진 이들과 지옥에 떨어진 이들의 절규와 통곡으로 바뀌리라고는 상상도 하지 못했다. 그리고 거기도! 거기! 바로 그 안락의자! 거기에 앉아 있는 저자는 누구지? 저 촌스러운 작자, 아니, 창백한 얼굴에 비통한 미소를 띠고 대리석에 새겨진 듯 앉아 있는 이는 신인가?

어쨌든 뭔가를 해야만 한다. 프랑스인이라면 졸도해서는 안된다. 게다가 공작은 그러한 장면을 연출하고 싶지 않았다. 오믈렛 공작은 다시 정신을 차렸다. 탁자 위에 포일(끝이 뭉툭한 직사각형 모양의 유연한 펜싱 검 – 역주) 몇 자루, 그리고 검 몇 자루도 있었다. 공작은 도망칠 수도 있었다. 그러나 가능성을 타진해본 다음, 기발하게도 악마 대왕에게 선택을 제안했다. 놀라운 일이 벌어졌다! 악마 대왕이 공작이 한 제안을 받아들인 것이다!

얼마나 다행인지! 생각만으로도 행복했다! 공작은 기억력이 뛰어난 사람이었다. 공작은 푹 빠져 읽었던 고티에 신부의《악마》를 떠올렸다. 그 책 속에는 '악마는 카드 게임을 절대 거절하지 않는다'는 구절이 있었다.

기회, 바로 기회가 있어야 해! 절박했다. 공작보다 절박한 이는 없을 것이다. 오믈렛 공작은 비법을 알지 않는가? 르브룅의 책도 훑어보지 않았던가? 게다가 클럽21 회원 아니던가?

"내가 지면 두 배를 잃겠지. 더 말할 필요도 없어!(여기서 공작은 어깨를 으쓱했다) 하지만 내가 이기면 오털런 요리가 있는 곳으로 돌아갈 수 있지. 카드 게임을 준비해야겠어!"

공작은 신중했고 악마 대왕은 자신만만했다. 독자들이라면 프랜시스 베이컨과 샤를 보들레르를 떠올릴 수도 있겠다. 공작은 게임에 집중했지만 악마 대왕은 그렇지 않았다. 악마 대왕이 카드를 섞고, 공작이 패를 뗐다.

카드를 나누었다. 트럼프가 뒤집혔다. 바로 킹! 아니, 퀸이었다. 악마 대왕은 퀸의 옷차림이 남자 옷처럼 보인다며 욕을 퍼부었다. 오믈렛 공작은 가슴에 손을 얹으며 안도했다.

게임이 이어졌다. 공작이 점수를 계산했다. 한 판이 끝났다. 악마 대왕은 큰 소리로 점수를 세고는 웃으며 와인을 마셨다. 공작은 한 번의 기회를 날렸다.

"이번엔 당신이 하시오."

악마 대왕은 이렇게 말하며 패를 뗐다. 공작은 고개 숙여 인사하고는 패를 나누었다. 그러고는 탁자에 킹을 내려놓으며 일어섰다. 악마 대왕은 분개했다.

알렉산더 대왕은 알렉산더가 아니었다면 디오게네스가 되겠다고 했다. 오믈렛 공작은 떠나며 적에게 이렇게 장담했다.

"오믈렛 공작이 아니라면 악마가 되는 것도 거절하지 않았을 거요."

현혹

Edgar
A. Poe

현혹

슬릿드여, 이것이 자네의 '찌르기'나 '자르기'라면
내게는 소용없다네.

— 네드 놀스

　리츠네르 폰 융 남작 가문은 일가의 십중팔구가 말로 표현하
는 것에 일가견이 있는 헝가리 귀족 가문이다. 남작 가문의 재
능은, 아쉽게도 가장 생생하게 표현한 예라고는 할 수 없지만,
그 가문 자체인 티크(독일의 초기 낭만파 작가 — 옮긴이)가 생생
하게 묘사했던 그로테스크라는 개념을 표현하는 데 쓰인 것이
라고 할 수 있다. 나와 리츠네르의 인연은 비록 다 공개할 수는
없지만 일련의 우스꽝스러운 사건들이 즐비했던 남작 가문의
웅장한 성에서 시작되었다. 그 성은 리츠네르의 편파적인 정신
구조를 어렵게나마 조명해주었다. 나중에 리츠네르와 사이가
가까워지며 바라본 그의 편파적인 시각은 시간이 지날수록 점
차 명확해졌다. 이 글에 나온 사건은 리츠네르가 폰 융 남작이
된 지 3년이 지난 뒤에 있었던 일이다.

6월 25일 밤, 나는 남작의 등장으로 술렁이던 대학가의 호기심 어린 웅성거림을 기억한다. 특히 남작을 처음 본 이들은 너나 할 것 없이 남작을 '세상에서 가장 눈에 띄는 남자'라고 말했으며, 아무도 남작의 의견에 반대하지 못했다는 사실은 더 또렷이 기억한다. 리츠네르의 생김새는 너무도 독특해서 되려 독특한 구석이 없는지 의구심을 갖는 것 자체가 무례하게 여겨질 지경이었다. 지금 이 문제는 잠시 내려두고, 오직 리츠네르가 교내에 첫발을 디디던 순간부터 남작을 둘러싼 사회 계층의 성향, 태도, 인품, 재력을 뒤엎고 활동하기 시작했으며, 그 영향은 광범위하고 포악했으면서도 굉장히 막연하고 또 기묘했다는 것만을 말하겠다.

이렇듯 리츠네르가 대학에 기거했던 짧은 기간은 대학 역사에 한 획을 그은 시기였다. 리츠네르가 직접 제공한 그 어떤 기록으로도 남작의 나이를 추정할 수 없었다는 뜻에서, 어떤 시대도 아닌 '리츠네르 폰 융 남작 공화국이라는 대단히 이례적인 시대'였으며, 전공을 막론하고 모든 학생이 남작 공화국의 속국이 되거나 관계를 맺었다.

리츠네르는 열다섯 살이었을지도, 쉰 살이었을지도, 스물한 살 7개월이었을지도 모른다. 리츠네르는 결코 인물이 훤한 사람은 아니었다. 오히려 그 반대였다. 얼굴선은 다소 각지고 거칠었다. 이마는 높고 평평했으며, 들창코에 큰 눈은 크고 생기 없이 흐리멍덩하고 의욕도 없어 보였다. 입으로 말하자면 할 말이 더 많았다. 살짝 튀어나온 입술은 윗입술이 아랫입술을 덮고 있어서, 인간의 이목구비를 조합하는 일이 아무리 복잡하다 하더라도 그 생김새를 보고 나면 전체적으로 보나 하나하나 뜯어보나 위엄, 엄숙함, 고요함을 전달하는 사람의 얼굴이라고 생각하기 어려웠다.

아마 내가 지금껏 말한 것으로 남작이 현혹의 기술을 쌓고, 연마하고, 현혹술에 일생을 바치는 흔히 찾아볼 수 없는 파격적인 인물이라는 사실을 눈치챘을 것이다. 리츠네르의 신체적 외형이 자신이 한 예상을 결과로 이끄는 특별한 재능을 주었던 반면, 현혹술이라는 독특한 정신적 성향은 리츠네르에게 본능적인 감각을 주었다. 나는 리츠네르가 드리우던 현혹술을 가리켜 '리츠네르 폰 융의 통제'라는 별칭을 지어 불렀다.

학교에서 나를 제외하고는 리츠네르가 농담을 할 수 있다고 생각하는 사람은 거의 없었던 듯하다. 이를테면 마당에 있는 머지않아 고발당할 처지에 놓인 늙은 불도그라든지, 퇴직한 고위 신학 교수, 헤라클레이토스 망령의 말은 물론 몸짓까지 흉내 내는 리츠네르를 말이다. 상상할 수 있는 온갖 장난질 가운데서도 가장 악명 높고 용서받을 수 없는 기행과 계략이, 리츠네르가 직접 저지른 것이 아니라면 적어도 중개했거나 묵인함으로써 허용한 일이었다는 사실 또한 아무도 몰랐다는 것은 마찬가지다.

이렇게 불러도 될지 모르겠지만, 리츠네르 현혹술의 매력은 거의 본능에 가까운 인간 본성에 대한 이해와 실로 놀라운 침착함에서 비롯된 신기에 가까운 능력에 있었다. 리츠네르가 절대 실패하지 않는 방법은, 자신이 벌여놓은 장난이 어느 정도는 악의적으로, 어느 정도는 모교의 훌륭한 규정과 품위를 유지하고 장난을 방지하는 데 기여한 노고에서 비롯되었다고 숨기지 않고 얘기하는 것이었다. 리츠네르는 깊이 있고 예리하며, 압도적인 자기 비하를 통해 자신이 저지른 모든 실패를 가치 있는 시도로 치켜세워, 남작을 회의적으로 보는 사람들조차 의심할 추후의 여지도 남기지 않도록 그 외모로 모두 덮어버리고는 했다. 남작이 스스로를 창작자에서 온갖 기괴한 느낌의 피조물로 전환하는 노련함 또한 앞에 설명한 행동과 함께 지켜볼 만한 가치가 있었다.

리츠네르와 대화를 나누기 전에는, 사람들을 웃기는 성격과 자기 자신을 애착하는 데서 온 리츠네르의 원동력이 평소에도 자연스럽게 현혹술로 상황을 모면하는 것으로 이어졌다는 사실을 알지 못했다. 끊임없이 알 수 없는 생각에 사로잡히면서, 리츠네르는 어떤 엄격한 세상만을 위해서 행동하는 듯했다. 자기 가문조차도 리츠네르 폰 융 남작의 엄격, 위엄 같은 추억 이상으로 여기지 않았다.

리츠네르가 괴팅겐 대학에 머물렀던 기간 동안 게으름의 악마가 악몽처럼 대학을 덮쳤다. 먹고, 마시고, 흥청망청 노는 것 이외에는 아무 일도 일어나지 않았다. 술집으로 탈바꿈한 기숙사가 한둘이 아니었으나 리츠네르의 술집보다 유명하고 학생들이 자주 찾는 곳은 없었다. 리츠네르의 술집에서는 떠들썩한 모임이 끊이지 않았고 매번 사건이라는 열매를 맺어냈다.

한번은 거의 동틀 무렵까지 떠들썩한 모임이 이어졌고, 포도주도 유난히 많이 마신 날이었다. 리츠네르와 내 곁에는 예닐곱쯤 되는 일행이 있었다. 일행은 대부분 부유하고 유대 관계가 좋았으며, 가문에 대한 자부심도 높았고, 드높은 명예심으로 사는 사내들이었다. 그중에는 결투를 숭배하는 가장 급진적인 독일파 인물이 많았다. 이 상류층 사람들의 돈키호테다운 신념에 의하면, 최근 어둠의 시기에 성사된 서너 차례의 극단적이고 치명적인 회담의 지지를 얻어 파리에서 출간된 몇몇 출판물이 도를 넘어 시대의 화제를 독점했다는 것이었다.

그날 저녁, 이전에는 유별나게 말을 아끼며 한 걸음 물러나 있던 리츠네르가 드디어 흥미가 생겼는지 그 일의 유익함을 누누이 강조하며 대화를 이끌었다. 특히 열띤 논쟁을 할 때 예의를 표준 관례로 제정한 것의 장점을 다정한 투로 더 열심히, 능숙하게, 인상적으로 이야기했다. 이런 행동은 평범한 사람들에게서 열화 같은 성원을 끌어냈으며, 사실은 그런 주장을 조롱하고 있었고, 특히 군주를 모독할 때 결투는 마땅히 필요하다고 생각했던 나조차도 굉장히 동요했다.

남작이 콜리지의 음악 설교처럼 열정적이지만 단조로운 말투로 말하면서 어렴풋이 짐작할 수 있을 법한 비슷한 이야기를 잠시 쉬는 동안, 주위를 둘러보던 나는 다른 이들보다 훨씬 빠르게 한 일행이 지은 표정에서 이상 징후를 감지했다. 헤르만이라고 이름 붙일 이 사내는 아마 대단한 바보였다는 사실만 제외한다면, 모든 면에서 독창적인 사내였다. 헤르만은 어떻게서든지 대학 내 특정 사람들 사이에서 굉장히 심오한 형이상학적 사고를 한다는 평판을 얻고자 애썼지만, 내 생각에는 그것보다 논리에 재능이 있었던 것 같다.

결투를 중시하는 헤르만의 손에 누군가 넘어지는 기회를 잡은 것이다. 허나 사람이 너무 많았다. 그래도 헤르만은 분명 용 감한 사내였다. 헤르만은 결투 예법을 자세히 알았고, 명예를 지키는 걸 다른 무엇보다 자부하는 자였다. 헤르만은 죽을 때 까지 이를 자랑스럽게 여겼다. 항상 그로테스크한 무엇을 찾아 헤맨 리츠네르에게 헤르만의 기묘함은 오랫동안 현혹술의 먹 잇감이 되었다. 안타깝게도 난 이런 사실을 몰랐다. 그럼에도 지금 벌어진 상황은 리츠네르의 변덕스러운 천성의 심판대에 올랐으며 그 심판의 특별한 목적은 헤르만이었음을 확실히 알 수 있었다.

리츠네르가 이야기, 아니 독백에 더 가까운 것을 중얼거리 며, 신이 나서 점점 더 독백을 늘였다는 걸 알 수 있었다. 헤르 만은 리츠네르의 주장에 반론을 제기하면서 자기 생각을 조목 조목 이야기했다. 이에 리츠네르는 특유의 격앙된 어조로 답을 하고 빈정대는 말투와 비웃음으로 말을 마쳤는데, 난 굉장히 고상하지 못한 행동이었다고 생각했다. 이제 헤르만의 자부심 은 말을 듣지 않았다. 시시콜콜 따져대며 뒤죽박죽이 되어버린 헤르만의 대꾸에서 나는 이 사실을 가려낼 수 있었다. 헤르만 이 한 마지막 말을 똑똑히 기억한다.

"이런 말씀을 드려도 괜찮을지 모르지만, 폰 융 남작님의 의 견이 대체로 옳기는 하지만 여러 관점에서 남작님과 남작님이 속해 있는 대학의 신용을 떨어뜨릴 우려가 있지요. 몇몇 사항 은 진지하게 반박할 가치조차 없습니다. 남작님께 모욕될까 우 려되지만 않는다면 제가 더 잘 말할 수 있을 겁니다(여기서 헤 르만은 무뚝뚝하게 웃었다). 그러니까, 남작님의 의견이 신사의 입에서 나올 만한 이야기는 아니라는 말입니다."

헤르만이 애매하게 말을 마치자, 모두의 눈은 리츠네르를 향했다. 리츠네르가 손수건을 떨어뜨리고는 주우려고 몸을 웅크렸을 때, 내가 살짝 안색을 살펴보니 얼굴이 파리하게 질리더니 이내 울긋불긋해졌다. 그 얼굴을 나만 보았을 뿐 식탁에 앉아 있던 다른 이들은 아무도 보지 못했다. 그 기묘한 표정은 타고난 것이었다. 우리 둘만 있을 때나 혹은 모든 것을 내려놓고 편히 있을 때를 제외하고 그런 표정은 한 번도 본 적이 없었다.

그 후에 바로 몸을 세운 남작은 헤르만과 대면했다. 그 짧은 순간에 그렇게 완벽하게 표정을 바꾸는 걸 정말이지 한 번도 본 적이 없었다. 잠시 내가 리츠네르를 오해하지 않았나 싶은 생각도 들었지만 이 친구는 진지했다. 리츠네르는 울화통에 숨이 막히는지 얼굴이 죽은 이처럼 창백했다. 내 친구는 잠시 잠자코 있었고, 감정을 다스리려고 애쓰는 것 같았다. 마침내 성공했는지, 근처에 있던 와인이 담긴 유리병으로 손을 뻗더니 꽉 움켜쥐며 말했다.

"지금 제게 하신 말씀 중에 노동자에게나 어울릴 걸로 생각한 언어는 여러 면에서 이의를 제기할 수도 있지만, 일일이 열거할 시간도 없고 그럴 기분도 아니군요. 하지만 제 생각이 신사답지 않은 의견이었다는 말씀은 받아들이기에 너무나 모욕적인 의견입니다. 이 친구들이 자리한 관계로, 또 지금은 당신이 제 손님이시니 예를 갖추지요. 따라서 제 생각이 괜찮으시다면, 개인적인 모욕과 같은 상황에서 신사들이 하는 일반적인 관습에서 살짝 벗어나 보지요. 제 적정한 요구에 응해주시겠다면 잠시 저기 보이는 거울에 비치는 헤르만 씨를 실제 헤르만 씨라고 상상하고, 그리 생각하려고 노력해주시겠습니까? 그게 전부입니다, 더는 곤란하게 하지 않겠습니다. 저기 거울에 비치는 헤르만 씨에게 이 포도주병을 던지면, 정확한 표현은 아닙니다만, 제게 주신 모욕에 대한 분노를 정신적으로 해소할 수 있을 테고, 반면 당신의 실제 신체에 물리적 폭력을 가할 필요는 없어지겠지요."

이 말이 떨어지기가 무섭게 리츠네르는 포도주가 가득 든 유리병을 헤르만 바로 맞은편에 매달려 있던 거울에 힘껏 던졌다. 유리병은 헤르만의 모습을 비치는 거울을 정확하게 맞혔고 당연히 산산조각 났다. 자리에 있던 사람들 모두가 깜짝 놀라 일어섰고, 나와 리츠네르를 제외하고는 모두 그 자리를 떠났다. 헤르만이 나가자 남작은 내가 헤르만을 따라가서 도와주겠다고 해야 한다고 나직이 말했다. 그 말에는 동의했으나 정확히 어떤 터무니없는 도움을 주겠다고 해야 하는지를 몰랐다.

결투를 신청한 남자는 뻣뻣하면서도 유달리 점잖은 태도로 내 도움을 수락하며, 내 팔을 잡고 자기 방으로 안내했다. 나는 헤르만이 좀전에 받은 모욕을 '고상한 이들의 품격'이라고 칭하며 계속해서 잔뜩 무게를 잡고 이야기하는 동안, 그치의 얼굴 앞에 대고 웃을 뻔한 걸 겨우 참았다. 평상시처럼 지겨운 열변을 토해낸 헤르만은, 결투를 다룬 케케묵은 책이 잔뜩 꽂힌 책장에서 내려와 큰 소리로 읽어주고, 읽은 것을 진지하게 논평하며 한참 동안 나를 즐겁게 해주었다.

그중 내가 기억하는 건 제목 몇 개뿐이다.《필립 5세의 결투

법》, 페이빈의《명예의 무대》, 앤디귀에르가 쓴《결투의 허용》
등이었다. 헤르만은 또 잔뜩 거드름을 피우며 1666년 쾰른에
서 출판된 브랑톰의《결투 회상록》엘제비어판(네덜란드의 유명
인쇄업자 가문 - 옮긴이)을 보여주었다. 귀하면서도 특별한 모조
양피지를 사용한, 훌륭한 주석에 도금으로 표지를 장식한 책
이었다. 헤르만은 프랑스인이 라틴어로 제멋대로 쓴데다,《결
투의 법칙》이라는 유별난 제목까지 단 두꺼운 8절판 책을 내
가 특별히 조심히 다루고 비밀로 하는 현명함을 보여주기를
바랐다.

　이 책을 보며 헤르만은 세상에서 가장 웃긴 〈모욕의 적용과
구성〉 편을 읽어주었고, 이 중 절반가량은 '고상한 이들의 품
격' 있는 상황에 적확하게 해당한다고 우겨댔지만, 나는 아무
리 애를 써도 헤르만이 읽어준 내용 중 단 한 음절도 이해할 수
없었다. 〈부상의 적용과 구성〉 편을 다 읽고 나자 헤르만은 책
을 덮고 내게 마무리를 하려면 무엇을 해야 하는지 물었다. 난
헤르만의 우월한 고상함과 우월하게 섬세한 감각을 전적으로
신뢰하니, 헤르만이 제의하는 대로 따르겠다고 답했다. 내 대
답에 헤르만은 우쭐하더니 앉아서 리츠네르에게 편지를 썼다.

　리츠네르 폰 융 남작께
　남작님, 제 친구 M. P가 이 편지를 전할 것입니다. 오늘 저녁 당
　신의 방에서 일어난 사건에 대한 해명을 되도록 일찍 요청해
　야 할 의무가 있다고 생각했습니다. 만약 이 요청을 거절하신
　다면 P씨가 기꺼이 조정해줄 것이며, 대회의 사전 준비를 위해

다른 친구를 지명하셔도 됩니다.

더할 나위 없는 존경의 마음을 담아

요한 헤르만 배상

더 나은 방법을 몰랐기에 일단 이 편지를 들고 리츠네르를 찾아갔다. 남작은 내가 편지를 건네자 몸을 숙였다. 그러고는 엄숙한 표정으로 내게 자리를 권하는 손짓을 했다. 도전장을 빠르게 읽어내린 리츠네르는 그 자리에서 답장을 썼고, 나는 다시 헤르만에게 전했다.

요한 헤르만 님께

선생, 우리의 친구 P씨를 통해 오늘 밤 편지를 받았습니다. 심사숙고 끝에 제안하신 이야기가 타당하다는 사실을 솔직하게 인정합니다. 이 결투는 받아들이겠지만, 이 사건으로 말미암은 모든 가변적인 상황과 세세한 요건을 고려하다 보니 일찍이 사죄했어야 마땅한 표현을 하기 어렵다는 사실을 알았습니다. 무엇보다 결투의 예법에 관한 한 귀하께서 오래도록 특별히 구별하신 탁월한 안목을 대단히 신뢰합니다. 따라서 이해해주시리라고 확신하며,《결투의 법칙》〈모욕의 적용과 구성〉편에서 9번째 단락 시작 부분에 쓰여 있는 '내 뜻대로 장소 제공하기' 부분을 참고하는 바입니다. 이 장에서 다루는 문제의 모든 사항을 충분히 아시겠지만, 이 훌륭한 구절을 입에 담는 것만으로도 명예를 존중하는 신사로서 귀하의 해명 요청을 충족시킬 것이라 확신합니다.

깊은 존중의 마음을 담아

폰 융 배상

헤르만은 찡그린 표정으로 편지를 읽기 시작했으나, 〈모욕의 적용과 구성〉에 대한 까다로운 절차 부분에 대해서는 세상에서 가장 우스꽝스러운 자아도취의 미소로 바뀌었다. 편지를 다 읽은 헤르만은 가능한 한 가장 단순한 미소를 지으며 해당 내용을 이야기할 동안 나에게 앉을 자리를 권했다. 리츠네르가 언급한 단락의 책장을 찾은 헤르만은 상당히 주의 깊게 읽은 뒤에 책을 덮었다. 리츠네르가 신임하는 인물인 내게 리츠네르의 행위는 상당히 예의 바르고 고귀했으며, 그의 해명은 가장 훌륭하고, 명예로우며, 명확해서 만족했노라며 증명해주길 바랐다.

적잖이 놀랍기는 했지만 나는 리츠네르에게로 후퇴했다. 리츠네르는 당연히 헤르만이 보낸 화해 편지를 받아들이는 듯했고, 일상적인 대화를 몇 마디 나눈 뒤에 내실로 들어가 지루한 《결투의 법칙》을 꺼내 들었다. 남작은 그 책을 내게 건네며 조금 읽어보기를 권했다. 시키는 대로 하기는 했지만, 의미라고는 티끌만큼도 추측할 수가 없던 탓에 영 소용이 없었다. 놀랍게도 그 책이 다룬 내용은 원숭이 두 마리 사이에 일어난 가장 끔찍하고 터무니없는 다툼을 설명한 것이었다. 리츠네르는 이제야 수수께끼를 털어놓았다. 리츠네르가 보여준 책을 언뜻 보니 뒤바르타스가 희시(단어만 나열하였을 뿐 의미가 없거나 우스꽝스러운 시 – 옮긴이)를 목적으로 쓴 책 같았다.

그 말인즉슨, 눈에 보이는 쉬운 단어, 심지어 난해한 말까지도 집중해 읽도록 교묘하게 짜 맞추었다는 뜻이다. 현대에 벌어진 일대일 결투에 관한 익살스러운 퀴즈가 여럿 실려 있었고, 해답은 모두 두세 단어 건너 한 번씩 찾아볼 수 있었다.

리츠네르는 사건이 발생하기 보름 전 즈음 일부러 그 책을 헤르만 방향으로 던졌고, 전반적인 이야기를 나누어보니 헤르만은 그 책을 상당히 집중해서 연구한 듯했으며, 그 책이 특별한 가치가 있다고 굳게 믿었다는 것이다. 리츠네르는 또 이런 이야기도 했다. 헤르만은 이 세상에 존재하는 모든 결투 책 중에서 단 하나라도 깨우치지 못한 게 있다고 인정하느니 차라리 수천 번 죽는 걸 택할 것이라고 말이다.

리틀턴 배리

예루살렘 이야기

Edgar
A. Poe

예루살렘 이야기

그의 회색 머리카락이 쭈뼛 곤두섰다.

— 루카누스가 카토에 대해[1]

털이 뻣뻣한 돼지.

"성벽까지 가려면 서둘러야 하네."

아벨 피팀이 부자 벤 레비와 바리새인 시므온에게 말했다. 3941년 탐무즈(유대력의 달 이름. 그레고리력 6~7월에 해당 – 옮긴이) 10일이었다.

"벌써 4시가 다 되었어. 곧 있으면 동이 틀 걸세. 다윗의 도시 예루살렘의 베냐민 성문에 인접한 성벽까지 서둘러 가야 해. 그러면 이교도들의 진영이 내려다보일 거야. 폼페이우스가 약속한 대로 이교도들은 제물로 삼을 양을 준비해두고 우리를 기다릴 걸세."

---

1) 이 구절은 루카누스의 《파르살리아》 중 카토에 대해 설명한 부분을 포가 변형하여 인용함. 본래 의미는 '이마에 긴 회색 머리칼에 쏟아졌다'임 – 옮긴이

시므온, 아벨 피팀, 부지 벤 레비는 예루살렘이라는 성스러운 도시의 금고지기 겸 회계 담당관이었다.

"정말 서둘러야 해. 이교도들이 이처럼 뜻밖의 관용을 베풀었을 때 움직여야지. 바알(가나안 지역에서 숭배하던 풍요의 신 – 옮긴이)의 숭배자들은 워낙 변덕스럽지 않은가."

"이교도들이 변덕스럽고 신뢰할 수 없는 자들이라는 건 모세 오경에 쓰인 말씀만큼이나 확실하지."

부지 벤 레비가 말했다.

"하지만 그 말씀은 주님의 사람들에게만 적용되는 말이야. 암몬인들은 본디 이익을 좇는 자들이 아니던가. 암몬인들이 관용을 베풀어 주님의 제단에 바칠 양을 준다고는 생각할 수 없네. 한 마리당 은화 서른 냥씩이나 받지 않았나!"

"잊었나, 벤 레비."

아벨 피팀이 대답했다.

"불경스럽게도 신의 도시를 점령한 로마의 폼페이우스는 우리가 정신세계가 아닌 육체를 유지하기 위해서는 양을 제물로 구입하지 않는다는 사실을 믿지 못하지 않는가."

"나는 말일세!"

비신도들의 비난과 억압하는 이들에게 맞서 싸우는 집단인 대셔 종파에 속한 바리새인이 소리쳤다.

"나는 다섯 군데에서 자라는 수염을 면도해서는 안 되는 사제일세! 불경스러운 이교도 로마인에게 지극히 거룩하고 축성된 고기를 착복했다고 비난받을 순 없지 않은가? 우리는…."

"필리스틴인(훗날의 팔레스타인. 여기서는 암몬인과 같은 뜻으로 사용 – 옮긴이)의 동기에 의문을 품지는 마세."

아벨 피팀이 끼어들었다.

"어쨌든 우리는 오늘 처음 필리스틴인의 탐욕 혹은 관용으로 이익을 얻었네. 제단에 올릴 제물이 부족해지지 않도록 서둘러 성벽까지 가야 해. 하늘의 불기둥이 꺼지지 않고, 사탄의 구름 기둥이 우리를 덮치지 않도록 말일세."

우리의 훌륭한 금고지기들이 서둘러 향하는 지역은 건설자인 다윗 왕의 이름을 따서 붙인 곳으로, 가파르고 높은 시온 산에 자리한 예루살렘에서 가장 강력한 요새였다. 우뚝 솟은 성벽 주위로는 암반을 파서 만든 넓고 깊은 해자가 둘러싸고 있었다. 성벽에는 일정한 간격으로 탑을 세웠는데, 27미터부터 54미터까지 높이가 다양했다. 하지만 베냐민 성문 근처에서는 해자 가장자리가 아닌, 해자 바닥과 성벽 기저부 사이의 113미터에 달하는 수직 절벽에 성벽이 세워져 있었다. 모이라 산에서 가장 가파른 부분이다. 그리하여 시므온과 동료들이 예루살렘에서 가장 높은 망루며 점령군과 회담을 나눌 장소인 아도니베섹이라는 탑 꼭대기에 오르자, 쿠푸 왕의 피라미드 혹은 벨루스 신전(바빌론의 신전으로, 쿠푸 왕의 피라미드만큼 크고 웅장했다고 함 – 옮긴이)보다 높은 곳에 오른 듯 적의 진영이 훤히 내려다보였다.

"굉장하군."

바리새인이 벼랑 위에서 현기증을 느끼며 한숨을 내쉬었다.

"이교도들이 바닷가의 모래알, 황야의 메뚜기만큼 많군. 아둠민 오르막이야말로 주님의 골짜기라고 할 수 있겠네."

"하지만 우리의 주님보다 위대한 필리스틴인은 단 한 명도 찾을 수 없지."

벤 레비가 덧붙여 말했다.

"은화 바구니를 내려보내라!"

플루토(로마 신화 속 죽음과 저승의 신 - 옮긴이)의 후예로 보이는 로마군이 거칠고 쉰 목소리로 외쳤다.

"저 빌어먹을 은화 바구니 내려보내라고! 고귀한 로마 시민께서는 발음하려다 턱뼈가 빠질 것 같군. 그래, 우리 폼페이우스 대장군께서 은혜를 베풀어 너희 이교도들이 내건 끈덕진 요구에 귀 기울여주신 데 대해 진심으로 감사하는 건가? 진정한 신이신 아폴론께서 한 시간 동안 전차를 몰면 동이 터오지. 그러나 너희들의 신은 성벽 위에 없지 않은가? 세계의 정복자인 우리가 이 세상의 개들과 교류하기 위해 성벽의 모든 출입구마다 서서 기다리는 것보다 나은 일은 할 수 없다고 생각하나? 내려보내! 너희가 들고 온 하찮은 물건이 제대로 된 것인지 확인할 수 있도록 말이다!"

"오, 신이시여!"

벼랑의 험준한 바위 위에서 백부장(로마군에서 100인을 이끄는 대장 - 옮긴이)이 귀에 거슬리는 말투로 딱딱거리자, 바리새인은 이렇게 외치며 신전 쪽으로 쓰러졌다.

"오, 신이시여! 저 불경스러운 자가 말한 아폴론이란 대체 누구입니까? 자네, 부지 벤 레비! 이교도가 쓰는 법전을 읽어보았고, 드라빔(테라핌. 구약 시대에 히브리인들이 점을 칠 때 쓰던 집안의 수호신 상으로, 우상숭배로 여김 - 옮긴이)을 모신 사람들 사이에서 머무른 적 있지 않았나! 저 이교도가 말하는 것이 네르갈인가? 아니면 아시마인가? 그도 아니라면, 닙하스거나 다르닥인가? 아니면 아드람멜렉이나 아남멜렉인가? 숙곳브놋인가? 아니면 다곤인가? 벨리알, 바알 페리스, 또는 바알 페올인가? 아니면 바알세불인가?"

"그 어떤 것도 아니네. 그나저나, 자네 손가락 사이로 너무 빨리 밧줄이 흘러내리지 않도록 주의하게. 그 바구니가 저 바위의 튀어나온 부분에 걸리면 지성소의 성물들이 쏟아지게 될 테니 말일세."

대충 만들어낸 장치 덕분에 잔뜩 짐을 실은 바구니가 군중 사이로 조심스레 내려뜨릴 수 있었다. 아찔한 절벽에서 보니 로마군들이 그 주위로 모여드는 모양이다. 하지만 엄청난 높이와 자욱한 안개로 인해 로마군이 뭘 하는지 제대로 볼 수 없었다. 그러고는 30여 분이 지났다.

"너무 늦었네!"

시간이 다 되어가자 바리새인이 심연을 바라보며 탄식했다.

"너무 늦었어! 이쯤이면 성전 근처에 이르렀어야 했어."

"더 이상, 이 땅의 기름진 것(〈창세기〉 45장 18절 - 옮긴이)을 즐기거나, 수염에 유향 향을 배게 할 수도 없겠군. 신전의 아마포로 엉덩이나 겨우 가릴 수 있겠지."

아벨 피팀이 대답했다.

"나쁜 놈들."

벤 레비가 욕을 퍼부었다.

"저 나쁜 놈들은 제물을 사려 했던 돈을 사취할 작정인가? 이런, 설마! 성막(이스라엘 백성이 제사를 드리던 이동식 교회 – 옮긴이)의 가치를 재는 건가?"

때마침 바리새인이 외쳤다.

"드디어 신호가 왔네! 신호가 왔어! 줄을 당겨, 아벨 피팀! 부지 벤 레비, 줄을 당기라고! 필리스틴인들이 바구니를 붙들고 시간을 끌었거나, 충분한 고기를 얻을 수 있도록 주님께서 필리스틴인들의 마음을 교화시키셨나 보네!"

금고지기들이 밧줄을 잡아당기자 여전히 짙은 안개 사이로 묵직하게 흔들리며 짐이 올라왔다.

"오, 이런!"

한 시간여의 사투 끝에, 밧줄 끝에 매달린 물체가 불확실하게나마 모습을 드러냈다.

"오, 이런!"

벤 레비의 입술에서 감탄사가 터져 나왔다.

"오, 이런! 어쩌나! 엔게디 숲에서 자라는 숫양일세! 요사팟 골짜기처럼 바위투성이인 곳 말이야!"

"그중 맏배(양의 첫 새끼, 〈창세기〉 4장 4절 – 옮긴이)라네!"

아벨 피팀이 상기된 목소리로 외쳤다.

"저 녀석의 울음소리와 순순히 다리를 접고 있는 모습을 보니 말이야. 눈은 가슴의 보석보다 아름답고, 고기는 헤브론의 꿀과 같네."

"바산 초원의 살찐 송아지인 것 같네."

"저 이교도들과 나눈 거래가 꽤 괜찮았군. 목소리를 높여 기도하세. 그리고 뿔 나팔, 피리, 비파, 삼현금, 수금(〈다니엘〉 3장

5절에 나오는 악기 – 옮긴이)을 연주하며 감사하세나."

바구니가 가까이 올라오자, 작은 돼지가 꿀꿀대는 소리가 금고지기들의 생각을 배신했다.

"오, 신이시여!"

금고지기들은 눈이 뒤집혀 잡았던 것을 놓치며 신음을 내뱉었다. 끈이 풀린 돼지는 필리스틴인들 머리 위로 굴러떨어졌다.

"오, 주여! 주님께서 우리와 함께하시옵소서! 저것은 최악의 고기옵니다!"